ANGELINA
BLOSFELD

DANOSC

SCHERBEN DER WAHRHEIT

ROMAN

VAJONA

DANOSC: Scherben der Wahrheit

FSC
www.fsc.org
MIX
Papier aus verantwortungsvollen Quellen
FSC® C014138

Originalausgabe bei VAJONA Verlag GmbH

Druck und Verarbeitung:
FINIDR, s.r.o.
Lípová 1965
737 01 Český Těšín
Czech republic

Lektorat: Sandy Brandt
Korrektorat: Patricia Buchwald und Susann Chemnitzer
Umschlaggestaltung: Diana Gus
Satz: VAJONA Verlag GmbH, Oelsnitz

VAJONA Verlag GmbH
Carl-Wilhelm-Koch-Str. 3
08606 Oelsnitz

ISBN: 978-3-98718-319-5

Für die Leser, die daran glauben,
dass ohne Bücher ihr Leben eine Katastrophe ist.

– Meins wäre es.

Kapitel 1

Weiße Mondstrahlen küssten meine Nase, strichen über meine Wangen und streichelten meine Seele. Fast wie zur Bestärkung. Die Nacht war länger, als mir lieb war und die Luna näher als jemals zuvor. Heute wachte die Göttin über mich. Sie beschützt jeden Wolfswandler sein ganzes Leben und besonders in der Nacht der Entscheidung. Gerade dann, hütet sie unsere Leben und die andere, wilde Seite in uns. Die Seite, die seit der Geburt tief verborgen war. Meine Wölfin. Sie war das Dunkle, das über Jahre Vergessene. Wenn der Mond seinen Zenit erreichte und in seiner vollen Pracht über den Köpfen der Wölfe stand, wird sie aus den Wölfen hervorkommen und nicht nur Körper und Geist mit sich reißen, sondern auch die Seele. Aber ich hatte keine Angst. Meine Brüder und das Rudel hatten mich lange auf diesen Tag vorbereitet.

Heute Nacht läutete die Stunde der Entscheidung. Mein Schicksal besiegelte sich durch die Größe und das Blut meiner Beute und durch die Farbe meines Fells. Denn diese Nacht fand das Blutritual statt. Und morgen früh, wenn die schwachen Sonnenstrahlen die Kronen der Bäume durchbrechen, würde ich Teil des Wolfsrudels sein. Endlich ein vollwertiges Mitglied. Ich werde einen Rang erhalten, meine Lebensaufgabe erfahren. Und das erste Mal würde ich mich vollkommen fühlen, endlich ein Teil der großen Familie werden.

Ich warf einen raschen Blick auf die Armbanduhr, die mir mein Bruder zum Geburtstag geschenkt hatte, und wippte ungeduldig auf den Fersen auf und ab. Nur noch wenige Stunden, dann war es so weit. Wenn die Stunde Mitternacht schlug, gab es kein Zurück. Den Augenblick, vor dem sich jeder Wolf und jede Wölfin am meisten fürchtete, werde ich nach achtzehn Jahren des rastlosen Wartens erleben.

Kein Jüngling aus meinem Jahrgang konnte den Eltern eine Silbe über das Blutritual abringen. Das Rudel von Danosc hütete jene Nacht wie ein strenges Geheimnis. Alles geschah auf Weisungen des Alphas. Nur meine Brüder trauten mir etwas Verantwortung zu. Ihre Worte hatten sich tief in mein Herz eingenistet, ließen mich nicht eine Sekunde ruhen. *»Du willst dir am liebsten die Haut von den Knochen reißen und schreien. Aber du kannst nicht. Du bist gefangen in dem Dunkeln und findest keinen Weg ins Freie. Erst, wenn dein Wolf seine Gnade findet, kannst du atmen. Doch dann hast du keine Zeit mehr. Du bist am Verhungern.«*

Ein Zittern durchfuhr meinen Körper. Mit einem Satz sprang ich auf und wischte mir die schweißnassen Hände an der Hose ab. Mir war so, als hätte jemand Blei in meine Kehle gegossen. Nach Luft ringend, tigerte ich in meinem Zimmer auf und ab, warf immer wieder verstohlene Blicke auf meine Uhr. Wann ging es endlich los?

Tief in Gedanken versunken stieß ich mit der Hüfte gegen den Schreibtisch und wirbelte mit gefletschten Zähnen herum. Mit geschürzten Lippen trat ich näher an das Durcheinander von vollgekritzeltem Papier und leeren Buntstiften.

Ich blieb an einer Zeichnung hängen, betrachtete das erbärmliche Bild der Planetenkonstellation und packte den Zeichenblock mit beiden Händen. Meine Augen scannten jeden Bleistiftstrich und mit jedem neuen Entwurf rutschte mir mein Herz tiefer in die Hose.

Hatte ich wirklich gedacht, *das* bei den Feierlichkeiten nach meinem Blutritual vorstellen zu können?

Das Weiß meiner Knöchel stach so stark hervor, dass es schmerzte, so fest umklammerte ich den teuren Block. Und ich hatte wirklich gedacht, mit professionellem Material könnte ich besser zeichnen. Ein trockenes Lachen bahnte sich seinen Weg an die Oberfläche. Wenn sie nur wüssten, was ich war.

Eine Wölfin – gefährlich, furchterregend, wunderschön.

Ich zwang meine Mundwinkel nach oben und pfefferte den Zeichenblock, mit all den vergeudeten Stunden, in den Papierkorb. Der Inhalt der Schubladen folgte. Als der Korb überquoll, raste mein Herz so schnell, dass ich einen Moment innehielt, um Luft zu holen. Ich musste mich beruhigen. Aufregung schadete meiner Konzentration. Gerade diese brauchte ich heute Nacht.

Meine Brüder mussten mich vergessen haben oder durchstreiften noch den Wald. Sie wollten die beste Lichtung suchen, damit ich mir keine Sorgen machte, Menschen zu begegnen. Zwischen den unterschiedlichen Arten herrschte lange Frieden. Doch nur, weil die Wandler in Vergessenheit geraten waren. Deshalb riefen die Menschen sofort die Polizei oder die Jäger, wenn sie einem großen Wolf im Wald begegneten. Mit der Zeit wurden die Menschen immer gerissener, denn seit wenigen Monaten besaßen sie eigene Waffen und hatten bereits, mit den gefährlichen Kugeln ihrer Gewehre, auf Wölfe geschossen. In manchen Dingen waren die Homo sapiens ausgesprochen gut. Töten lag ihnen besonders.

»Bist du fertig oder polierst du deine Zähne?«, rief Nero von unten. Die Stimme meines leiblichen Bruders drang schwach durch die dicken Wände und ließ mich aufatmen. Endlich.

Ich vertrieb die quälenden Gedanken mit einem keuschen Lächeln und riss die Zimmertür auf. Meine Wölfin klopfte an meinen Geist und ich rang nach Luft. Sie war noch nie so präsent gewesen wie heute. Ein Kloß bildete sich in meiner Kehle und ich blinzelte die Feuchte aus meinen Augen. In Windeseile durchquerte ich den Flur und lief die Treppen zum Wohnzimmer in das Erdgeschoss, wo mir der holzige Duft der rustikalen Einrichtung entgegenschlug.

Die letzten Stufen sprang ich hinab und verfehlte um Haaresbreite Rave. Er schrie erschrocken auf und wirbelte zu mir herum.

»Vorsichtig, Kätzchen«, knurrte er, wie es nur ein Wolfswandler konnte. Ein verstecktes Grinsen zuckte über seine ernsten Züge.

Bei meinem Spitznamen rümpfte ich die Nase. Ich legte ein breites Lächeln auf und blinzelte ihm unschuldig entgegen. »Hallo, Raphael.«

Seine Augen verwandelten sich zu kleinen Schlitzen. Kopfschüttelnd trat er beiseite und gab den Blick auf das lederne Sofa frei. Zwei Wölfe – noch in Menschengestalt – streckten sich auf den Polstern aus und verunstalteten den Wohnzimmertisch mit ihren Füßen. Nero schwenkte ein Glas, stützte seinen Ellenbogen auf die Lehne und nahm einen Schluck von einer bernsteinfarbenen Flüssigkeit. Der Duft von Alkohol kroch aus dem kristallinen Glas, ließ mich die Nase rümpfen.

Rave trat zu den zwei Männern und bohrte mit hinterlistigem Lächeln seine Finger in Jesses Schulter. Dieser sprang auf und versuchte ihm mit seiner Baseballkappe eine Kopfnuss zu geben, aber verfehlte sein Ziel um Haaresbreite und fluchte wie ein wahrer Hexenmeister.

Ich verkniff mir ein Grinsen und trat zu dem Wolf, der mit wachsamen Augen die Szenerie beobachtete. Wie mein Bruder die beiden kennengelernt hatte, war mir ein unlösbares Rätsel. Genauso, wie er es nach all den Jahren immer noch mit ihnen aushielt und nie gedroht hatte, sie aus dem Haus zu werfen. Allerdings war eine Familie, eine Familie. Wölfe ließen sich nicht im Stich.

Kopfschüttelnd wandte er sich ab und sah mir entgegen. Seine rabenschwarze Kleidung verschmolz mit der hereinbrechenden Nacht und ließ seine blauen Augen umso stärker leuchten. Seine Mundwinkel zuckten nervös, als ich ihn von Kopf bis Fuß musterte. Er fuhr sich gestresst mit der Hand durchs kurze, dunkle Haar. »Bist du bereit?«

Ja. Nein. Vielleicht. Achselzuckend warf ich einen Blick zu meinen, sich raufenden Brüder, die, nachdem wir aus dem Norden nach Danosc gezogen waren, zu meiner Familie wurden. Sie hatten sich allmählich beruhigt und warteten still nebeneinander.

»Ich weiß es nicht«, gestand ich. Eine kühle Welle durchflutete mich, während ihr Druck nachließ. Einen tiefen Atemzug nehmend, erklärte ich: »Es kann so viel passieren und ich weiß nicht, ob ich es schaffe, die Kontrolle über sie zu behalten. Ich spüre sie in meinem Herzen, aber sie ist nicht, wie ich sie mir vorgestellt habe. Meine Wölfin ist wachsam, so ehrgeizig und will unbedingt in die Freiheit. Es ist fast so, als wollte sie hier und jetzt aus mir herausbrechen.«

»Sie ist wie du«, bemerkte Jesse. »Jeder Wolf ist das, was man selbst verkörpert. Deshalb fürchten sich die Wölfe vor ihrer ersten Verwandlung. Sie haben Angst, dem entgegenzublicken und die Kontrolle zu verlieren.« Ich presste die Lippen aufeinander. »Du verlierst nicht die Kontrolle, Alva. Wir haben dich vorbereitet, du kannst das.« Seine Mundwinkel zuckten in die Höhe.

Ich rang mir ein Lächeln ab und schob die Hände in die Taschen. Sie sollten nicht sehen, dass sich Schweißperlen auf meinen Handrücken bildeten. Für sie schaffte ich alles, was ich mir vorgenommen hatte. Aber ich konnte nicht immer alles erreichen. Das war nicht natürlich und vollkommen irrational. Der Gedanke, dass ich scheiterte – die Kontrolle verlor und die Wölfin mich übermannte –, spielte Fangen in meinem Kopf. Es gab keine freie Sekunde, in der ich nicht an das Loch dachte, in das mich die Wölfin zwängen konnte, wenn ich die Kontrolle verlor. Erst die warmen Sonnenstrahlen retteten mich aus meinem Gefängnis und drängten das Tier in mir zurück.

Nero drückte mir die Autoschlüssel in die Hand, aber ich wehrte sie ab. Meine Wangen wurden heiß wie die Strahlen der Sonne. »Ich schaffe das alles nicht«, platzte es aus mir heraus. Er sah mich unverständlich an. »Ich kann jetzt kein Autofahren.« Ich trat einen Schritt zurück und schüttelte den Kopf. Eine tiefe Falte legte sich zwischen seine Augen. Ich hasste diesen Gesichtsausdruck, die Sorge in seinem Blick. »Wenn ich fahre, fahre ich gegen einen Baum«, schob ich eilig vor.

Nickend ließ er den Arm sinken und klimperte mit dem Schlüsselbund in seiner geschlossenen Hand. »Dann eben nicht.« Seine Augen, deren Blau meinem so ähnlich sah, funkelten wie von Mondstrahlen erleuchtetes Wasser. »Vielleicht ist es auch besser so, bevor wir uns verfahren. Mitternacht kommt schneller, als mir lieb ist. Denk dran, Alva, die Menschen sind überall.«

Jesse murmelte zustimmendes, sodass Rave dem rangniederen Wolf einen schiefen Blick zuwarf. Augenblicklich verstummte er und senkte den Kopf. Dass Jesse zu meinen Brüdern gefunden hatte, glich einem Wunder. Normalerweise gaben sich die ranghohen Tiere nicht mit den unteren Wölfen ab und schickten Boten, um den Kontakt mit den Braunen und Grauen zu meiden. Deshalb war diese Nacht umso entscheidender. Mein Fell konnte schwarz, braun oder grau werden. Danoscs Rudel legte viel Wert auf die Fellfarbe, das je dunkler, desto besser war.

Die schwarzen Wölfe bekamen mehr Rechte im Rudel und erhielten eine Stimme bei den seltenen Abstimmungen, wenn es um neue Regeln und Gesetze ging. Das wollte ich unbedingt. Man erwartete es sogar von mir, dass ich mindestens genauso dunkel wie Nero wurde. Dagegen mussten die niederen Wölfe die Dinge akzeptieren und unter den abfälligen Blicken der Ranghohen leiden. Ihnen blieben die unbeliebten Lebensaufgaben wie die Pflege des Territoriums und das Übermitteln von Nachrichten zwischen den einzelnen Familien.

Die Fellfarbe eines jeden Wolfes war entscheidend. Sie sollte die Stärke des Wolfes offenbaren, wobei dieser Ritus so veraltet war, dass viele Rudel ihn abgelegt hatten. Doch Riten und Traditionen waren im Rudel von Danosc ein streng gehütetes Heiligtum.

Zusammen zogen wir vor die Haustür und stiegen in den Geländewagen. Ich wollte neben Nero einsteigen und die Kontrolle über das Radio übernehmen, als Rave mich anpfiff. »Raus da.« Er deutete auf die Rückbank. »Dein Platz ist hinten.«

»Nur, weil du Epsilion bist, hast du kein Recht, mich wegzujagen«, fuhr ich ihn an und stellte meinen Fuß auf die breite Trittfläche. Bevor er sich vordrängen konnte, beanspruchte ich den Sitz und schnallte mich mit flinken Fingern an. Rave umklammerte die Autotür so fest, dass seine Fingerknöchel weiß hervorstachen. »Der Alpha wird mir einen hohen Rang zusprechen, dann ist dein Platz sowieso hinter mir. Am besten gewöhnst du dich gleich an die Aussicht der hinteren Sitze.« Rave's Kiefer mahlte.

Nero warf ihm vom Lenkrad aus einen scharfen Blick zu, dass der Wolf sich dem Willen des Beta unterwarf. Grummelnd schlug er die Tür zu. Sein schwarzer Schopf verschwand im Seitenspiegel, als ich die Rücksitztür mit einem Klicken aufspringen hörte. Mit einem Krachen ließ er sie zurück ins Schloss fallen. Ich grinste triumphierend.

»Alles gut?« Jesse legte mir von hinten eine Hand auf die Schulter. Seine von der Sommerhitze klebrige Haut saugte sich an mein

Top, während wir von der Auffahrt auf die Straße zurücksetzten. Mich überkam ein unangenehmes Schaudern, als ich mir den Schweiß auf der Haut umso bewusster wurde.

»Ja.« Mehr brachte ich nicht über die Lippen. Stattdessen richtete ich den Blick auf das sich abwechselnde Spiel von Licht und Schatten auf der schwach erleuchteten Straße. Nachdem wir vor wenigen Jahren aus der Metropole von Danosc gezogen waren, hatten meine Brüder in den ersten Ausläufen des Waldes ein Haus bauen lassen. Der satte Duft von Blättern und Moos erfüllte jeden Zentimeter des Hauses, drang in jede Ritze und jeden Winkel ein. Es war traumhaft und besonders. Wenn der Regen in seichten Schlägen auf das Dach trommelte, die Luft den Geruch von feuchter Erde annahm, wagte ich mich in ein Paradies von Träumen und schönen Erinnerungen. Zu diesen Stunden vergrub ich mein Gesicht in weichen Kissen und lauschte der Musik des Waldes bei offenem Fenster und einem guten Buch. Dabei ließ ich mir die Wangen vom lauen Kuss des Windes streicheln und Kerzenlicht flackern.

Eben jene Windzüge strichen über meine Wangen und zerzausten mein blondes Haar, das ich mir aus den Augen strich. Ich warf einen raschen Blick zu meinen Brüdern. Wie zu Statuen erstarrt, stierten sie auf die Straße und in den immer dichter werdenden Wald. Keiner sagte ein Wort, sodass die Stille sich wie eine Decke über uns ausbreitete. Sie verschluckte uns beinahe wie die hohen Bäume, deren Dunkelheit das Auto einnahm. Die Scheinwerfer des Geländewagens warfen kegelförmige Lichtstrahlen in die Schwärze und zogen alle möglichen Motten an.

Durch die rabenschwarzen Baumkronen erahnte ich den dicken Mond. Er stand zu tief, um die Verwandlungen der Jungwölfe hervorzurufen. Denn diese Nacht war ich nicht die einzige Wandlerin, die sich in die dichten Wälder wagte. Überall auf der

Welt gab es jeden Monat junge Wandler, die sich bei Vollmond allein zwischen der Düsternis von Bäumen und Gräsern treiben ließen. Meine beste Freundin July war eine von ihnen und wird um dieselbe Zeit im Norden zur Luna beten, wie ich es im Süden tat. Seit unserer Trennung schrieben wir uns regelmäßig und bemühten uns, jede Woche mindestens einmal zu telefonieren. Bevor meine Brüder und ich weggezogen waren, waren wir wie Schwestern gewesen und hatten jeden Moment unserer Kindheit zusammen genossen. Doch von einem Tag auf den anderen hatte sich alles verändert und nun war ich hier. Sie im Norden und ich im Süden – über tausende von Kilometern entfernt. Allerdings war in diesen Wochen der Kontakt eingeschlafen, was den strengen Vorbereitungen für das Blutritual zu verschulden war. Auch in nächster Zeit wird sich nichts ändern. Nach heute Nacht wird es viele und ganz besonders lange Feiern geben. Tanzen und Speisen mit der Familie, Freunden und dem Rudel nehmen nach jedem Blutritual ganze Tage ein. An Schlaf ist nach heute Nacht kaum mehr zu denken.

Nach einiger Zeit parkten wir im tiefsten Wald. Die Scheinwerfer des Geländewagens erloschen hinter uns mit einem leisen Surren. Kaum war das Licht verschwunden, schlug die Schwärze über mich zusammen. Mir blieb die Luft im Hals stecken. Langsam tastete ich mich mit kurzen Schritten im Unterholz voran. Es war so dunkel, dass ich meine eigene Hand nur erahnen konnte.

Mit aufgerissenen Augen stolperte ich über einen umgefallenen Baumstamm und schlug der Länge nach in den Dreck. Ich stöhnte vor Schmerzen, als ich den Kopf vom Boden hob. Zwei vertraute Hände packten mich an den Schultern und drehten mich um. Ohne zu wissen, wer von meinen Brüdern mir half, ließ ich mich auf die Füße ziehen. Zwei Finger zogen an meinen Haarspitzen und schnippten ein Laubblatt in die Dunkelheit.

»Vorsicht.« Rave's raue Stimme drang von überall und nirgends an mein Ohr. Seine Haut kühlte mich von dem Feuer in mir, jagte unvorhersehbare Schauer über meinen Rücken. Seine dunklen Umrisse neigten sich in die Tiefe des Waldes. »Hier entlang, wenn du dir nicht deinen kleinen hübschen Kopf anschlagen willst.«

»Ganz sicher nicht, nicht heute«, flüsterte ich und ließ mich von ihm durch das vermeintliche Unterholz lenken. Wenn ich meine Verwandlung hinter mir hatte, konnte ich, wie meine Brüder, auch in menschlicher Gestalt, die empfindlichen Sinne meiner Wölfin nutzen. Bei dem Gedanken bogen sich meine Finger unwillkürlich zu Krallen. Ich schnappte nach Luft und versuchte mein rasendes Herz zu kontrollieren. Die tierische Seite nahm viel zu schnell von mir Besitz. Was, wenn ich die Kontrolle verlor?

Jemand drückte mir etwas Kaltes an die Brust. Ein Schauder durchfuhr mich, ließ mich die Finger nur widerwillig um die Kühle schließen. Was war das? Ein Stein? Eine Wurzel? Meine Finger flogen über tiefe Rillen, ertasteten einen Knopf. Nein, es war unnatürlich und fühlte sich wie Plastik an. Ich drückte die Erhebung hinunter. Ein Klicken hallte durch den Wald und ließ mich schaudern. Einen Herzschlag später teilte ein schwacher Lichtstahl die Finsternis.

Ich stieß einen schrillen Schrei aus, als ich meinem Bruder in die Augen blickte. Er stand direkt vor mir und grinste von einem Mundwinkel zum anderen. »Deine erste Lektion, erinnerst du dich noch?« Nero kniete sich auf den staubtrockenen Waldboden und deutete auf eine Stelle vor meinen Schuhspitzen.

Ich lenkte den Lichtkegel auf seine Finger. Sie schwebten direkt über zwei unscheinbaren Hufspuren. »Ein Reh?«, wagte ich zu fragen und schielte zu ihm.

»Bist du dir sicher?« Sein Grinsen fiel um einige Zentimeter.

Ich biss mir nervös auf die Unterlippe. War ich mir sicher?

In die Knie gehend, betrachtete ich die Stelle. Sie war für die Spur eines Rehs zu breit, was aber nichts bedeuten musste. Ein Wildschwein war es nicht. Dafür war die Spur zu zierlich. Vielleicht ein anderes Huftier?

Ich verzog den Mund und sah zu ihm auf. »Ein großes Reh«, bestimmte ich und nickte. »Ich bin mir sicher.«

Nero erhob sich, warf mir einen wissenden Blick zu und klopfte mir auf die Schulter. Seine Pupillen waren jeweils von einem goldenen Ring umgeben. Es war verblüffend, wie ähnlich sie meinen Augen waren. »Lass dich nicht so schnell verunsichern, Alva.«

Ich stieß erleichtert die Luft aus und rammte ihm spielerisch einen Ellenbogen in die Seite. Er gluckste amüsiert und nickte Rave beruhigend zu. Von einer Sekunde auf die andere nahm er mir die Taschenlampe ab und schaltete sie aus. Die Dunkelheit schlug über mir zusammen, ballte sich zu einem undurchdringlichen Netz aus Schwärze und brachte einen Keil zwischen meine Brüder und mich. Ich zog die Schultern hoch und hielt einen Aufschrei zurück. Rave's Augen sprühten Funken, als wäre er von Sternenstaub durchtränkt worden. Manchmal, wenn ein Stern vom Himmel fiel, wirkte die Anziehungskraft unseres Planeten so stark, dass dieser Teile seines Seins verlor. Funkelnder Staub legte sich auf alles, was ihm am nächsten kam und im Moment glaubte ich, er lag auf Rave's Augen.

»Du bist gemein«, stieß ich hervor.

Rave lachte und wurde von seinem Beta übertönt. Neros Augen hefteten sich wie heißes Eisen auf meine Haut. Sie verbrannten mich. Ich lachte nervös, als seine Stimme gespenstisch im Wald kreiste. »Lieber gemein und vorbereitet oder nett und dem Tod geweiht?«, knurrte er. Oder sein Wolf.

Ich ballte die Hände zu Kugeln, als ich seinen Atem in meinem Nacken spürte. Es war Zeit, meine Stellung als Jüngling auszunutzen. Ich wirbelte herum und hob die Fäuste, bereit, einen Schlag auszuteilen. Mir blieb die Luft im Hals stecken, als sich ein dichter Wald vor mir aufbaute. Von Nero keine Spur. Auch Rave und Jesse waren wie vom Erdboden verschluckt. Mein Magen machte einen Purzelbaum. Ich spürte, dass drei Wölfe mich umkreisten. Sie nahmen mich ins Visier, wie unzählige Male zuvor. Laufen und Verstecken oder Warten und Angreifen?

»Sagt der Richtige, der nicht einmal eine Ratte fangen konnte!«, rief ich und hob die geballten Hände schützend vors Gesicht. Die Ohren spitzend, drehte ich mich langsam um die eigene Achse und ließ meinen Blick durchs Unterholz gleiten. Ich trat einen Schritt näher, stockte. Ein schwarzer Wolf? Allmählich pirschte ich mich an den Schatten heran. Rabenschwarze Knäule bildeten sich zu meinen Füßen, die sich im seichten Mondlicht zu einem Dornengebüsch offenbarten. Enttäuscht wendete ich mich ab.

Das Unterholz knirschte unter meinen Turnschuhen, dann stolperte ich. Etwas Hartes stieß gegen meine Waden und brachte mich ums Gleichgewicht. Mit einem dumpfen Aufprall landete ich auf dem Hintern. Ein stechender Schmerz schoss meine Wirbelsäule hinauf. Kopfschmerzen, wie Messerstiche legten sich um meine tropfnasse Stirn, ließen mich schwer blinzeln. Mit zittrigen Fingern wischte ich mir den Schweiß vom Gesicht und rappelte mich auf.

Es war unmöglich. Nie im Leben konnte ich diese Nacht überstehen. Allein das Scheitern bei dieser Aufgabe war Beweis für meine Untauglichkeit. Wie sollte ich meine Brüder mit menschlichen Augen finden, wenn es stockfinster war? Gar nicht. Ich hatte es noch nie geschafft und das wird sich heute nicht ändern. Meine Brüder mochten vergessen haben, wie es sich anfühlte, ein

Mensch ohne übernatürliche Sinne zu sein. Ich sah nichts, roch nichts und spürte nur die sachten Windzüge in meinem Haar. Mehr nicht. Da war kein Kribbeln, keine Erleuchtung. Nichts. Ich war einfach ich. Wie gestern, vorgestern und wie vor einem Jahr.

»Das ist nicht lustig!«, rief ich und fröstelte, als meine Stimme vom Wald verschluckt wurde. »Kommt endlich raus!«, schrie ich aus Leibeskräften.

Etwas knackte hinter mir. Ich wirbelte herum, hielt die Fäuste bereit. Haarscharf flog ein Schatten an mir vorbei und streifte meine Wange. Mit einem Rascheln ging es zu Boden und landete irgendwo hinter mir. Keuchend fasste ich mir an die feuchte Haut und riss die Augen auf, als ich eine warme Flüssigkeit auf meinen Fingern glitzern sah.

Ein Zischen, wie von einer Schlange, durchfuhr die Luft. Ich warf mich zu Boden und spürte einen Luftzug in meinen Haaren. Mit einem dumpfen Aufprall schlug es gegen einen Baumstamm und landete zwischen dunklen Wurzeln. Mir wurde eiskalt.

Flink sprang ich auf und rannte tiefer in den Wald. Irgendwohin. Es war egal. Hauptsache weg. Ein Wolf war mir auf den Fersen. Mein menschliches Gehirn schrie mich an, schneller zu laufen, während mein wölfisches Herz zum Kampf rief. Die Schwärze wurde mit jeden meiner Schritte dichter. Die Bäume hoben sich wie Säulen über mir empor, überragten mich um Meter und schlossen sich zu einer schützenden Decke zusammen. Doch ich preschte noch weiter, lieferte mir einen Zickzacklauf.

Ein dunkler Wolf huschte durch das Dickicht und an mir vorbei. Mir stockte der Atem. War das dunkelbraunes Fell? Rave? Ich legte mehr Kraft in meine Beine, überholte ihn, um ihm keine Gelegenheit zu geben, mich zu erschrecken.

Mein Herz raste. Wenn er mich erwischte … Ich schluckte. Für ihn war es nur ein Spiel, aber er hatte schon einmal die Kontrolle über seinen Wolf verloren. Der Jagdtrieb hatte ihn überkommen. An diesem Tag lief ich so lange, wie ich konnte, bis Rave mich im Sprung niedergerissen und die Zähne in meine Schulter gebohrt hatte. Wäre Nero nicht rechtzeitig Zuhause gewesen, hätte er meine Schreie nie gehört und ich hätte mehr erlitten als eine hässliche Narbe.

Ein Krachen durchzuckte die Luft, als ein Wolf aus dem Dickicht brach und mir entgegensprang. Mit gefletschten Zähnen und rasiermesserscharfen Krallen. Rave.

Ich schrie und wich nach rechts aus, konnte mich kaum bremsen. Den Baum sah ich zu spät. Ich prallte blindlings gegen ihn, stieß mich an ihm ab und rannte weiter in die Dunkelheit. Ich stolperte einen Hügel hinab. Die Luft schlug mir heiß ins Gesicht und Schweiß rann meine Beine hinab. Ein kräftiger Ruck durchfuhr mich, als mein Fuß zu langsam war. Halb stolpernd, halb fallend, flog ich den Hügel hinab und schlug der Länge nach auf dem Waldboden auf. Ich bremste mit der Schulter, spürte den vertrauten, scharfen Schmerz, wenn Fleisch aufriss und biss die Zähne zusammen, als ich über den Boden schrammte.

Irgendwann blieb ich liegen. Schon blickten zwei blaue Augen, mit goldenem Kranz um die Pupille, auf mich hinab. Nero.

Der schwarze Wolf baute sich bedrohlich über mir auf. Geifer tropfte von seinen Lefzen und auf meine Nase. Meine Augen wurden so groß wie Tennisbälle, als ein eiskalter Schauer mein Rückgrat hinabrann. Mir versagte die Atmung, als ich zwei Wolfssilhouetten am Rande meines Blickfelds erahnte. Sternenlicht verfing sich in ihrem Fell und ließ sie schimmern.

Vorsichtig sah ich an meinem Bruder vorbei und in den Nachthimmel. Hinter den Baumkronen offenbarten sich eine funkelnde Sternendecke und der dicke Mond. Ein Abbild der Göttin und ihre zahlreichen Töchter.

Am liebsten hätte ich ewig auf dem Grund gelegen und dem Funkeln zugesehen. Doch ein angestrengtes Seufzen riss mich von dem Mond zurück auf den Erdboden. Nero hatte seinen menschlichen Körper zurückerlangt und stützte sich mit den Händen links und rechts meines Kopfes ab. Ein wildes Grinsen zierte sein Gesicht und ließ seine Augen umso mehr glänzen. Langsam verebbte der Jagdtrieb und auch seine Atmung normalisierte sich zu einem regelmäßigen Herzschlag.

»Lektion Nummer zwei«, erinnerte er mich. Seine nackte Brust hob und senkte sich hektisch. Schweiß rann ihm die Schläfen hinab. Ich wollte die Finger ausstrecken, um sein rabenschwarzes Haar zurückzustreichen, das ihm vor die Augen gefallen war. Aber ich blieb reglos am Boden liegen, wagte kaum, zu atmen. »Laufe niemals schneller, als es deine Beine zulassen. Und Lektion Nummer drei …« Sein Mundwinkel verzog sich zu einer ernsten Miene. »… streng dich mehr an.«

»Das tue ich doch!«, schoss ich zurück.

Nero zog die Augenbrauen hoch und stützte sich vom Boden ab. Mein Blick flog zwischen die engen Bäume. Vergeblich. Nero wandte sich nicht ab. Niemals. Kein Wolf tat das. Ich durfte es ebenfalls nicht, wenn ich zum Rudel gehören wollte. Wölfe schämten sich nicht für ihre Körper. Sei es für die Blöße des Menschlichen oder für das Fell des Tierischen.

Trotzdem schaute ich weg, als ich aufstand und meine Hose mit den Handflächen abklopfte. Staub rieselte zu Boden und heftete sich an meine Schuhspitzen.

»Wie weit ist es zu dieser Stelle, die ihr vorhin gefunden habt?« Ich legte den Kopf in den Nacken und sah auf meine Armbanduhr. »Ihr müsst zurück zum Alpha. Es ist bald Mitternacht. Wenn ihr zu spät seid, könnte er denken, ihr habt mir bei der Verwandlung geholfen.« Ich warf ihnen einen raschen Blick zu und sorgte dafür, dass meine Augen oberhalb der Gürtellinie blieben. Meine Wangen färbten sich rosa. »Ich habe wirklich keine Lust, mit ihm oder dem Rudel Probleme zu bekommen.«

Nero nickte und trat einen Schritt auf mich zu. Sein Blick flog prüfend über mich, blieb an meinen Händen hängen. Ich sah hinab, erkannte zwei geballte Fäuste. Ich öffnete sie eilig, unterdrückte das Zittern und rieb mir stattdessen über die Handrücken. Ich holte tief Luft – so wie es mir Jesse gezeigt hatte. Es war wichtig, einen ruhigen Puls zu haben.

Es wird alles gut werden. Das Rudel hatte mich auf diese Nacht vorbereitet, mein ganzes Leben war diesen Stunden gewidmet worden. Mein Gehirn wollte mir Vernunft einreden, schaffte es aber nur wenig, als ich in Schweiß ausbrach und Rave mir einen mitleidigen Blick schenkte. Ich lächelte gequält zurück.

Nero warf mir einen wissenden Blick zu. »Die Stelle ist egal. Die Hauptsache ist, dass du weit weg von der Stadt bist. Du schaffst das, Alva. Du musst nur deiner Wölfin vertrauen, sie wird wissen, was sie braucht und wird dir bei der Jagd helfen. Nur, wenn du mit ihr im Einklang bist, behältst du die Kontrolle über deinen Körper. Deswegen darfst du sie nicht bedrängen und ihr nicht zu viel Freiraum lassen. Wölfe werden bei Freiheit gerne übermütig. Gerade dann, wenn es das erste Mal ist.« Er sah zu seinen Brüdern. Sie nickten bestätigend.

Ich seufzte und sah zwischen dem Trio hin und her. »Dann sehen wir uns morgen früh«, stieß ich mühsam hervor.

Nero schenkte mir ein schiefes Lächeln und kehrte mir den Rücken zu. Jesse folgte ihm stumm, hob zum Abschied die Hand. Doch Rave verharrte einen Augenblick, zwinkerte mir zu und folgte seinen Brüdern barfuß in die Dunkelheit zurück zum Auto. Nach wenigen Schritten verschluckte ihn die Schwärze der Nacht, als würde sie ihn nie wieder fortgeben wollen. Wie sie mich nicht freilassen wollte.

Schwer seufzend setzte ich mich ins Gras und spielte gedankenverloren mit den Grashalmen. Ich wartete …

… und wartete.

Ein Zucken durchfuhr meinen Körper, ließ mich rasch zum Nachthimmel sehen. Die Mondstrahlen leuchteten heller als jemals zuvor, verstärkten sich und trafen direkt in meine Netzhaut. Meine Pupillen weiteten sich und waren dem Licht vollends ausgeliefert. Wie in einen Bann gezogen, stierte ich zur Luna hinauf. Ich konnte den Blick nicht abwenden, war eine Gefangene ihrer Schönheit.

Dann schlug die Stunde Mitternacht.

Kapitel 2

Sekunden vergingen. Dann Minuten.

Der Mond verließ seinen Zenit, bewegte sich allmählich auf den Planeten zu. Nichts geschah. Da war kein besagtes Kribbeln in den Fingerspitzen oder ein Ziehen in der Wirbelsäule. Rein gar nichts. Auf meiner Armbanduhr spiegelte sich das Mondlicht, als ich einen Blick auf sie warf. Mitternacht war seit fünf Minuten vorüber. Seit fünf Minuten hatte ich Geburtstag, seit fünf Minuten sollte ich eine Wölfin sein. Aber ich war ein Mensch.

Mit flinken Fingern zog ich mein Mobiltelefon aus der Hosentasche. Ich suchte über das Kontaktfeld und tippte eine rasche Nachricht in das Textfeld. Vor dem Absenden verharrte mein Daumen über dem kleinen Pfeil. Sollte ich July schreiben? Schnell löschte ich den Text und steckte das Handy zurück.

Mir entkam ein frustrierter Laut, danach bettete ich mein Kinn auf die Hände und wartete. July hatte sich mit Sicherheit schon verwandelt und durchstreifte mit ihrer großen Schwester den Nadelwald. Das Northcourt Rudel war eines der moderneren Rudel und gestattete den Jünglingen, in der Nacht des Blutrituals ein Familienmitglied mitlaufen zu lassen. Sie sollten ihnen Schutz und Sicherheit geben, ihnen die Aufregung und Ängste nehmen. Die Angst vor dem Schmerz und vor dem Kontrollverlust. Doch all das gab es in Danosc nicht. Es war eines der ältesten Rudel auf dem Kontinent und hielt an seinen Regeln fest. Es änderte sich nichts. Der Alpha regierte seit Jahrhunderten und wird weitere Jahrhunderte herrschen. Es gab keine Nachfolger, denn nur

Wölfe mit weißem – reinem – Fell führten die Rudel an. Das Weiße symbolisierte die Reinheit und war eine Seltenheit. Es war so besonders wie weißes Gold und genau deswegen hatte man vor Jahrhunderten diese Wölfe zu Anführern bestimmt.

Doch wenn der Alpha ohne einen Nachkommen mit reinem Fell starb, regierte der dunkelste Wolf. Stärke wog mehr als Wissen und Geschick. Ohne Stärke würde es uns heute nicht geben. Allerdings konnte es Jahrhunderte dauern, bis ein neuer Alpha geboren wurde. Deshalb konnten die Wölfe von Glück reden, dass sie bei bester Gesundheit über einige Jahrtausende leben konnten.

Schwer seufzend stand ich auf und verließ die Lichtung Richtung Norden. Der Wald war riesig und das Trio hatte mich weit von Danosc weggebracht. Ich würde keinem Menschen begegnen.

Die hohen Laubbäume wurden mit jedem meiner Schritte dichter, als mich die Schwärze mit jedem Meter einholte und vollends verschluckte. Ich ging den Hügel hinauf, den ich hinuntergefallen war, bis sich die Bäume ausdünnten, wie ein langer Faden. Lauer Wind strich mir um die Nase und zerzauste mein Haar. Meine Lungenflügel weiteten sich, als ich die Augen schloss und einen tiefen Atemzug nahm. Ein Gefühl der Freiheit überkam mich wie eine kühle Welle am Meer. Als ich die Augen öffnete, erhob sich der weiße Mond über meinem Kopf. So schön wie ich ihn im Planetarium beobachten konnte.

Die Luna und ihre Töchter waren mein Anreiz gewesen, mich nach der Schule dem Himmel und den Sternen zu widmen. Es war das Einzige, was mein wölfisches Herz erfüllte. Jeder Herzschlag wollte hoch hinaus, am liebsten die Sternendecke berühren und auf dem Mond wandern.

Meine Lider zuckten und ich setzte mich kerzengerade auf, als ein Stromstoß meine Wirbelsäule hinabfuhr. Angst packte mein Herz, umklammerte es mit eisernen Krallen und riss ein Loch in meine Seele. Todesangst. Mein Puls schoss in die Höhe.

Licht explodierte hinter meinen Augäpfeln, grell und blendend. Mir entkam ein schriller Schrei. Er zerriss mein Trommelfell, sodass die Vögel aus den Bäumen stoben. Wildes Flügelgeraschel hämmerte auf mich ein, drückte mich zu Boden und zwang mich in die Knie.

Meine Augen brannten wie Feuer. Ich kratzte mit den Fingernägeln über meine Augen, wollte sie am liebsten herausreißen. Aber es ging nicht. Mir war heiß, so unendlich heiß. Da war kein vorwarnendes Prickeln, keine leichte Wärme, um mich auf die Vorhölle vorzubereiten, die mich überkam. Meine Handgelenke knackten, verkrümmten sich zu etwas Urtümlichen. Zu Klauen.

Mein Körper zitterte. Bei dem Versuch aufzustehen, brach ich unter meinem Gewicht zusammen. Das Feuer war überall, fraß sich in mein Gehirn und hämmerte auf meine Schläfen ein. Es fühlte sich an, als würde etwas von innen nach außen gestülpt werden.

Meine Ellenbogen sprangen aus ihren Gelenken. Mein Schrei vermischte sich mit Tränen. Nässe rollte in dicken Tropfen meine Wangen hinab. Es sollte aufhören!

Ich brauchte Luft, ich musste atmen. *Atmen.*

Aber ich konnte nicht, konnte gar nichts. Da war nur der Schmerz. Und niemand kam, um mir zu helfen. Niemand war hier. Niemand rettete mich vor der Dunkelheit.

Ein Brüllen brachte die Luft zum Vibrieren, gefolgt von einem wilden Knurren. Meine Wölfin. Mein Herz schlug mir bis zum Hals. War sie hier?

Mein Kiefer schmerzte, als ob ein Zahn ohne Betäubung

gezogen wurde. Dann stachen mir spitze Zähne in die noch menschlichen Lippen. Ich schmeckte Blut, leckte mir über die empfindliche Haut. Augen verdrehten sich. Es war himmlisch. Nein, es war *göttlich*.

Menschenblut – mein Blut.

Ich war ein Mensch.

Als wäre die Wölfin in mir nicht einverstanden, jaulte sie und setzte ein Inferno frei, das mir die Knochen versenkte. Mein Körper veränderte sich und ließ mich zittern.

Ich blinzelte und als ich die Augen öffnete, nahm mich nichts als vollständige Dunkelheit ein. Sie war überall. Da war kein Mondlicht und kein Schimmern des Nachthimmels. Überall war diese undurchdringliche Schwärze, dieses *Nichts*. Holz knackte in der Ferne. Oder waren es Knochen?

Ich rannte los, ohne darüber nachzudenken. Schneller, als menschliche Beine je hätten laufen können.

Hunger.

Ich hatte Hunger. Ich war am *Verhungern*.

Eine Stimme hallte in meinem Kopf, durchdrang die Decke aus Dunkelheit wie ein scharfes Messer. Sie klang merkwürdig vertraut.

Lektion Nummer zwei: Laufe niemals schneller, als es deine Beine zulassen.

Kapitel 3

Sirenen weckten mich. Gähnend schlug ich die Augen auf und blinzelte gegen das grelle Licht. Rave musste erneut seine Haferflocken zu lange im Ofen gelassen haben. Er überhörte den Wecker viel zu oft und ließ seine Technomusik im Badezimmer, die Wände zum Einstürzen bringen.

Ich stöhnte genervt und hob eine Hand vor die Augen. Es war so furchtbar hell. Gemurmel riss meine Aufmerksamkeit aus meiner Trägheit. Was war hier los?

»Hallo«, sagte jemand. Die Person stand, in gleißendes Sonnenlicht gehüllt, neben mir und kniete sich nieder.

Hinter ihm ragte die Silhouette einer weiteren Person auf, die an einem großen Auto stand und in einer Kiste kramte. War das ein Gott? War ich tot? Ein Gesicht enthüllte sich. Nein, es war ein Mann mit leicht angegrautem Haar und rasiertem Kinn. Er lächelte gutmütig. »Wie fühlst du dich? Tut dir etwas weh?«

Eine fremde Hand berührte mich von hinten an der Schulter. Schweiß und der Gestank von Zigaretten stiegen in meine Nase. Sie juckte befremdlich.

»Alles gut«, krächzte ich. Ich fasste mir an die Kehle, befühlte meinen Hals. Hatte ich etwa geschrien?

Ich wollte aufstehen und nach meinen Brüdern sehen. Doch warmer Wind strich über meinen Bauch, ließ mich innehalten und an mir hinabsehen. Ich war nackt. Meine Haut war nicht sonnengebräunt, sondern rot wie Blut. Die Farbe blätterte von mir ab, wie ein alter Anstrich von Wänden und setzte einen metallischen

Gestank frei. Ich rümpfte die Nase und konnte das breite Grinsen kaum zurückhalten.

»Hallo?« Der Mann schnippte mit den Fingern vor meinen Augen.

Ich lenkte den Blick auf ihn.

»Was?«, platzte es aus mir heraus. Unter Protest richtete ich mich auf. Alles drehte sich und ich sah das Gesicht des Mannes doppelt. Irritiert schüttelte ich den Kopf. Dabei spürte ich einen dicken Klumpen von Haaren in meinem Nacken und gegen meine Wirbelsäule drücken.

Der andere Mann kam dichter und kniete sich zu mir. Er legte mir seine Hand auf die Stirn. Sein Blick huschte prüfend über mich. Er zog eine goldige-silberne Decke hervor und hielt sie mir zaghaft an die Schultern. Ein Lächeln umspielte seine Lippen, als ich den Überzug annahm und um mich schlang. »Alles wird gut«, versicherte er mir und stand wieder auf.

Ich zog die Brauen hoch und sah ihm nach, blieb auf meinem Hintern sitzen. »Wie bitte?« Es brauchte nichts gut zu werden, wenn alles gut war.

Die beiden tauschten eilige Blicke. Hinter ihnen drang das harte Rollgeräusch von Autos an meine Ohren und mischte sich mit lauten Rufen und leisem Vogelgezwitscher. Eine dicht befahrene Straße zog sich in geraden Linien neben einem breiten Fußgängerweg entlang. Menschen reihten sich auf ihm, stierten ohne Scham in meine Richtung und riefen irgendetwas. Ein grelles Aufblitzen ließ mich die Augen zusammenkneifen. Es blitzte immer wieder und wieder. Doch zwei Menschen drängten die Masse zurück, rissen ihnen die kleinen Apparate aus den Händen.

»Was haben die?«, fragte ich und zeigte mit dem Finger in die Richtung der Masse am Anfang der Gasse. Hohe Mauern umgaben mich und spendeten kühlenden Schatten.

Der Mann mit den ergrauten Haaren lächelte zaghaft. Er trug eine Uniform wie die eines Beamten. »Das ist nicht wichtig. Wichtig ist nur, dass du bald in ein Krankenhaus kommst.«

Mein Körper erstarrte. *Krankenhaus?*

Ich schluckte, als meine Handflächen feucht wurden. Als ich ein Kind war, war ich einmal in einem Krankenhaus gewesen. Damals lebten wir in den Bergen. Wir hatten einen Autounfall gehabt und ich war allein auf einer weißen Liege aufgewacht, hatte auf meine Familie gewartet. Der Gestank von Desinfektionsmittel und der bittere Geruch von Schmerz lagen wie eine dichte Wolke in der Luft und wollten mich auf dem Krankenbett drangsalieren.

Doch dank einer Schwester hatte ich es aus dem Zimmer und rechtzeitig an die frische Luft geschafft. Nein. Ich schlang die Decke enger um mich und wog mich vor und zurück. In ein Krankenhaus wollte ich nicht. Nie wieder. Ich konnte nicht. Das Rudel verbot es. Widersetzte ich mich, missachtete ich die Regeln und wurde schlimmstenfalls verbannt. Für einen Wolf und seine Familie – meine Brüder – war es die größte Schande. Ein Leben ohne Rudel – ohne Familie. Ein Leben als einsamer Wolf. Ein Schicksal, schlimmer als der Tod.

Mit einem Satz sprang ich auf und riss den knienden Mann nieder. Er rief etwas, doch seine Stimme versagte, als ich ihn rasch umrundete. Nur raus aus der Stadt. Die Decke schlang ich um mich, als ich mit großen Schritten auf die Menschen zuhielt. Sie wichen nicht beiseite und kreischten mit jedem zurückgelegten Meter lauter. Ihr Blitzlicht blendete mich und wollte mich vom Kurs abbringen. Aber ich lief direkt in sie hinein und sie stoben wild auseinander.

Barfuß rannte ich die Straße hinab und schüttelte die Schaulustigen ab, die mir folgten. Ich hatte das Gefühl, seitwärts zu laufen und erreichte nach einer Ewigkeit die ersten Baumlinien des Waldes im Norden von Danosc. Das Wolfslager befand sich in der Villa am Waldrand. Dort musste ich den Alpha treffen und würde meine Brüder wiedersehen.

Die Villa baute sich bedrohlich vor mir auf, als ich mit nackten Füßen auf das knarzende Holz des Eingangsbereiches trat und bei jedem Schritt zusammenzuckte. Splitter bohrten sich in meine Sohlen, ließen mich die Zähne zusammenbeißen. Meine Füße strichen über den abgewetzten Teppichboden, als ich im Wohnzimmer zum Stehen kam. Das wilde Grinsen, mit dem mich das Wolfstrio begrüßte, brachte etwas Tiefes in meinem Herzen zum Summen.

Ich war vollends entblößt und ließ die neugierigen Blicke meiner Brüder über meinen Körper wandern. Die Rettungsdecke hatte ich rechtzeitig zerknüllt und in eine Mülltonne geworfen. Es wäre eine Schande gewesen, wäre ich verhüllt in die Villa getreten.

Meine Wangen brannten wie Feuer, als ihre Blicke ein Ende fanden. Ich trat nervös auf der Stelle und versteckte meine Finger hinter dem Rücken. Es war totenstill, aber mein Herz hämmerte umso lauter. Fast so, als wollte es aus mir herausspringen.

Ich räusperte mich verlegen. »Hey.«

Die Wölfe standen von der ausgeblichenen Couch auf, die mehr zerfetzt, als ganz war. So wie alles in der Villa hatte auch die Couch bessere Zeiten gesehen. Nachdem ein Haufen Jünglinge bei der letzten Feier des Blutrituals das Wohnzimmer in einem Zweikampf auseinandergenommen hatten, hatte nicht nur das Sofa tiefe Krallenspuren erlitten, sondern auch die Wände und manche Ölgemälde, die im ganzen Haus verteilt waren.

Nero grinste von einem Ohr zum anderen. »Alva. Du siehst …« Er stockte und zeigte zu dem zerschlagenen Spiegel an der Wand. Er hing mehr in seinen Angeln, als dass er stand.

»Oh«, entkam es mir. Fasziniert trat ich näher. Deswegen waren die Menschen so aufgeregt gewesen. »Daran kann ich mich gar nicht mehr erinnern.« Mein Mund war blutverschmiert, meine Haare verklebt, meine Arme blutbefleckt, meine Beine … Dort, wo kein Anfang war, war auch kein Ende. Das Blut war überall. Sogar an den Stellen, wo eigentlich kein Blut sein sollte.

»*Oh* trifft es nicht im Geringsten.«

Mein Herzschlag verdoppelte sich. Ich drehte mich um, ein breites Lächeln auf dem Gesicht und sah direkt dem Alpha entgegen. Er überragte mich um Längen und sah aus ruhigen Augen auf mich hinab. Seine Hände hingen locker an den Hüften, während er langsam auf mich zukam. Der Blick des Alphas heftete sich auf meinen blutverschmierten Körper und brachte meinen Magen in Aufruhr. Was dachte er? Ob ich ihm gefiel?

Sein Haar schimmerte im Sonnenlicht so schneeweiß und rein wie sein Fell. Sie zeugten von der Anmut und Eleganz jeden Schrittes und jeder Kopfbewegung. Alles geschah aus sorgfältigem Kalkül. Seine grauen Augen, die auch sein Wolf teilte, flogen an mir hinauf und hinab. »Oder teilen wir eine andere Meinung, Alva?«, fragte er und schenkte mir ein warmes Lächeln. Mein Herz ging auf.

»Eigentlich nicht.« Ich lächelte und strich mir eine klebrige Haarsträhne hinters Ohr.

»Gut«, sagte er und zupfte eine Staubfluse von seinem Oberteil. Darunter verbarg sich eine breite Brust. »Von dir habe ich in diesem Jahr am meisten erwartet.« Er sah zu mir hinab und hielt in seiner Bewegung inne. »Das weißt du doch, oder?«

Ich wusste, dass er davon ausging, dass mein Fell genauso schwarz war wie Neros Fell und ich damit Zweite in der Rangfolge – Beta – werden könnte. Aber seine Stimme ließ mich zweifeln.

»Ich weiß«, antwortete ich und warf Nero einen unauffälligen Blick zu. Seine Stirn barg tiefe Falten, während er den Kopf schief legte. So war er immer gewesen. So waren alle Wölfe, die ihre Familien beschützten.

»Gut, denn das Blut an deinem Körper spricht für deine Qualitäten«, meinte der weiße Wolf. »Aber das war nicht anders zu erwarten, nicht?«

»Entschuldigt, dass ich Euch unterbreche, Alpha.« Rave meldete sich mit gesenktem Kopf zu Wort.

Der Blick des Alphas huschte zu ihm und heftete sich auf sein dunkles Haupt. »Sprich, Epsilion.«

Rave sah ihm nicht in die Augen, hielt den Kopf demütig gesenkt. »Hat das Rudel die Beute meiner Schwester nicht gefunden?«

Der Alpha schüttelte den Kopf, legte die Stirn in Falten und richtete den Blick wieder auf mich. Eine Speerspitze stach direkt in meinen Magen. »Ja, Epsilion«, antwortete er langsam. »Manche Wölfe sind sehr hungrig und verschlingen ihr erstes Opfer mit Haut und Haaren. Dennoch haben meine Wölfe eine Blutlache gefunden. Das Blut soll nahrhaft gewesen sein, weshalb es mich positiv stimmt. Allerdings scheint von dem Opfer kaum mehr als ein paar Haarbüschel übrig zu sein.« Er stockte kurz und ließ seine Aufmerksamkeit auf einem Bild eines weißen Wolfes ruhen. Ob er der Wolf war? »Derzeit wird das Haar von unseren Laboranten untersucht, um dein Opfer identifizieren zu können.«

Ich nickte dankend und senkte den Kopf. »Ich weiß eure Anerkennung sehr zu schätzen, Alpha.«

Der Wolf seufzte schwer und fuhr sich mit der flachen Hand durchs Haar. Meine Brüder rührten sich nicht von der Stelle, waren wie zu Eissäulen erstarrt. Ich spürte ihre Anspannung durch den Raum fegen und gegen eine Wand krachen. Danach sauste sie direkt auf mich zu.

»Dein Rang entscheidet sich, wenn du deine Verwandlung kontrollieren kannst und ich deine Fellfarbe sehe. Wenn du so weit bist, lass mich rufen und ich werde kommen«, bestimmte der Rudelführer von Danosc. Er wandte sich halb zur Tür und heftete seine grauen Augen auf mein Gesicht. »Ach, Alva?«

»Ja?«

»Sag, konntest du deine Fellfarbe in der Dunkelheit erahnen?«

Ich verzog den Mund zu einer geraden Linie und erinnerte mich an die Schwärze und die Enge meines Körpers, als jemand anderes sich in mich zwängte. Meine Finger krallten sich in meine nackten Oberschenkel und hinterließen dunkelrote Abdrücke. »Nein«, gestand ich.

»Gut.« Er drehte sich zum Ausgang und nickte seinen drei Wölfen knapp zu. Sie erwiderten die Geste, legten die Hand aufs Herz und senkten die Köpfe. Als der Alpha die Haustür am Ende des langen Flurs erreichte, drang leises Murmeln an mein Ohr, »Hauptsache nicht weiß …«

Kapitel 4

»Und du kannst dich wirklich an nichts erinnern?« Nero warf mir einen eindringlichen Seitenblick zu.

Seitdem wir die Villa verlassen und in den nachtschwarzen Geländewagen gestiegen waren, hielt er nicht eine Sekunde den Mund. Er und auch die anderen wollten alles wissen. Das Problem war, dass es ein *alles* nicht gab. Eher ein nichts. Und das verstanden sie nicht.

»Ja!« Ich schnaufte frustriert und starrte auf dem Beifahrersitz aus dem Fenster. Der Wald zog an mir vorbei. Genau wie meine Gedanken und der kaum zu durchdringende Nebelschleier in meinem Kopf.

Die Bremsen quietschten, als Nero langsam das Tempo drosselte und die Schotterstraße zu unserem Anwesen hinauffuhr. Das Haus war auf einem kleinen Hügel gelegen und so zwischen den hohen Buchen und Eichen versteckt, dass man das Ziegeldach von der Straße aus, nicht erkennen konnte. Genau wie das Wolfslager.

Nach wenigen Minuten erreichten wir das elektronische Tor und fuhren hindurch und auf die Tiefgarage zu. Sonnenstrahlen blendeten mich, als sie sich auf dem Tor brachen und es leise hochfuhr. Der herbe Geruch des Männershampoos in meinem Haar vermischte sich mit dem Duft der Tiefgarage. Nachdem der Alpha verschwunden war, hatte ich die Gemeinschaftsduschen genutzt und mich ewig dem Schrubben meiner Haut gewidmet. Langsam war das Blut in den verkalkten Abfluss geflossen und erst nach einiger Zeit hatte ich ein Shampoo auftreiben können. Und Kleidung. Alles gehörte dem Rudel und entsprang einer Willkür aus Dingen in einer riesigen Holztruhe vor den Duschen. Deshalb war die Hose mindestens zwei Nummern zu groß und mein Shirt zu knapp.

»Das kann gut vorkommen«, meinte Jesse. Im Seitenspiegel erkannte ich Rave's fragende Miene. »Na, dass Wölfe ihre Erinnerung an das Blutritual verlieren. Aber keine Angst, Alva«, drang seine Stimme von hinten an mein Ohr. »Ich hatte meine Erinnerungen ebenfalls verloren und nach wenigen Tagen bekam ich Teile meiner Erlebnisse aus jener Nacht zurück. Manchmal muss man abwarten.« Er nickte zuversichtlich. Rave warf ihm einen skeptischen Blick zu.

Mir entkam ein leises Lachen, dass Nero lächeln ließ. »Jesse hat recht. Es kommt, wann es kommt.« Er lenkte den Wagen neben den ausgeblichenen Sportwagen von Jesse. Der rote Lack blätterte an der ganzen Längsseite des Autos ab. An manchen Stellen konnte ich mit meinem neuen, geschärften Sehvermögen einen Hauch von Metall erahnen.

»Was ist eigentlich mit deinem Auto, Rave?« Mit flinken Fingern schnallte ich mich ab, schlug die Tür auf und rutschte den Ledersitz hinunter. Eine kurze Zeit schwebte ich, bis ich auf hartem Beton landete und meinem Bruder in die Augen sah. »Ist es immer noch auf dem Sammelplatz?«

Rave's Augen funkelten in den Farben des Waldes. Seine Lippen verzogen sich zu einem hämischen Grinsen, als wir den Weg zu den Treppen einschlugen. »Pass bloß auf, dass du nicht bald auf dem Sammelplatz landest, *Schwesterherz*«, zischte er das letzte Wort. Die Demütigung, dass sein Auto im Rennen gegen Jesse verloren hatte, lastete schwer auf ihm. Jesse hatte ihn auf der Rennbahn so hart von der Seite gerammt, dass sein Auto nicht mehr zu gebrauchen war. Nero lachte und Jesse stimmte glucksend mit ein. »Das ist nicht lustig!«, fuhr Rave ihn an und stürmte auf die geraden Stufen zu.

»Spielverderber!«, rief Jesse ihm nach und setzte ihm mit großen Sprüngen nach. Wildes Kampfgeschrei traf aufeinander und brachte die Wände ins Wanken.

Neros und mein Blick trafen sich. Kopfschüttelnd folgte ich ihm die Stufen hinauf.

In der Küche angekommen beschlagnahmten Nero und ich die Eistruhe. In die Hocke gehend öffnete er das Kühlfach, wühlte lautstark darin umher und fluchte, denn seine Finger saugten sich an der eiskalten Wand fest. Mit einem Ruck befreite er sich und warf mir einen verstohlenen Blick über die Schulter zu. Kopfschüttelnd zog ich zwei Eisbecher aus dem untersten Fach.

Mit einer Abkühlung bewaffnet, wagten wir uns auf die Terrasse und drängten uns auf einer Sitzecke in die Schatten der Bäume. Als ich den Deckel aufschraubte, stieg der Duft von bitterer Schokolade in die Nase. Mir lief das Wasser im Mund zusammen.

»Was ist das Letzte, an das du dich erinnern kannst? Wo bist du aufgewacht?«, fragte mein einzig vernünftiger Bruder. Über den Deckelrand schielend, sah ich zu ihm hinüber, beobachtete, wie er sich die dunkle Creme von den Lippen leckte. Seitdem ich laufen konnte, hatten wir uns nachts in die Küche unserer Eltern geschlichen und die Eisschokolade aus dem Froster geklaut. Dabei war es umso schwieriger gewesen, leise zu bleiben, wenn die Dielen der Treppe bei jedem falschen Schritt das ganze Haus aufweckten. Manchmal hatten wir sogar geglaubt, den Fuchs zu wecken, der sich im Brennholz des tiefsten Schnees versteckt gehalten hatte.

Mein Blick huschte von der großen Terrassentür, zu den dunkelgrünen, sich im seichten Wind wiegenden Samtvorhängen und der von Kissen bedeckten Leseecke auf der anderen Seite der Plattform. »Ich bin in Danosc aufgewacht.« Ich rammte den Löffel in die eiskalte Schokocreme. Der Löffel bog sich unter dem kläglichen Versuch, das viel zu kalte Eis aus der Verpackung zu lösen. Ein warmes Lächeln legte sich um seine Lippen. »Der Lärm der Straße ließ mich wach werden«, erinnerte ich mich. Mein Herz zog sich zusammen. Die Gasse mit den zahlreichen Menschen erschien wie ein Gespenst vor meinen Augen, huschte an mir vorbei und verschwand irgendwo in meinem Kopf. Ein eiskalter Schauer durchfuhr mich. Ich sägte mit dem Löffel im Eis und war erstaunt, wie schnell ich die Stücke aus der harten Masse befreien konnte. Ich hatte viel mehr Kraft als gestern. »Da waren zwei Rettungskräfte der Menschen. Sie wollten mich ins Krankenhaus bringen, aber ich bin weggelaufen, bevor sie mich mitnehmen konnten. Sie dachten wohl, mir sei etwas Schlimmes passiert.«

Nero nickte langsam und stellte den Becher auf den Glastisch. Ich lehnte mich zurück in die bunten Kissen und zog die Füße auf die Polster. Er rückte auf der Sitzecke ein Stück näher. Meine Nase reckend, erkannte ich, dass er den Becher kaum bis zur Hälfte aufgegessen hatte. Normalerweise ließ er sein Eis für keine Sekunde aus den Augen. »Wo in Danosc? In der Metropole?« In seine Augen mischte sich etwas Wachsames, sie huschten in alle Ecken und über meinen Kopf hinweg.

Plötzlich wurde das Eis schwer in meinem Magen. Den letzten Löffel schluckte ich mühsam hinunter, bevor ich den Becher beiseitestellte. »Warum?«, fragte ich langsam in seine Richtung.

»Ich will es nur wissen.«

»Ist das nicht egal?«

Seine Augen flogen über mein Gesicht, berechneten jedes kleinste Zucken meiner Muskeln. »Für mich nicht.« Er richtete sich kerzengerade auf, streckte die Brust raus. Er sackte zurück und gegen das Polster, reckte die Nase zu den Baumkronen über unseren Köpfen und zu den, auf seinen Wangen, tanzenden Sonnenstrahlen.

Ich tat es ihm gleich.

»Versteh mich …«, setzte er an. Ich drehte den Kopf in seine Richtung, sodass unsere Augen sich kreuzten. Er lächelte müde und fuhr sich mit den Händen durchs Gesicht, als er fortfuhr, »… ich bin dein Bruder, ich will alles wissen.«

Ich legte den Kopf schief. »Es war ein Randbezirk. Ich weiß nicht welcher, aber es waren viele Menschen auf den Straßen«, gestand ich.

»Im *Line Quarter*?« Ruckartig setzte er sich auf und sah mich aus geweiteten Augen an. Ich vernahm seinen rasenden Herzschlag und war wie hypnotisiert von dem befremdlichen Geräusch. Seine zaghafte Berührung meiner Schulter registrierte nur ein kleiner Teil meines Gehirns.

»Ähm …«, überlegte ich und ließ meinen Blick in den offenen Wald schweifen. Er mündete direkt an die Holzplattform und wenn man ein Stück weiterging, traf man auf eine große Lichtung mit einem kleinen See.

»Hattest du das Gefühl, die Straßen verliefen parallel?«

Ich blinzelte angestrengt in dem Versuch, mich an die Umgebung zu erinnern. Ich war so schnell gelaufen, hatte mein Ziel so fest vor Augen gehabt, dass die Straßen wie ein verwischter Schleier an mir vorbeigezogen waren. Oder war meine Erinnerungslücke so groß?

»Ja«, bestätigte ich langsam und legte die Stirn in Falten. Ich drehte den Eisbecher zwischen meinen Händen und betrachtete die Fingerabdrücke auf der reinen Glasplatte. Der Appetit war mir vergangen. »Ich glaube schon.«

Nero schluckte und schüttelte den Kopf. »Es ist auch egal, du hättest nicht dort sein dürfen.«

Ich wartete ab, aber er redete nicht weiter. »Warum? Ich war nicht das erste Mal im *Line Quarter*. Oder irgendwo sonst in der Stadt«, fügte ich hinzu.

»Dort leben die Toten.«

Ein Lächeln stahl sich auf meine Lippen. »Ich bin kein kleines Kind mehr, Nero. Ich bin alt genug und kann auf mich selbst aufpassen.«

Früher, als wir noch im Norden gelebt hatten, hatte er mir viele Gutenachtgeschichten erzählt, die von schaurigen Wesen mit fahlem Teint und spitzen Zähnen handelten. Sie streiften durch die Gassen der Großstädte und fraßen unschuldige, kleine Wölfinnen. Allerdings hatten sich mit der Ankunft in Danosc und dem Beitritt des Rudels von Danosc seine Geschichten als Wahrheiten behauptet. Das Erste, was ich im Welpenlager gelernt hatte, war, immer auf der Hut vor langen Eckzähnen und rubinroten Augen zu sein.

Ich hatte noch nie einen Vampir gesehen. Laut den Schulbüchern des Rudels passten sich die Wesen an die Zeit an und unterschieden sich auf den ersten Blick nicht von den Menschen. Doch bei genauerem Hinsehen sollte man durch ihre raubtierhaften Bewegungen ihre wahre Gestalt erkennen.

Nero biss die Zähne zusammen. »Du bist meine Schwester.« Er atmete tief durch. »Ich werde immer auf dich aufpassen.«

»So wie ich immer auf dich aufpassen werde.« Ich zuckte zusammen, als Jesses Stimme hinter mir im Türrahmen erklang. »Mit den Vampiren ist nicht zu spaßen, Alva.«

Er trat auf die Terrasse und auf uns zu, ließ sich uns gegenüber in einen tiefen Korb mit orangefarbenen und blauen Kissen sinken. Ich drückte mich tiefer in die Polster, um seinen bohrenden Blicken zu entkommen. Wenn er wieder mit seinen Belehrungen anfing, werfe ich mich noch freiwillig einem Vampir in die Arme.

Seine Miene verwandelte sich in ein Abbild von Düsternis. »Danoscs Vampire sind alles andere als die Romantiker, wie du sie aus deinen Büchern kennst.« Meine Wangen brannten und ich wälzte mich auf meinen Polstern. Nero lachte leise, wurde aber schnell wieder ernst. »Sie sind rachsüchtig, egoistisch und zerstörerisch.« Jesses Kiefer mahlte, als er sich mit den Fingern über die rechte Augenbraue fuhr. Eine verblasste Narbe zierte die Stelle zwischen Haaransatz und unterem Augenlid.

»Ganz wichtig ist, dass sie in der Wirklichkeit noch beschissener sind als in deinen Büchern oder im Fernsehen. Blutdurstiger, machtgeiler und skrupelloser.« Er spuckte die Worte förmlich aus, dass ich meinen Jesse – den Menschen, meinen Bruder – kaum von seinem Wolf unterscheiden konnte. Sein Blick schoss zu mir und bohrte sich wie eine kalte Klinge in meine Augen. Ich rutschte unruhig auf dem Polster umher. »Und deshalb sind sie umso gefährlicher. Hast du dich nie gefragt, warum du deine tierische Gestalt niemals in der Stadt zeigen darfst?«

»Ja, aber das liegt an den Menschen. Wenn sie uns erkennen, werden sie wieder in Herden in die Wälder ziehen und auf alles schießen, was ihnen in den Weg kommt.«

Jesses Mundwinkel zuckten. »Das ist nur eine Seite der Gleichung.« Er lachte hohl und warf den Kopf in den Nacken. »Die Vampire machen uns kalt, wenn wir in Wolfsgestalt in ihrem Territorium gesehen werden.«

Mir rutschte das Herz in die Hose. Werde ich sterben? Ich war in der Stadt gewesen, auch wenn es ein Rätsel war, ob ich in tierischer oder menschlicher Gestalt durch die Straßen gewandert war.

Konnte ich im Nachhinein für meine Missachtung des Gesetzes verbannt oder getötet werden?

Wölfe und Vampire standen sich feindlich gegenüber und das schon seit Jahrhunderten. Aber das war kein Geheimnis. Wir wussten von unserer gegenseitigen Existenz, mieden aber die Nähe des anderen, um Konflikte zu vermeiden. Das gehörte zum alten Vertrag. Nachdem die Wölfe, nach dem großen Krieg, aus den Städten vertrieben wurden, riefen die großen Anführer beider Seiten Gesetze und Regeln ins Leben, die bis heute galten. Nur so konnte ein langer Frieden gewährt werden.

Jesses harte Linien wurden weicher und mein Blick huschte zu seiner Narbe. »Wie lautete noch mal die erste Regel?«, fragte er.

Ein Funken glomm in meinem Hirn, bis sich das Feuer entfachte. »Wölfe dürfen niemals die Stadt betreten.« Ich zog die Stirn kraus und verschränkte die Arme unter der Brust.

Die Vampire durften uns nur töten, wenn wir in Wolfsform in ihren Städten umherstreiften. Genauso wenig ist es ihnen gestattet, die Wolfslager anzugreifen. Gleiches galt für die Wölfe. Wenn ein Wolf einen Vampir oder ein Vampir einen Wolf angriff oder anderweitige Straftaten ausgeübt wurden, zog das meistens die Verbannung aus Vampirclan oder Wolfsrudel oder den Tod mit sich.

Es gab Grenzen, die weder der Eine noch der Andere überschreiten durfte. Dabei ist der Wald die Grenze der Vampire und die Stadt, die der Wölfe.

Ich blinzelte langsam. Es traf mich wie ein Schlag in die Magengrube. Ob man mich in der Stadt gesehen hatte? Mein Mund wurde staubtrocken, trockener als die Sommerhitze und die Wüsten im Osten. Ob der Alpha davon wusste? Hatte er deswegen so verhalten auf mein Opfer reagiert? Meine Finger zitterten und ich setzte mich auf sie – nun bebte mein ganzer Körper.

»Ob die Vampire davon wissen? Denkt ihr, sie wissen von mir?«, hauchte ich und krallte mich in das Polster. Ich sah zu Nero. Der Beta des Rudels musste wissen, was mit mir geschehen würde. »Dürfen die Vampire mich überhaupt töten? Als ich in der Stadt war, war ich kein vollwertiges Rudelmitglied. Nach meinem Versagen letzte Nacht, meiner gegenwärtigen Unfähigkeit mich zu verwandeln, bin ich immer noch kein richtiges Mitglied der Gemeinschaft. Eigentlich dürften die Gesetze nicht für mich gelten, auch wenn jeder Jüngling seit der Geburt unter dem Schutz des Rudels steht.«

Nero warf einen raschen Blick zu Jesse. Dieser zuckte nichts ahnend die Achseln und lehnte sich vor. »Ich weiß es nicht, aber du könntest recht haben«, überlegte er und ließ sich zurückfallen. Seine straffen Bauchmuskeln, ein Zeugnis seiner starken Wolfsform, hoben und senkten sich schwer unter seinem weißen T-Shirt. »Der Vertrag gilt zwischen Mitgliedern von Rudeln und den Vampiren der Städte. Selbst wenn, dürften sie dich nicht mehr holen. Die Regelung, ob Rudelmitglied hin oder her, gilt nur dann, wenn du dich aktiv als Wölfin in der Stadt bewegst und sie dich noch in ihrem Gebiet stellen. Und da du lebend aus der Stadt gekommen bist und vor meiner Nase das beste Schokoladeneis der Stadt in der Mittagshitze schmelzen lässt, ist der Grund, dich zu töten, verwirkt.« Er grinste schelmisch und schoss vor, langte mit ausgestrecktem Arm über die Tischplatte und riss den Eisbecher an sich. Mit einem siegessicheren Grinsen löffelte er die braune Suppe aus der Pappe und verdrehte bei jedem weiteren Löffel die Augen.

»Gut«, krächzte ich. »Wie geht es weiter? Abgesehen von dem Vampirdrama in der Stadt. Unterrichtet ihr mich weiterhin in den Benimmregeln des Rudels und zeigt mir, wie ich mich verwandle?«

»Nein, Kätzchen.« Ich fuhr hoch, als ich einen heißen Atem über meine Ohrmuschel streichen spürte.

Meine Hand flog durch die Luft, ehe ich mich zurückhalten konnte. Ein Keuchen entkam mir, als Rave's Finger sich um mein Handgelenk schlossen und meine Handfläche nur Millimeter vor seinem sündhaften Grinsen abfingen. Ich verengte die Augen und ertrug seine Grimassen. Er ließ mich los und steuerte den Platz neben mir auf der Couch an. Er grinste umso mehr, als er seinen Arm um die Lehne legte und mir von der anderen Seite mit dem Zeigefinger ins Ohr pikste. Knurrend sprang ich auf und tauschte mit Nero die Sitzreihenfolge.

Rave zog einen Schmollmund. »Wir können dir natürlich helfen, aber du wirst trotzdem deiner Pflicht nachkommen und zum Unterricht gehen.«

Ich presste die Lippen aufeinander. »Du hast ja keine Ahnung, wie das bei denen ist.« Unwillkürlich dachte ich an die letzte Stunde zwischen den hohen Bäumen und der alten Villa zurück. Und an einen dunklen Wolf. Mein Magen drehte sich um. »Es ist grauenhaft«, presste ich hervor. Ich konnte da nicht mehr hin. »Ihr wisst genau, wie anstrengend es mit den anderen Jungwölfen ist und wie nutzlos diese Stunden sind. Ich lerne viel lieber bei euch die Dinge, die ich wirklich im Rudel gebrauchen kann. Ich brauche nicht meinen sozialen Umgang zu trainieren, wenn Wölfe von Natur aus soziale Geschöpfe sind, oder meine Sprungkraft, obwohl ich in wölfischer Gestalt höher und weiter springen kann, als jeder Athlet.«

»Tatsächlich?« Rave zog die Augenbrauen hoch und stand auf. Er drehte sich weg und kehrte zurück ins Haus.

Sprachlos sah ich zwischen meinen Brüdern hin und her. Beide zuckten die Achseln. Ihnen war es egal, ob ich zum Unterricht mit den Jünglingen ging oder nicht. Rave war das Problem. Das war er schon immer gewesen. Wenn einer zu überzeugen war, dann war er es.

»Ja!«, rief ich aufgebracht und stürmte ihm barfuß in die Küche hinterher. Ich klammerte mich an die massive Arbeitsplatte. Rave sah nicht auf, als er sich gelangweilt ein Toast mit Erdnussbutter beschmierte. Der Gestank war so intensiv, dass ich spürte, wie mein Innerstes rebellierte. »Du weißt nicht, wie das mit Lydia ist. Wenn wir zu Hause wären, hättest du …«

Rave's Messer schwebte über dem orangefarbenen Glas. Er erstarrte und fuhr langsam zu mir herum. Seine Augen flogen abschätzig über mich hinweg. Seine Stimme war ruhig, viel zu ruhig, als er sprach, »Dein Zuhause ist hier.«

Meine Fingernägel bogen sich unter der Tischplatte, bis sie schmerzten. Wir redeten immer von *Zuhause*, über den Norden, als wären wir nie weggegangen. Als wären meine Brüder nie mit einem zwölfjährigen Mädchen und gepackten Taschen aus dem Haus im Schnee fortgegangen, beinahe geflohen. Fast so, als wäre nie einer in Danosc angekommen, als hätte nie einer hierher gewollt. Etwas Schweres legte sich um den Bereich, der mein Herz bildete. Es fühlte sich an wie kaltes Eisen, dass das, was da lag, in einen Würgegriff nahm und es nie wieder freilassen wollte. Als würde dieser Ort mich nicht freilassen wollen.

Ich wollte etwas sagen, fand keine Worte. Mein Mund öffnete und schloss sich immer wieder.

Blitzschnell sprang Rave vor und stopfte mir den Erdnussbuttertoast in den Mund. Ich riss die Augen auf, während mir ein dumpfer Laut entkam. Flugs spuckte ich es aus und fröstelte.

Rave stand mit selbstgefälliger Miene und verschränkten Armen vor mir. »Du gehst in den Unterricht mit den anderen in deinem Alter. Es ist mir egal, was du sagst und wie schrecklich du es findest. Und selbst wenn du krank spielst, schleife ich dich eigenhändig vor die Tore.«

Fassungslos ließ er mich in der Küche stehen und durchquerte das Wohnzimmer, um sich zu meinen Brüdern auf der Terrasse zu gesellen. Mit düsterer Miene warf ich den Toast in den Mülleimer und rannte mit lauten Schritten die Treppen hinauf. Mit einem ohrenbetäubenden Krachen ließ ich meine Zimmertür ins Schloss fallen. Ich wusste, dass Nero und Jesse gelauscht hatten, dass sie jeden meiner Schritte hörten. Es war kein Geheimnis, Wölfe nutzten gerne ihre scharfen Sinne zu ihren eigenen Vorteilen. Schwierig wurde es, wenn Rave's überempfindliche Ader zu nah an der Oberfläche lag. Seit einigen Wochen war dies besonders der Fall und häufte sich mit jedem verstreichenden Tag. Als läge etwas in der Luft. Etwas, das nur er sehen konnte.

Ich bereute es nach fünf Minuten, nicht krank gespielt zu haben. Denn gleich, nachdem mein Bruder mich vor der Villa abgesetzt hatte, brach meine ganz persönliche Hölle los. Es begann sofort, als ich um das Haus gegangen war, und mein Blick auf einen blonden Schopf fiel.

Cole hatte mich schon längst gesehen und sein überhebliches Grinsen aufgesetzt. Danach war er mit einem Haufen von Wölfinnen an den Fersen auf die Lichtung hinter dem Haus gegangen. Früher war er nie so gewesen. Das war noch vor seinem Blutritual und bevor sein Vater in der Rangfolge zum zweiten Beta im Rudel aufstieg. Damals waren wir Freunde gewesen.

Ich knirschte mit den Zähnen, als ich an den Tag zurückdachte, an dem sich der Jungwolf in einen richtigen Wolf verwandelt hatte und am nächsten Tag Rang und Titel bekam. Er wurde Zeta und war Rave unterstellt. Ausgerechnet mit ihm musste ich diese Stunden in Partnerarbeit verbringen. Die Tatsache, dass er mir zugeteilt wurde, und meine erste bewusste Verwandlung anleiten sollte, machte die Situation nicht besser.

»Was?«, entfuhr es mir, als mir sein unentwegtes Starren zu sehr auf die Nerven ging. Meine Konzentrationsfähigkeit glich der einer Ameise, wenn er, wie zu einer Statue erstarrt, auf dem Baumstumpf mir gegenübersaß.

Ein Grinsen stahl sich auf seine Lippen. Sein Finger deutete auf meine Schläfen. »Du schwitzt.«

Meine Augen verengten sich zu kleinen Schlitzen. Wie sollte man nicht schwitzen, wenn die Luftfeuchtigkeit so hoch war, dass allein der Gedanke, an meine Wölfin mein Herz zum Rasen brachte?

Ich rümpfte die Nase und fuhr mir mit den Fingern über die Feuchte meines Gesichtes. Sogar meine Kopfhaut schwitzte im Schatten der Bäume. »Stört es dich?«

»Ja.«

Meine Mundwinkel zuckten nach oben. »Gut.«

Cole rollte die Augen und stützte sein Kinn auf die Hände.

Ich schloss die Augen, um mich zu konzentrierten und atmete tief durch. Eine Fingerspitze fuhr meinen Arm hinab und zu meinem Handgelenk. Ich riss die Augen auf und holte aus. Der Schlag zielte direkt auf seine Nase. Ein lautes Keuchen entkam ihm, als er sich auf die Füße rappelte und um einige Schritte zurücktaumelte.

Meine Brust hob und senkte sich hektisch, ich war zu nichts in der Lage, außer zu atmen. Blut tropfte von seiner Lippe. Sein Blick klärte sich, wurde so ruhig, dass ich um einige Schritte zurückwich. Auf der Lichtung wurde es ganz still.

Er stürzte sich mit Gebrüll auf mich und riss mich zu Boden. Wir schlugen schmerzhaft auf dem Boden auf und meine Sicht verschwamm, bis das Grün des Waldes einer Mischung aus Grau wich. Ich atmete nicht, tat gar nichts, während sich mein Körper und mein Geist sich auf ihn fixierten. Meine Finger bogen sich zu Klauen. Macht durchfloss mich wie eine berauschende Droge.

Macht.

Genau das war es, wonach er sich sehnte – sich *verzehrte.* Jeder Wolf tat das. Es brauchte einen winzigen Schubs über die Klippe und er würde die Kontrolle verlieren. Ich musste ihm nur das Hochgefühl nehmen, wie in jener Nacht nach seiner Verwandlung.

Ich rollte uns herum, packte seine Kehle und drückte zu.

»Alva!« Eine Stimme donnerte über die Lichtung und traf mich so schwer, dass ich von Cole zurückwich. Farbe legte sich auf die Welt.

Mitunter von Sekunden baute sich die Wölfin vor uns auf und erhob sich, wie die zahlreichen Statuen am Waldrand, hoch über unsere Köpfe. Ich schluckte schwer, als ich Lydia entgegensah. Sie packte Cole und mich am Arm und zog uns auf die Füße.

Ihre Blicke durchbohrten mich wie Eiszapfen. »Was fällt dir ein? Wir sind nicht in einem Boxclub!«

Ich zuckte die Achseln und trat weg. »Ich weiß.«

Ihr entkam ein hohler Laut. »Ich weiß!« Sie schüttelte den Kopf und stemmte die Hände in die Hüften. Ich wurde immer kleiner, je lauter sie mir ihre Standpauke erteilte und Cole wurde mit jeder Sekunde immer größer. So ein Arschloch.

»Nichts ist in Ordnung.« Lydia stemmte die Hände in die Hüften und ich zog den Kopf ein. »Ich werde mit deinem Bruder reden und ich will, dass du von heute an jede Stunde mit Cole verbringst.«

»Lydia, ich …«, protestierte ich.

Sie schnitt mir mit eiskalter Miene das Wort ab. Ihre dünnen Lippen verzogen sich zu einer Linie. »Keine Widerrede, Alva. Am besten ist es, wenn du gleich nach Hause gehst. Ich will dich heute nicht mehr sehen.«

Ich presste die Lippen aufeinander und packte meinen Rucksack und stürmte ohne zurückzublicken von der Lichtung. Ich hatte es kaum bis zur Villa geschafft, als es im Unterholz knackte und Cole neben mir auftauchte. Ich blieb stehen.

»Was willst du?«, fragte ich bitter und verengte die Augen zu Schlitzen.

Er sagte nichts, legte den Kopf schief und packte blitzschnell meinen Arm. Mit wölfischer Kraft drängte er mich zurück, bis ich kalten Stein in meinem Rücken spürte.

»Was ist dein scheiß Problem?«, fauchte ich, als meine Wölfin sich gegen ihn stemmte. Vergeblich.

Cole kam so nah, dass ich ihm am liebsten ins Gesicht gespuckt hätte.

Er lachte leise und klang wie das ferne Donnern eines nahen Sommergewitters. »Du hast mich bloßgestellt. Vor allen anderen. Das lasse ich nicht zu.« Seine Stimme war ruhig – zu ruhig. Er wusste, dass die Körper der männlichen Wölfe von Natur aus muskulöser und schwerer waren als die der weiblichen. Und das nutze er vollends aus, als er sich gegen mich lehnte. »Ist dir deine Zunge lahm geworden, Alva?«

Ich verzog die Lippen zu einer Grimasse. »Das hättest du wohl gerne.« Meine Wölfin entfachte meinen Mut. Ich spuckte ihm ins Gesicht, was ihm ein Knurren entlockte.

»Alva, wie sie leibt und lebt.« Er lachte und beugte sich vor, wobei sein Mund meine Ohrmuschel streifte. »Du kannst froh sein, dass du die Schwester vom Beta bist. Ansonsten wärst du schon lange tot.« Äußerlich wirkte er ruhig, aber innerlich kochte er.

Meine Wangen glühten, als mir sein Duft entgegenschlug. Scham und Wut mischten sich, als sich mein Gehirn an Dinge erinnern wollte, die ich verdrängt hatte. Ich wollte mich nie wieder so schwach und naiv fühlen wie in der Nacht, in der ich glaubte, Cole würde auch etwas für mich empfinden. Damals, als er mich ins Gartenhaus gezerrt und auf eine Werkbank gehoben hatte. Ich hatte die Beine um seine Hüften geschlungen und ihm das Shirt vom Kopf gezogen. Mir schauderte es. Die Nacht hatte aus zu vielen feuchten Küssen und heißen Atemzügen bestanden, als dass ich erkennen konnte, dass er meine Gefühle für ihn nur ausgenutzt hatte, um sich besser – machtvoller – zu fühlen.

»Erinnerst du dich?« Er lachte leise. Sein Atem strich, wie damals, heiß über meinen Hals. Meine Lider flatterten. »Erinnerst du dich?« Seine Stimme wurde mit jedem Wort kehliger. »Erinnerst du dich an den Moment, in dem ich dich eroberte?«

Natürlich erinnerte ich mich. Wie konnte ich es vergessen? Jedes Mal, wenn ich ihn sah, musste ich daran denken. Darum hasste ich ihn umso mehr. Ich hätte niemals mit ihm gehen dürfen. Kaum einen Tag später wusste das ganze Rudel davon. Er hatte es allen erzählt. Die Scham, die mich getroffen hatte, als ich meinen Brüdern gegenüberstand, war unermesslich. Ihre finsteren Mienen, die Art, wie sie mich zu sich gerufen und auf dem Sofa auf mich gewartet hatten, werde ich niemals vergessen. Und sie auch nicht.

Cole gierte nach Macht. Er wollte Macht, mehr als alles andere. Einen Wimpernschlag später stieß ich ihn so hart gegen die Brust, dass er von mir abließ. Blitzschnell duckte ich mich unter seinen Arm und rannte an der Villa vorbei. Er folgte mir nicht, als ich, wie von einer Biene gestochen, über den Schotterweg jagte. Es war ihm verboten, mir je wieder zu nahezukommen, außer, er wollte sich der Drohung meiner Brüder stellen und den Zorn des Alphas auf sich ziehen.

Doch das wollte niemand.

Kapitel 5

Komplett außer Atem riss ich die Haustür auf und ließ sie mit einem schweren Krachen zurück ins Schloss fallen. Meine Lunge brannte wie Höllenfeuer und zog sich mit jedem weiteren Atemzug schmerzlich zusammen. Ich war nicht stehen geblieben, konnte keine Sekunde innehalten und mich im kühlen Schatten der Bäume aalen.

Nach einer kurzen Atempause sah ich auf, schlüpfte aus meinen Schuhen und klemmte sie unter meine Achseln. Nero würde mich umbringen, wenn er erfuhr, weshalb ich früher vom Unterricht zurückgekehrt war. Flugs lief ich auf Zehenspitzen über die kalten Fliesen des Flurs und lugte um die Ecke. Niemand war im Wohnzimmer. Tief ein- und ausatmend nahm ich meine Sinne zusammen und eilte auf die Holztreppe, mit dem verchromten Geländer, zu. Sie war genau auf der anderen Seite des Raums, was bedeutete, dass kein Versteck zu finden war, falls einer meiner Brüder früher zu Hause war.

»Alva?« Mein Herz setzte aus, als ich Neros Stimme hinter mir hörte. Ich blieb wie angewurzelt stehen und wagte nicht zurückzusehen. Langsame Schritte bewegten sich auf mich zu. Ich hörte das Holz bei jedem Aufsetzen der Fersen ächzen. »Was machst du hier? Ich dachte, ich soll dich erst in einer Stunde vor der Villa abholen.« Nero trat in mein Sichtfeld und baute sich mit verschränkten Armen vor mir auf.

Ich legte den Kopf in den Nacken und blinzelte unschuldig. »Ich durfte früher gehen.«

»Tatsächlich?« Er zog die Brauen hoch.

»Ja. Ich hatte mich gut geschlagen.« Ich musste mir ein Grinsen wegen der Zweideutigkeit verkneifen. Ich log nicht, aber ich erläuterte ihm die Umstände meines Gehens ebenso wenig. Ob Lydia ihn schon angerufen hatte? War er deswegen zu Hause und nicht beim Alpha?

Er nickte skeptisch und lockerte seine Arme.

Mein Blick flog über ihn. »Was ist los? Warum bist du zu Hause?« Ich stellte mich auf die Zehenspitzen und reckte die Nase. »Sind Rave und Jesse auch hier?« Wenn beide Zuhause waren, wäre Jesses Predigt und Rave's enttäuschte Bemerkung über mein Fehlverhalten nichts im Vergleich zu gestern.

Nero verzog den Mund zu einer geraden Linie. »Sie sind vor einigen Minuten in die Stadt gefahren. Es ist besser, wenn sie jetzt nicht hier sind. Sie waren schon aufgebracht genug.« Er sah in Richtung des Sofas und ließ die Schultern hängen. Mit dem Kinn nickte er zu den Polstern. »Setzen wir uns«, schlug er vor und durchquerte mit langen Schritten den Raum. Ich folgte ihm stumm und setzte mich, mit einigem Abstand, neben ihn.

Irgendetwas stimmte nicht. Ich spürte es an seiner Art, wie er sich das Kinn kratzte, wie seine Augen durch den Raum huschten und keine Ruhe fanden. Die Luft wurde dichter, war so schwer, dass mir das Atmen schwerfiel. Eigentlich dürfte er zu dieser Zeit nicht im Haus sein. Über den Tag war er immer neben dem Alpha und sorgte für seinen Schutz. Selten war er vor mir zu Hause und Rave und Jesse sowieso nicht. Ich wusste nicht, was ihre Aufgaben im Rudel waren, da ich nie fragen durfte oder nie eine Antwort bekam. Allerdings befand sich Rave am Tag nie in der Stadt und Jesse war für die Sicherheit des Waldes zuständig.

»Ist etwas passiert?«, wagte ich zu fragen und richtete mich auf. Meine Finger trommelten auf meine Oberschenkel. Neros Kiefer mahlte und seine Adern stachen an den Innenseiten seiner Arme hervor.

Er griff zum Wohnzimmertisch und warf mir einen Brief auf den Schoß. Ich sah ihn fragend an, als er sich zurücklehnte und die Arme rechts und links auf der ledernen Lehne ausbreitete.

»Lies das«, befahl er.

Meine Augen flogen über den Umschlag. Das Papier war dick und weich. Also musste der Absender Geld besitzen. Aber wer schrieb heutzutage noch Briefe?

»Musst du wirklich jeden meiner Briefe öffnen?«, stöhnte ich genervt.

Ich zog den Brief aus dem bereits geöffneten Umschlag. In dieser Familie öffneten wir die Briefe des anderen, da sowieso nichts geheim blieb. Früher oder später kam in diesem Haus jedes Geheimnis und jede Heimlichkeit ans Licht. Ich hatte schließlich drei Brüder, die dafür sorgten. Aber manchmal wünschte ich mir etwas mehr Privatsphäre. Besonders, wenn ich in meinem Zimmer war oder Post bekam.

Im Augenwinkel sah ich, dass Nero mit den Schultern zuckte und seine Beine ein Stück mehr spreizte, weshalb sein linkes Knie mich beiseiteschob. »Ich bin immer noch dein Vormund«, erinnerte er mich gelangweilt. »Du lebst in meinem Haus und wenn es dir nicht gefällt, kannst du genauso gut in eines der Löcher am *Old Market* ziehen.«

Meine Finger bohrten sich in das edle Papier mit den vielen goldenen Schnörkeln an den Rändern. In mir brodelte ein Suppentopf und war kurz vor dem Überkochen. Meine Wölfin rumorte in meinem Kopf und fuhr ihre Krallen aus. Er wusste ganz genau, dass ich auf die Familie angewiesen war und mir nie im Leben eine eigene Wohnung leisten konnte. Auch nicht im *Old Market*. Entweder müsste ich mir einen neuen Job oder eine neue

Stadt suchen, wo die Mietpreise günstiger waren. Beides kam nicht infrage und auch das wusste er.

Einsame Wölfe überlebten nicht. Wölfe brauchten ihre Familien, die Gemeinschaft.

Das leichte Papier wog schwer in meiner Hand. Dort, wo der Absender vermerkt sein sollte, zierte ein runder Stempel in roter und schwarzer Tinte das Papier. Es wirkte wie ein kreisrundes Wappen. Bei genauerem Hinsehen erkannte ich zwischen aufwendigen Verzierungen eine kleine Fledermaus. Meine Fingerspitzen strichen über die in der Mitte des Kreises abgebildete Figur eines Tieres. Ich runzelte die Stirn, die Fledermaus bildete mit ihren weit aufgeschlagenen Flügeln ein V über ihrem Kopf.

Meine Finger rutschten über das Papier und hinterließen schwache Schweißflecken. Ich schluckte schwer und sah zu meinem Bruder auf. »Der Vampirhof«, flüsterte ich leise und erinnerte mich an die Abbildung der Schulbücher des Rudels. Ein eisiges Prickeln lief mein Rückgrat hinab. Angst kroch meine Kehle hinauf und setzte sich in Form einer dicken Kugel in meinem Hals fest. Sprechen fühlte sich unmöglich an.

Meine Füße wippten aufgeregt auf und ab, als mir die Bilder einer schwarzen Festung an den Klippen eines rauen Meeres einfielen. Das Rudel hatte uns zahlreiche alte Aufnahmen und Bilder von dem Vampirhof gezeigt. Auf ihren massiven Garnisonen marschierten bleiche Wesen in wallenden Umhängen und verschleierten Gesichtern auf und ab. Ein unheimliches blaues Flimmern hing über ihren Köpfen und strahlte über die gesamte Ebene bis in die Ausläufe der Andralen. Es wirkte so surreal wie in einer Geschichte von Gut und Böse. Mich juckte es in den Fingern, zu wissen, ob die Vampire immer noch so lebten.

Prickelnde Aufregung packte mich, als ich an die Wesen dachte. Ich holte tief Luft und dachte an den einsamen Mann in der dunklen Festung. Er saß allein auf seinem Thron aus weißen Knochen, die das schwache Licht des Mondes einfingen. »Haben die Vampire wirklich nur einen Herrscher, der die gesamte Vampirwelt regiert? Ihren König?«

»Ja und nein«, meinte Nero und legte den Kopf an die Polster. Das Leder knarrte unter seinem Kopf. Er starrte an die Wand, ihm gegenüber. »Es kommt darauf an, ob du sie als Könige bezeichnen willst oder nicht. Früher hatten sie einen Monarchen, bis er in einer Schlacht von einer silbrigen Wölfin getötet wurde. Nach ihm wurden die Vampirfürsten eingeführt, die über Teile ihrer Welt aus Dämonen herrschen. Wir kennen nur die sieben Fürsten, die auf unserem Kontinent herrschen. Sie bilden die obersten Mitglieder des Vampirrats. Sie sind sozusagen die Elite.«

»Wie viele Vampire sind in dem Rat?«, fragte ich. Ich zwirbelte mit flinken Fingern eine Haarsträhne um die Finger. Dann ließ ich sie wieder los und begann von Neuem.

Nero zuckte die Achseln und warf mir einen raschen Blick zu. »Keine Ahnung. Hunderte? Tausende?« Er zuckte mit den Achseln. »Wir wissen nur von den Fürsten und einigen anderen Vampiren in der Stadt. Ansonsten haben wir nichts mit ihnen zu tun, außer es kommt zu Konflikten. Aber das weißt du.«

»Was ist an der Elite so besonders? Kann jeder der Vampire einer von ihnen werden?«, wollte ich wissen und vergaß das Stück Papier auf meinem Schoß. Die Wölfe wussten so wenig über unsere Feinde, dass ich nach Wissen lechzte. Es gab genug Gerüchte über Vampire, wie ihre Empfindsamkeit gegenüber der Sonne und den Tod durch das Essen von Knoblauch. Aber das waren keine geprüften Quellen.

Er runzelte die Stirn und rieb sich mit Daumen und Zeigefinger die Stelle zwischen den Augenbrauen. »Mir ist es nicht erlaubt, nicht freigegebenes Wissen über die Vampire zu teilen.

Wenn du deinen Rang erhältst, darf ich dir mehr sagen, Alva. Aber lass mich dich warnen, Schwester.« Ich straffte die Schultern. »Wenn du jemals dem siebten Fürsten begegnest, der mit dem heißen Feuer in den Augen, sieh nicht hin und sprich nicht mit ihm. Egal, was er dir verspricht oder tut. Am besten, du ignorierst ihn oder meidest ihn von Anfang an.«

Ich lehnte mich zu meinem Bruder und stieß dabei gegen sein Knie. »Warum?« Ich hing an seinen Lippen. Ich erinnerte mich an Erzählungen von einem großen Vampir mit flammendem Blick. Seine Augen sollten so heiß, so alles verzehrend sein, dass allein das Hinsehen in die Augen einen zur Asche verbrennen konnte. Jeder Fürst besaß laut den Lehrbüchern eine Gabe und der Blick aus Feuer war die Gabe des siebten von ihnen. Mein Herz schlug wie wild, als ich an ihn dachte. Im Unterricht hatte ich jedes Wort über die Elite der Vampire aufgesogen, bis ich vor Adrenalin gezittert hatte. Auch jetzt packte mich die Aufregung und verleitete mich in eine Achterbahnfahrt aus Angst, Wissensdurst und Neugierde.

Nero verzog den Mund zu einer Grimasse und wendete den Blick ab. »Nicht seine Augen sind das, was ihn so gefährlich macht. Vielmehr ist es seine Einstellung, den Wölfen gegenüber. Vampire hassen uns, aber er tut es noch mehr. Er ist machthungrig und eitel und hatte seine eigene Familie getötet. So eitel, dass er seinen älteren Bruder im Schlaf ermordet hatte, um alle Titel und Ländereien von seinen Eltern zu erlangen.«

»Oh«, entkam es mir. Meine Wangen glühten. »Ich würde dich niemals töten. Nicht für alles Geld der Welt. Für gar nichts.«

»Das will ich wohl hoffen.«

Wir sahen uns an. Dann lachte er und ich mit ihm. Es tat gut, zu lachen. Wärme breitete sich in mir aus, da, wo die Kälte sich befand. Mein Blick fiel in meinen Schoß und auf den Brief mit dem Fledermausabzeichen. Wieder war in meiner Brust diese prickelnde Aufregung, mit einem Stich von Angst. Meine farblose Wölfin stupste neugierig ihre Nase gegen unsere geistige Barriere. Sie war genauso gespannt wie ich.

Ich öffnete das in der Mitte gefaltete Papier und las die wenigen Worte. Ich kniff die Augen zusammen und brauchte einen Moment, um Körper und Seele zu sammeln.

Meine Augenlider zuckten gefährlich, als ich meinem Bruder entgegensah und mit zittrigen Händen das Papier in den Umschlag stopfte. Es war egal, ob es knitterte. Mir war alles egal. In mir tobte ein Sturm, der alles zum Einsturz brachte.

Ich hatte niemanden umgebracht. Mir stieg die Magensäure hoch. Diesmal war die Neugierde verflogen, die Angst hielt mich im Würgegriff und zerdrückte mir die Kehle. Ich konnte niemanden töten und wenn ich es nicht schaffte, tat das auch meine Wölfin nicht. Ihre Persönlichkeit bestand aus meinen verstärkten Gefühlen. Deshalb konnte sie nie im Leben jemanden Unschuldigen umgebracht haben. Zuversicht machte sich in mir breit.

»Ich kann nicht glauben, dass ich vor den Vampirrat geladen werde. Ich bin keine Mörderin und das weißt du.« Ich zerknüllte das Papier und warf es in die Ecke. Wut fachte meine Adern an und brannte so heiß wie das Höllenfeuer.

Neros Miene wandelte zwischen Zorn und Sorge. Allerdings galt der Zorn nicht mir. »Du bist unschuldig«, bestätigte er und fuhr sich gestresst durchs nachtschwarze Haar. Es war genauso dunkel wie sein Fell. »Wir alle wissen das. Ich hatte den Alpha informiert, als du im Unterricht warst. Er kümmert sich mit Coles Vater um die Angelegenheit. Das ist ein Irrtum und das weiß er. Aber der Rat hat dich vorgeladen und wenn du nicht erscheinst, bekommen das Rudel und ganz besonders du Probleme, die im Moment keiner von uns gebrauchen kann.«

Meine Wut verpuffte und das nagende Gefühl der Angst machte sich wie ein Parasit in mir breit. Ich zog mir mit den Zähnen die Haut von den Lippen. »Was ist, wenn sie mich einsperren und aussaugen?« Meine Stimme wurde dünn. Der Biss eines Vampirs war schmerzhaft und konnte, bis man verblutete, über quälende Minuten andauern. Dabei konnte der Vampir entscheiden, wie viel Schmerz er dir zufügen wollte und deinen Tod herauszögern. Mir wurde eiskalt und ich glaubte, mich übergeben zu müssen.

»Vielleicht ist es ein Hinterhalt.« Nero legte die Stirn in tiefe Falten. »Eigentlich ist das nicht ihr Stil. Aber selbst, wenn die Vampire Probleme haben, hängen sie das lieber ihren eigenen Leuten an. Andernfalls bereitet ihnen das Rudel nur weitere Probleme, zumal der Alpha in die Sache einbezogen wird. Und dumm sind die Vampire ganz sicher nicht. Daher muss es ein Irrtum sein«, überlegte er laut.

Das machte Sinn. Es musste ein Irrtum sein.

Nie im Leben hätte ich es gewagt, einen Vampir zu töten. Es verstieß gegen alle Regeln, gegen alle Gesetze. Hätte ich es getan, wäre ich nicht nur meinen Platz im Rudel los, sondern auch meine Ehre als Wölfin und meine gesamte Familie. Ich wäre eine Enttäuschung für die Wölfe auf dem gesamten Kontinent und ganz besonders für meine Brüder. Es würde so weit kommen, dass ich nie wieder mein Zuhause besuchen und nie wieder Kontakt zu den Rudeln aufnehmen durfte. Zu allen Rudeln. Ein solches Schicksal war der Tod für jeden Wolf. Bestenfalls rammte man sich das Messer ins Herz und starb einen erträglicheren Tod, als in vollkommener Einsamkeit und Isolation zu leben.

»Was passiert, wenn ich sie nicht überzeugen kann?« Ich kaute auf meiner Unterlippe, bis ich Blut schmeckte. Rasch hörte ich auf. »Was, wenn ich schuldig bin?«, fragte ich mit zitternder Stimme.

Würde es so weit kommen, wäre ich nicht nur eine Schande für meine Brüder. Nein, auch sie würden eine Schande sein, weil sie zu mir gehörten. Egal, ob sie Freunde im Rudel hatten oder nicht. Entweder würden sie mit mir verstoßen oder zu Außenseitern gemacht werden. Mein Herz zog sich schmerzvoll zusammen und ehe ich mich versah, fielen dicke Tränen in meinen Schoß. Bevor mein Bruder meine Schwäche sehen konnte, schlug ich die Hände vor dem Kopf zusammen. Neros Arme schlangen sich um mich und hielten mich schützend an seine Brust gedrückt. Aber ich konnte mich nicht beherrschen. Nero beschützte mich immer und sein Leben lang. Die Erkenntnis, dass er nicht einmal vor den Vampiren zurückschreckte, brachte den Damm zum Brechen.

Ich hatte nie für ihn etwas getan, weil er nie weinte. Er war nie schwach, nie traurig oder deprimiert. Er war immer der Starke. Immer der Beschützer.

Nachdem die ersten Tränen verebbt waren, zitterte ich so stark, dass wir eine Weile so auf dem Sofa saßen. Ich, das Gesicht an sein tränennasses Shirt gedrückt, und er, ruhig und stark neben mir – wie immer.

Er wischte mir zaghaft die Tränen von den Wangen und schenkte mir ein aufmunterndes Lächeln. Nachdem wir nach Danosc gezogen waren, hatte er alles getan, um sich im Rudel Respekt zu erkämpfen. Damals stand er mit meinen Brüdern am Rande des Geschehens, aber heute waren sie mittendrin. Ich würde ihnen das Herz brechen, die Ehre nehmen, falls mein Schicksal zugunsten der Vampire entschieden werden würde.

Das durfte ich nicht zulassen. Ich war unschuldig.

»Sie werden dich nicht einsperren«, meinte Nero entschlossen.

»Und was, wenn doch?« Meine Kehle schmerzte beim Sprechen und meine Augen brannten aufs Neue.

Nicht wieder weinen, Alva!

Er sah zu mir. In seinen Augen lagen Schmerz und so viel Wut, dass ich unwillkürlich zurückzuckte. »Sie werden dich nicht einsperren.« Zuversicht vertrieb die Gewitterwolken und die harten Kanten in seinem Gesicht. »Jedenfalls nicht, solange ich bei dir bin. Auch der Alpha wird nicht zulassen, dass du zu Unrecht eingesperrt wirst. Denk dran, Alva.« Seine Augen durchbohrten mich und sahen bis in meine Seele. »Er hält große Stücke auf dich und wird nicht zulassen, dass sie dich ihm wegnehmen.«

Ich sah zu, wie Nero vorsichtig nach meinen Händen griff. Die Berührung veranlasste meine schwirrenden Gedanken zu verlangsamen. Ich holte tief Luft und erwiderte den Händedruck mit einem sanften Lächeln.

»Du bist unschuldig, kleine Schwester«, versicherte er mir und sah mir dabei so tief in die Augen, dass ich glaubte, mein Gesicht in ihnen zu sehen. Ein Lächeln überkam ihn, dass zu einem bösen Grinsen heranwuchs. Meine Magengrube zog sich zusammen. »Wir werden ihnen die Zähne ziehen«, versprach er mir.

Meine Mundwinkel zuckten nach oben. »Und behalten sie zum Trumpf?«, schlug ich vor. »Die spitzen Enden eignen sich bestimmt hervorragend als Brieföffner.«

Neros schallendes Lachen durchbrach die Trübseligkeit und war so laut, dass die Bäume sich vor ihm neigten. Zuversicht breitete sich wie eine wärmende Umarmung in meinem Körper aus und traf direkt in mein wölfisches Herz.

Ich war nicht allein auf dieser Welt.

Zumindest noch nicht.

Kapitel 6

Ich war zuversichtlich die Treppe hinuntergelaufen, bis ich in die Küche kam und alle drei Wölfe auf den Barhockern sitzen sah. Rave hatte mir sogar Frühstück gemacht. Nur wegen seiner Bemühungen, das Angebrannte von den Pancakes abzukratzen, kaute ich auf einigen Bissen herum. Ich schluckte sie mühsam runter, ignorierte meine enge Kehle und half mit etwas Wasser nach. Ich schüttelte mich innerlich, die Pancakes schmeckten wie Pappe.

Ich schaffte nichts mehr, schob den Teller von mir und stand auf.

»Dann können wir endlich los.« Nero hob den Blick und ich nickte.

Ich sah Rave und Jesse abwartend an. Sie rührten sich nicht. »Kommt ihr?«

Rave schüttelte den Kopf. »Nicht heute, Kätzchen. Nur Nero und der Alpha dürfen dich begleiten.« Er verzog den Mund. »Wir sind ja eigentlich keine richtige Familie.«

Ich blinzelte. »Natürlich sind wir das.«

»Das sehen die Vampire anders.« Rave lächelte gutmütig. Das Aufheulen eines Motors drang durch die dicken Wände an meine Ohren. Rave registrierte es und meinte, »Warte nicht zu lange. Wir sehen uns heute Abend, aber dann wollen wir alle Details erfahren.«

Ich nickte schwach, drehte mich zum Flur und schlurfte langsam in die Tiefgarage. Ich wollte das alles nicht. Hätte ich gewusst, dass die gestrige Nacht so enden würde, wäre ich nie in den Wald gegangen. Binnen von Sekunden saß ich mit glühenden Wangen und rasselndem Atem neben meinem leiblichen Bruder.

Wir rollten langsam auf die Straße, wobei mit jedem Meter das Haus im Wald immer kleiner wurde. Schließlich verschwand es gänzlich im Rückspiegel und wurde von hohen Bäumen verborgen.

Es war noch dunkel, als wir die Vororte von Danosc erreichten und nur der Smog, der wie eine dicke Blase um die Metropole lag, zeigte uns den Weg.

Ich zupfte gedankenverloren an meinem schwarzen Kleid. Rave hatte es mir gleich nach dem Aufstehen gegeben und gesagt, mein Auftreten spiele eine bedeutende Rolle. Gutes Aussehen würde meine Autorität stärken, besonders da Vampire viel Wert auf ihr Äußeres legten.

Während die Landschaft sich von dichtem Grün zu einem Grau wandelte, bildeten sich vor meinen geistigen Augen Vampire. Sie tanzten mit fahler Haut und blutroten Lippen in der Windschutzscheibe. Neugierig reckte ich die Nase. Sie wirkten wie normale Menschen – etwas eingestaubt, aber harmlos – und nicht wie heuchlerische Blutsauger. Eigentlich wirkten sie wie die Menschen, die vor Jahrhunderten den menschlichen Hofstaat an Königshofen bildeten. Die Männer trugen dicke Ringe an ihren knochigen Fingern und lange Umhänge aus schwarzem Samt. Mit jedem Schritt wallte sich der dunkle Stoff um ihre Schultern und verhüllte ihr Antlitz in einen geheimnisvollen Schleier von surrender Macht. Die Damen hingegen waren wunderschön. Ihre weit ausgestellten Kleider und engen Korsagen pressten sie wie einen Schraubstock zusammen, was sie anmutig in der Dunkelheit tanzen ließ. Ich bewunderte ihre edlen Kleider und dicken Schmuckstücke um Hals und Handgelenke. Doch der mörderische Schein trübte sich nach einigen Bewegungen, bis die Vampire sich gänzlich auflösten und mit dem Gepuste der Lüftung vertrieben wurden.

»Was denkst du?« Nero warf mir einen raschen Seitenblick zu.

»Nichts.« Meine Hände fingen unwillkürlich an zu zittern und ich setzte mich rasch auf sie. Er sollte nicht sehen, dass ich mich insgeheim vor diesem Zusammentreffen fürchtete. Mein Leben hing davon ab, und obwohl es verständlich war, wenn man Angst hatte, wollte ich so lässig wirken wie Nero. Er war immer stark – sogar jetzt. Das konnte ich auch.

»Man kann niemals an nichts denken.« Seine Hände umfassten das Lenkrad fester. »Gedanken wandern oder tauschen sich mit anderen Gedankensträngen aus, aber sie sind niemals still.«

Ich rollte die Augen und gab zu, »Ich habe mir gerade einen Vampir vorgestellt.«

Nero zog seine rechte Augenbraue hoch. An der linken übte er schon seit Wochen. »Keine Sorge.« Er lächelte schief. »All deine Vorstellungen sind vergebens.«

»Wieso?«, wollte ich wissen. »Bist du einem begegnet?«

In seinem Lächeln lag etwas Geheimnisvolles. »Sie sind keinesfalls so, wie man sich Blutsauger vorstellt. Als ich das erste Mal einen auf den Straßen in Danosc erkannte, war ich …« Er hielt inne und suchte nach den richtigen Worten. »… sehr überrascht.«

»Ist das gut oder schlecht?« Ich wünschte, ich hätte wenigstens einmal einen Vampir gesehen, bevor ich gleich einer ganzen Gruppe gegenüberstand. Werde ich vor ihnen Angst haben? Sind sie hässlich oder wunderschön? Eine Vorahnung packte mich, die mich am liebsten auf- und abspringen lassen wollte, sie werden mich an meinem Geruch erkennen, aber ich werde denken, ich habe es mit einem Menschen zu tun. Ich fröstelte vor Unbehagen. Ich wollte nicht so machtlos und ungeschützt sein.

»Das kannst du selbst entscheiden, wenn du sie triffst.« Bei seiner Bemerkung rutschte mir das Herz in die Hose. Ich hatte gesagt, dass ich gerne einmal einen Vampir sehen wollte, aber bei dem Gedanken, ihn zu treffen – Auge in Auge – wurde mir mulmig zumute. Besonders unter diesen Umständen.

Wenn ich könnte und wenigstens dazu meinen Mut finden könnte, würde ich mich jetzt und hier aus dem Auto stürzen. Hoffentlich würde ich so schwer verletzt werden, dass ich das Treffen mit dem Vampirhof nicht wahrnehmen musste. Aber selbst, wenn es so käme, würde das Treffen verschoben werden. Damit würde es mir auch nicht besser gehen, nur schlechter.

»Gib mir wenigstens einen Tipp«, forderte ich. Im schlimmsten Fall könnte mich ein Vampir von hinten angreifen und ich würde denken, es handelte sich um einen Menschen. Ich wollte auf alles vorbereitet sein.

»Zu spät, wir sind da.« Er nickte zur Windschutzscheibe hinaus.

Mir blieb die Luft im Hals stecken, als wir auf einen überdimensionalen Parkplatz mit unendlich vielen Autos fuhren. Hinter ihm ragte ein Wolkenkratzer in den Himmel und durchbrach mit seiner Spitze die dichte Wolkendecke. Erste Sonnenstrahlen brachen sich an den Glaswänden und ließen mich blinzelnd wegschauen.

»*Das* ist der Vampirhof?«, fragte ich ungläubig und stieg aus, nachdem Nero das Auto in einer der unzähligen Reihen geparkt hatte. Ich dachte, wir würden einem alten, herrschaftlichen Haus begegnen und keinem modernen Konstrukt, an dem unzählige Menschen vorbeiliefen.

Ich folgte ihm eilig zum Glasgebäude und sah mich staunend um. Nicht ein einziges Auto, was nicht mindestens zwei Jahre alt war, stand weit und breit auf dem Gelände. Alle waren neu, alle waren todschick und alle waren arschteuer.

»Zum Teil«, antwortete mein Bruder. »Das ist nur der Bürokomplex mit dem Gerichtshof.«

»Und wo ist der Rest?« Ich stieg über eine Absperrung und auf den ebenen Bürgersteig. Mein Herz raste, als wäre ich einen Marathon gelaufen. Meine Fragen halfen nicht, mich abzulenken.

Nero zuckte die Achseln und legte den Kopf in den Nacken. Sein Blick suchte das Ende des Wolkenkratzers. Er gab schnell auf und drehte sich zu mir um. »Sie halten ihre Standorte so streng geheim, dass es uns Jahre gekostet hat, diesen zu ermitteln. Doch vor Kurzem zwitscherte uns ein Vögelchen, dass sich ein weiterer Komplex der Vampire am Rande der Stadt befindet.« Er grinste wild. Dabei kamen wir dem Haupteingang und den zwei Männern in schwarzen Anzügen immer näher. »Aber unsere besten Nasen sind auf die Suche angesetzt und ich bin mir sicher, bald wissen wir mehr.«

»Was gibt es noch, was ich nicht weiß?«

»Das findest du entweder selbst raus, oder du wartest und ich verrate dir vielleicht den Rest heute Abend, wenn wir wieder zu Hause sind.«

Ich atmete tief durch. Er versuchte mich von dem unweigerlichen Problem vor uns abzulenken, um mich zu beruhigen, indem er mir die schöne Aussicht nach dem Sturm zeigte. Aber das war nicht schlau. Ich musste mich auf das vorbereiten, was vor mir lag. Denn vielleicht überlebte ich den Sturm gar nicht.

Die Männer an der Tür trugen dicke Sonnenbrillen und verbargen ihre Haut mit langen Ärmeln. Ihre unheilvolle Aura strahlte so weit, dass vorbeigehende Passanten einen weiten Bogen um sie machten, ohne es zu bemerken. Sie bewachten die vergoldete Drehtür wie ein Heiligtum und sahen uns aus mürrischen Mienen näherkommen. Die Wächter mussten Vampire sein.

Vor der Tür versperrten sie uns den Zutritt. Beide reckten stolz das Kinn, erreichten aber nicht ansatzweise Neros Höhe.

»Wir werden vom Vampirrat erwartet«, erklärte mein Bruder und wollte damit an ihnen vorbei treten. Die Wächter rührten sich nicht um einen Millimeter.

»*Sie* wird erwartet.« Einer der Vampire sah zu ihm auf. »*Du* nicht. Entweder wartest du vor der Tür oder machst einen Abflug, andernfalls haben wir ein Problem.«

Ich stellte mich schützend vor Nero, aber er drängte mich zurück. »Das ist mein Bruder«, versuchte ich den Vampiren hinter Neros breitem Rücken zu erklären. Das mussten sie doch verstehen.

Die zwei Wächter verzogen keine Miene. »Und?«

Ich reckte die Nase und stellte mich auf die Zehenspitzen, um besser zu sehen. »Und er soll mitkommen.«

»Nein.« Ihre Körper spannten sich an.

Wenn er jetzt einen Aufstand wagte, käme das nicht gut bei dem Vampirrat an. Sie hätten nur noch mehr Gründe, mich zu verachten, wobei die Tatsache, dass ich eine Wölfin war, ausreichte.

Mein Bruder trat einen Schritt zurück und hob abwehrend die Hände. »Ich will keinen Streit«, erklärte er. Einer der Vampire schnaubte. Nero ignorierte es, drehte sich zu mir und richtete seine volle Aufmerksamkeit auf mich. Ein dicker Kloß bildete sich in meinem Hals. »Ich warte genau hier und werde nicht weggehen, bis du wieder aus dieser Tür kommst.«

Nur mit Mühe konnte ich die Tränen zurück blinzeln. Was, wenn ich ihn niemals wiedersah? Was, wenn ich hier starb? Mein Herz zog sich zusammen und wog so schwer wie ein Bleiklotz, dass meine Lippen die Frage formten, die ich nicht aussprechen konnte. Sie brannte auf meiner Seele, auf meiner Haut. Doch Nero schüttelte den Kopf.

Nicht.

Ich glaubte, seine Stimme zu hören. Sie war tiefer und befremdlicher, aber ich nickte schwach und formte mit den Lippen ein *Okay*.

»Du schaffst das.« Ein Lächeln überkam ihn. »Du schaffst alles, du musst nur an dich glauben.« Er streckte die Finger nach mir aus. Auf halbem Weg hielt er inne und ließ die Hand sinken. Enttäuschung breitete sich wie eine Krankheit in mir aus. »Bis gleich.«

Bis gleich.

Da war es schon wieder. Dieser Funken von Hoffnung, der wie heiße Glut in mir brannte.

Ich sah zum Eingang und ließ meinen Bruder hinter mir, wagte nicht zurückzusehen. Ich wusste nicht, was passieren würde, hätte ich es gewagt.

Bis gleich. Ich brauchte mich nicht zu verabschieden, wenn wir uns gleich wiedersahen. Alles war gut.

Meine Beine waren weich wie Wackelpudding, als ich die Drehtür hinter mir ließ und den Fuß auf roten Teppichboden setzte. Eiswasser ergoss sich über den Funken, als ich in die Löwenhöhle schritt. Denn die Löwen warteten mit hungrigen Blicken und scharfen Zähnen auf mich.

Ich straffte die Schultern und reckte das Kinn. Es waren nur wenige Vampire in der Eingangshalle, doch ich spürte ihre Aufmerksamkeit auf mir lasten, ihre hungrigen Blicke, noch während ich den Fuß auf den weichen Teppich setzte. Sie beugten sich entweder neugierig in ihren Sesseln und tiefen Sofas vor oder reckten ihre Nasen und zuckten bei meinem wölfischen Geruch unverkennbar zurück. Leises Gemurmel erfüllte den riesigen Raum und Beklommenheit engte mein Herz ein. Unverkennbar befand ich mich in ihrem Revier. Überall haftete der erdige Duft ihrer alten Körper, wie, als wären sie aus ihrem feuchten Grab auferstanden.

Ich löste mich nur schwer von dem Vampirpaar, das mich, aus finsteren Augen, aus einem der Sitzecken anstarrte. Stattdessen richteten sich meine Augen auf die hohen Mosaiksäulen, die wie das Meer im Mittagslicht im edlen Blau schimmerten. Ihr reflektiertes Licht blendete mich, aber ich wagte nicht, zu Boden zu sehen. Vampire waren ernst zu nehmende Gegner.

Der Reichtum der Eingangshalle schlug mir wie eine Faust ins Gesicht. Würden jemals Vampire unsere Villa besuchen, würden sie nicht einmal über die Türschwelle treten. Allein die Fassade war so alt wie Danosc selbst und so verfallen, dass es einem Geisterhaus glich. Dort, wo bei uns Efeu über die Steine und über die Lampen ins Haus wucherte, hingen hier funkelnde Kronleuchter aus silbernen Kristallen an den Decken. Ihr Licht kreuzte sich mit dem Meeresblau der Steinsäulen, die die Decke stützten. Mir blieb die Luft weg, als mein Blick zu den Sitzecken huschte. Marineblaue Kissen säumten die Polster und sahen so weich aus, dass ich mich am liebsten in sie reinfallen lassen wollte. Es war unglaublich. Dunkle Zedernholztische wurden ihnen zugeordnet und waren so angeordnet, dass sie leicht den Empfangstresen erreichten.

Ein schwacher Waldgeruch legte sich um meine Nase, ließ mich suchend umsehen. Ein Wolf kam auf mich zu. Er zögerte keine Sekunde und lächelte breit.

Als er vor mir stehen blieb, neigte ich demütig den Kopf und betrachtete den roten Teppich. »Alpha«, grüßte ich ihn, wie es meine Pflicht war.

Ihm fielen weiße Strähnen vor die Augen, als er nach meiner Schulter griff und mich zum aufrechten Stehen dirigierte. Ich musste den Kopf in den Nacken legen, um ihn in die klugen Augen zu sehen. Er trug einen vornehmen Anzug mit rotem Einstecktuch wie die Geschäftsmänner der Menschen und senkte vornehm sein Haupt.

Leises Gemurmel durchrang die Luft und ließ mich vorsichtig zu den Vampiren schielen. Doch sie taten so, als wären wir nicht mehr als ein Gegenstand in der riesigen Eingangshalle. Sie sahen überallhin, nur nicht zu uns. Vielleicht war es auch besser so. Für Wolf und Vampir.

»Wo ist dein Bruder?« Die Blicke des Alphas huschten durch den Eingangsbereich.

»Er wartet draußen«, antwortete ich rasch und sah zu dem verglasten Eingang. Doch heute hatte die Sonne eine solche Leuchtkraft, dass ich kaum durch die dicken Scheiben sehen konnte. Ich seufzte frustriert. Allein der Gedanke an Nero ließ meinen Magen absacken. »Die Wächter ließen ihn nicht eintreten. Er wollte keinen Streit.«

Der Alpha lächelte breit. Falten bildeten sich um seine Augen und ließen ihn um einige Jahre altern. »Wenigstens sorgt er mit seiner Anwesenheit vor der Tür für etwas Unbehaglichkeit.« Ein Grinsen huschte über mein Gesicht.

Tatsächlich konnte mein älterer Bruder ziemlich ungemütlich werden. Er brachte mich nicht nur gerne in Situationen, in denen ich mir wünschte, am liebsten im Erdboden zu versinken. Nein, er konnte es so weit treiben, dass sogar Rave mit glühenden Wangen in sein Zimmer verschwand und erst am nächsten Tag wieder auftauchte. Ich brachte ein nervöses Lachen zustande und krallte die Hände in den Stoff meines Kleides.

Der Alpha räusperte sich nach einer kurzen Stille und erklärte gutmütig, »Wir müssen los, wenn wir keinen schlechten Eindruck machen wollen.«

Mit einem schwachen Nicken folgte ich ihm zu einem großen Aufzug. Ein Mann in tadelloser Uniform trat mit uns in das viereckige Gestell und drückte einen Knopf auf einem Tastenfeld. Ich staunte nicht schlecht, als ich bis zu hundert Knöpfe zählte. Ein leises Piepen durchbrach die Stille. Erneut tippte er mit raschem Zeigefinger eine Nummer, was die Fahrstuhltüren schließen ließ. Ehe ich mich versah, bewegten wir uns abwärts.

Mein Herz flatterte vor Aufregung, während sich Schweiß auf meiner Stirn bildete. Wir fuhren immer tiefer und tiefer. Ein Ende war nicht in Sicht. Die Hitze verflog mit jedem Meter, bis mir so kalt wurde, dass Gänsehaut meinen Körper überzog. Ich ballte die Hände zu Fäusten und stemmte die Füße in den Boden.

Reiß dich zusammen, Alva!

Mein Magen sackte hinab und kribbelte so stark, dass ich glaubte, mich übergeben zu müssen. Ein heftiges Ruckeln durchfuhr mich. Dann setzte der Aufzug auf und ich verlor das Gleichgewicht. Stolpernd klammerte ich mich an das Geländer und musste nur noch mehr schlucken, als mir die mangelnde Wärme der Tiefe entgegenschlug. Meine Hände wurden eiskalt.

Die Türen des Aufzugs schwangen ohne jegliches Geräusch auf. Ein eisiger Windzug fegte auf mich zu und zerschlug an der goldenen Wand des Inneren des Kastens mit einem ohrenbetäubenden Krachen.

Der Alpha warf mir einen beunruhigenden Blick zu und trat aus dem Fahrstuhl. Auf leisen Sohlen folgte ich ihm über den aalglatten Boden. Als meine Augen sich an den Kerzenschein gewöhnten, tat sich ein kreisrunder Raum mit hohen Decken und massiven Steinsäulen auf. Ihre scharfen Kanten stachen mir wie Todesdrohungen entgegen und bildeten einen offenen Kreis. Langsam traten wir näher. Ein leises Hüsteln hallte von den Wänden und riss meine Aufmerksamkeit auf eine steinerne Empore. Der Stein war so dunkel wie der Ort selbst. Ich unterdrückte mit Mühen ein Schaudern. Auf der Empore, auf Stühlen mit hohen Rückenlehnen, saßen sieben Vampire.

Sie stierten auf uns hinab, lungerten wie Löwen und waren

kurz vor dem Verhungern. Sie trugen keinen Schmuck wie in den Filmen und sahen auch nicht so fahl und grässlich aus wie in den Lehrbüchern. Einige von ihnen waren blasser als andere, aber manche waren von der Sonne gebräunt und lächelten teilweise auf mich hinab. Ich legte den Kopf schief und musterte sie eingehender. Auf den ersten Blick wirkten sie harmlos, aber unter ihren teuren Anzügen in Schwarz und Königsblau mussten sich die wahren Monster verstecken.

Je weiter wir auf sie zu gingen, desto mehr wurde ich mir der Mitte des Steinkreises bewusst. Unter der Empore und für alle Vampire gut sichtbar, befand sich ein einzelner Stuhl aus hartem Eisen. Mein Herz hörte für ein paar Sekunden lang auf, zu schlagen, bevor es so schnell raste, als würde es aus meiner Brust springen und vor den Vampiren flüchten wollen. Lange Ketten hingen an stählernen Armbinden und konnten ebenso Füße fixieren. Die Kettenglieder waren so groß wie eine Faust und verankerten sich unter den Steinsäulen der Emporen. Es waren insgesamt vier Stück. Eins für jedes Gelenk. Ich schluckte schwer, um den dicken Kloß in meiner Kehle zu vertreiben, sorgte aber nur dafür, dass mir mit jedem Atemzug die Kehle zugeschnürt wurde. Ich schielte zum Alpha, hoffte auf ein beruhigendes Lächeln, jedoch war er abgelenkt.

Der Alpha war vollends auf die Ketten fixiert, konnte seinen Blick nicht eine Sekunde von ihnen abwenden. Wie hypnotisiert starrte er auf ihre Verankerungen. Wie, als hatte er einst vor Jahren auf dem kalten Metall gesessen.

Mit schwitzigen Händen und schlotternden Gliedern überspielte ich die Lawine aus Angst, die über mich zusammenbrach. Die Vampire musterten mich gründlich und ihre Blicke bohrten sich in meine Haut. Ich presste die Lippen zusammen, um nicht zu schreien und sofort die Flucht zu ergreifen.

Ich glaubte, in der Ferne Schreie zu hören. Rufe. Sie waren so verzweifelt, so voller Angst und Zorn, dass ich wie angewurzelt stehen blieb. Mein Blick schoss zu den Wänden. Tiefe Rillen zierten das feste Gestein. Wie die Rillen von Krallenspuren. Mein Magen sackte in die Kniekehlen und ein Loch aus Schmerz fraß sich in meine Brust. Das hier war kein gewöhnlicher Verhörraum eines Gerichtshofes und kein gewöhnliches Gericht.

Blut rauschte mir in den Ohren und meine Wölfin kauerte sich zusammen. Der Alpha war kreidebleich geworden und warf mir einen raschen Blick zu, als auch ihn die Erkenntnis traf wie ein Pfeilregen. Dieser Ort diente dem Festhalten von Wölfen.

Kapitel 7

Über mir saßen sieben Vampire. Die Fürsten. Sie waren für all das Leid, all die Qualen in diesem steinernen Raum verantwortlich. Ich spürte es in meinen Knochen und mein Blut rauschte wie zur Bestätigung.

Um jeden Vampir lag eine Aura aus knisternder Macht, die so verführerisch war, dass ich es wagte, neugierig den Kopf zu recken.

Wo war der Rest des Rates? Nero hatte gesagt, es gäbe viele Ratsmitglieder. Versteckten sie sich in den langen Schatten hinter den Fürsten?

Die Blicke der Vampire lagen schwer auf mir. Sie erdrückten mich und wollten mich auf die Knie zwingen, mich den Kopf einziehen lassen und katzbuckeln. Aber ich stierte weiter zu ihnen hinauf, wagte nicht daran zu denken, den Kopf zu senken. Schwäche war das, was sie sehen wollten. Ihre Art ergötzte sich daran, badete in den Qualen anderer.

»Ihr seid tatsächlich gekommen.« Ein Vampir erhob sich von seinem Thron. Seine Haut wirkte viel zu blass für ein lebendes Geschöpf. Dabei funkelten seine Augen wie ein geschärfter Dolch. »Ich gebe zu, wir haben an Euch gezweifelt.« Seine aalglatte Stimme ließ mich schaudern. Bei meiner Reaktion schossen die Mundwinkel vieler Vampire nach oben. Mir wurde schlecht.

Schwäche. Ich durfte keine Schwäche zeigen.

Ich reckte die Nase, um in die Schatten auf der Empore zu spähen. Mir wurde mulmig zumute. Kein anderer Vampir war weit und breit zu sehen. Oder konnte ich sie nur nicht sehen? Waren sie vielleicht unsichtbar?

»Nicht so schüchtern, Miss Darkhorn.«

Ich zog die Stirn kraus und wechselte einen Blick mit dem Alpha. Er warf mir einen mahnenden Blick zu, der nicht nötig gewesen wäre. Nie im Leben hätte ich mein Wort gegen die Vampirfürsten erhoben, um sie zurückzuweisen.

Erleichterung spülte die aufkommende Sorge des Alphas davon. Er reckte stolz das Kinn und ich straffte die Schultern. Nur mein verräterisches Herz schlug eine Spur zu schnell.

»Wir beißen nicht«, sprach derselbe Vampir, der eben gesprochen hatte, und untermalte seine Worte mit einem Grinsen. Seine Eckzähne blitzten im warmen Schein der zahlreichen Kerzen auf. Ich ließ mir meine Unsicherheit nicht anmerken. »Außer, Ihr bittet uns darum.« Leises Kichern drang an meine Ohren und hallte von den Wänden. Ein unheiliges Frösteln überkam mich.

»Gut, dass Alva ebenso scharfe Fänge hat.« Die Stimme des Alphas drang in jeden Winkel und ließ die Vampire verstummen. Ich schielte zu ihm, doch sein Blick lag wie hypnotisiert auf den eisernen Ketten. Dann sah er zu mir, ein Strudel von Gefühlen huschte durch seine Pupillen. Ich biss mir in die Wange, um nicht zu schreien. Ich wusste, was er von mir wollte.

Ich schluckte die Beklemmung runter und setzte mich zaghaft in Bewegung. Es war totenstill und erst, als ich an der äußersten Kante des Eisens Platz genommen hatte, hörte ich den Alpha erleichtert aufatmen. Gemurmel drang durch den Raum.

Ich wusste, an diesem Ort waren schlimme Dinge geschehen. Vielleicht sogar zu Unrecht. Ich konnte mich nicht wie die selbstgefällige Wölfin mit den spitzen Kommentaren verhalten, die meine Brüder gerne sehen wollten. Es war schier unmöglich.

Mein Alpha verweilte am Rand des Kreises. Er würde aufmerksam zuhören und seine Augen nicht von mir nehmen. Als Mitglied seines Rudels war es seine oberste Pflicht, für meine Sicherheit zu sorgen. Wenn er es nicht täte, würde seine Position als Alpha vom gesamten Rudel infrage gestellt werden. Ein Hauch von Ruhe versuchte der Lawine aus zitternder Angst und nervtötender Aufregung entgegenzutreten. Es half nur wenig und erst, als die Stille im Verhörraum verschwand, konnte ich mich auf etwas anderes als auf meine schwitzigen Hände konzentrieren.

»Nun gut.« Ein zweiter Vampir erhob sich von seinem Platz. Sein Gesicht wäre makellos, wenn nicht tiefe Falten seine Stirn verunstaltet hätten. Trübe Augen sahen auf mich hinab und zeugten von einer langen Lebensspanne. Ob er die großen Kriege zwischen Wölfen und Vampiren erlebt hatte? »Da die Schuldige eingetroffen ist, können wir endlich beginnen. So frage ich dich, Alva Darkhorn, bist du aus freien Stücken mit Leib und Seele hergekommen, um vor uns, den ewigen Sieben, die Wahrheit zu sprechen? Bist du gekommen, Alva Darkhorn, um für deine Taten zu sühnen, die du begangen hast? Bist du gekommen, Alva Darkhorn, um den Tod von Lusini Amsfoort zuzugeben und deine gerechte Strafe zu empfangen?«

Stille legte sich um mich wie der Tod höchstpersönlich. Er wartete überall und gierte mit langen Fingern nach mir, war bereit, nach mir zu greifen und mich mitzunehmen. Auch, wenn ich nicht wollte.

Ich war mir der zahlreichen, auf mich gerichteten Augen bewusst, was Neros Warnungen vor den blassen Kreaturen nicht verklingen ließ. Vor den sieben Fürsten glich jedes Wort einem Versprechen. Ich holte tief Luft. Der Tod lauerte hinter jeder Silbe und jeder Atempause. Vorsichtig schielte ich zu den Vampiren hinauf, wog ab, wer am gefährlichsten sein konnte.

Der Vampir, der mich begrüßt hatte, musste einer der Mächtigeren sein. Seine Stuhllehne stach am höchsten in den Raum und dicke Rubine zierten das edle Kopfteil aus dunklem Leder. Sein aufgestellter Kragen verbarg seine Mundwinkel, als er zu seiner Rechten sah und hämisch grinste. Mein Blick folgte ihm und begegnete einem brennenden Augenpaar. Ich erstarrte, spürte das Blut in meinen Ohren rauschen und übersprang ihn. Neben ihm saß ein junger Vampir. Seine Lederjacke und das weiße Shirt ließen mich die Augenbrauen hochziehen. Er hatte ein Lächeln aufgesetzt und schielte ab und an zu meinem Alpha.

»Genug gestarrt, Wölfin?« Die schneidende Stimme eines Vampirs drang von der Empore.

Ich presste die Lippen zusammen und biss mir auf die Zunge. Zu gerne hätte ich ihm eine Beleidigung entgegengeschleudert.

Der Vorsitzende überhörte die Stichelei. »Die Antwort?«, fragte er unhöflich und zog die angegrauten Brauen bis zum Haaransatz.

»Ich kam an diesen Ort, um die Wahrheit zu sagen.« Meine Stimme war fest, während ich jedem Vampir in die Augen sah und meine zittrigen Hände zu Fäusten ballte. Als ich dem goldenen Augenpaar immer näherkam, wanderte mein Blick auf seine makellose Stirn. »Aber ich habe niemanden getötet und werde deshalb kein unrechtes Urteil akzeptieren.«

Jemand stieß empört die Luft aus.

Leises Gemurmel erfüllte die Luft und ließ mich unruhig auf der Stuhlkante hin und her rutschen. Die Vampire mussten mich wenigstens einmal anhören. Wenn das meine einzige Chance war, um ihnen meine Unschuld zu beweisen und das alles als Missverständnis zu erklären, musste ich nicht nur überzeugend, sondern auch die volle Unterstützung des Alphas und, es war das eigentliche Problem, wenigstens einen Vampir auf meine Seite ziehen. Dieser würde sich dann für mich einsetzen und bei ihrem Urteil meine Partei ergreifen.

Ich holte tief Luft. Der Plan war gut und umsetzbar. Doch dazu musste ich meine zittrigen Hände beherrschen und den Würgegriff der Aufregung und Angst abschütteln. Ich warf einen raschen Blick zum Alpha. Er nickte mir voller Entschlossenheit zu, dass ich ein kleines Lächeln auf meine Lippen zwang. Zusammen schafften wir es aus dem Schlamassel.

Allmählich beruhigten sie sich wieder, während ihre Blicke meine Haut abzogen. Ganz langsam.

Die Miene des obersten Vampirs verzog sich zu einem abscheulichen Gesicht. »Das werden wir sehen.« Ein schiefes Lächeln umspielt seinen Mund, aber die Art, wie seine Augen vor Abscheu glänzten, war ein Zeugnis seiner Falschheit. Dem Vampir zu seiner linken Seite erging es nicht anders.

»Ich kann es ganz einfach sagen«, schlug ich ihm und allen anderen vor. Die kalte Luft kroch wie eine tödliche Krankheit unter meine Kleidung. Jede Minute war zu lange und kam einem Todesurteil gleich. »Ich habe niemanden getötet und ich werde nie jemanden töten.«

»Und trotzdem hast du Amsfoort umgebracht«, bestimmte er. »Und lügst uns ins Gesicht.«

Mein Herz donnerte gegen meine Brust. »Ich lüge nicht.«

Ein Vampir tauchte aus einem Schatten neben mir auf. Den Aufschrei unterdrückte ich, als ich mich am Stuhl festkrallte. Wo kam er so schnell her? Ich musste mich zwingen, sitzen zu bleiben, sobald er mit langsamen Schritten auf mich zukam. Er ließ mich keine Sekunde aus den Augen und beäugte mich wie ein Festmahl.

Meine Beine wollten sich in Bewegung setzen, aber ich hielt mich weiterhin fest. Mein Herz donnerte in meiner Brust. Sein schwarzer Anzug und seine glänzenden Lackschuhe unterstrichen die Eleganz jeden Schrittes. Der Anzug saß ihm perfekt auf den Schultern und ließ die Bräune seiner Haut im Kerzenlicht wie ein sündhaftes Geheimnis schimmern. Ich wollte am liebsten mit den Fingern über seine straffen, sich unter dem edlen Stoff bewegenden Muskeln fahren und ihm ein Schaudern nach dem anderen entlocken. Ich ertappte mich bei dem unangemessenen Gedanken und gab mir innerlich eine Backpfeife. Das hier war mein Feind.

Ich war in Gefahr.

Als mein Blick in seine goldenen Augen traf, war ich wie gefesselt von seinem Anblick. Mir blieb die Luft weg und ehe ich mich versah, ertappte ich mich beim Starren. Seine Mundwinkel hoben sich zu einem süffisanten Lächeln und Feuer schoss in meine Wangen. Ich sah schnell weg und auf meine Knie.

Seine Stimme klang samtig und bescherte mir ein angenehmes Prickeln auf der Haut. »Keine Angst. Ich töte nur, wenn ich möchte, und im Moment juckt es mich nur leicht in den Fingern.« Macht ging mit jeder gesprochenen Silbe einher.

Langsam wagte ich es, zu dem schönen Vampir aufzusehen, krallte meine Finger tiefer in das Eisen, sodass das leise Knarren von den Wänden hallte. Seit meiner ersten Verwandlung war ich stärker geworden und das sollten auch die Furchen in dem Metall bestätigen.

Goldige Augen zerfraßen meine Haut, drangen so tief in mich ein, bis meine dunkelsten Geheimnisse offenbart wurden. Mein Mund wurde staubtrocken.

Ich starb nicht, als ich dem berüchtigtsten Vampir in die Augen sah. Stattdessen lächelte Zane Ashwood mich aus düsteren Augen an. Mein Herz raste, suchte nach einem Ausweg, einer Fluchtmöglichkeit. Doch es gab keine Rettung. Ich war ihm hilflos ausgeliefert und fühlte mich mit jeder verstreichenden Sekunde seltsam nackt.

Er trat einen Schritt auf mich zu und blieb stehen. Ich musste den Kopf in den Nacken legen, um zu ihm aufzusehen. Rabenschwarzes Haar saugte alles Licht in sich auf, während Macht wie ein dunkles Versprechen um seine breiten Schultern waberte. In seiner Hand erschien ein Bildschirm.

Seine Finger flogen über die glatte Scheibe, bevor er mir den Bildschirm vor die Nase hielt. Er spielte ein Video vor mir ab und das leise Rollgeräusch von fahrenden Autos drang an meine Ohren. Dann tauchte ein großer Mann in langem Mantel auf dem Bürgersteig auf und eilte durch das Bild. Im Licht einer Straßenlaterne blieb er wie angewurzelt stehen und reckte die Nase gen Himmel. Ein nervenzerfetzendes Geräusch durchdrang die Dunkelheit, ehe der Mann zurückwich. Etwas sprang plötzlich aus dem Schatten der Laterne, riss ihn zu Boden und hielt direkt auf seine Kehle zu. Ein Finger stoppte die Aufnahme und das Bild fror ein.

Ich zog die Brauen hoch und sah zu dem Vampir. »Das soll ich gewesen sein?« Mir entkam ein hohles Lachen. »Das Ding?« Ich zeigte darauf und sah ihm verständnislos in die Augen. Niemand konnte bezeugen, dass ich die dunkle Gestalt war. Es gab keine Beweise. »Ihr wisst hoffentlich, dass Wölfe eine elegante Gestalt haben und nicht wie ein dürres Ding willkürlich Leute auf den Straßen angreifen.« Zustimmendes Gemurmel vom Alpha bestätigte meine Worte.

Zane Ashwoods Blick durchbohrte mich. »Die Gestalt bist du«, versuchte er mir einzureden, während er mich mit eisigen Blicken auf dem Stuhl festnagelte. Mir blieb kaum Zeit zum Atmen, da fuhr er auch schon fort. »In der Nacht deiner ersten Verwandlung warst du um 02:13 Uhr im *Line Quarter* und hast ein Vampir auf hinterlistigste Weise ermordet. Du hast damit gegen das Abkommen verstoßen. Zum einen zeigtest du dich als Wandlerin in deiner tierischen Gestalt in der Stadt und zum anderen hattest du einen der unseren ermordet. Wir brauchen nicht mehr Beweise als dieses Video, deine DNA und den Nachweis zahlreicher Überwachungskameras der Stadt.« Ich zog die Stirn kraus, aber Zane war noch nicht fertig und erklärte: »Deine DNA entnahmen wir den Datenbanken und es gibt genug Videos, die dich am Morgen nach jener Nacht in einer nahegelegenen Gasse zeigen. Genaueres brauche ich nicht erwähnen.«

Stille legte sich um mich, erdrückte mich. Es stimmte. Ich war im Line Quarter aufgewacht und war vollends mit Blut beschmiert gewesen. Aber das war dem Wald zu verdanken und nicht der Stadt. Sogar der Alpha konnte anhand meiner hinterlassenen Blutlache bezeugen, dass ich ein Tier im Wald zerrissen hatte. Kälte machte sich in mir breit. Die Angst war verschwunden und wurde von Wut dominiert. Es musste eine Möglichkeit geben, all diese Beweise zu widerlegen. Schließlich war ich keine Mörderin.

»Wer hat sie gesehen?«, fragte mein Alpha vom Rande des Geschehens.

Hoffnung packte mich, aber nach Zanes amüsierten Blicken, ließ sie mich schnell wieder im Stich. Mit einer Handbewegung verschwand der Bildschirm und somit auch das Beweismittel. Ein sadistisches Lächeln legte sich um seine Lippen. »Mittlerweile?«, fragte er und schob die Hände in die Taschen. Er nahm einigen Abstand zu mir und sah nachdenklich aus goldenen Augen auf mich hinab. »Bestimmt jede arme Seele auf diesem Kontinent. Es gibt genug Videos, die auf etwaigen Plattformen geteilt wurden.« Seine Mundwinkel zuckten. »Herzlichen Glückwunsch, Alva. Du bist jetzt eine Berühmtheit.« Die Ironie seiner Stimme verspottete mich und ich ballte wütend die Fäuste.

Am liebsten würde ich ihm entgegenspringen und die Hände um seinen hübschen Hals legen.

Man hatte mit Mobiltelefonen auf mich gehalten. Das wusste

ich. Ebenso waren ich mir die vielen Menschen bewusst gewesen, die mich gesehen hatten. Doch die hochgeladenen Videos im Internet trafen mich auf eine Art und Weise, die ich noch nicht kannte. Etwas Tiefes klaffte in mir auf, zerriss alles in seiner Nähe und ließ meine Augen brennen. Warum fühlte ich so? Es war völlig absurd. Machtlosigkeit durchflutete mich, ließ mich die Zähne zusammenbeißen und tief Luft holen.

Die Menschen waren mindestens genauso egoistisch wie Vampire und nur auf Likes und Aufrufe im Internet aus. Es war ihnen egal, wenn sie die Privatsphäre von anderen verletzten.

»Und, wenn dem so wäre …«, setzte ich an und spürte sofort die Aufmerksamkeit aller Anwesenden auf mir. Die Vampire neigten sich auf ihren Stühlen vor und selbst Zane wurde ganz ruhig. Seine tödlichen Augen lagen vollends auf mir, verschlangen mich gänzlich. Ein leises Zischen drang an mein Ohr, aber ich ignorierte meinen Alpha. In den Augen der Vampire war ich bereits schuldig. Nichts konnte ihre Meinung ändern. Sie hatten genug Beweismittel, um mich als Lügnerin dastehen zu lassen. »… was natürlich nicht so ist«, fügte ich eilig hinzu und sah zu den Vampiren auf der Empore. »Ich hatte mich an diesem Tag das erste Mal verwandelt und man sagte mir, ich habe ein Tier im Wald erlegt. Daher kommt das Blut. Meine Wölfin muss sich verirrt haben und unbeabsichtigt in die Stadt gelangt sein. Hätte ich die Kontrolle gehabt, hätte ich …«

»Aha!« Der Vorsitzende sprang auf und zeigte mit dem Finger auf mich. Ein wildes Grinsen stand ihm ins Gesicht geschrieben. »Das beweist umso mehr, dass Ihr eine Gefahr für die Stadtbevölkerung seid. Ein Wolf, der sich nicht unter Kontrolle hat, gehört eingesperrt!«

Zustimmendes Gemurmel ließ mich aufspringen und die Fäuste ballen. Zane tat nichts, rührte sich nicht einen Millimeter und zwang mich nicht, mich wieder zu setzen. Besser für ihn und leichter für mich.

»So meinte ich das nicht. Ich kann mich nicht …« Ich rang mit den Händen und schielte Hilfe suchend zum Alpha. Er blieb stumm und sah ausdruckslos zu den Vampiren auf der Empore. Panisch sah ich wieder zu den Vampiren zurück, die mit hämischem Grinsen zu uns runterblickten. Ich hatte mich mit meiner Wortwahl in das Schlamassel geritten und selbst der Alpha konnte mir nicht mehr helfen.

Feuchte trat in meine Augen. Mit Mühe blinzelte ich die Tränen zurück. »Ich weiß nicht …«

»Du weißt was nicht?«, fiel mir der oberste Vampir ins Wort. »Du weißt nicht, was passiert ist?«, fragte er unschuldig. »Ist es das, was du uns sagen willst? Du kannst dich nicht an die Nacht erinnern? Weil du keine Kontrolle hattest? Weil du eine Gefahr bist?«

Mir wurde heiß, bis ich das Gefühl hatte, in Flammen aufzugehen. Meine noch farblose Wölfin ließ mich im Stich und zog sich in den hintersten Winkel meines Geistes zurück. Ich lächelte nervös. Meine Wut war verraucht, doch nun wurde ich von angsterfüllten Stürmen heimgesucht. »Ich …«

»Alva!« Die mahnende Stimme meines Alphas hallte laut durch den Raum und prallte von den hohen Wänden ab. Ich sah mich nach ihm um. Er stand so dicht am Steinkreis, wie nur möglich, und funkelte mich aus mahnenden Augen an. Wut tanzte durch seine Augen. Doch die Wut galt nicht mir. Sie richtete sich auf die Vampire und die Fesseln an den Wänden.

»Nein, sie soll reden«, zischte der Vampir. Er machte eine einladende Geste und ließ sich zurück auf den Stuhl fallen. Ein Lächeln schwang sich um seine Mundwinkel. »Sie ist dabei, alles zu gestehen.«

Ein schwerer Kloß bildete sich in meinem Hals. Wie vorhin. Ob mein Bruder auf mich wartete, auch wenn ich tot war? Würde meine Familie informiert werden, wenn ich in den nassen Verliesen des Vampirrats verrottete? Bekam ich ein Grab oder wurde ich von dunklen Kreaturen gefressen? Ich wollte schreien, aber ich konnte nicht. Wie gelähmt stand ich in einem Raum voller Löwen und wurde als Hyäne dargestellt.

»Weißt du überhaupt, wer gestorben ist? Wer er gewesen war und warum Anwir so einen Aufstand macht?«, fragte Zane Ashwood milde und sah mich aus durchdringenden Augen an. Seine Stimme war so ruhig wie sein Gesicht und jede Bewegung genauestens berechnend.

Er schritt elegant auf mich zu und blieb wenige Meter vor mir stehen. Er legte den Kopf schief und ließ seinen Blick über meine Erscheinung schweifen. Wenn er mein Kleid und meinen Versuch, mich auf dieselbe Ebene wie die Vampirfürsten zu heben, belächelte, ließ er es sich nicht anmerken.

»Nein«, gestand ich und schluckte. Der Alpha murmelte etwas im Hintergrund.

»Lusini Amsfoort war nicht irgendwer.« Seine Stimme schwang auf und glich knisterndem Feuer in kalten Nächten. Ein Schaudern überfiel mich und kroch meine Arme hinauf. »Er war *der* Lusini Amsfoort. Er war oberster Gerichtsmeister und ältestes Mitglied des Rates. Ein Vampirfürst und Herrscher über die südlichen Ländereien der Kontinente. Als er in der Nacht seines Todes durch die Straßen wandelte, war er durch die Beseitigung eines Dämons erheblich geschwächt worden, weshalb er für einen bluthungrigen, wilden Wolf in einem Moment der Unaufmerksamkeit ein leichtes Ziel dargestellt hatte.«

Ich ballte die Fäuste. Ich würde nie jemanden angreifen.

Meine Augen schossen zu der Empore und zu den Stühlen.

Alle der edlen Sitze waren belegt. Wie konnte das sein, wenn einer von ihnen unter der Erde weilen sollte?

Zane legte den Kopf schief und lenkte meine Aufmerksamkeit auf sich. »Du brauchst nach keinem leeren Platz suchen, sein Nachfolger stand lange vor seinem Tod fest. Sein Enkel ist sein Erbe und übernahm Titel und Thron noch am selben Tag.«

Ich sah zu dem jungen Vampir mit der Lederjacke und dem weißen Shirt. Neuste Mode, neustes Mitglied. Er lächelte zaghaft zu mir hinab. Der Vampir neben ihm stieß ihm in die Seite und binnen von Sekunden verwandelte sich seine Miene in ein Abbild reiner Dunkelheit. Merkwürdig. Ich legte den Kopf schief und betrachtete den Vampir genauer.

Er wirkte nicht unhöflich und von den vermeintlichen Intrigen der Vampirwelt unberührt. Hätte ich ihn auf der Straße gesehen, wäre er für mich ein Mensch wie jeder andere gewesen. Vielleicht hätten wir uns an einer Bushaltestelle oder beim Bäcker unterhalten und vielleicht wären wir Freunde geworden. Es war keine Seltenheit, dass sich Wandler mit Menschen befreundeten, da wir unmittelbar zusammenlebten. Er musste sich wahrscheinlich in die Rolle als dunklen, gefährlichen Fürsten einfügen, weshalb der ältere Vampir neben ihm ihn an das gewünschte Auftreten der Elite und all seine Normen erinnerte. Mir wurde kalt. Ich schenkte dem Erben ein schüchternes Lächeln, doch seine Miene blieb ausdruckslos und wurde genaustens von den übrigen Vampirfürsten beäugt.

Ich strich mir die Haarsträhnen hinter die Ohren und drehte mich beschämt weg. Das war unangenehm gewesen.

»Ich glaube, es ist besser, wenn Ihr draußen wartet, Alva Darkhorn.« Ich identifizierte die Stimme vom obersten Mitglied des Rates. Anwir, so hatte Zane ihn genannt. »Wir haben Euren Standpunkt gehört und werden nun Euren Alpha anhören.«

Ich biss die Zähne zusammen und wendete mich dem Ausgang zu. Der Alpha kam mir entgegen, nickte leicht und schritt mit erhobenem Haupt und gestrafften Schultern an mir vorbei. Am Aufzug wurde ich von dem Aufzugführer in Empfang genommen und hinter die vergoldeten Türen geleitet.

Ich wusste nicht, was gesprochen und verhandelt wurde. Genauso wenig hatte ich eine Ahnung, was der Alpha den Vampiren ausschlagen konnte. Laut Gesetz erwartete mich unweigerlich die Höchststrafe.

Tod durch einen Vampirbiss.

Eine absolute Demütigung gegenüber allen Wölfen.

Die Augen der Vampire brannten auf mir, bis die Aufzugtüren zu glitten und ich meinen Alpha zurückließ.

Nun lag mein Schicksal in seinen Händen. Ich konnte nichts mehr tun, außer hoffen und beten.

Ich wusste nicht, inwieweit der Alpha mein Schlamassel ausbaden konnte. Aber genauso wenig wusste ich, ob er mir überhaupt noch helfen konnte. Eins stand fest: Ich konnte alles verlieren.

Der Tod wäre eine Gnade, auch wenn es eine Schande für meine Familie und das gesamte Rudel war. Aber es war der einfachste Weg.

Das Schlimmste, was einem Wolf blühen konnte, war die Verbannung. Ich würde nie wieder meine Familie sehen oder Kontakt zu anderen Rudelmitgliedern aufnehmen können. Ich wäre vollständig allein und auf mich gestellt.

Niemand würde mir helfen. Nicht einmal, wenn ich am Verhungern war. Die Verbannung war ein schleichender Prozess des Todes. Wölfe überlebten als soziale Tiere, nicht ohne ihr Rudel.

Selbst wenn ich in Danosc bleiben und ein eigenständiges Leben führen wollen würde, würde ich jeden Tag der Schande ins

Auge sehen müssen, wenn ich die Straßen überquerte und zur Arbeit ging. Es würde mich an die schönen Zeiten im Rudel erinnern und mich jede Sekunde quälen, bis ich an Herzschmerz starb.

Mir wäre es verboten, zu anderen Rudeln oder fremden Rudelmitgliedern Kontakt aufzunehmen. Ich würde nicht einmal July schreiben können und das versagt bekommen, was den Wölfen nach dem großen Krieg und dem Abkommen geblieben ist: Der Wald.

Ich würde nie wieder einen Wald betreten dürfen, wo es doch meine einzige Fluchtstätte vor Vampiren bot. Denn jeder Wald auf dem gesamten Kontinent gehörte einem Rudel.

Nicht nur würde ich vor Wolfsangriffen fremder Rudel ungeschützt sein, sondern auch vor Vampirangriffen. Es war kein Geheimnis, dass sich Vampire gerne an verstoßenen Wölfen vergriffen. Ihr Blut diente als beliebte Mahlzeit und ihr Leid unter Knechtschaft und Folter beflügelte ihren Hass.

Mir wurde zeitgleich heiß und kalt. Die Welt drehte sich vor meinen Augen, als mir eiskalte Angst in die Glieder kroch. Ich hatte meine Chance, meine Unschuld zu verteidigen, vertan und war dem Tode geweiht. Ich konnte nur hoffen, dass sie mir einen schnellen Tod gewährten.

Kapitel 8

Mein Herz schlug in meinen Ohren. Ich spürte, wie das Blut durch meinen Körper pulsierte, durch meine Arterien floss und dann zum Herzen. Dann fing es wieder von vorn an und ging in einem Hoch und Tief von Herzschlägen unter. Wie der Aufzug, in dem ich ganz allein mit einem Vampir stand.

Die Seile zogen uns immer höher. Das Schleifen von grobem Material dröhnte in meinen Ohren, dann hörte es plötzlich auf. Der Aufzug hielt mit einem Ruck. Ich stolperte, ruderte mit den Armen und fing mich an einer Haltevorrichtung ab. Ich wischte mir die Hände an den Seiten ab und stieß einen kräftigen Atemzug aus. Das war knapp!

Ich spitzte die Ohren, als sich die Türen allmählich öffneten. Es war ruhig. Zumindest so lange, bis die Schritte des Aufzugführers auf den edlen Fliesen widerhallten und sich die Türen des vergoldeten Kastens gänzlich aufschwangen. Ich richtete meine Kleidung und ordnete mit einer schnellen Handbewegung mein Haar.

Erst danach war ich imstande, dem stillen Vampir, in seiner tadellosen Uniform aus schwarzem Kaschmir, zu folgen. Auf seiner rechten Brust prangte das Wappen des Vampirhofes in goldenen Lettern. Unverkennbar stach mir das spitze V der Fledermaus entgegen.

Wir betraten einen einzelnen Raum. Gähnende Leere erwartete mich, mit hohen Decken und weißen Wänden. Kalter Schweiß bildete sich auf meiner Stirn und lief über mein Gesicht und Hals in meinen Ausschnitt. Meine Hände zitterten und ich verknotete sie hinter meinem Rücken.

»Setz dich.« Ich zuckte kaum merklich zusammen, als der Vampir zu sprechen begann. Seine Stimme grollte wie Gewitter und konnte Wände zum Wanken bringen. Er zeigte auf einen Stuhl und einen Tisch in der Mitte des Raumes. »Solange sie sich nicht entschieden haben, wartest du hier.«

Mit verzogenen Lippen beobachtete er mich, als ich mich auf den mir zugewiesenen Platz setze. Die starren Holzbeine knarzten unter meinem Gewicht.

Ich warf ihm ein falsches Lächeln zu. »In Ordnung. Du kannst gehen.«

Er rollte die Augen, drehte sich um und schritt zu den Türen des Aufzugs zurück. Mein Herz hüpfte in freudiger Erwartung. Verschwand er endlich? Doch dann drehte er sich auf dem Absatz um und positionierte sich neben den Türen. Seine Augen hefteten sich auf einen Punkt über meinem Kopf, die Hände verschränkte er hinter seinem Rücken. Und mit einem leisen Surren schlossen sich die Türen des Lifts hinter ihm.

Ich verschränkte die Arme und schlug die Beine übereinander. Warten war schrecklich und ganz besonders, wenn der Tod mit einer Sichel über deinem Kopf wartete. Mein Augenlid zuckte gefährlich und nur allmählich beruhigten sich meine Gedanken.

Ich starrte auf die goldenen Aufzugtüren, die einzige Farbe im gesamten Raum. Denn selbst meine Kleidung war, dem Anlass gegeben, schwarz. Rave hatte mir geraten, mich nur in Schwarz zu kleiden. Er meinte, je mystischer, desto besser. Ich pustete eine Haarsträhne aus meinem Gesicht und klemmte sie mir hinters Ohr. Der Plan, mit meinem Aussehen die Vampire zu beeindrucken, hatte super geklappt. Nämlich gar nicht.

Ping!

Die Fahrstuhltüren öffneten sich und ich erwartete meinen Alpha zu sehen. Als mein Blick auf die zwei Vampire fiel, verdüsterte sich meine Miene.

Ich sprang auf. Alle meine Muskeln spannten sich an, meine Sicht schärfte und meine Finger krümmten sich. Ich versprach mir, nicht zu zögern, wenn es zu einem Kampf kommen sollte. Warum war mein Alpha nicht hier? Hatten sie ihm etwas angetan? Hatten sie ihn umgebracht? Zur Strafe? Meine Finger zuckten nervös.

Nein, dass durfte nicht sein – es konnte nicht möglich sein. Es glich einem Verstoß gegen das Gesetz. Doch der Vampirhof bestimmte das Gesetz. Die Wölfe wurden vor vielen Jahrhunderten in die Schatten der Wälder zurückgedrängt. Unsere Vorfahren hatten alles aufgegeben und unsere Städte den Vampiren überlassen. Hätten sie es nicht getan, hätte Blut die Straßen getränkt – wölfisches Blut.

Zwei Vampire umkreisten eine Wölfin. Ein Dritter war ihr Schatten, würde aber keine Sekunde zögern und mich zu Boden ringen, wenn er den Befehl dazu bekam. Besonders nicht, wenn der eine Anwir Montgomery und der andere Zane Ashwood war.

»Was wollt ihr?«, knurrte ich und fletschte meine nicht vorhandenen Lefzen. Ich war ganz allein. Niemand würde kommen, um mir zu helfen, wenn ich angegriffen wurde. Niemand würde kommen, um meine Leiche zu holen, wenn ich hier starb.

Mein Tod.

Das war es, worauf es hinauslief.

Sie kamen, um mich zu töten. Wenn nicht sofort, dann später. Und meine Familie? Die wichtigsten Leute in meinem Leben, die, die alles für mich opferten und mich in meinen dunkelsten Zeiten aufzuheitern versuchten, würden jede Erinnerung an mich in einem Feuer verbrennen und nie wieder einen Gedanken an mich verschwenden. Wenn ich Glück hatte, würden sie ein Grab für mich errichten und mich am Tag der Toten besuchen kommen.

Ich würde vergessen werden und alles, was mir im Leben so viel bedeutete, das Lachen mit meinen Brüdern und das Leben im Rudel, wird Geschichte werden. Ja, ich konnte nur hoffen, dass meine Strafe der ewige Vampirbiss war. Er war schmerzhaft, aber der Weg zum Tod war kurz.

Anwir lächelte dünnlippig und kam mit ausgebreiteten Armen auf mich zu. Ich schniefte leise und akzeptierte es. In wenigen Minuten war alles vorbei. Sein Umhang fiel hinter ihn und offenbarte einen Wohlstandsbauch. »Habe ich mich überhaupt richtig vorgestellt?«, fragte er mich. Ich sah ihn verwirrt an.

Ich wich zurück und kniff die Augen zusammen, als mein Blick über ihn flog. Was wollte er? »Nicht wirklich«, presste ich aus mir heraus und bemühte mich, meine Atmung ruhig zu halten und mir meine aufwallende Unsicherheit nicht anmerken zu lassen.

Er lächelte aufgesetzt und seine Eckzähne funkelten in weißem Licht. Es gab keine Lampen, der Raum musste eine andere Energiequelle haben. »Oh, dann entschuldige bitte die Unhöflichkeit. Ich heiße Anwir Montgomery.«

Und? Es war kein Geheimnis, dass sein Name Anwir war. Der Vampir neben ihm hatte ihn bereits beim Namen genannt. Dass sein Nachname Montgomery war, war ebenso kein großes Mysterium, da ich seinen Namen irgendwo schon einmal gehört hatte. Er war jemand Wichtiges.

»Ich bin der Älteste im Rat, aber ich nehme an, so schlau wie du bist, weißt du das bereits.« Ein Lächeln prangte auf seinen teuflischen Lippen. Luzifer wäre eifersüchtig auf seine Abscheu gegenüber den Wölfen. Seine ganze Körperhaltung neigte sich von mir fort und er stand so, dass er genug Abstand zu mir wahrte und in Windeseile in den Aufzug treten konnte. Er zog die Nase kraus und beäugte mich.

»Das habe ich mir tatsächlich schon gedacht.«

Worauf wollte er hinaus? Ich warf einen unauffälligen Blick zu Zane, aber sein Gesicht war genauso ausdruckslos und auf mich fokussiert wie Anwirs. Er bemerkte, dass ich ihn ansah, und hob die Mundwinkel.

Ich drehte den Kopf weg und konzentrierte mich auf den Vampir, der mir scheinbar am meisten Probleme machen wollte. »Wo ist mein Alpha?«

»Weg.« Zanes Stimme flog wie eine Pfeilspitze auf mich zu und traf mich direkt ins Herz. Autsch.

»Wie kann er weg sein?«, fragte ich mit brüchiger Stimme.

Er durfte mich nicht verlassen. Er würde mich nie freiwillig bei den Vampiren zurücklassen, weil er Nero und einem gesamten Rudel erklären musste, wieso er einen Jungwolf bei den Vampiren ließ. Selbst wenn Nero vor dem Wolkenkratzer einen Aufstand machte und mit Gewalt versuchte zu mir zu gelangen, würden die Vampire ihre Festung verteidigen und ihn rausschmeißen.

Niemand konnte mich holen kommen – außer der Alpha.

Doch er hat vermutlich das Gebäude auf Anweisung der Vampire verlassen. Ich würde allein sterben. Meine Finger zitterten und ein Kloß bildete sich in meinem Hals. Es zog mich hinab und wog so schwer, dass ich kaum schlucken, kaum atmen konnte. Ich holte zitternd Luft und war mir der Blicke der Vampire nur allzu bewusst. Nur ein Gedanke schwoll in mir an und brannte wie Salzwasser in meinen Augen.

Er hat dich zurückgelassen.

Er hat dich allein gelassen.

Du bist allein.

»Er ist nicht mehr für dich verantwortlich.« Anwirs Stimme

drang wie durch Nebel zu mir und dröhnte in meinen Ohren. Nichts machte mehr Sinn. Es war alles verloren und ich kam nicht zurück. »Ab jetzt sind die Vampire für dich zuständig, du wurdest verstoßen.«

»Was?!«, platzte es aus mir. Mein Kopf fuhr hoch, drehte sich, bis mir schwindelig wurde. Ich taumelte zurück, wie von einem Schwert erstochen, und sackte auf dem Stuhl zusammen.

Mein Herz wog wie Blei und der Kloß in meinem Hals war um sein Doppeltes angeschwollen. Ein unkontrolliertes Zittern durchfuhr meinen Körper und ein Schweißtropfen verfing sich in meinen langen Haarspitzen.

Er hatte mich verstoßen.

Wollte er mich vor meinem Tod noch mehr strafen, indem er mich wissen ließ, dass ich die größte Demütigung für das Rudel und meine Familie war? Ich wusste, die Möglichkeit des Verstoßes bestand, hatte es auch in Erwägung gezogen. Doch es klang stets zu befremdlich, um es ernsthaft in Erwägung zu ziehen.

Es war geschehen. Ich war rudellos.

Alle Albträume sind wahr geworden. Ein Urteil wurde zu Unrecht vollstreckt und niemand glaubte der Unschuldigen.

Luna! Was werden sie von mir denken, wenn der Alpha ihnen erzählt, dass ich nicht nach Hause zurückkam? Der Verstoß eines Familienmitglieds war die größte Demütigung einer Familie und sorgte monatelang für Klatsch und Tratsch in jedem Rudel des Kontinents. Meine Wangen wurden heiß. Das durfte nicht wahr sein. Es musste ein Traum sein, aus dem ich nicht aufwachte.

Doch selbst für einen Traum fühlte sich diese Welt zu real an. Das Schlimmste, was noch geschehen konnte, war der Verstoß meiner Brüder aus dem Rudel. Es war keine Seltenheit, wenn eine ganze Familie wegen der Missetaten einer Person verstoßen wurde.

Das wäre der Untergang unserer Familie. Meine Brüder würden mich nie wieder sehen wollen.

Ich ließ den Kopf hängen. Meine Haare schimmerten von der Feuchte meiner Tränen in goldenen Farben. Ich war verloren.

Alles, wofür meine Brüder hart gearbeitet hatten, nachdem sie dem Rudel von Danosc beigetreten waren, hatten sie für mich getan. Ich dankte es ihnen, indem ich sie kränkte und ihre Liebe zu mir in den Dreck zog. Genauso gut hätte ich ihnen ein Messer ins Herz rammen und auf das Grab meiner Vorfahren spucken können.

Früher oder später wird meine Seele daran zerbrechen.

Wölfische Herzen waren empfindlicher als die der Menschen. Wir nahmen alles intensiver wahr und genau das spiegelte unseren Untergang. Wir liebten aus ganzem Herzen und litten die längsten Todesqualen.

Mir wurde schlecht und ich spürte Magensäure in mir aufsteigen. Ich musste an die frische Luft – nach Hause.

Doch ich hatte kein Zuhause mehr. Ich durfte mich nicht von meinen Verwandten und Freunden verabschieden, wenn ich sie nicht mit meiner Anwesenheit beleidigen wollte. Es schürte zu viele Probleme, weil ich das Problem war. Lange genug hatte ich im Unterricht mit den anderen Jünglingen aufgepasst, um mitzubekommen, wie das Rudel von Danosc Konflikte löste. Sie waren altmodisch, denn wenn etwas tot war, konnte es keine Probleme mehr machen.

Ich schluckte mühsam den Kloß hinunter. Es brannte nur noch mehr, zerriss mich von innen heraus. Ein Schrei stieg mir in der Kehle hoch, aber mir entkam nur ein dumpfer Laut. Ich durfte nicht die Beherrschung verlieren, durfte keine Schwäche zeigen. Nicht hier, erst nachher, wenn ich allein war.

Nur mein Herz schmerzte und zog sich zusammen. Dann

hörte es plötzlich auf. Zurück blieb ein Gefühl von Erinnerungen an das, was mich vorher noch plagte. Ich nahm einen tiefen Atemzug und spürte, wie sich mein Herzschlag beruhigte und wieder im Takt schlug. Ich sah auf und in die zwei Vampirgesichter.

Sie genossen meine Qual. Ihre Augen funkelten in stiller Freude auf mehr Schmerz – auf meinen Tod.

Es berührte mich nicht mehr. Ich spürte nichts, konnte den Schmerz bloß erahnen, der mich zerreißen wollte.

Anwir riss sich zusammen, versteckte seine Genugtuung hinter einem mitleidigen Lächeln. Meine Zehennägel wollten sich aufrollen, als er sagte: »Trotz deiner Verbannung hat sich der Alpha für dich eingesetzt. Wir haben eine Vereinbarung getroffen, die sich zu deinen Gunsten wendet. Der Alpha war so frei, uns zu schwören, dass du unschuldig bist.«

Meine Augen wurden groß und ich erlangte etwas von meiner Selbstbeherrschung zurück. Meine Schultern strafften sich und ich hob den Kopf. Der Alpha hatte für mich geschworen? Ein Schwur vor hohen Mächten bedeutete viel, denn er konnte nur geleistet werden, wenn der Schwörende voller Überzeugung war.

»Deshalb«, griff Zane Ashwood, der berüchtigtste Vampir der Geschichte, das Wort auf, »wirst du den wahren Mörder finden, um deine Unschuld endgültig zu beweisen und die Beweise widerlegen. Außer, du willst das Wort des Alphas diskreditieren. Falls du den Gewaltverbrecher findest, wirst du ihn uns übergeben, damit er seine gerechte Strafe erhält. Der Rat räumt dir zwei Wochen ein. Anderenfalls bleibst du die Schuldige und stirbst durch den ewigen Biss.«

Die Worte schwebten im Raum und füllten jeden Winkel. Ich schluckte, als ich an den ewigen Biss dachte. Es war die schrecklichste Art unter Vampiren zu sterben, denn der Biss setzte Giftstoffe frei, die einen überaus qualvollen, aber schnellen Tod versprachen.

Anwir griff das Wort auf. »Wenn es dir gelingt, wird deine Anklage aufgehoben und du bist frei.«

»Komme ich dann zurück ins Rudel?« Die Frage schoss aus mir heraus und durchschnitt den Raum wie ein Speer. Etwas Warmes glomm in meiner Brust und ich spürte wie sich vier Pfoten reckten.

»Das ist nicht unser Belang«, sagte der Älteste und sah zu Zane. Sein Blick flog zu mir zurück und brannte sich wie heiße Kohle in meine Haut. »Jetzt bist du hier, ohne Rudel und ohne den Schutz deines Alphas. Du bist wie Freiwild in der Vampirwelt. Lass dir von mir sagen, sei auf der Hut, Alva Darkhorn.« Seine Augen verengten sich zu kleinen Schlitzen und er grinste. »Ich hörte erst vor Kurzem, die Straßen sind nachts für kleine Wölfinnen wie dich besonders gefährlich.«

»Ist das eine Drohung?« Ich wünschte, ich könnte ihm die Zähne meiner Wölfin zeigen. Doch so wie es aussah, brauchten meine farblose Wölfin und ich mehr Zeit, falls ich nicht bald Unterricht bekam, um meinen Körper zu kontrollieren.

Er fauchte und entblößte seine scharfen Vampirzähne, wollte mich einschüchtern. Er vergaß nur, dass es kaum Wirkung hatte. Ich war schließlich auch von Natur aus Jägerin.

»Vielleicht.« Er warf seinen Umhang um seine Schultern, wobei ihm sein dunkles Haar ums Gesicht flog. »Vielleicht auch nicht.«

Zane räusperte sich im Hintergrund und langsam fand Anwir zu sich zurück. »In deinem Interesse mussten wir uns auf die Bedingung des Alphas einlassen«, höhnte er und machte eine wegwerfende Handbewegung. »Schutz.« Er spuckte das Wort aus, als wäre es nicht mehr als Dreck unter seinen polierten Schuhen.

Ich trat ungeduldig auf der Stelle. Ich ahnte Grauenvolles, als ich Zanes versteinerte Miene und Anwirs böses Lächeln erblickte. Wahre Schadenfreude funkelte in seinen roten Augen. »Deshalb bekommst du den besten Schutz, den der Vampirhof einer jungen Dame wie dir bieten kann.« Er trat zur Seite und zeigte auf Zane, der breitbeinig und mit finsterer Miene dastand und mich auf unhöflichste Weise anstarrte.

Mir entgleisten die Gesichtszüge und ich zeigte mit schwacher Hand auf ihn. »Er?«, platzte es ungehalten aus mir und bestärkte Zane in seinem Missfallen mir gegenüber.

»Ganz recht.« Anwir wirkte sichtlich zufrieden und sah zu dem Vampir. Er verschränkte die Hände vor dem Bauch. »Wer kann dich besser beschützen als Zane Ashwood?«

Das war doch nicht sein Ernst. *Der* sollte mich beschützen? Ausgerechnet er, der die meisten Toten auf dem Gewissen hatte, der seine eigene Familie umgebracht und zahlreiche Wölfe hingerichtet hatte?

Zane schien ebenso wenig begeistert zu sein wie ich, denn er fügte zähneknirschend hinzu: »Ja, leider.« Sein Blick durchbohrte mich. »Ich warne dich jetzt und nur einmal, mach mir keinen Ärger, Alva. Anderenfalls werden wir sehen, wer besser beißen kann.«

Alva …

Etwas an seinen Worten ließ mich schlucken und ich blinzelte.

Ich wandte mich an Anwir, denn es wirkte, als hätte Zane ebenso wenig Interesse an mir wie ich an ihm. »Kann ich nicht einen anderen Vampir bekommen?«

»Natürlich nicht. Dein Alpha hat die höchste Sicherheitsstufe angefordert und zu deinem Glück hast du die höchste Sicherheitsstufe bekommen. Einen Fürsten persönlich. Wer könnte dich besser vor blutdurstigen Vampiren schützen, dir besser helfen können als er, wo ihm die Stadt sowieso gehört? Meine Teuerste, durch Zane stehen dir alle Türen offen.«

Oder sie bleiben geschlossen, dachte ich still.

Als wenn Zane Ashwood mir helfen würde, ausgerechnet er, der Wölfe am liebsten aufgespießt auf einem Teller sah, als lebend unter seinem Schutz. Ich bezweifelte stark, dass er mich schützen wollte. Wahrscheinlich brachte er mich still und heimlich im Schlaf um. Warum sollte er mir helfen, wenn er zu den Fürsten gehörte, die mich noch eben voller Überzeugung des Mordes bezichtigt hatten? Das machte alles keinen Sinn.

»Fang am besten gleich mit deiner Suche an, Alva. Die Stadt ist groß und die Nacht länger, als dir lieb ist. Achte darauf, dass deine Fenster zur Abenddämmerung geschlossen sind. Gerade dann haben Vampire besonders großen Hunger und ein Gerücht geht umher, dass Wölfe besonders gut schmecken.«

Mir wurde kälter, als es die Eiswüsten waren. Ich konnte nie im Leben mit Zane zusammenarbeiten. Ich schielte nervös zu ihm, aber er beachtete mich nicht. Ich zwang mir ein verunsichertes Lächeln auf, aber ich musste albern ausgesehen haben, denn Anwir lachte und verschwand wie von Geisterhand vor meinen Augen. Er war einfach weg. Und ich …

… ich war mit dem gefährlichsten Vampir der Welt, dem siebten Vampirfürsten, alleine in einem kleinen Raum.

Es wäre ein Wunder, wenn er anfangen würde zu lachen, und die letzte Stunde als Spaß betiteln würde. Wobei ich eher vor Erleichterung weinen, als vor Freude lachen würde. Doch im Moment tat ich beides nicht. Ich stand nur ratlos und mit einem neuen Ziel vor Augen, vor ihm. Entschlossenheit machte sich in mir breit. Ich war unschuldig und ich werde einen Weg finden, es den Vampiren zu beweisen. Zane sollte verdammt sein, wenn er mir Steine vor die Füße warf.

Ich war eine Wölfin, ich war eine ernst zu nehmende Gefahr für viele Vampire.

»Komm mit.« Zane Ashwood ließ mich stehen, betrat den Lift und drückte auf einen Knopf. Ich folgte ihm nicht, sah zwischen ihm und dem Aufzugführer hin und her. Würden sie mich angreifen, wenn ich mich partout weigerte?

»Komm mit«, knurrte Zane gefährlich leise.

Ausgerechnet heute wollte ich mein Schicksal nicht länger herausfordern und huschte schnell in den Aufzug. Die Türen schlossen sich und der Aufzugführer blieb zurück. Ein Ruck durchfuhr mich und dann fuhren wir hinauf.

Keiner von uns sprach, als wir das Gebäude und die gaffenden Vampire hinter uns ließen. Wir stiegen in einen arschteuren Sportwagen und nur wegen Zanes mahnenden Blick, keinen Aufstand zu machen, stieg ich in sein Auto

»Wohin fahren wir?«, fragte ich nach einer Weile. Es war unangenehm still und mein Herz schlug so schnell, dass es unerträglich war, dem rasenden Pochen noch länger zuzuhören. »Verbrennst du nicht in der Sonne? Hast du ein Schmuckstück, das dich vor dem Verbrennen schützt? Gibt es so etwas überhaupt, oder ist das nur eine Lüge im Fernsehen? Ich dachte, Vampire sind nachtaktiv. Warum schläfst du jetzt nicht? Schläfst du eigentlich überhaupt und wenn ja, schläfst du in einem Sarg? Oder …«

»Fragst du immer so unerträglich viel?« Er atmete schwer aus und massierte sich die Schläfen, als wenn er Kopfschmerzen hätte.

»Nur, wenn ich neugierig bin.«

Er lächelte, als würde er ein Geheimnis kennen, was er mir nicht verraten will.

»Wo ist mein Bruder?«, fragte ich und erntete einen tödlichen Blick.

»Woher soll ich das wissen?« Er klang mehr als genervt. »Vermutlich ist er mit eingezogenem Schwanz in seine Wolfshöhle zurückgekehrt.«

Ich sagte nichts und nahm seine Beleidigung ohne Worte hin. Zuerst betrachtete ich die vorbeiziehenden Häuser, bis sich meine Aufmerksamkeit wieder dem Vampir widmete. Es war merkwürdig, ihn am ganz normalen Straßenverkehr teilnehmen zu sehen. Irgendwie war alles komisch, denn keine der Bücher oder Filme, die Vampire zeigten, verbildlichten sie in scheinbar unendlich teuren Anzügen und einer dicken Uhr am Handgelenk, während sie ein Auto lenkten. Allgemein zeigten die Drehbuchautoren die Vampire nicht ansatzweise, wie Zane in Wirklichkeit war. Er wirkte, mit seiner Art sich zu bewegen, zu kleiden und sogar zu reden, viel zu modern.

Zane war mein Schutzmann und für mich verantwortlich. Das bedeutete, er würde wohl kaum von meiner Seite weichen. Ich konnte seine Verbindungen und seinen Rat, sofern er mir helfen wollte, nutzen, um an Leute und Orte zu gelangen, die mir als einzelne Wölfin – oder überhaupt als Wölfin – verwehrt gewesen wären. Ich wusste noch nicht, wo ich anfangen sollte, aber zuerst musste ich etwas mehr über meinen Schutzmann erfahren. Wie vertrauenswürdig war er? Inwieweit würde er mir helfen? An welchen Ort brachte er mich und welche Leute lebten dort? Vielleicht fand ich erste Hinweise an dem Ort, zu dem wir nun fuhren. Ich musste, um die Schandtat aufzudecken, alle Möglichkeiten in Erwägung ziehen und sämtliche Mittel nutzen, die mir zur Verfügung standen. Denn nichts versprach mir, dass nicht Zane in Wahrheit der Mörder war.

»Warum verbrennst du nicht?«, griff ich meine erste Frage auf, als wir an einer roten Ampel hielten. Es war komisch, neben ihm zu sitzen, zu wissen, dass er Macht hatte und wie er sie einsetzte – gegen andere und gegen Wölfe. Vielleicht auch gegen Amsfoort.

»Weil kein Vampir in der Sonne verbrennt.«

»Aber warum ist das in jeder Geschichte so?« Ich musste mehr über die Vampire herausfinden, wenn ich mich in nächster Zeit unter ihnen befand.

Er warf mir einen kurzen Blick zu und umgriff das Steuerrad fester. »Weil unsere Vorfahren dafür gesorgt hatten, dass es die Menschen glauben.«

»Warum? Vieles wäre heute einfacher, wenn die Menschen von uns erfahren und unsere Existenz akzeptieren würden. So ist es nur ein ewiges Versteckspiel, in dem die Leichen beseitigt werden müssen, um das Geheimnis zu wahren.« Ich knirschte mit den Zähnen. »Und das auf beiden Seiten.«

Es war noch gar nicht lange her, als ein Wandler in den südlicheren Provinzen des Kontinents erschossen wurde. Die Rudel bekamen nur eine Nachricht von dem Verlust der armen Seele, weil ein Mitarbeiter des Leichenschauhauses zufällig auch ein Wolfswandler war.

»Redest du immer so viel, oder willst du mich nur nerven?« Ich wurde in den Sitz gedrückt, sobald die Ampel auf Grün schaltete und war froh über die Ablenkung von den grausigen Gedanken.

»Ich bin nur neugierig.« Mein Herz wurde augenblicklich leichter, als ich die vorbeiziehenden Häuser betrachtete.

Er seufzte. »Es ist besser und einfacher für alle, wenn Menschen denken, Vampire seien nicht zu jeder Tageszeit unter freiem Himmel. Es beruhigt sie und lässt uns in den Augen der Menschen zu einer fiktiven Welt gehören. Sie wissen, dass es uns gibt, glauben es jedoch nicht, weil es zu banal ist, um der Realität ins

Auge zu blicken. Sie fürchten sich vor uns, weshalb die Menschen auch nicht glauben, dass es euch Wandler gibt.«

»Dann sterbt ihr nicht, wenn ihr Knoblauch esst oder Silber berührt?« Ich musste es einfach wissen. Nicht, weil ich ihn damit töten wollte, es interessierte mich einfach.

Er warf mir einen misstrauischen Blick zu und musste denselben Gedanken gefolgt sein wie ich. »Nein, alles erfunden.«

Ich nickte zufrieden und es wurde wieder ruhig. Das war ein guter Start. Wenn Zane und ich in den nächsten zwei Wochen so arbeiteten, dass er, mehr oder weniger freundlich, meine Fragen beantwortete, konnte er mir mehr als nützlich sein. Definitiv musste ich mich vor Vampiren in Acht nehmen, aber es war Zanes Aufgabe für meine Sicherheit zu sorgen.

Wir bogen auf ein großes Grundstück ein und fuhren in eine Tiefgarage. Unzählige teure Autos, die nur ihm gehören konnten, reihten sich wie in einem Autohaus in Reih und Glied auf.

Ich staunte nicht schlecht, als wir auf einem Parkplatz hielten, Zane mir die Tür öffnete und mir aus dem Wagen half. Seine Nettigkeit ging im Staunen unter und war schnell vergessen, sobald wir einen gläsernen Aufzug betraten und ins oberste Stockwerk fuhren.

Nur wenige Minuten später stand ich in seinem riesigen Wohnzimmer und blickte, neben teuren Möbeln und einer riesigen Couch, durch eine Glaswand auf die Stadt.

Unter mir offenbarte sich ein atemberaubender Ausblick auf Danosc. Vereinzelte Parks, die die Metropole auszeichneten, bildeten grüne Inseln in einer Landschaft aus hohen Gebäuden und überdimensionalen Wolkenkratzern. Eine Fensterfront trennte mich von dem Abgrund, aber ich wagte nicht näherzutreten.

»Ist das dein Apartment? Wohnt hier noch jemand?« Ich drehte mich zu Zane um und erschrak. Er stand direkt hinter mir und ragte wie eine bedrohliche Wand auf. Sein unergründlicher Blick huschte über mein Gesicht.

»Ja, das ganze Haus gehört mir.«

»Alles?« Ich riss die Augen auf und wischte mir die feuchten Hände an dem Kleid ab. Es war eines meiner besten Kleider und trotzdem fühlte ich mich neben Zanes teurer Kleidung und den schicken Möbeln wie Billigware in einem Schaufenster.

»Die ganze Stadt.«

»Wie bitte?« Mir war die Verblüffung deutlich anzuhören.

»Ich werde mich nicht wiederholen.« Sein Blick war bohrend. »Mir gehört alles, das solltest du dir merken.«

Mir blieb beinahe der Mund offenstehen und ich schnappte nach Luft. Wie konnte jemand eine Stadt besitzen? Anwir hatte nicht gelogen, als er meinte, Zane würde alle Ecken von Danosc kennen, weil es ihm gehörte. Wie konnte jemand so reich sein?

Das war unmenschlich. Andererseits war Zane Ashwood kein Mensch. Er war ein Vampirfürst und glich einem König, wie die Menschen ihn kannten, wenn nicht sogar einem Kaiser.

Seine Augen funkelten goldig und erinnerten mich an den Bernstein im hohen Norden. Er lächelte süffisant und ohne Glanz in seinen Augen. Mein Magen drehte sich vor Unbehagen.

»Mir gehört alles, Alva. Selbst du.«

Wölfe und Vampire passten nicht zusammen. Vielleicht wäre es anders gekommen, wenn der Krieg zugunsten der Wölfe entschieden worden wäre. Aber vielleicht machte uns die Natur zu Feinden, indem sie zwei hungrige Jäger zusammenbrachte. Wie sollte ich die nächsten Tage überleben, wenn Zane bereits jetzt so herrschsüchtig war?

Die Diskussion, ob ich mich ausruhte oder nicht, war mehr als banal. Langsam hegte ich den Verdacht, dass er gerne gegen mich hielt, um mich weiter anzustacheln. Vielleicht genoss er meine aufflammende Wut, vielleicht war sein Leben so langweilig, weshalb er eine Wölfin zur Weißglut treiben musste, um Farbe in die Landschaft zu bringen.

Er darf mir nichts antun und er wird mich beschützen. Das musste ich mir immer wieder in Erinnerung rufen, um nicht vor ihm den Kopf einzuziehen. Ob er mir auf meinem Weg zur Wahrheit Steine vor die Füße warf, musste ich noch herausfinden. Das wird die Zeit zeigen. Doch im Moment konnte ich mich ihm entweder fügen oder Widerstand leisten. Wobei letzteres ihn kaum dazu veranlassen wird, mir in Zukunft wohlgesonnen zu sein.

Ich rang mit mir und auch Zane bemerkte es. Er verschränkte die Arme vor der Brust und hob siegessicher das Kinn.

Der Vampir fühlte sich mir überlegen, weil er in einer besseren Position stand. Ein Grund mehr, ihm zu zeigen, dass er nicht mein Herr war. In dieser Geschichte war er der Läufer.

Das musste ich ihm bewusst machen.

Ich straffte den Rücken und hob das Kinn. »Ich wüsste nicht, warum ich schlafen sollte, wenn du selbst sagtest, dass Vampire nicht nachtaktiv sind. Es kann natürlich sein, dass du nicht mehr als ein Lügner bist, aber du bist definitiv nicht die Person, die mir sagt, wo es lang geht.«

Zane musterte mich ausführlich, schüttelte den Kopf und beschritt den Weg in einen langen Flur. »Ich bin kein Lügner, aber das wirst du mir sowieso nicht glauben. Die Vampire haben sich lediglich den Gegebenheiten angepasst und festgestellt, dass es viel einfacher ist, nachts zu leben, wenn die Menschen schlafen. Gerade du musst wissen, wie anstrengend die Geheimhaltung der eigenen Existenz ist.« Der Unterton in seiner Stimme entging mir nicht, aber seine Belange kümmerten mich ebenso wenig wie ihn die meinen.

Ich ballte die Hände zu Fäusten. Natürlich wollte ich alles über die Vampire wissen, aber nicht auf die Weise, wie Zane mir sein Wissen präsentierte. Ich war erwachsen und eine Wölfin, auch wenn ich in den Augen meines Rudels nicht mehr als Dreck unter ihren Schuhsohlen war. Die aufgestaute Wut mischte sich mit der bitteren Enttäuschung und dem Verrat – etwas anderes hatte der Alpha nicht getan, als er mich zurückließ – und ballte sich zu einer eisernen Faust.

Ich brauchte Platz in meinem Kopf und musste die Wut loslassen. Ein überheblicher Vampir war ein willkommenes Angebot.

Zane schlenderte gelassen den Flur hinab. Ich folgte ihm.

»Was fällt dir eigentlich ein!«, rief ich. Mein Blut kochte und meine Stimme zitterte vor aufgestautem Adrenalin.

Ich holte rasant auf und packte ihn am Ellenbogen. Doch bevor sich meine Finger gänzlich um sein Gelenk schließen konnten, wirbelte er blitzschnell zu mir herum. In seinen Augen tobte wildes Feuer und die Worte blieben mir im Hals stecken.

Sein Kiefer mahlte, die Flammen in seinen Augen tanzten um seine Iris. Ich schluckte die Angst runter und funkelte ihn aus zornigen Augen an.

»Was?«, blaffte ich. Zane zuckte nicht mit einer Wimper. »Hat man dir die Zähne gezogen, oder warum kannst du nicht mehr sprechen?«

Ein Lufthauch wehte mir um die Nase und im nächsten Moment stand er vor mir. Er packte meinen Hals mit beiden Händen und drückte mich mit aller Kraft gegen die nächste Wand. Ich röchelte, schnappte nach Luft und trat um mich. Aber es war ihm egal.

Seine Augen flammten auf, während mir die Warnung von

Nero durch den Kopf ging: *Halte dich von ihm fern – von allen Vampiren. Sieh ihn nicht an und schon gar nicht in die Augen.*

Ich kniff die Augen zusammen und krallte mich in seine Hände. Die Luftnot stieg mir zu Kopf und ich trat nach ihm. Er wich mir geschickt aus.

Punkte tanzten vor meinen Augen und ich stürzte in die Schwärze. Meine Wölfin war nirgends zu finden, als hätte Zane mir sie entrissen.

Schmerz gesellte sich zu mir, er war viel intensiver und ich riss vor Schreck die Augen auf.

Helles Licht blendete mich und ich hob eine Hand, um die Sonne abzuschirmen, die durch ein Fenster auf mich fiel. Ich lag auf dem Boden und ein fremder Mann kniete über mir.

»Alles gut?«, fragte er und klang dabei besorgt. Kannte ich ihn?

Ich schüttelte den Kopf. Nein, ich kannte ihn nicht.

Er warf einen Blick über seine Schulter. »Ihr geht es nicht gut.« Er redete mit jemandem, was bedeutete, wir waren nicht allein.

Ich setzte mich ruckartig auf. Was war geschehen? In meinem Kopf herrschte gähnende Leere und mein Hals schmerzte.

»Nicht anfassen.« Der Mann kam mir zuvor und legte meine Hand zurück in meinen Schoß. Er war groß und schlank, nicht zu schlank, aber auch nicht dick. Eigentlich sah er mit seinem braunen, schulterlangem Haar normal aus.

Er lächelte, als ob er meine Unruhe bemerkt hatte. Es beruhigte mich nicht ansatzweise, denn spitze Eckzähne stachen in seine Lippen.

Ich fuhr hoch und robbte von ihm weg. »Du bist ein Vampir«, keuchte ich und erschrak über die Schmerzen meines Halses beim Sprechen. Mein Herz raste. Noch einer, der mich am liebsten tot sehen wollte. Meine Finger schwitzten und meine Hände rutschten über den kalten Steinboden.

Ich erinnerte mich schwach an zwei Hände an meinem Hals und Augen, die mich verbrennen wollten – mit einem Blick aus Feuer.

Der Vampir nickte und verbarg seine Zähne. »Ich bin Draven.«

Eine Falte bildete sich zwischen seinen Augen und er streckte die Hände nach mir aus. Ich wich zurück. »Dir geht es wirklich nicht gut. Ich bin gleich wieder da.« Er erhob sich und drehte mir den Rücken zu.

Er wollte mich allein lassen. »Nein, warte.« Ich stand mit wackligen Beinen auf. »Siehst du? Alles bestens.«

Er zog die Brauen hoch und musterte mich von Kopf bis Fuß. Vorsichtig kam er näher. »Wenn du meinst. Du solltest dich trotzdem ausruhen. Zane hat dir ein Zimmer zugewiesen.«

»In welcher Verbindung stehst du zu ihm?«, fragte ich. Wenn er Zane nahestand, konnte ich vielleicht mehr von ihm über den Fürsten erfahren. Ich brauchte mehr Informationen über Vampire und ganz besonders über Zane, wenn wir die nächsten zwei Wochen aneinanderklebten wie Kaugummi.

»Du musst dich ausruhen.« Er sah weg und ignorierte meine Frage.

Interessant.

Er schien Zane näherzustehen, als ich vermutet hätte. Wenn mir einer helfen konnte, herauszufinden, ob Zane etwas mit dem Mord zu tun hatte, dann er. Schließlich würde Zane es nie zugeben, wenn er in den Tod von Amsfoort verstrickt gewesen ist.

»Komm und mach mir keine Schwierigkeiten.« Draven nickte mir zu und setzte sich in Bewegung. Ich folgte ihm geschlagen und warf einen Blick zurück in den Flur.

Tatsächlich hatte ich noch genau dort gelegen, wo Zane mich erwürgen wollte. Draven musste ihn aufgehalten haben. Denn ich war mir ziemlich sicher, Zane hatte mich in dem Moment umbringen wollen. Ob er die Kontrolle verloren hatte oder mich bewusst umbringen wollte, spielte keine Rolle. Ich musste mich vor ihm in Acht nehmen. Das war die Sache, die ich mir am sichersten war.

Ich holte auf und fragte Draven, »Bist du sein Angestellter?«

»Ja und nein.«

»Was soll das heißen?«

»Wir sind schon lange befreundet. Dennoch ist ihm jeder verpflichtet«, erklärte er mir.

Ich nickte und betrachtete die Türen, an denen wir vorbeigingen. »Können Fürsten Freunde haben? Zumindest außerhalb ihrer eigenen Reihen?«

»Nein.« Draven blieb vor einer Tür stehen und öffnete sie für mich. »Das ist dein Zimmer.«

Mein Zimmer war ein Traum.

Ich trat langsam ein und stellte mich direkt in die Mitte des Raumes, prüfte, wo ich die nächsten zwei Wochen verbringen würde.

Es war mindestens doppelt so groß wie mein Zimmer zu Hause, was schon beachtlich war, denn mein Zimmer war eines der größten im gesamten Haus. Wie auch im Wohnzimmer bestand die Wandseite neben dem Bett aus einer reinen Glaswand und gab den Blick auf die Stadt zu meinen Füßen frei. Dunkle Vorhänge wiegten sich im Wind, der durch das offene Fenster hineinwehte. Das Bett war ein Paradies aus dunkelvioletten Kissen unterschiedlichster Größen, mit Decken für die kommenden Nächte.

Mir blieb der Mund offenstehen. Dieses Zimmer war einer Königin würdig. Der Marmorboden, der sich bereits im Flur angekündigt hatte, die samtigen Überwürfe, zahlreichen Kissen und all die anderen eleganten Dinge bezeugten dies. Ich wollte gar nicht darüber nachdenken, wie viele Gästezimmer Zane so prachtvoll ausgestattet hatte und wie er lebte.

Ich merkte Draven's Augen auf mir, wie er mich die ganze Zeit über beobachtete und drehte mich zu ihm. »Das Zimmer ist schön«, gestand ich. »Dennoch werde ich nicht schlafen.«

Ein verstecktes Lächeln umspielte seine Lippen. »Ich wusste, dass es dir gefällt.« Über meine Weigerung, mich zur Ruhe zu begeben, sah er hinweg. Vermutlich war es ihm auch egal, solange ich in diesem Zimmer blieb und ihm keine Schwierigkeiten bereitete.

Wenn einige Zeit verstrichen war und beide Vampire glaubten, ich hätte ihnen nachgegeben, konnte ich mich vielleicht aus dem Zimmer schleichen und das Apartment erkunden. Vielleicht fand ich erste Hinweise oder konnte mir nützliches Wissen über die Vampirwelt aneignen.

Ich versuchte einen höflichen Schein zu wahren und eine leichte Konversation in die Wege zu leiten. Mit Glück würde ich etwas Interessantes über den Hausherrn erfahren.

»Sind alle Zimmer so …« Ich suchte nach den richtigen Worten und betrachtete die prächtige Innenausstattung. Nie hätte ich mir erträumt, in solch einem edlen Zimmer zu schlafen.

»Magisch?«, half Draven mir aus. Ich nickte, denn es war genau das richtige Wort. Der Raum wirkte zu perfekt, als dass er nicht magisch sein konnte. Er seufzte tragisch. »Ein Raum ist schöner als der andere, aber er hat dir den Besten gegeben. Nicht einmal mein Zimmer ist so prachtvoll ausgestattet.«

Meine Wangen wurden warm und ich betrachtete die Glaswand und die Aussicht dahinter. Die Stadt, die in die Mittagssonne getaucht war. Um die Unterhaltung in die gewünschte Richtung zu lenken, fragte ich, »Aber wie kannst du mit Zane befreundet sein, wenn er eigentlich keine Freunde haben kann?«

Draven sah mich verdutzt an. Es war ein rascher Themenwechsel, aber er verstand und seufzte. Er rieb sich die Schläfen. »Es ist die Entscheidung eines jeden Fürsten, ob er außerhalb der Elite Freunde haben möchte. Es ist nicht verboten, aber auch nicht erlaubt. Wahrscheinlich liegt es daran, dass sich nicht viele von ihnen für Freundschaften außerhalb der Elite entscheiden. Es ist ihre Wahl und ihre Schwäche.«

»Schwäche?«, hakte ich nach und wurde hellhörig. Das war ein nützliches Thema und konnte mir bei weiteren Ermittlungen definitiv weiterhelfen.

»Freunde machen schwach. Jegliche Verbindungen, die tiefer als oberflächliches Geplänkel gehen, sind eine ungeschützte Stelle in einem Panzer, der nicht zu durchdringen sein sollte. Deshalb sind die Fürsten immer allein.« Ein trauriger Ausdruck lag um seine Augen und ich hätte ihn gerne getröstet, wenn ich nicht wüsste, dass er ein Vampir – ein Gegner – war. Ich blieb auf Abstand.

»Gute Nacht«, wünschte er mir und ließ mich mit meinen Gedanken allein, bevor er die Tür schloss.

Kein Drehen im Schlüsselloch, kein Klacken eines Schlosses. Ich grinste teuflisch. Oh, Zane hatte noch viel zu lernen, wenn er einer Wölfin blind über den Weg traute.

Kapitel 9

Ich starrte stundenlang an die Decke auf meinem Bett und horchte den Schlägen meines Herzens. Mehr als einmal versuchte ich, meine Wölfin zu spüren, versuchte mich an das Gefühl ihrer Existenz zu erinnern, bis ihre Präsenz eine bloße Erinnerung wurde. Sie entglitt mir mit jeder Sekunde, bis ihre Wärme von bloßer Kälte abgelöst wurde und eine Leere in meiner Seele zurückließ, die ich noch nie zuvor gespürt hatte. Mein Mut, das Apartment zu erkunden und mich gegen alle Anweisungen zu widersetzen, kam mir zu riskant vor. Natürlich war ich neugierig, aber die Gefahr, erneut Zanes Hände um meinen Hals zu spüren, war mir zu präsent.

Um meine Zeit bis zur Abenddämmerung sinnvoll zu nutzen, denn schlafen konnte ich nicht, sah ich mich in den angrenzenden Räumen um.

Neben dem Zimmer mit dem riesigen Bett und der Glaswand, die eine Aussicht bis in die weiten Wälder von Danosc versprach, besaß ich ein Bad. Aber das Bad …

Das Bad …

Eine große Badewanne nahm die gesamte Ecke ein und glich mehr einem Schwimmbecken neben einer weiteren verglasten Wand. An einer schmalen Leiste, die über dem Beckenrand hing, waren mehrere kleine Knöpfe angebracht und ließen auf eine Badewanne mit sämtlichen anderen Funktionen schließen. Neben ihr war eine hohe Dusche, die frei begehbar war. Außerdem besaß ich eine Toilette mit marmornem Waschbecken, das wie

Obsidian funkelte, wie zwei kleinere Schränke für sämtliche Kleinigkeiten.

Doch ich besaß nicht nur das. Besonders das Ankleidezimmer war eine Augenweide für jedes Mädchen, denn neben den geräumigen Kleiderschränken besaß es eine Sitzecke mit vielen Kissen und einem großen Spiegel.

Das Vampire eitel waren, erkannte ich an meinen Gemächern, denn das Wort *Zimmer* wäre dafür eine Beleidigung gewesen. Zane war immerhin ein Vampirfürst und wie ich unterschwellig mitbekommen hatte, besaßen sie viel Geld und Macht. Dass er seinen Reichtum zur Schau stellen wollte, konnte ich gut nachvollziehen, ich hätte es vermutlich auch getan.

»Ziehst du dich gleich für mich aus?«

Ich fuhr aus dem Bett und begegnete einer jungen Frau mit einem listigen Grinsen auf blutroten Lippen.

»Nein, wieso?« Ich betrachtete sie, wobei sie nur noch mehr grinste. Was wollte sie? Wie war sie reingekommen? Ich hatte die Tür von innen abgeschlossen, nachdem Draven gegangen war. Die Gefahr bestand, dass unangenehme Gäste auftauchten und mich ermorden wollten. Sie war einer von ihnen, wobei sie keine Anstalten machte, näher als fünf Schritte an mein Bett zu gelangen.

Sie zuckte die Achseln und wickelte sich eine goldige Strähne um den Finger. Mir entging ihr Blick nicht, als sie sich auf die Lippe biss und mich genauer ansah. Mich überkam ein komisches Gefühl. Ich krallte mich in die Bettdecke, bis meine Fingerknöchel weiß hervorstachen.

»Nur so, ich hätte dir gerne zugesehen.«

Meine Wangen glühten wie Feuer und mir wurde warm. Vor Wut oder vor Scham, war mir ein Rätsel. Ihre Blicke durchbohrten mich, aber ich verkniff mir eine Bemerkung, sie musste einen

Grund haben, hier zu sein. Zane musste sie geschickt haben, denn es wurde langsam Abend.

Ihr Geruch schlug mir um die Nase und ich schnupperte unauffällig. Seit dem Blutritual besaß ich die Nase einer Wölfin und konnte nicht nur körpereigene Düfte wahrnehmen, sondern auch die Art von Lebewesen, die mir gegenüberstand. Sie roch jedoch anders, nicht wie ein Vampir, aber auch nicht wie ein Wolf und ein Mensch war sie erst recht nicht. Irgendetwas stimmte nicht mit ihr.

»Was bist du?«, fragte ich geradeheraus, genauso unhöflich wie sie mich angestarrt hatte. Was sie konnte, konnte ich schon lange.

Wieder zuckte sie die Achseln, ihre schmeichelnde Art verschwand und dann fiel mir wieder etwas auf. Ihre Augen. Sie waren grün, was bei Vampiren kaum vorkam.

»Ich weiß es nicht«, gestand sie. »Mein Vater war ein Vampir, aber meine Mutter eine Wölfin. Ich schätze, ich bin irgendwas dazwischen.«

Ein Mischling? Ich war verblüfft.

Das war unmöglich.

Wölfe und Vampire hassten sich, bekämpften einander, aber sie liebten sich nicht gegenseitig.

Trotzdem brannte mir eine entscheidende Frage auf der Zunge, die ich unbedingt loswerden musste. »Deine Eltern lieben sich? Ein Vampir und eine Wölfin?«

Mir musste das Erstaunen ins Gesicht geschrieben stehen, denn sie lächelte. Sie strich sich das Haar aus dem Gesicht und spielte mit ihren Daumen. »Mein Vater hatte sie überfallen, als sie nach einer Feier kaum bei Sinnen war und zurück zum Rudel wollte. Sie war nicht älter als du und ich.«

Etwas Schweres legte sich auf meine Brust. Es fühlte sich schrecklich an und ich wollte mich davon befreien. Doch ich schaffte es nicht, aber ich musste ihr wenigstens mein Bedauern ausdrücken. »Das tut mir leid, ich wollte nicht …«

Sie winkte ab, ihre Augen sprühten Funken. »Schon gut, ich bin darüber hinweg. Wäre das nicht passiert, wäre ich gar nicht hier.« Ein böses Lächeln legte sich um ihre Züge und erinnerte mich an das gemeine Lächeln von Vampiren. Blutdurst stand ihr ins Gesicht geschrieben. »Mein Vater kann sich auf eine Jagd gefasst machen, wenn ich erst mal zu ihm in die Unterwelt hinabsteige.«

Ich nickte zustimmend und musste gleich ein bisschen lächeln. Ich mochte sie, obwohl wir uns nicht wirklich kannten. Ihre mörderische Art zu denken gefiel mir. »Ich bin Alva«, stellte ich mich vor und schob die Decke beiseite, um aufzustehen.

Ihre schamlose Seite kam zurück und verdrängte die Schatten um ihr Gesicht. »Ich weiß.« Sie strahlte und griff nach meiner Hand, um sie kräftig zu schütteln. Ich biss die Zähne zusammen, so sehr drückte sie zu. Wölfische Kraft besaß sie ebenfalls und ich war froh, dass sie losließ. »Ich heiße Nyx.«

»Nyx.« Ich lächelte unwillkürlich. »Wie die Göttin?«

Nyx grinste umso mehr. »Ja, wie die Göttin der Nacht. Aber lass uns nicht weiter über mich reden, sondern über dich.«

»Über mich?« Ich sah ihr verblüfft nach, als sie das Badezimmer ansteuerte. Sie musste eine Angestellte von Zane sein, obwohl ihre lässige Art mich daran zweifeln ließ. Zane wirkte nicht wie der Typ, der solche Leute um sich ertrug.

»Ja, über dich.«

Ich schlüpfte in meine Schuhe, die ich sorgsam neben dem Bett aufgestellt hatte, nachdem ich mich in die Kissen geworfen hatte. Ich folgte ihr, wobei meine Schritte vom Teppich gedämpft wurden, als ich die Badezimmertür erreichte und Nyx vor dem kleinen Badschrank neben der Dusche knien sah. Ihr goldiges Haar fiel ihr in sanften Wellen über den Rücken.

Sie fluchte leise, als sie zwei Handtücher herauszog und die Hälfte des Stapels hinterher fiel. »Wir müssen dich doch schick machen, um Rowena ihre Aufwartung zu machen.«

»Rowena?«, fragte ich.

»Sie herrscht über die Unterwelt von Danosc und ist mindestens genauso mächtig wie Zane, wenn nicht sogar noch stärker. Du wirst sie besuchen und um ihre Gunst bitten müssen, wenn du in ihrem Gebiet ermittelst«, erklärte mir Nyx und pustete sich die Haare aus dem Gesicht.

Ich nahm ihr die Handtücher ab, deren Weichheit sofort meine Finger umspielte und mich innerlich aufseufzen ließ. Ich hätte schwören können, dass ich Krallen an meinen Fingern spürte, aber als ich nachsah, waren meine Finger genauso gebräunt wie zuvor.

»Dann ist sie eine wichtige Figur auf dem Schachbrett?«, fragte ich. Nyx nickte und ich stellte meine nächste Frage: »Wie komme ich zu ihr? Wenn sie so wichtig ist, wird sie kaum auf mich warten.«

Nyx runzelte die Stirn. »Zane hat alles organisiert. Er wird dich zu ihr bringen und du wirst einen Test bestehen müssen, um zu zeigen, dass du ihrer würdig bist. Danach wird sie entscheiden, ob sie dich in ihrem Territorium toleriert oder nicht. Streng dich an, ihr Einfluss reicht über Zanes hinaus und so mancher Stadtteil steht, auch wenn Zane die Stadt gehört, unter ihrem direkten Einfluss.« Ich nickte und fuhr mir gestresst mit der Hand durchs Haar.

Ein weiterer Test, in dem ich mich beweisen musste. Ich seufzte innerlich. Aber ich brauchte die Zustimmung von Rowena und, wenn ich Glück hatte, konnte ich ihr bei einer Audienz einige Informationen über Zane entlocken. Wenn sie wirklich so einflussreich war, wie Nyx behauptete, wusste sie vielleicht Dinge über Amsfoorts Ermordung, als die Vampirfürsten.

Nyx unterbrach meine Gedanken und fragte: »Was weißt du über Vampire?« Sie zupfte gedankenverloren ihre bunte Lederjacke zurecht. Es war ein starker Kontrast zu ihrer dunklen Kleidung und wirkte wie ein Regenbogen vor einer dunklen Leinwand.

Sie bemerkte meinen Blick und lächelte breit, präsentierte die Jacke und strich ihr Haar zurück. Erst jetzt bemerkte ich zwischen dem Blond verblasste, pinke Strähnchen. »Todschick, oder? Sie ist meine Lieblingsjacke, deshalb habe ich ihr einen Namen gegeben. Jude. Voll cool, oder? Ich trage sie immer, selbst bei diesen heißen Temperaturen.«

Heute war es ganz besonders heiß und nicht einmal die Schatten konnten Erleichterung spenden. Die gute Nachricht war, nur noch ein paar Wochen und es wurde Herbst. Danach kam der Winter und, auch wenn es in Danosc nie kalt wurde, konnte man endlich eine Jacke anziehen und dabei nicht schwitzen.

»Sie ist …« Ich suchte nach den richtigen Worten, die das beschreiben konnten, was ich vor mir sah. Einen Regenbogen aus allen erdenklichen Farben. »… beeindruckend, aber irgendwie nicht mein Fall.«

Nyx strahlte, wobei sich tiefe Grübchen unter ihren Wangen bildeten. »Ich wusste, wir werden gute Freundinnen werden!«

»Okay, wir müssen zum Thema zurück«, setzte sie an und streckte sich auf Zehenspitzen nach einem anderen Schrank. Sie zauberte Duschlotionen und blumige Düfte heraus. »Du kennst die Fürsten, du hast sie heute Morgen gesehen. Sie stehen ganz oben in der Hierarchie der Vampire. Es gibt nur sieben von ihnen, alles andere sind nur ihre Vasallen, also nichts, was uns interessiert, denn in Wahrheit sind sie langweiliger als meine Großeltern. Dennoch sind sie ein wichtiges Puzzleteil im System, denn sie helfen den Fürsten, über ihr Land zu herrschen. Sie leben in den größeren Städten und herrschen über kleinere Gebiete des Fürsten, dem sie gehorchen. Verstanden?«

»Machen die Vasallen nicht, was sie wollen?«, fragte ich nach kurzem Überlegen.

Sie schüttelte den Kopf und stellte die Lotionen in die Dusche, weshalb eine Straße von Blumen und anderen lieblichen Gerüchen ihr hinterher wehte und sich in ihren Haaren verfing. »Nein, sonst sterben sie.«

Sie kam zurück und zog den Geruch der Waschutensilien hinter sich her, der sich wie eine dichte Nebelwolke um meine Sinne legte und tief in mich eindrang, bis meine Lungen gänzlich von ihr erfüllt war.

»Neben ihnen und den Vampirfürsten gibt es eine Frau. Sie ist die einzige Ausnahme und steht auf derselben Ebene wie die Fürsten. Sie nennt sich Rowena. Nur, weil die Fürsten und sie einen Pakt geschlossen haben, sich nicht gegenseitig in die Quere zu kommen, lassen wir sie in Ruhe existieren. Denn normalerweise würden alle Rivalen der Elite ausgelöscht werden.«

»Warum haben die Fürsten sie nicht getötet, wenn sie eine Rivalin darstellt?«

Nyx legte die Stirn in Falten und lehnte sich an die Tür zu meinem Zimmer. »Keiner weiß, wer sie ist und wie sie es so weit geschafft hat. Aber eins steht fest, sie ist älter als jeder Fürst im Rat. Sie ist hübsch, sie ist klug und sie ist umso gefährlicher. Unterschätze sie nicht, dann wird alles gut werden.«

»Und Zane muss mich zu ihr bringen, bevor ich offiziell auf ihrem Territorium herumschnüffele?«

»Genau, du musst dich vor ihr beweisen. Sie wird merken, dass jemand in ihrem Einflussgebiet nach Antworten sucht, und viele ihrer Anhänger werden sich darüber beschweren. Deswegen wirst du ihr Nest, also das Hauptquartier, besuchen. Wenn du es nicht tust, wird sie dich höchstwahrscheinlich umbringen lassen oder dich zu einem ihrer Mädchen machen.«

»Aber …«, setzte ich an und wurde von ihr unterbrochen.

»Genug der Fragerei, du musst duschen und deinen Geruch überdecken, damit du nicht nach Hund stinkst.«

»Wie bitte?« Ich baute mich vor ihr auf und sie kicherte leise.

»Wir wollen doch nicht, dass die Vampire Hunger auf einen kleinen Snack bekommen, oder?«

Meine Mundwinkel fielen hinab, mein Körper wurde kalt. Natürlich. Anwir hatte erwähnt, wie *schmackhaft* Wölfe waren.

»Nein.«

Nyx bemerkte meine Stimmungsschwankung und entschuldigte sich leise, bevor sie die Tür mit einem sanften Klicken hinter sich schloss.

Ich zog mich eilig aus und stellte mich unter die Dusche, um meinen Geruch mit den Ölen und Lotionen zu unterdrücken. Kaum hatte ich die erste Flasche geöffnet, brannte der Geruch von Flieder in meiner Nase. Ich duschte schnell und roch danach wie eine Blumenwiese, als ich mich eilig abtrocknete.

In ein Handtuch gewickelt betrat ich mein Zimmer. Mein Blick fiel auf die Halbwölfin, die ausgestreckt auf meinem Bett lag, und mich aus schläfrigen Augen anblinzelte.

»Du riechst gleich viel besser«, begrüßte sie mich, fühlte sich aber nicht genötigt aus dem Kissenparadies aufzustehen.

»Ich rieche ekelhaft.«

Nyx Mundwinkel zuckten, sie seufzte leise und schwang sich mit einem kräftigen Ruck aus dem Bett. Mit den Schritten einer Wölfin kam sie auf mich zu. »Wenigstens riechst du besser als vorher. Noch etwas Parfüm und dann geht das schon.« Vor mir blieb sie stehen. »Nein, wir bräuchten bestimmt zwei Flaschen, wenn nicht sogar drei«, korrigierte sie sich.

Hätte ich kein Handtuch um meinen Körper, hätte ich mich nur zu gerne auf sie geworfen. Es juckte mich in den Fingern, ihr meine Zähne zu zeigen. Aber ich schätzte, die schamlose Direktheit war für Nyx üblich und kein bisschen verletzend gemeint.

Sie legte den Kopf schief und umrundete mich langsam. »Ich glaube, ich habe für dich etwas Passendes zum Anziehen.« Sie schnipste mit den Fingern und wie von Geisterhand erschien eine Auswahl von Kleidern auf dem Bett.

Ich riss die Augen auf und keuchte. »Wie hast du das gemacht?« Ich trat näher ans Bett und betrachtete die Kleider. Sie waren hübsch, aber kurz und auffällig – gar nicht mein Geschmack.

Sie tat es mit einer Handbewegung ab und hielt mir ein viel zu kurzes, rotes Kleid vor den Körper. »Das ist eine Art Vampirtrick und das einzig Gute, was mein Vater mir hinterlassen hat.« Sie schüttelte den Kopf und warf das Kleid wieder weg, bevor es sich in Luft auflöste und verschwand. »Zu lang«, entschied sie. Mir blieb der Mund offenstehen.

»Es war eher zu kurz«, kommentierte ich. Ich griff unterstützend nach dem ersten Kleid, was mir unter die Finger kam. Es wirkte auf mich wie ein Sternenhimmel um Mitternacht, nur in einer knappen Version. »Die Kleider bestehen aus *nichts*. Wenn ich Glück habe, bedecken sie gerade so meinen Hintern!«

Sie riss mir den Fetzen aus der Hand. »Das ist es!« Ihr prüfender Blick huschte über den Saum, bevor sie es mir zurückgab. »Zieh es an, ich will es an dir sehen.«

»Was? Nein!« Am liebsten wollte ich sie schütteln und zur Vernunft bringen. »Sieh dir das an! Da gibt es nichts anzuziehen, Nyx.«

Sie verdrehte die Augen so sehr, dass ich dachte, sie würden niemals in ihre normale Stellung zurückfinden. »Du brauchst auch gar nichts anziehen, wenn es dir lieber ist.«

Mir blieb der Mund offenstehen und letztlich verschwand ich im Badezimmer. Nyx wusste, was sie tat. Wenn sie der Meinung war, ein kurzes Kleid war der beste Weg, bei Rowena guten Eindruck zu machen – ich bezweifelte es –, vertraute ich ihr.

Mit Mühe streifte ich mir das Kleid über und betrachtete mich skeptisch im Spiegel. Es war nachtschwarz und tatsächlich bestand der Stoff aus einem engmaschigen Netz. Meine gebräunte Haut schimmerte, bei jeder Bewegung, an den Hüften in sanften Goldtönen. Doch dann endete das Kleid auch schon und der Glamour fand sein Ende.

Die Tür riss fast aus den Angeln und ich stieß einen erschrockenen Schrei aus, als Nyx hineingestürmt kam. Ihr Haar wehte ihr ums Gesicht und ihre Augen funkelten.

»Du siehst richtig heiß aus!«, kreischte sie, griff nach meiner Hand und drehte mich auf der Stelle. »Nicht wahr, Zane?«, rief sie zur Tür. Er stand im Türrahmen und beobachtete mich aus raubtierhaften Augen.

Mit glühenden Wangen kam ich zum Stehen und Nyx ließ von mir ab. Sie sah den Vampir erwartungsvoll an. Allerdings ließ er sich mit einer Antwort Zeit.

Ich biss mir auf die Lippe. Die obersten zwei Knöpfe seines schwarzen Hemdes trug er offen und seine Ärmel waren bis knapp unter die Ellenbogen hochgekrempelt. Seine, von der Sonne gebräunte, Haut schimmerte im sanften Licht und ließ mich tief und zittrig Luft holen. Seine Haut war warm und nicht kalt, wie die Wölfe dachten, da ich ihn oft genug gespürt hatte.

Sein Blick glitt über mich und ich musste an mich halten, meinen viel zu tiefen Ausschnitt nicht zu bedecken. Seine Augen blieben an dem Ende des Stoffes hängen, ließen mich auf der Stelle treten. »Das Kleid ist sehr kurz, nicht wahr, Nyx?«

»Es ist genau richtig«, beteuerte sie.

Alle Augen lagen auf mir, musterten mich ohne Scheu, während ich mir wie ein Tier im Zoo vorkam.

»Ihr werdet keine Probleme mit dem Einlass haben«, versprach sie ihm und lenkte seine Aufmerksamkeit von mir. Ich atmete erleichtert auf und bemerkte erst jetzt, wie krampfhaft ich die Luft angehalten hatte. »Außer, sie haben den Dresscode für die Frauen im *Rabbit* geändert.«

Ich sah sie verwirrt an. Wovon redete sie?

»Was ist ein *Rabbit*?« Ich sah zwischen Nyx und Zane hin und her. »Ist das ein Club?«

Vier Augen richteten sich auf mich, als würden sie nicht glauben, was ich gefragt hatte, oder als wenn sie meine Anwesenheit vergessen hatten.

Sie musterte mich von Kopf bis Fuß und erklärte: »Das *Rabbit* ist der exklusivste Club in der Unterwelt und nur die Reichen und Mächtigen bekommen Zutritt.« Sie schielte unauffällig zu Zane. »Du wirst zwar mit Zane in den Club gelassen, aber wirst dich von ihm trennen, um den Test zu bestehen. Die Herausforderung liegt darin, Rowena zu finden und so zu tun, als ob du zu dem Inventar ihrer Mädchen gehörst. Wenn du nicht überzeugend genug bist, werden ihre Wächter dich erkennen und aus dem Club schmeißen. Dann ist deine Chance vertan und entweder sie hat Gnade und lässt dich ziehen oder sie behält dich in ihrer Höhle.«

»Eine Höhle?« Das war gar nicht gut, ich war überhaupt kein Fan von Tiefen, wobei die Höhe auch nicht meine Begeisterung traf. Irgendwie haben die Actionfilme meiner Kindheit Zustände hervorgerufen, die ich nicht vorhersehen konnte. Wie oft passierten schlimme Dinge in Höhlen? Die Antwort war einfach: Sehr oft.

Zanes Augen flogen über meinen Körper und ein träges Grinsen schlich sich auf seine vollen Lippen. »Keine Höhle, ein Bordell.«

Kapitel 10

»Ich soll *so* …« Ich zeigte auf mich und Zanes Blick folgte meinen Fingern. »… in ein Bordell gehen?«

»Ja.« Er zuckte unbeeindruckt die Achseln. Er wirkte nicht beeindruckt, nicht im Geringsten.

»Ist das dein Ernst?« Er konnte es nicht ernst meinen, durfte es nicht ernst meinen. Warum? Ganz einfach, ich war noch nie *so* irgendwohin gegangen. Meine Brüder hätten mich gerügt und zurück ins Haus geschliffen. Sie hatten nie zugelassen, dass mich jemand so sah.

»Sehe ich aus, als würde ich scherzen?« Er lehnte immer noch im Türrahmen. Sein Kiefer war angespannt und seine, ineinander verschränkten, Arme verkrampften sich.

»Nein, eigentlich nicht.« Meine Nackenmuskeln spannten sich an und agierten unabhängig von meinem Willen.

»Gut.« Das glaubte er doch selbst nicht. Nichts war gut.

Ich ging auf ihn zu, blieb aber mit einigem Sicherheitsabstand stehen – zu unser beider Schutz. »Ich sehe aus wie eine Hure!«, fuhr ich ihn an.

Ein Mundwinkel zuckte. »Nicht eine«, korrigierte er mich und streckte einen Arm aus, um einen Fussel von meinem Kleid zu schnipsen. Mein Körper bebte und ich musste mich beherrschen, ihn nicht zu Boden zu ringen und meine Wolfszähne – tief – in sein Fleisch zu treiben. »*Sondern meine.*«

Ich schnappte nach Luft, wobei Nyx sich schleunigst aus der Schussbahn brachte. Sie bemerkte die Anspannung, die zwischen uns hin und her flog, bevor sie explodierte und alles um uns zerriss.

»Deine?« Ich war nicht seins und das wusste er, auch wenn er glauben mochte, ihm würde alles und jeder gehören.

Er nickte. »Richtig.« Das glaubte er doch selbst nicht. »Ich bringe dich in den Nachtclub, danach trennst du dich von mir und suchst Rowena. Im besten Fall meidest du ihre Wächter, dann wird es ein Leichtes sein, sie zu finden.«

Ich verstand ihn, was nichts daran änderte, dass mich das Kleid störte und die Tatsache, dass ich als *seine* Hure auftreten sollte.

»Sieh nur.« Nyx stellte sich zwischen uns und hob beschwichtigend die Hände. »Nur durch ihn kommst du ins *Rabbit*. Das Kleid ist das kleinere Übel und ich bin sicher, Rowena hat einige ihrer Wächter auf dich angesetzt, um dir die Suche zu erschweren. Deshalb musst du schnell und geschickt, vielleicht auch ein wenig gerissen sein. Lass dich nicht einschüchtern und du hast die Hälfte des Spiels gewonnen.«

Ich knirschte mit den Zähnen. Für mich war das kein Spiel.

Zane warf einen kurzen Blick zur Glaswand in meinem Schlafzimmer. Die Sonne stand tief und die ersten Lichter der Laternen zierten die Straßen der Metropole. »Wir müssen los.«

Er fackelte nicht lange und beschritt den Flur ohne, auf mich zu achten. Ich folgte ihm, etwas anderes blieb mir kaum übrig, wenn ich nicht noch mehr Probleme bekommen wollte, als mir lieb war. Bisher hatte ich reichlich genug von ihnen.

»Hier.« Er blieb vor den offenen Türen des Aufzugs stehen. Ich rannte fast in ihn rein und wäre gestürzt, wenn er nicht rechtzeitig eine Hand ausgestreckt hätte, um mich zu stützen.

Ich bedankte mich nicht, sagte gar nichts. Es war besser, wenn wir so wenig wie möglich sprachen. So konnten wir einen Krieg vermeiden und wie ich Zane einschätze, war es ihm recht willkommen. Er war ein Vampir, der seine Umgebung stets ernst betrachtete und eine kühle Ader teilte. Das ließ seine verschlüsselte Miene und die Distanz, die er zu anderen wahrte, vermuten.

Trotz aller Dinge, hielt er mir einen Mantel hin, der mir bis über die Knie reichte.

»Du weißt schon, dass wir draußen fast 30 Grad haben?«, fragte ich und wehrte den Mantel mit einer Hand ab.

Er zuckte die Achseln und bot mir das marineblaue Kleidungsstück weiterhin an. »Ich dachte, du wolltest nicht vor aller Augen in dem Kleid auf die Straße treten. Aber, wenn ich dich falsch eingeschätzt habe, soll es mir auch recht sein.«

»Gib ihn mir!« Ich griff nach dem Mantel.

Er schüttelte den Kopf, zog den Mantel aus meinen Fingern und trat um mich. Wie ein Gentleman hielt Zane ihn mir auf und half mir beim Anziehen. Das Gefühl war komisch und ungewohnt. Mein Nacken prickelte, als seine Fingerkuppen flüchtig über meine Haut strichen.

Ich sah ihn aus großen Augen an und schenkte ihm ein schüchternes Lächeln. In meinem Magen flatterten aufgeregte Motten, die ich vergeblich zu erschlagen versuchte, je mehr sie meine Haut zum Kribbeln brachten. Warum fühlte ich mich bei seinen aufmerksamen Gesten wie ein ihm hilflos ausgeliefertes Geschöpf? Ich wollte das nicht, aber je verzweifelter ich mich dagegen wehrte, desto intensiver wurde das wärmende Gefühl in meiner Brust.

Ich betrat beschämt und mit glühenden Wangen den Aufzug. Seine Präsens konnte ich nicht ignorieren, weshalb ich ab und zu in seine Richtung schielte.

Die Stille ließ mich nervös auf der Stelle treten. Meine Pumps, die mir Nyx gegeben hatte, klackten auf dem harten Boden.

»Sind das Nyx' Sachen?« Wir hatten ungefähr die gleiche

Körpergröße, und auch wenn ihr Brustumfang etwas größer als meiner war, passte der Mantel wirklich gut.

»Nein«, antwortete er und steckte die Hände in die Hosentaschen. Er starrte stur gegen die verschlossenen Türen. Mein Herz rutschte in die Hose. Trug ich die Sachen seiner Geliebten? Bei dem Gedanken regte sich ein wütender Funken in meiner Brust, den er schnell vertrieb. »Sie würde den Teufel tun, als ihre Sachen mit jemandem zu teilen. Stattdessen habe ich mir angewöhnt, immer Kleidung für etwaige Gäste bereitzuhalten.«

Ich atmete erleichtert aus. Anscheinend hatte er keine Geliebte. Oder doch? Warum interessierte mich das überhaupt?

»Bekommst du oft Gäste?«, fragte ich stattdessen.

»Wie viele Fragen willst du noch stellen, die dich nichts angehen?« Diesmal warf er mir einen Seitenblick zu, der mich hätte töten können, wenn er es wollte.

Mir fielen Neros Worte ein und seine Warnung, dem siebten Fürst nie in die Augen zu sehen, weil er mit seinem Blick tötete. Aber das war reine Wortklauberei, ich hatte Zane mehr als einmal in die Augen gesehen und mich vom Gegenteil überzeugt. Auch Draven und Nyx hatten ihm in die Augen gesehen und waren nicht daran gestorben.

Die Aufzugtüren schwangen ohne ein Geräusch auf und offenbarten die Eingangshalle des Wolkenkratzers. Die letzten Sonnenstrahlen durchdrangen die Fenster und wärmten meine Seele wie eine Umarmung. Die untergehende Sonne spielte mit den Farben und Ornamenten der Wände und warf lange Schatten in den Raum, die sich wie Geister erhoben.

Wir traten aus dem Aufzug und kaum hatten die Sonnenstrahlen mich erreicht, summte meine Wölfin. Ich atmete erleichtert auf und bedankte mich im Stillen für ihre Präsenz. In den letzten Stunden war sie ungewöhnlich ruhig gewesen.

Zane und ich warteten vor dem Gebäude, obwohl ich nicht wusste, warum wir vor dem Gebäude standen und nicht mit einem seiner Autos fuhren. Allerdings traute ich mich nicht zu fragen.

Der Wolkenkratzer schützte meinen Rücken und trieb meine Aufmerksamkeit auf die vorbeiziehenden Menschen. Ob die ersten Vampire unter ihnen waren? Ich zog den Mantel enger um mich, wobei ich nur noch mehr schwitzte, und begutachtete die Passanten, die nichts ahnend, dass ein Wolf und ein Vampir unter ihnen waren, an uns vorbeizogen.

Ein Auspuff heulte auf und ich hielt mir die Ohren zu, als das Geräusch meine Sinne zerfraß. Zane sagte etwas, aber ich verstand ihn nicht, stattdessen richtete ich meine Aufmerksamkeit auf die Straße. Ein Kind ging an uns vorbei und jammerte schrecklich an der Hand seiner Mutter. Doch sie zog den Jungen mit sich und steuerte eines der noch offenen Geschäfte an.

Wieder schrie ein Auspuff, diesmal lauter, und der Gestank von Abgasen stieg mir in die Nase. Ich rümpfte die Nase, ich hatte vor meinem Blutritual die Stadt nie so intensiv wahrgenommen. Ein Auto hielt vor dem Eingang und ein Mann stieg aus, ging auf Zane zu und gab ihm wie selbstverständlich die Autoschlüssel.

Zane sah zu mir, redete mit mir, aber ich verstand nur dumpfe Töne. Er streckte die Hände nach mir aus, aber ich wich zurück. Was wollte er?

Ich erkannte sein genervtes Seufzen, bevor er erneut nach meinen Armen griff. Ich ließ es zu und seine Hände umgriffen meine Handgelenke. Sie waren rau und kratzten über meine Haut. Ich starrte ihn aus großen Augen an, doch bevor ich mich zurückziehen konnte, zog er meine Handgelenke zu sich und…

»Oh.« Ich sah zu Boden und auf meine glitzernden Schuhspitzen. Ich hatte mir die Ohren zugehalten und es nicht bemerkt. Meine Wangen brannten vor Scham.

Gnädigerweise ignorierte er mein kindisches Verhalten gegenüber dem Lärm und trat zum Auto, öffnete die Autotür für mich und sah mich abwartend an. Ich ließ es mir nicht zweimal sagen, zog den Kopf ein, und stieg ohne Widerworte ins Auto. Nachdem er die Tür geschlossen und ich mich angeschnallt hatte, saß er neben mir und startete den Motor. Ich zuckte zusammen, als das Geräusch durch meinen Körper fuhr.

»Ich kann mir nicht vorstellen, dass Wölfe empfindlichere Ohren haben als Vampire.« Es war keine Beleidigung, eher eine Offenbarung.

»Das kann ich dir nicht sagen, aber die Metropole ist …« Ich sah aus dem Fenster und beobachtete, wie sich das Zentrum mit jedem zurückgelegten Meter vor uns ausbreitete. Die Lichter der Verkaufsläden erloschen, dafür wurden sie von Lichtern der Nachtclubs, Bars und anderen nächtlichen Geschäften abgelöst. Sie waren grell und blinkten in allen erdenklichen Farben, bis mir die Augen brannten und ich ein paar Mal blinzeln musste. Deswegen blieben die Wölfe nachts gerne in ihren Wäldern und spürten kein Verlangen, in die Städte zu kommen. Die Ruhe, die Dunkelheit und das schimmernde Licht der Luna, welches sie ihren Lieblingen schenkte, waren uns heilig.

»Die Metropole ist das, was sie ist«, bestimmte ich.

Es war unangenehm still, als ich aus dem Fenster schaute und die vorbeiziehenden Häuser in den ersten Stunden der Nacht betrachtete. Die Sonne hatte sich gänzlich verabschiedet und nun hütete der Mond mein Leben.

»Was ist die Metropole für dich?« Zane warf mir einen Seitenblick zu, bevor er sich wieder auf die Straße konzentrierte.

»Vieles.«

»Nenn mir nur einen Gedanken, mehr will ich nicht.«

»Wieso?« Seit wann interessierte es Vampire, was Wölfe dachten? Doch im Unterschied zu ihnen war er nicht nur das. Er war ein Vampirfürst, vielleicht der gefürchtetste, der je existiert hatte. Er hatte mir zwar noch nicht den Anlass gegeben, mich wirklich zu fürchten, aber ich erkannte die Macht, die er ausstrahlte.

»Du stellst ebenfalls Fragen, die dich nichts angehen und trotzdem beantworte ich sie dir.« Ich zog eine Braue hoch. »Zu Teilen jedenfalls«, korrigierte er sich mit leichten Augenrollen. »Ich fordere nun dasselbe Recht.«

Je weiter wir in die Metropole eindrangen, desto mehr Autos tummelten sich auf den Straßen. Die Metropole in Danosc war auf der ganzen Welt bekannt, da der Handel der Stadt bis in alle Regionen der Welt reichte. Menschen handelten bereits auf den unzähligen Brücken, die wir schnell überquerten, und vor Geschäften mit teuren Sonnenbrillen, Handtaschen und Postkarten, die Touristen aus aller Welt kauften.

»Die Stadt ist laut.« Ich versuchte, das laute Gerede der Menschen und die brummenden Motoren der Autos auszublenden.

»Mehr nicht?«

»Das war ein Gedanke.« Ich bemerkte sein Missfallen. »Gib dich damit zufrieden, Zane.« Er warf mir einen schnellen Blick zu und einen Moment glaubte ich, seinen Atem stocken zu spüren, aber dann war es auch schon vorbei. Ich hatte es mir wohl nur eingebildet.

Ausnahmsweise ließ er mich mit meiner halbherzigen Antwort ziehen. Ich dachte, er würde eine hitzige Diskussion vom Zaun brechen, aber er sah nur stumm auf die Straße und folgte den weißen Markierungen und Straßenschildern. So leicht konnte ich mich täuschen, was bezeugte, dass man eine Person nicht innerhalb eines Tages kennenlernen konnte.

Meine Augen brannten, als wir in eine Straße einbogen und ein Chaos aus blinkenden Werbeschildern sich in meine Netzhaut fraß. Ausgerechnet hier hielten wir an.

»Wir sind da«, verkündete Zane und stieg aus, um mir die Beifahrertür zu öffnen. Diesmal war ich schneller und stand schon längst neben ihm. Er zog ein grimmiges Gesicht und schob die Hände in die Taschen, als er erst mich und dann unsere Umgebung musterte.

Meine Handrücken wurden feucht und mein Puls beschleunigte sich. Etwas stimmte nicht mit diesem Ort, etwas Mächtiges hing in der Luft und ließ mein Atem schwerer werden. Die Menschen in Danosc mussten es ebenfalls spüren, denn niemand war hier.

»Wo ist es?«, fragte ich und rückte unauffällig näher an Zane.

»Alles gut?«

Mein Kopf fuhr zu ihm herum und er wirkte ebenso überrascht wie ich. Hatte er ernsthaft gefragt, ob es mir gut ging? War es nicht offensichtlich?

Er ging los und ließ mich zurück, während des Gehens drehte er seinen Kopf in meine Richtung. »Bleib besser bei mir, wenn du keine Schwierigkeiten bekommen willst.«

Ein Schatten bewegte sich nahe einer Mülltonne. Ich quiekte erschrocken und schloss schnell zu ihm auf.

»Weißt du, ich bin nicht das erste Mal abends in dieser Stadt.«

»Mit dem Unterschied, dass dieser Ort anders als der Rest der Stadt ist«, belehrte er mich, wie es Jesse gerne tat.

Bei dem Gedanken an meinen Bruder wurde mein Herz schwer. Ich werde sie nicht enttäuschen und das Beste aus dieser Möglichkeit ziehen, meine Unschuld zu beweisen. Vielleicht nahm das Rudel mich wieder auf. Es wäre gelogen, wenn ich behauptete, ich würde dies nur für mich tun. Meine Brüder waren das

Wichtigste in meinem Leben. Ich werde ihre Liebe zu mir nicht in den Dreck ziehen, meinen Namen reinwaschen und ihnen die Schwester sein, die ihre Güte und Fürsorge verdiente. Verdammt, ich werde sogar freiwillig den Unterricht der Jungwölfe besuchen und mich vielleicht sogar bei Lydia entschuldigen und das Beste aus der belasteten Beziehung zwischen Cole und mir ziehen.

Nach einigen Minuten erreichten wir eine alte Metalltür. Der Rost biss in meiner Nase und als Zane klopfte, erst kurz, dann wartete er einen Augenblick, bis er zweimal schnell hintereinander auf das Metall schlug, blätterte die Farbe ab. Ich merkte mir die Kombination für spätere Zeiten und beobachtete, wie er seine Hand spreizte, um sie langsam mit der flachen Seite auf die Tür zu legen.

Meine Wolfsaugen erkannten ein rotes Leuchten, ein kurzes Zischen der Tür, bevor ich leise Rädchen rattern hörte und die Luft anhielt. Dann schwang die Tür auf und gab die Sicht auf einen leeren, langen Gang frei.

Ich wagte einen kurzen Blick in die Dunkelheit, doch selbst meine Wölfin vermochte nicht die Schwärze zu durchdringen. »Sicher, dass wir hier richtig sind?« Ich musste schlucken, noch während mir unnatürlich warm wurde. »Die abgestandene Dunkelheit sieht mehr nach dem Weg in eine Folterkammer aus, als in einen exklusiven Nachtclub.«

Die Dunkelheit erstreckte sich vor mir und offenbarte einen engen, von porösem Backstein, umgebenen Gang. Ein unheimlicher Windzug traf auf meinen nackten Brustkorb. Ich wich erschrocken zurück und erntete ein amüsiertes Lachen von Zane.

Zane konnte lachen?

Ich sah ihn aus großen Augen an, und ein grimmiges Lächeln stahl sich auf seine Lippen. Es war das erste halbwegs vernünftige Lächeln, dass ich je an ihm gesehen hatte. Aber vermutlich lag es an dem Wort *Folterkammer* in meinem Wortgebrauch. Er war ein wirkliches Arschloch und so wie es aussah, wusste er das auch und spielte diese Karte gerne aus.

»Nein.« Befriedigung tanzte in seinen Augen, noch während er den Gang musterte und über eine Stufe eintrat. Er reichte mir seine Hand, die ich nur zu gerne ausgeschlagen hätte, wenn nicht die Gefahr bestand, mit einem unanständig kurzen Kleid in ein Bordell einzudringen.

Kaum hatte er mir hinaufgeholfen, wobei seine Hände sich kräftig um meine Finger schlossen, zog er mich mit einem Ruck an sich. Mein Körper prallte gegen ihn und ich stöhnte vor Schmerz auf. Der Geruch von Kiefern und Moos stieg mir in die Nase und bescherte mir eine nichts ahnende Gänsehaut, die er mit einem Schmunzeln bemerkte. *Arschloch.*

Sein Atem strich wie eine Liebkosung über meine Wange und ich gefror zu Eis. Ich konnte mich nicht bewegen, konnte gar nichts tun, nur seinen Worten lauschen. »Wenn ich dich töten wollen würde, Alva, hätte ich es schon längst getan. Es wäre nicht schnell und schmerzlos, sondern langsam und qualvoll. Du hättest auf alle erdenklichen Arten und Weisen gelitten, die man einem Körper und einem Geist nur antun kann, bevor ich dich erlöst hätte.« Er musste meine Gedanken gehört haben.

Mein Körper zitterte, aber ich empfand keine Angst. Seine Worte, seine Stimme, die sinnlichen Lippen an meiner Wange, die ab und an über meine Ohrmuschel strichen, und sein Duft, berührten etwas tief in meinem Innersten.

Er lachte leise, sein Griff lockerte sich, aber ich rührte mich nicht von der Stelle. »Du steckst voller Überraschungen, Alva«, murmelte er.

Ich schluckte und setzte dem entgegen, was sich in mir ausbreiten wollte. Mit der Distanz, die Zane wiederherstellte, war es endgültig besiegelt und die Flamme erlosch.

Er wandte sich zum Gang. »Ich gehe voraus und du fasst nichts an. Verstanden? Du redest mit niemandem, sprichst niemanden an und hältst deinen Blick gesenkt. Konzentriere dich auf deine Aufgabe und wir können uns dem Wichtigen zuwenden.«

Ich nickte. »Verstanden.«

Ohne ein Wort wandten wir uns der Düsternis zu, bis auch wir von der Dunkelheit verschluckt wurden. Sie hüllte mich ein, wie ein dunkles Versprechen und wollte mich nicht freilassen.

Zanes Gestalt vor meinen Augen war nur noch eine dunkle Silhouette. Wir waren in vollständige Dunkelheit getaucht und nur durch meine Wölfin konnte ich seinen Rücken ausmachen. Andernfalls wäre ich blind gewesen und hätte vermutlich von Zane getragen werden müssen – zu unser beider Missfallen.

Kapitel 11

Ich hatte die Dunkelheit schon immer gemocht. Die undurchdringliche Schwärze, die dem Nachthimmel entsprang, erinnerte mich an funkelnden Sternenstaub, wie, wenn manchmal die Sterne auf unseren Planeten zu sausten und Teile ihres Seins verloren, in einer kalten Winternacht. Ein Lufthauch verfing sich in meinem Haar und ich schloss die Augen, als ich mich an die Kühle der hohen Berggipfel im Norden erinnerte. Deshalb ließ ich nachts immer die Fenster auf, wenn ich mich schlafen legte. Ich hoffte, ein kühler Wind erfasste mich in meinen Träumen und trug mich auf sanften Schwingen in die Berge und Nadelwälder zurück.

Doch diese Dunkelheit war anders – fremd. Die nie enden wollende Schwärze verschlang mich und beanspruchte all meine Sinne. Mein Kopf schoss in alle Richtungen, um den kleinsten Lichtstrahl zu erspähen, der sich vielleicht zu uns verirrt hatte.

Ein modriger Geruch hing in der Luft und legte sich auf meine Zunge. Schaudernd hielt ich mich dicht an Zanes Fersen, um den Anschluss nicht zu verlieren. Ohne ihn und seine zielstrebigen, von den Wänden hallenden Schritte, wäre ich in der Dunkelheit verloren. Ich wollte es nicht zugeben, aber es war so. Ohne ihn würde ich vermutlich – trotz meiner Wolfsaugen – gegen eine der feuchten Wände laufen und mir den Kopf anschlagen.

Irgendwann blieb Zane vor einer Tür, unter dessen Türspalt Licht entsprang, stehen und warf mir einen kurzen Blick über die Schulter zu.

Seine Mundwinkel zuckten, als er erneut die Finger spreizte

und sie auf das kalte Metall legte. Seine Hand leuchtete rötlich und er murmelte etwas, was nicht einmal meine Wolfsohren erfassen konnten.

Nachdem das Gemurmel im Gang verebbte, schwang die Tür auf. Ein Schwall von Geräuschen und bunten Lichtern überwältigte mich, bis ich das Gefühl hatte, dass die Atmosphäre des Nachtclubs auf mich einschlug. Ich schwankte, suchte nach Halt.

Zane griff nach meinem Arm und stützte mich. Dankend sah ich in seine Augen und versank augenblicklich in einem Strudel aus Gold und Bernstein. Sein Blick intensivierte sich und ich sah ihm an, dass er etwas sagen wollte, so wie sich seine Lippen teilten. Wie es sich wohl anfühlte, sie zu berühren?

Beschämt und mit glühenden Wangen entfernte ich mich von ihm und spürte noch immer die Stelle, wo seine Haut auf meiner lag, sanft prickeln. Ich schüttelte mich innerlich, atmete tief durch und konzentrierte mich auf meine Aufgabe, Rowena zu finden, ihre Zustimmung zu den Ermittlungen auf ihrem Gebiet zu erhalten und sie vielleicht über Zane und die anderen Vampirfürsten auszufragen. Das war ein guter Anfang.

Zane und ich betraten den exklusiven Nachtclub. Blaue und rote Lichter tanzten aufreizend langsam durch einen dichten Vorhang, den Zane mir beiseiteschob und mir den Vortritt ließ.

Es war das Dümmste, seinem Feind den Rücken zu kehren. Meine Muskeln spannten sich an, aber im nächsten Moment war Zane schon wieder neben mir und legte mir seine große Hand auf den unteren Rücken. Mit sanftem Druck führte er mich durch einen von dumpfer Musik und Rauch erfüllten Flur, ehe wir in den Türen vor dem eigentlichen Treiben des Clubs standen.

Ein großer Raum mit sämtlichen Sitznischen und von schweren Vorhängen geschützten Ecken, die neugierige Blicke abwehrten, entpuppte sich zu dem Reich einer Frau, die für die Vampirfürsten eine Rivalin darstellte. Ob sie die Mörderin des Vampirfürsten war? Bei dem Gedanken schlug mein Herz wie wild. Sie würde mit Sicherheit genug plausible Motive besitzen, wenn ich nur tief genug grub. Vielleicht würde ich sie nachher damit konfrontieren – sofern ich sie fand.

Mein Blick glitt zu einer großen Tanzfläche in der Mitte des Raumes. Musik pulsierte in meinem Blut und ließ mich zu den aufreizenden, langsamen Klängen den Kopf wiegen. Den hübschen Frauen in ihren kurzen Kleidern und den wenigen Männern, die anscheinend ihr Oberteil vergessen hatten, tanzten sinnlich zur Musik an rabenschwarzen Stangen. Sie waren vom marmornen Boden bis unter die barocke Decke mit den Malereien von nackten Frauen und Männern in anzüglichen Handlungen und Gesten befestigt.

Zane nickte mir zu, ließ ein letztes Mal seinen Blick über mich gleiten und verschwand kurz darauf in einer Traube von Männern in schicken Anzügen und perfekt gestutzten Bärten.

Seine Abwesenheit bescherte mir ein unheiliges Kribbeln auf der Haut. Der Vampir sollte für meine Sicherheit sorgen. Das bedeutete, wenn er mich an diesem Ort allein ließ, konnte mir nichts geschehen. Oder musste ich diese eine Sache allein schaffen, egal, wie gefährlich es war?

Ein Schaudern überfiel mich und als die Musik leiser wurde, lehrte sich die Tanzfläche. Die Frauen und Männer stiegen eine kleine Treppe hinab und mischten sich unter das Publikum. Die Zuschauer tummelten sich entweder direkt vor der aus Lichtern bestehenden Fläche oder in kleinen Gruppen in den Nischen und um die im Raum verteilten Tische.

Eine Frau mit goldenen Locken trat auf die Tanzfläche. Ihre riesigen Absätze klapperten über den Boden und als sie nach einer der schwarzen Stangen griff, wechselte die Musik in eine andere

Taktfolge und wurde ein wenig lauter. Ich legte den Kopf schief und betrachtete sie genauer. Ihr breites Lächeln erlosch nie und ihre Bewegungen waren perfekt zu den Klängen abgestimmt, als sie eindrucksvolle Kunststücke vorführte, die sie entweder kopfüber hängen oder wie eine leichte Feder um die Stange schweben ließ.

Eine kleine Gruppe von Frauen in langen Gewändern trat an mir vorbei und bahnte sich einen Weg an die von bunten Flaschen und Lichtern erleuchtete Bar. Sie tuschelten aufgeregt, was die Aufmerksamkeit vieler Gäste auf sie zog, wenn sie nicht zu der Frau mit den Engelslocken gierten.

Das stellte eine perfekte Gelegenheit dar, sich auf die Suche nach Rowena zu machen. Ich hielt mich im Schatten der Empore, die den gesamten Raum in einem Viereck durchzog, und von langen Stoffbahnen geschmückt wurde.

Nyx sagte, Rowena sei eine schöne und besonders kluge Frau. Sie wäre sehr mächtig und älter als jeder Vampirfürst im Rat. Das bedeutete, wenn ich mit meiner Wölfin zusammenarbeitete, konnten wir sie an ihrem Geruch identifizieren. Ihre Duftnote musste außergewöhnlich sein, wenn sie eine Frau von solcher Macht war, wie Nyx mir versprochen hatte.

In einer leeren Sitznische, mit rubinroten Samtkissen und einladenden Polstern, erklomm ich die Sofareihe und stellte mich auf die Zehnspitzen meiner lackschwarzen Pumps. Mein Blick flog, auf der Suche nach einem hübschen Gesicht, über die im ganzen Club verstreuten Gäste und blieb an einer Frau mit mondförmigem Gesicht hängen.

Lächelnd rief ich meine Wölfin an die Oberfläche, die sich mir bereitwillig fügte, um die Nase zu recken und ihren Duft einzufangen. Sie war ein Mensch und als sie sich auf den Schoß eines Mannes mit Gazellenhörnern setzte und bereitwillig mit den

Augen klimperte, wusste ich, dass sie nicht Rowena war. Enttäuschung machte sich in mir breit. Andererseits wäre es auch zu einfach gewesen, die Frau in ihrem Geschäftsraum zu finden. Ihr Test wird nicht einfach zu bestehen sein.

Ich seufzte frustriert und wollte gerade die Füße auf den sicheren Boden stellen, als ich zwei Augenpaare auf meiner Haut brennen spürte. Erstarrt hielt ich in der Bewegung inne und begegnete einem blutroten Augenpaar. Mein Mund wurde trocken, sobald meine Alarmglocken schrillten und mich zur Flucht trieben. *Ein Vampir.*

Seinem Blick nach zu urteilen, hatte er mich als Wölfin erkannt. Mist! Wenn er mich nicht bekämpfen wollte, dann würde er mich fassen und quälen wollen. So verhielten sich alle Vampire gegenüber Wölfen – es gab nur wenige Ausnahmen.

Ich sprang von der Erhöhung und war überrascht, dass meine Knöchel unter den hohen Absätzen nicht umknickten, als ich die Flucht ergriff. Ich verschwand in den Schatten der Empore und eilte in den nächsten, von gedimmten Lichtern erhellten Flur. Hinter mir näherten sich schnelle Schritte. Das Herz pochte mir bis zum Hals und ein Schweißfilm legte sich auf meine Stirn. Wo war Zane, wenn ich ihn einmal brauchte? Ich warf einen panischen Blick zurück und bog um die nächste Ecke.

»Uff!« Ich sah erschrocken auf und wich zurück, als ich einem Fremden gegenüberstand. Er lächelte grimmig und streckte eine Hand nach meiner Schulter aus. Ich schlug seine Hand weg und sah mich nach meinem Verfolger um. Er war noch nicht zu sehen, aber das sollte nichts bedeuten.

»Entschuldigt bitte«, kündigte ich meinen Rückzug an und war dabei, mich abzuwenden.

Sein Plan war ein anderer. Er schoss so schnell vor, dass ich strauchelte und beinahe auf den Hintern fiel, wenn er nicht meinen Arm umklammert hätte, als würde sein Leben davon abhängen. »Hast du dich verlaufen, Kleines?«

Wie bitte? Ich kniff die Augen zusammen.

»Nein, aber vielen Dank der Nachfrage.« Bevor er reagieren konnte, riss ich mich los. »Schönen Abend!«, flötete ich zuckersüß und winkte ihm zum Abschied zu.

Kaum bog ich in den nächsten Flur, rannte ich los und sah nicht zurück. Mein Herz fühlte sich seltsam schwer an.

Ich wusste nicht, wie ich Rowena finden sollte, ohne jede der scheinbar unzähligen Türen aufzureißen und mich einem neuen Schlafzimmer oder einem neuen Flur gegenüberzusehen. Hoffnungslosigkeit machte sich in mir breit und ließ mich zweifeln, überhaupt irgendetwas von dem zu schaffen, was ich mir vorgenommen hatte. Wie sollte ich einen Mörder finden, wenn ich nicht einmal eine Frau in ihrem eignen Club finden konnte?

Es gab nichts, was ich tun konnte. Ich konnte nur hoffen, dass sich hinter der nächsten geöffneten Tür eine Frau befand, die mit breitem Lächeln auf mich wartete und mir auf die Schulter klopfte. Dabei würde ich wahrscheinlich nicht einmal erkennen, ob sie die Herrscherin der Unterwelt war oder nicht.

Die Wahrheit breitete sich wie ein Netz vor mir aus, ohne Zane war ich verloren. Ich hätte es nicht einmal allein in den Nachtclub geschafft oder auch nur den Weg durch die Stadt gefunden. Vermutlich hätte ich Wochen gebraucht, um überhaupt den Standort des *Rabbits* auszumachen.

Ich besaß keine Spürnase wie Nero, der mit seiner Scharfsinnigkeit die kleinste Spur aufnehmen und verflogen konnte. Ich besaß keine Redekunst, mit der ich die Leute um den Finger wickeln konnte wie Rave. Ich besaß keine kreative Ader, die Jesse teilte, um mir die wildesten Pläne und Theorien auszudenken. Meine Brüder hätten Rowena schon lange gefunden.

Tief durchatmend, blieb ich stehen und rieb mir die pochenden Schläfen. Ich war nicht wie meine Brüder und musste das akzeptieren. Es war an der Zeit, meine eigenen Stärken herauszufinden. Was konnte ich gut?

Mein Kopf war leer.

Frustriert stapfte ich mit dem Fuß auf. Wie sollte ich meine Brüder vor der Schande bewahren, eine verstoßene Schwester erzogen zu haben, wenn ich nicht einmal den einfachsten Test bestehen konnte? Wie sollte ich mich so retten?

Ein leichtes Tippen auf der Schulter ließ mich herumwirbeln. Erdiger Geruch stieg mir in die Nase und ließ meinen Magen Purzelbäume schlagen. Meine Wölfin verkroch sich in mir und ließ mich vollends allein.

Mir entgleisten die Gesichtszüge, als ich dem Grinsen zweier Vampire entgegensah. »Hallo, Prinzessin«, sagte der eine.

»Du kommst jetzt mit uns«, bestimmte der andere.

Mein Herz rutschte in die Hose und mein Mund wurde trockener als die Wüste. Was wollten sie von mir? Waren das die Wächter? Ich fühlte mich wie von Eiswasser übergossen und mehr als genötigt, ihren Anweisungen Folge zu leisten, wenn ich nicht mein Leben aufs Spiel setzen wollte.

Sie nahmen mich in ihre Mitte und führten mich aus dem Labyrinth aus Fluren und Türen in den Geschäftsraum von Rowena zurück. Hoffnung keimte in mir auf, als ich die Empore mit Hilfe suchenden Blicken absuchte. Irgendwo in diesem Raum befand sich Zane und vernachlässigte seine Aufgabe als mein Schutzmann.

Die Vampire schliffen mich mehr oder weniger freiwillig hinter einen der schweren Vorhänge und schubsten mich in die Mitte des Raumes. Ich stolperte durch die hohen Absätze und landete schmerzhaft auf den Knien. Der metallene Gestank von Blut kroch in meine Nase und ließ mich schwer Luft holend auf meine blutigen Knie sehen.

Die Vampire fühlten sich nur noch mehr angestachelt und umkreisten mich wie Geier ihre Beute – mit einem erheblichen Unterschied. Ich lebte und konnte mich wehren. Ich ballte wütend die Fäuste und zitterte zeitgleich vor Angst.

»Wer bist du?«, spuckte mir der Größere von ihnen entgegen. »Wölfe sind hier nicht gestattet.«

Ich hielt den Kopf gesenkt und wagte ihnen nicht in die Augen zu sehen. Hatte Zane damit gerechnet? War er davon ausgegangen, dass ich früher oder später erkannt werden würde?

Mein Magen drehte sich und schlingerte dermaßen, bis ich röchelnd nach Luft holte. Magensäure stieg mir in die Kehle und ließ mich zitternd die Augen zupressen. Ich würgte und versuchte das Kitzeln meines Bauches zu ignorieren, aber es wurde nur schlimmer.

Ein klatschendes Geräusch, wie wenn Haut auf Haut traf, durchfuhr die Luft. Einen Moment später entflammte ein Schmerz auf meiner Wange, bis mir die Augen tränten. Meine Hand flog zu meiner kochend heißen Wange, ehe mir bewusst wurde, was geschehen war. Ich wollte gerade den Mund öffnen und schreien, als meine Haare zurückgerissen wurden und ich unter einem Tränenschleier einem roten Augenpaar entgegenstarrte.

»Wag es zu schreien, und ich bringe dich um.« Die Stimme des Vampirs kam einem Knurren nahe. Ich verlor die Kontrolle über meinen Körper und zitterte wie Espenlaub, was ihn lachen ließ und ihn dazu veranlasste, mich zurückzustoßen. Ich landete auf dem Hintern.

»Also, warum bist du hier?«, spuckte er mir entgegen. »Spionierst du im Auftrag deines dreckigen Rudels?«

»Nein«, krächzte ich. Die Vampire grinsten und ich betrachtete meine zittrigen Fäuste. »Ich … arbeite.«

»Für wen?«

Ich blinzelte. Sollte ich mich als eine der angestellten Frauen oder als Zanes persönliche Hure ausgeben? Wir waren zusammen in den Club gekommen und er würde, selbst wenn die Vampire mich zu ihm brachten, seine Rolle einnehmen und mitspielen. Die Frage war nur, wie gut er mitspielte. Im schlimmsten Fall musste ich auf seinem Schoß sitzen und mich von ihm berühren lassen, um den Vampiren zu zeigen, dass ich es war, die er begehrte.

Schaudernd sah ich zu den höhnisch grinsenden Vampiren auf. »Ich arbeite für das *Rabbit*.«

»Beweis es.«

Das war es, wovor es mich graute. Mein Herz schlug mir bis zum Hals und meine Sicht verschwamm. »Wie?«

Die Mundwinkel der Vampire hoben sich. »Tu das, was alle von Rowenas Mädchen können müssen, und tanz für uns. Wenn du gut bist, gehen wir.«

Ich schluckte und sah dem ausgestreckten Finger des Vampirs hinterher. Undeutliche Kanten zeichneten eine kleine Tanzfläche aus, die von ebendiesen schwarzen Stangen eingenommen wurde, die überall im Geschäftsraum verteilt waren.

Ich konnte nicht tanzen. Mir wurde zeitgleich heiß und kalt, als ich auf die von Lichtern erhellte Tanzfläche schritt. Meine Finger krallten sich in den Stoff meines Mantels, den mir Zane gegeben hatte, um mich vor Blicken zu schützen. Ausgerechnet diesen Mantel ließ ich wie benommen über meine Schultern zu Boden gleiten.

Ich würde versagen, noch bevor ich Rowena gefunden hatte. Die Vampire sorgten, selbst wenn ich gut genug tanzte, dafür, dass ich nach dieser Blamage aus dem Club geschmissen wurde – nur, weil ich eine Wölfin war.

Zane würde nicht kommen und mich retten. Er war zwischen den Gästen verschwunden und ließ sich vermutlich von einer der schönen Frauen antanzen. Dem Mistkerl wird nicht einmal in den Sinn kommen, mich zu suchen oder wenigstens nach meinem Gesicht Ausschau zu halten. Eifersucht stachelte meine Wut an und ließ mich zu den Vampiren sehen.

Sie hatten selbstgefällig auf dem Sofa Platz genommen und sahen höhnisch grinsend zu mir auf. Meine Wangen brannten und in dem Moment wurde mir klar, ich würde alles tun, um ihnen ihr dämliches Grinsen aus dem Gesicht zu schlagen.

Ich presste die Lippen aufeinander. Ich werde tanzen und danach die Vampire entweder ausschalten oder abschütteln müssen, um Rowena zu finden und damit den Test zu bestehen.

Es gab weitaus schlimmere Dinge, die die Vampire von mir hätten verlangen können. Das hier konnte ich schaffen, denn es ging nicht darum, wie überzeugend ich war. Ich musste mir Zeit verschaffen, meine Wölfin zurückzurufen und mit ihr zusammen entweder die Vampire überwältigen oder ihnen davonlaufen.

Mich überfiel eine eiskalte Gänsehaut. Wir waren in einem Bordell – im *Rabbit*, dem Hauptquartier der Unterwelt.

Was, wenn es nicht nur beim Tanzen blieb?

Kapitel 12

Die Schwachen starben zuerst. Das war eine Tatsache, die jeder Jungwolf im Rudel in der ersten Unterrichtsstunde beigebracht bekam. Wir lernten, dass Schwäche auf unterschiedlichen Ebenen existierte und, wenn man der Starke war, diese nutzen konnte.

Die Evolution machte den Wolf zum Jäger.

Doch in diesem Moment war ich das Gegenteil davon – Beute.

Die Erkenntnis, dass sich das Blatt gewendet hatte, lastete auf meinem Herzen und stachelte meine Wölfin an. Sie hasste es genauso sehr wie ich, die Schwache in diesem Spiel zu sein.

Aber wer sagte, Schwäche sei gänzlich nutzlos? Das Rudel von Danosc war altmodisch und sah selten über seinen eigenen Horizont hinaus. Manchmal vergaß das Rudel, dass es eine ganze Welt voller Wölfe gab und nicht nur ihren eigenen Wald.

Wenn ich es geschickt anstellte, konnte ich meine Unterlegenheit so nutzen, um zu siegen. Ich musste schwach und geschlagen wirken, wenn nicht sogar vollkommen hoffnungslos. Die Vampire mussten von meiner Schauspielkunst eines eingeschüchterten Mädchens überzeugt sein, damit ich im richtigen Moment zuschlagen konnte. Danach würde ich Rowena finden.

Unter gesenkten Lidern schielte ich zu meinen Zuschauern. Ihr überhebliches Grinsen und die breit gespreizten Beine waren ein Zeugnis ihrer arroganten Männlichkeit und eine Bestätigung meiner guten Arbeit. Sie glaubten bereits, ich würde mir vor Angst in die Hose machen.

Doch sie irrten sich, denn ich hatte einen Plan.

Ich lauschte den Klängen der Musik und erinnerte mich an die Frau mit den Engelslocken. Sie hatte die Bühne beschritten, als würde sie ihr gehören und dabei breit gelächelt. Anders als sie durfte ich nicht lächeln, ich musste traurig und verängstigt meinen Blick durch den abgetrennten Bereich huschen lassen.

Meine Hüften wogen sich wie von allein zum Takt der Musik und mit der Bewegung wurde mir leichter ums Herz. Meine menschliche Seite wurde allmählich verdrängt, bis sich die Welt in scharfe Grautöne verwandelte. Die Stange, die zum Tanzen gedacht war, bildete den Anker und hielt mich davon ab, die Kontrolle über meine tierische Seite zu behalten – ich brauchte etwas, das mich in der Realität hielt. Das war mein Fehler in jener Nacht gewesen.

Die Musik wurde mit jedem Klang langsamer und lasziver.

In mir regte sich ein Funken. Er glomm auf und als die Musik in schnellere, wildere Töne überging, brannte er in meiner Brust wie ein Höllenfeuer.

Ich kannte die Musik. Wie von zweiter Hand gelenkt, griff ich an die Stange und schwang ein Bein um sie. Vor Überraschung versuchte ich, die Augen zu weiten, verlor aber die Kontrolle über meinen menschlichen Körper. Meine Wölfin brannte in mir.

Ihre Wut spiegelte sich in meinen rhythmischen Bewegungen und mit jeder Drehung, mit jedem wiegen der Hüften, erinnerte ich mich an die Nacht, die ich die letzten Monate verdrängt hatte.

Coles Feier nach seinem Blutritual zog vor meinen Augen vorbei. Ich befand mich hinter eisernen Gittern, die mich von meinem Körper trennten, während das Wilde in mir die Macht an sich riss. Ich war den Erinnerungen gänzlich ausgeliefert und stürzte in ihren Strudel.

»Komm, ich will dir etwas zeigen.« Coles Stimme war ein raues Flüstern an meiner Schläfe.

In meinem Bauch tanzten Schmetterlinge. Ich lächelte verträumt zu ihm auf. »Okay.«

Er griff nach meinen Händen und zog mich auf die Füße. Seine Finger fanden eine lose Haarsträhne und strichen sie vorsichtig hinter mein Ohr. Ich lächelte schüchtern und sah in den Wald.

Ein leichtes Ziehen an meiner Hand setzte mich in Bewegung. Zusammen rannten wir von dem Lagerfeuer weg und ließen meine Brüder und unsere Freunde in den Klängen der Musik zurück. Schwer atmend kamen wir neben einem hohen Gewächshaus zum Stehen und sahen uns mit geröteten Wangen an.

Ich rüttelte an den Türen. »Abgeschlossen.«

Sein verwegenes Grinsen ließ seine Augen leuchten. Wieder einmal setzte mein Herz aus und ließ mich mit geröteten Wangen wegsehen. Wie würden wohl unsere Kinder aussehen? Ob sie dasselbe Grinsen teilten, das ich so an ihrem zukünftigen Vater liebte? Bei dem Gedanken, mit Cole eine glückliche Beziehung zu führen, wurde mir wohlig warm.

»Jetzt nicht mehr.« Er stieß die Türen auf und steckte einen Schlüssel in die Hosentasche. »Komm, bevor man uns sieht.«

Ich kicherte leise und huschte in die langen Schatten der um uns stehenden Pflanzen und Sträucher. Ich drehte mich gerade zu Cole, als er mich gegen die nächste Werkbank drückte.

Er war mir so nah wie noch nie und unser Atem mischte sich. Meine Lider flatterten zu, sobald er sich zu einem Kuss hinabneigte und ich die Finger in seinem Haar vergrub. Seine Lippen trafen auf meine und ein Feuerwerk explodierte in meiner Bauchregion. Sobald er mich an den Hüften packte und auf die Werkbank hob, schlang ich die Beine um ihn und zog ihn dicht an mich. Ich wollte ihn.

Ich atmete schwer, als ich den ganzen Weg vom Unterricht mit den Jungwölfen nach Hause rannte. Keiner meiner Brüder war erschienen, um mich abzuholen. Es musste etwas Schlimmes passiert sein.

Mit einem Krachen der Haustür taumelte ich ins Wohnzimmer und blieb wie angewurzelt stehen. Meine Brüder saßen in einer Reihe, mit kerzengeradem Rücken, auf dem Sofa. Ihre Blicke wurden kälter und abschätzender, je länger sie mich musterten.

»Hast du uns nicht etwas mitzuteilen?« Neros Auge bohrten sich in meine Haut. Ich trat unwillkürlich einen Schritt zurück und rieb mir die Arme.

»Nein.« Ich zog den Kopf ein. »Ist etwas passiert?«

Rave lachte hohl. »Das ist eine interessante Frage, Kätzchen.« Seine Augen funkelten böse und ich zuckte zusammen. »Sag uns, wie lange schläfst du schon mit diesem Jungen?«

Mir blieb der Mund offenstehen. Woher wussten sie von der Nacht?

»Es war nur einmal«, gab ich zu.

»Einmal zu viel«, bemerkte Jesse.

Mein Herz zog sich bei seinen kalten Worten zusammen und je länger ich in der tödlichen Stille stand, umso mehr glaubte ich, ich würde nie wieder das Haus verlassen dürfen.

»Aber ich …«, setzte ich an, wurde aber sofort von Rave unterbrochen.

»Weißt du eigentlich, was der Junge über dich sagt? Er prahlt vor dem gesamten Rudel mit seiner Tat und lässt dich wie eine Hure aussehen, indem er jedem erzählt, wie er dich um den

Finger gewickelt hatte. Weißt du, wie ich mich geschämt habe, dich zur Schwester zu haben, als ich vor dem Alpha stand und ihm erklären musste, dass das nur das überbrodelnde Geschwätz eines kleinen Jungen ist?«, fuhr er mich an und sprang auf.

Meine Augen brannten und meine Mundwinkel wurden schwer. Ich wollte nicht vor meinen Brüdern weinen, sofern sie noch meine Brüder sein wollten.

Sie schämten sich für mich.

Mit zittrigen Lippen entschuldigte ich mich. »Es tut mir leid. Ich dachte nur, ich …«

»Du dachtest was? Dich zum Gespött des Rudels zu machen, indem du für ein paar Stunden Spaß hast?« Nero brodelte vor Wut und sprang auf. Jesse und Rave taten es ihm nach. Sie sahen mich nicht an und das Loch in meinem Herzen wurde größer. Ich hatte das alles nicht gewollt. Nero sah mit erhobenem Kinn auf mich herab. »Du bist eine Enttäuschung für die ganze Familie. Mutter kann froh sein, dass sie heute nicht vor dir stehen muss.«

Mein Schrei ging in einem Gebrüll unter, als ich mit leuchtenden Händen die Gitterstäbe packte und sie zerriss. Metall schmolz unter meinen Händen und meine Wölfin kauerte sich zusammen.

Mit ganzer Kraft schleuderte ich sie zurück, an den dunklen Ort, in dem sie seit meiner Geburt weilte. Ich schob ihr einen Riegel vor und fand mich in meinem Körper wieder.

Als wenn das noch nicht genug wäre, kamen die zwei Vampire auf mich zu. Ich war durcheinander und viel zu erschöpft von dem Kampf, um die Hand abzuwehren, die mich an der Kehle packte und auf die Zehnspitzen zog. Benommen blinzelte ich dem roten Augenpaar entgegen.

Meine Wölfin rumorte und donnerte gegen die Gitterstäbe.

Panik übermannte mich, als mir bewusst wurde, dass eine unmittelbare Verwandlung bevorstand. Ich hielt gegen ihr Gefängnis und verstärkte das Eisen, welche die Barrikade zwischen uns bildete. Es war nur eine Frage der Zeit, bis sie ausbrach.

Messerscharfe Krallen brachen aus meinen Fingern. Betäubt vom Schmerz meines Körpers, grub ich dem Vampir die Krallen in den Arm. Er stöhnte und ließ mich los. Mit taumelnden Schritten wich er zu seinem Gefährten, der zwischen uns hin und her sah. Eine Sekunde später stürzte er sich auf mich.

Meine Brüder und ich hatten in den letzten Monaten vor meinem Blutritual hart trainiert und auch das Kämpfen in menschlicher Gestalt geschult. Sie waren der Überzeugung, dass ich auch als Mensch und ohne die Hilfe meiner Wölfin kämpfen sollte. Diese schmerzhaften Stunden voller Schweiß und nicht vergossenen Tränen zahlten sich aus, denn ich erkannte den Fehler des Vampirs.

Er stürzte sich blindlings und ohne strategischen Plan auf mich. Dabei vergaß er, seinen Gegner vor einem solch tragischen Angriff einzuschätzen. Seine Zähne blitzten auf und ich duckte mich unter seinen ausgestreckten Armen. Blitzschnell wirbelte ich herum und zog ihm die Krallen über den Rücken.

Genugtuung flutete mich wie eine kühle Welle. Endlich erkannten sie ihren Fehler zu glauben, ich wäre ein eingeschüchtertes, kleines Mädchen. Ich war eine Wölfin – sie sollten meine Wut spüren. Weglaufen war keine Option mehr.

Ein Schlag auf den Hinterkopf, ein Pulsieren hinter den Augen und die Welt wurde in Dunkelheit getaucht.

Ich schnappte nach Luft, als ich wieder zu mir fand und zwei Vampire über mir knien sah. Ihre wütenden Augen funkelten auf mich hinab und das grässliche Grinsen vertrieb meine Euphorie.

Auf dem Boden liegend, tastete ich vorsichtig nach meinem brummenden Schädel und zuckte zusammen, sobald sich die Kopfschmerzen verstärkten. Der zweite Vampir musste mich in einem Moment der Unaufmerksamkeit angegriffen haben.

»Sieh mal einer an, wer wieder da ist«, grinste der eine.

»Und sie riecht so köstlich«, meinte der andere.

Mir wurde kalt. Ich roch köstlich?

Die Kopfschmerzen nahmen mich ein und machten mich bewegungsunfähig. Ich lag wie eine Statue am Boden und ertrug die spöttischen Kommentare der Vampire. Wo war Zane?

Einer der Vampire beugte sich zu meinem Gesicht hinab und genoss das einsetzende Zittern meines Körpers. Ich presste die Augen zusammen, als sein Atem über meinen Hals strich.

Meine farblose Wölfin regte sich, brachte aber nicht mehr als ein Knurren zustande. Sie war erschöpft und konnte mir nicht mehr helfen.

Wenn meine Brüder über das Zustandekommen meines Todes informiert wurden, würden sie vor Scham in Flammen aufgehen. Das Rudel würde wieder über mich erziehen und Cole würde die alten Geschichten aus dem Gewächshaus aus der Schublade ziehen, wenn sie erfuhren, dass ich in einem zu kurzen Kleid und von Vampiren ausgesaugt, in einem Bordell, ums Leben kam.

Ich würde nicht nur allein und in Elend auf diesem Boden sterben, nein, vermutlich würden die Vampire nach meinem Tod das bisschen Würde nehmen, was mir noch geblieben wäre, und meinen Körper beschmutzen. Galle stieg in meiner Kehle hoch.

Blitzschnell schoss meine Hand vor und packte den Vampir an der Kehle. Ich drückte zu und stürzte mich auf ihn. Sein Brüllen ließ die Musik für einen Augenblick verstummen.

Zwei Hände packten meine Ellenbogen und rissen mich mit Gewalt von dem Körper. Ich fiel zurück und gegen eine harte

Brust. Fäuste flogen, sobald ich mich gegen den eisernen Griff wehrte, aber versagte. Vampire wollen nichts als den Wölfen Schmerz zufügen, erinnerte ich mich.

Ein scharfes Brennen zerriss meinen Hals. Ich roch Blut und würgte. Licht explodierte hinter meinen Augen und ein ohrenbetäubender Schrei brach über meine Lippen.

Nichts war vergleichbar mit dem ziehenden Schmerz, der mit jeder Sekunde intensiver wurde. Ich konnte mich nicht bewegen und lag wie erstarrt in den Armen meines Feindes.

Mir wurde heiß und immer heißer, bis es zu einer nie endenden Qual wurde – bis mein Herz blutete. Ich wusste, was geschah, erkannte die Gefahr. Ich wollte schreien und um Hilfe rufen, aber es kam kaum mehr als ein ersticktes Keuchen aus mir heraus. Ich fühlte mich machtlos. Galle stieg in mir hoch und brannte wie bittere Säure. Ich konnte keinen klaren Gedanken fassen. Passierte das wirklich? Als Antwort vertiefte sich der Druck des Bisses.

»Halt!« Eine Frauenstimme durchschnitt den Raum wie ein Peitschenknall. Mein Herz hörte auf zu schlagen. War das Rowena? War sie gekommen, um mir zu helfen?

Der Vampir verharrte und sah über meinen reglosen Körper hinweg. Ich war zu nichts imstande, außer auf dem Boden zu liegen und zu hoffen, dass der Vampir der Frau gehorchte.

»Weg von ihr!«, zischte sie wie eine Viper.

Der Druck an meinem Hals ließ nach und ich atmete zittrig aus. Ich setzte mich ruckartig auf und robbte von den Vampiren weg, die jede meiner Bewegungen hasserfüllt quittierten. Die Welt drehte sich und ich griff an meine schmerzende Kehle.

»Ich wollte nur kosten.« Der Vampir hob beschwichtigend die Hände und stellte sich neben seinem stummen Gefährten auf.

»Ihr kennt die Regeln.« Die Frau kam näher, aber ich hielt den

Blick gesenkt. »In meinem Club wird keine Seele angerührt.« Überraschung durchzuckte mich wie ein Blitz.

Die Frau verkörperte die Herrscherin der Unterwelt.

»Hallo, Alva«, begrüßte sie mich freundlich. Ihre Stimme war wie das sanfte Plätschern eines Wasserfalls. »Zane hat mir viel von dir erzählt.«

Ich hob langsam den Blick und sah Rowena in die silbernen Augen. Ihre Erscheinung wirkte nicht von dieser Welt und ich sah sie voller erstaunen an. Sie hatte mich gerettet. Rowena hatte mich gefunden – nicht andersherum, wie es eigentlich sein sollte. Bedeutete das, dass ich den Test nicht bestanden hatte? War die ganze Tortur umsonst? Der Gedanke brachte das Schwindelgefühl zurück. Im Norden plätscherten türkisfarbene Wasserfälle aus hohen Gletschern. Sie schlängelten sich in sanften Bahnen die hohen Berge hinab und in die Täler, die von hohen Tannen geschmückt wurden, wo sie meist in einen kristallklaren See mündeten. Meine verkrampften Gesichtszüge entspannten sich und der Schmerz in meinem Körper verschwand in den Hintergrund. Der Geruch von eben jenen Tannen stieg mir in die Nase und erinnerte mich an die beißende Kälte und Schneestürme bei Nacht. Der Norden war mir näher als jemals zuvor.

Zwei weiche Finger legten sich unter mein Kinn und hoben es leicht an. Ich öffnete die Augen und bemerkte erst jetzt, dass ich in meiner eigenen Welt versunken gewesen war. Ich sah auf und in Rowenas Augen. Sie waren so silbern wie ihr langes Haar und strahlend wie ihr bezauberndes Lächeln. Ihr Gesicht wurde von symmetrischen Gesichtszügen zu einer Perfektion – die Muse eines jeden Künstlers.

»Nicht weinen, Alva. Zur gegebenen Zeit wird sich alles fügen«, beteuerte sie mir. Sie stand auf und hielt mir aufmunternd ihre Hand hin.

Ich zögerte, sah zu ihr auf, hatte Angst ihre kleine Hand zu zerbrechen, wenn ich sie ergriff. Dem ungeachtet, war sie nicht weniger mächtig als die Vampirfürsten, ich konnte ihre Höflichkeit schwer ablehnen. Ihre Augen glitzerten wie die kalte Scheide eines Schwertes und offenbarten einen Bruchteil ihrer Macht. Sie wirkte viel zu zierlich, um diese Macht zu halten, ohne an ihr zu zerbrechen.

Ich ergriff ihre Hand. Sie zog mich auf die Füße und hielt mich so lange fest, bis ich sicher stehen konnte. Ich schenkte ihr ein schwaches Lächeln.

»Du brauchst dich nicht mehr zu fürchten«, versicherte sie mir. Ihr Lächeln fiel nicht eine Sekunde.

»Danke.« Meine Stimme hatte ihren Ton gefunden und Erleichterung durchfloss mich. Wenigstens war ich wieder ich selbst und nicht das hilflose Wrack, das auf dem Boden lag.

»Bedanke dich nicht.« Ich zuckte zusammen, als ich Zanes Stimme hörte. Er stand vor den beiden Vampiren, die mich angegriffen hatten. Dunkelheit waberte um ihn wie ein Todesschleier, verhüllte sein Gesicht und verlieh ihm eine unheilvolle Aura.

»Wenn Rowena bessere Einlasskontrollen hätte und nicht nur dem Profit hinterher gieren würde, wären diese Exemplare nicht in den Club gelassen worden. Sie sollte sich bei dir entschuldigen.« Zanes Stimme war kälter als Eis, härter als Stahl und gefährlicher als ein Todesstoß. Ruhe umgab ihn wie eine aufziehende Gewitterfront.

Auch die vor Angst zitternden Vampire erkannten die Gefahr, die von ihm ausging. Sie bewegten sich nicht einen Millimeter, starrten mit hochgezogenen Schultern und starren Blicken in die Ferne.

Rowena blieb stumm, ehe sie sich räusperte und den Kopf

neigte. »Entschuldige mich bitte, Alva.« Sie bewegte sich nicht und verharrte in ihrer Position.

Irritiert sah ich zu ihr hinab. Warum tat sie das? Ich sah zu Zane, aber seine Aufmerksamkeit gehörte den Vampiren. »Schon gut.«

Sie sah zu mir und richtete sich zu ihrer vollen Größe auf, wobei sie mir mit Mühe ans Kinn reichte. Sie war für ihre angebliche Macht ziemlich klein.

»Nichts ist gut.« Zane ließ von den Vampiren ab und gesellte sich neben mich. Er erhob seine Stimme nicht, doch seine Augen blitzten wütend. Ein Sturm tobte unter seiner Haut. »*Das* hätte nicht passieren dürfen, daher fordere ich Wiedergutmachung.«

Rowena seufzte schwer und wischte sich die Hände an ihrem aquarellfarbenen Kleid ab. »Was forderst du?«

»Dein Wort.«

»Wofür?«

»Das habe ich dir bereits erklärt«, knurrte Zane leise.

»Ah!« Sie sah zu mir und lächelte unschuldig. »*Diese Sache*.«

Mich beschlich das ungute Gefühl, dass *diese Sache* um mich ging. Der Gedanke verflüchtigte sich, als es mir wie Schuppen von den Augen fiel. »Du warst bei ihr?« Zanes Blick flog zu mir und die Lava kühlte sich ab. »Die ganze Zeit?«

Er nickte schwach und fuhr sich mit der Hand durchs rabenschwarze Haar. »Ja. Wir hatten darauf gewartet, dass du endlich mit den Tests beginnst.«

»Ich hatte angefangen zu suchen, aber dann kamen mir die Vampire dazwischen.« Ich seufzte frustriert und fasste mir an den schmerzenden Kopf. »Du bist für meinen Schutz verantwortlich und du warst nicht da, als ich dich brauchte. Wie konntest du mich an einem solchen Ort allein lassen?«, klagte ich ihn vorwurfsvoll an.

Zane knirschte mit den Zähnen. »Ich dachte, es wäre ein sicherer Ort. In der Unterwelt darf jede Seele wandeln.«

»Dann habe ich den Test nicht bestanden?« Ich sah verunsichert zu Rowena.

Sie presste die Lippen aufeinander und wendete sich ab. »Nein.«

Meine Augen wurden feucht. Es war alles umsonst gewesen.

Zane legte einen Arm um mich und ließ mich stumme Tränen an sein tadellos gebügeltes Hemd weinen. Ich war eine Versagerin. Wie sollte ich meine Ermittlungen fortführen, wenn mir Gebiete von Danosc versagt blieben? Der Mörder könnte seine Spuren in einem dieser Gebiete versteckt halten. Ich würde sie nie finden.

Meine Glieder wurden taub und Hoffnungslosigkeit machte sich in mir breit. Ich würde meine Brüder nie wiedersehen. Das Rudel würde denken, sie hätten eine Mörderin aufgenommen und meine Brüder verbannen. Nach meinem Tod durch den ewigen Vampirbiss würde ich irgendwo vergraben und nicht zu meiner Familie gebracht werden. Dabei war es das Wichtigste der Wölfe, wenigstens in der Nähe ihrer Familie beigesetzt zu werden.

»Die Welt geht nicht unter, Alva.« Zanes Stimme war ein leises Flüstern an meinem Ohr. Ich krallte mich in sein Hemd. »Wir werden den Mörder mit anderen Mitteln ausfindig machen.«

Zane war ein Vampirfürst. Allein seine Hilfe öffnete Türen, die ohne ihn verschlossen geblieben wären. Das bezeugte sein freier Zutritt ins *Rabbit*. Zusammen konnten wir andere Wege bestreiten und die Lösung dieses Rätsels offenbaren.

Ich nickte schwach und entfernte mich von ihm. Mit einer raschen Handbewegung trocknete ich die Feuchte auf meinen Wangen und schielte zu meinen Peinigern.

Wenn ich eine Sache aus diesem Besuch gelernt hatte, dann war es die, dass ich meine Fähigkeiten nicht überschätzen sollte. Meine

Wölfin machte mich stark, aber ich durfte mich nicht blind auf sie – auf niemanden – verlassen, ich musste auch meine menschlichen Stärken herausfinden.

Zane hatte seine Aufmerksamkeit ebenfalls auf sie gerichtet. Er runzelte die Stirn und ließ mich zurück, indem er mit voller Brust auf sie zuschritt. Vor ihnen blieb er stehen und sah mit einem bösen Lächeln auf sie hinab. Die Vampire schrumpften unter seinem Blick.

»Seht mich an.« Die Wände erzitterten beim Klang seiner Stimme.

Ich sah ihn gebannt an, während Rowena sich immer weiter zurückzog. Sie musste die Veränderung der Luft spüren.

Der Vampir, der mich gebissen hatte, sah auf. Blut schimmerte um seinen Mund, was Zanes Wut umso mehr anstachelte. Seine Hand schoss vor, schloss sich um die Kehle des Vampirs und drückte zu. Er beugte sich vor, murmelte etwas in sein Ohr und begegnete dem Vampir mit einem einzigen Blick.

Die Luft surrte, wurde heller und heller und im nächsten Moment war der Vampir …

… verschwunden.

Zanes Hand schwebte an der Stelle, wo er den Vampir eben noch gepackt hielt. Nun hielt er die glimmende Luft aufrecht.

Langsam senkte er seine Hand und sah zu dem letzten Vampir. Ein einziger Blick genügte, es glomm und dann war auch er wie vom Erdboden verschluckt.

Ich sog scharf die Luft ein. Asche wogte so leicht wie eine Feder zu Boden und glühte goldig.

Der Vampirfürst drehte sich zu mir, in seinen Augen tanzten die Flammen des Todes. Als unsere Blicke sich begegneten, erloschen die Flammen und zurück blieb die vertraute Mischung aus Bernstein und Gold.

Er kam auf mich zu. Sein Tempo war langsam, falls ich mich dazu entschied, vor Furcht zurückzuweichen. Doch ich blieb standhaft.

Ich hatte keine Angst vor ihm.

»Wir sind hier fertig.« Er legte seine Hand an meinen Rücken und führte mich mit sicheren Schritten an Rowena vorbei. Sie sah uns nach, sobald er den Vorhang beiseiteschob und würdigte sie nicht eines Blickes.

Bevor die Vorhänge zurückfallen konnten, wagte ich, mir ein letztes Bild von der Szenerie zu machen. Asche bildete genau dort, wo die Vampire gestanden hatten, zwei kleine Haufen.

Nero hatte nicht gelogen und mich nicht zu Unrecht gewarnt, dem siebten Vampirfürsten nicht in die Augen zu sehen.

Zane Ashwood hatte getötet – mit einem Blick aus Feuer.

Kapitel 13

»Alva.« Zanes Stimme drang wie durch dichten Nebel.

Alles drehte sich um mich – wie bei der Achterbahnfahrt, an die ich mich mit Rave, an meinem zehnten Geburtstag, gewagt hatte. Ich krallte mich an Zanes starken Arm fest und überhörte das leise Fluchen, als ich in die Knie ging. Sein Auto lag in den Schatten verborgen und nicht mehr weit. Ich musste meine letzte Kraft aufbringen, mich erheben und die letzten Meter schaffen. Danach konnte ich mich ausruhen und die Augen, in dem verzweifelten Versuch, die Welt auf die richtige Seite zu drehen, schließen.

Zanes nach Moos und Erde riechender Duft kroch in meine Nase, als ich eine Hand an meiner Wange spürte, und jemand eine ausgelassene Reihe grässlicher Flüche losließ. Hätte ich die Kraft gehabt, den Mund zu öffnen, würde ich über den Ausbruch des Vampirs lachen. Doch nun schaffte ich es kaum, die Augen offenzuhalten.

Mein Hals brannte wie Feuer und versenkte mir die Kehle, dass mir die Fähigkeit des Sprechens verweigert wurde.

»Nicht einschlafen.« Seine Stimme war ein fernes Flüstern. Warme Finger fachten das Feuer in meiner Kehle an, die meinen Kopf und meinen Hals abtasteten.

Er hob mich in die Arme und ich stand kurz vor der Ohnmacht, als sich der Schmerz von meiner Kehle bis in meine Zehnspitzen ausbreitete. Mit jedem Schritt ging ein Rucken durch meinen Körper, was ihn nicht dazu veranlasste, langsamer zu werden. Vielleicht genoss er den Schmerz einer Wölfin, wie sich alle Vampire an Qualen ergötzten.

Weiches Leder schmiegte sich an meinen Rücken, ehe mich die schützenden Arme verließen und das Aufheulen eines Motors meinen Schädel zum Pochen brachte – tausende Nadeln erstachen mich.

Die Hitze meines Körpers wurde nicht von den kalten Luftzügen meines Körpers befreit, die über meine nackten Arme und Beine strichen. Grelle Lichter brannten sich ihren Weg durch meine geschlossenen Augen, dass ein schmerzhaftes Stöhnen über meine Lippen brach.

Zwei kräftige Arme hoben mich hoch und drückten mich gegen einen stahlharten Körper aus Muskeln. Die raschen Bewegungen und der hektische Atem, der über meine Haut strich, ließen mich winden.

»Was ist passiert?« Die Stimme einer Frau dröhnte in meinen Ohren, während ein Mann im Hintergrund fluchte.

Feuer breitete sich drängend und alles zerfressend bis in jede Nervenzelle aus. Ich glaubte, nie wieder die tröstliche Kälte auf meiner Haut zu spüren. Mit jedem Atemzug breitete sich die Taubheit in meinem Körper aus.

Weichheit drückte sich in meinen Rücken und hätte ich gekonnt, würde ich wohlig aufstöhnen. Hektisches Stimmengewirr dröhnte, während Wasser in weiter Ferne plätscherte und etwas Eiskaltes, Klebriges an meinen brennenden Hals geschmiert wurde.

»Sie muss ins Wasser.« Eine Stimme. Vertraut und weiblich.

»Das Gift wird dadurch nicht aufgehalten.« Eine andere Stimme. »Es gibt nur eine Sache, die das kann.«

Gift. Adrenalin jagte durch meine Adern. Welches Gift?

»Verschwindet«, knurrte jemand. Eine Hand strich über meine

Wange. »Es tut mir leid, Alva. Aber damit ich das in Ordnung bringen kann, musst du mir vertrauen.« Bei dem Schmerz in der Stimme zog sich mein Herz zusammen.

Ich wurde in einen Schoß gezogen. »Ich habe dir bisher keinen Anlass dazu gegeben, aber lass es mich ändern.« Die Stimme wurde sanfter. »Danach kannst du mich immer noch hassen.«

Ich versuchte zu nicken, was mir zu gelingen schien, denn ich vernahm ein erleichtertes Ausatmen. Lippen schwebten federleicht auf der Haut über der Stelle, die wie Höllenqualen brannte, ehe ein Kuss gehaucht und Worte geflüstert wurden.

Zähne rammten sich in meine Haut, die von einem lauten Knacken durchbrochen wurde. Schmerz, so stark wie ich ihn nie erlebt hatte, setzte meinen gesamten Körper in eine silberne Flamme, die mit jedem Saugen immer höher schoss. Luft strich über meine zerschundene Haut, bis der tobende Schmerz all meine Sinne betäubte, und ich wie gelähmt in starken Armen lag. Vielleicht schrie ich, vielleicht weinte ich.

Sanftes Geflüster weckte mich aus der Dunkelheit, die mir die Monster gezeigt hatte. Ich öffnete ein Auge zu einem winzigen Spalt und stöhnte, als ich in das Sonnenlicht sah. Ich lag in den Armen eines Mannes. Mein Kopf ruhte an seiner, sich regelmäßig hebenden und senkenden, Brust.

Bilder blitzten vor meinen Augen auf und riefen mir die bittere Erkenntnis der letzten Nacht zurück.

Rote Augen und spitze Eckzähne, die zu jeweils zwei Gesichtern gehörten, und hämisch auf mich hinabsahen. Als wären die Vampire erschaffene Albträume aus Blutdurst und Schmerzen.

Danach herrschte Dunkelheit, die Hitze und Taubheit mit sich brachte. Meine Erinnerungen verschwammen.

Ich erinnerte mich an vorsichtige Berührungen auf der Haut, die von Lippen entsendet wurden, die ich gerne auf meinem ganzen Körper gefühlt hätte. Es verblüffte mich, dass ich mich bei diesem Gedanken nicht abgestoßen fühlte.

Der Geruch von Moos und Erde kroch mir in die Nase und bescherte ein angenehmes Prickeln in meinem Bauch. Ich konzentrierte mich auf meine Umgebung und drehte den Hals zur Seite. Erst jetzt bemerkte ich, dass kein Schmerz und keine Taubheit meinen Körper heimsuchte. Meine Bisswunde war offenbar geheilt.

Ich fühlte mich gut und voller Energie. Wenn die Arme um meinen Bauch sich nicht angespannt hätten, hätte ich aufspringen und tanzen können. Jemand bewegte sich unter mir und als ich den Kopf zur Seite neigte, erkannte ich Zane.

Seine Augenlider flatterten auf und als sich unsere Blicke trafen, ich wachsam in seinem Schoß sitzend, hob er die Mundwinkel zu einem schwachen Lächeln. »Du bist wach.«

Blinzelnd betrachtete ich den Vampir von oben bis unten. Gestern wollte er mich noch erwürgen und jetzt war er erleichtert, dass ich nicht tot war? Ein ungläubiges Lachen bahnte sich über meine Lippen, doch als ich mich an Zanes Worte erinnerte, wurde ich ruhig.

Er hatte sich für seine Fahrlässigkeit entschuldigt.

Mein Magen zog sich auf merkwürdige Art zusammen, ein Vampirfürst entschuldigte sich nie.

Ich räusperte mich verlegen. »Mir geht es gut.«

Sein Blick wanderte über mein Gesicht, seine Miene war nicht zu deuten. Ich bekämpfte die Gänsehaut.

»Du hast mich gerettet«, sagte ich langsam. Er rührte sich nicht, wich meinem Blick aus. »Danke.«

Trotzdem hatte er mich im *Rabbit* allein gelassen, wobei er mit der Aufgabe betraut wurde, mich zu schützen. Mir kam ein Gedanke, der mich in seinen von Feuer und Schatten durchzogenen Augen blicken ließ. Wenn er in den Mord von Amsfoort verstrickt gewesen wäre, hätte er mich sterben lassen.

Die Erkenntnis wog wie ein Stein in meinem Magen. Hatte ich ihm Unrecht getan, während ich durch die Vorurteile, er sei egoistisch und machthungrig, beschuldigt hatte?

Doch wegen ihm hatte ich Rowena nicht finden können. Wenn Zane geglaubt hatte, dass ich ihn zum Bestehen des Testes ausgenutzt hätte, indem ich sein Wissen über Rowena verlangte, hatte er sich gewaltig geirrt. Ich hatte den Test allein bestehen wollen, denn ich war es würdig, Rowena zu begegnen und ihre Gunst zu erlangen.

Zane streckte zaghaft die Hand nach meinem Hals aus und fuhr zaghaft mit den Fingerspitzen über die verblassten Einstichstellen. Er musste die Wunde mit vampirischer Übersinnlichkeit, wie Nyx sie besaß, geheilt haben.

»Du hast mich gebissen«, stellte ich fest und war überrascht, dass ich mich nicht vor dem Gedanken fürchtete.

Er holte hörbar Luft. »Hätte ich eine andere Wahl gehabt, hätte ich es nicht getan.« Ich drückte bestärkend seinen Arm. »Es war die einzige Möglichkeit, das Gift zu entfernen. In meinem Körper ist es wirkungslos und wird mit der Zeit zersetzt.«

Ich erinnerte mich an die Unfähigkeit, nicht zu sprechen oder auch nur zu denken. »Welches Gift?«

»Du wurdest von dem Vampir, der dich gebissen hatte, vergiftet«, erklärte er mir. Vage erinnerte ich mich daran, dass Vampire bei einem tieferen Biss Giftstoffe ausstoßen können, wodurch sie ihr Opfer lähmen und töten konnten. Mir wurde kalt, aber Zane war noch nicht fertig: »Ich musste dich ebenfalls beißen, damit ich das Gift aus dir saugen konnte.«

Ich runzelte die Stirn. »Dann war mir wegen des Giftes so heiß?«

Er nickte. »Dein Körper hat sofort reagiert, indem er versucht hatte, die Giftstoffe auszuschwitzen. Allerdings wärst du gestorben, bevor du auch nur die Hälfte dessen ausgestoßen hättest, hätte ich dir nicht geholfen.«

Das klang einleuchtend und dennoch waren die Qualen umsonst gewesen. Denn der Besuch in der Unterwelt hatte sich als verschwendete Zeit herausgestellt. Ich hatte mir weder Rowenas Billigung für Ermittlungen in ihren Machtgebieten verdient, noch in einem Gespräch mit ihr etwas Interessantes über die Vampirfürsten erfahren. Das einzige Nützliche, was ich in dieser Nacht gelernt hatte, war, nicht auf Schutz zu hoffen, wenn ich ihn am meisten brauchte. Ich musste mich zu jedem Zeitpunkt selbst verteidigen können.

Die Ernüchterung dessen traf mich wie ein Schlag ins Gesicht und wurde augenblicklich von Zanes Hand an meiner Wange vertrieben. Mir stockte der Atem, als er meinen Kopf zu sich drehte. »Ich wage nicht, auf Vergebung von dir zu hoffen, da ich für deine Qualen der letzten Nacht verantwortlich bin.« Die Worte verebbten in der Stille zwischen uns. »Aber lass mich dir sagen, dass ich dich in Zukunft beschützen werde.«

Zane war stark und auch wenn er im *Rabbit* einen Fehler gemacht hatte, indem er mich alleine ließ, bestand seine Existenz aus einem Wesen, das nicht allwissend geboren wurde. Vielleicht hätte ich an seiner Stelle wie er gehandelt, aber glich diese Tatsache die Schwere seines Versäumnisses aus? Wie werden die nächsten Wochen aussehen, wenn er bereits am ersten Tag an seiner Aufgabe scheiterte?

Ich stützte mich mit einer Hand auf seinen Oberschenkel und stand auf. Zane sah mir zu, wie ich einen angemessenen Abstand herstellte, und erhob sich ebenfalls. Wir hatten in meinem Schlafzimmer auf dem Boden gesessen.

»Du solltest es langsam angehen lassen«, riet er mir. Er ging auf mich zu, bis wir einander berührten.

Ich wich nicht zurück, doch ich streckte auch nicht die Arme nach ihm aus. Er hatte mein Leben gerettet, aber das war noch lange kein Zeichen von reiner Herzensgüte. Vampiren ging es einzig und allein um ihren Vorteil, rief ich mir in Erinnerung. Ich wusste nur noch nicht, auch wenn er wahrscheinlich nichts mit dem Mord an Amsfoort zu tun hatte, was er von mir wollte.

Doch zu seinem Nachteil würde ich, nachdem ich nichts mehr zu verlieren hatte, alles tun, um herauszufinden, was sein Plan war und wer mir den Mord anhängen wollte.

Kapitel 14

Nachdem Zane sich mit der Aussage, er müsse schnell etwas erledigen und ich solle den Wolkenkratzer nicht ohne ihn verlassen, verabschiedet hatte, schnüffelte ich frisch geduscht und mit frischen Klamotten im Apartment herum. Ich wusste nicht, wonach ich suchte, aber ich war mir sicher, dass ich *etwas* finden würde.

Mein erster Weg führte in die offene Küche, die gleich an das Wohnzimmer grenzte, und an den riesigen, mit Lebensmitteln gefüllten Kühlschrank. Da niemand in der Nähe zu sein schien, meine Gehör täuschte sich nach dem Blutritual nur selten, klaute ich mir ein paar Würstchen und verschwand in einem der zwei breiten Flure.

Der weiße Marmorboden glänzte unter meinen Schuhen, die ich im Ankleidezimmer aus einem der unzähligen Regale genommen hatte, und führte mich von einem leeren Schlafzimmer zum nächsten. Ab und zu fand ich mich vor einem Vorratsraum mit Klamotten, Lebensmitteln und Haushaltsutensilien wieder. Allerdings war meine Suche nach Hinweisen oder nützlichen Informationen wenig spektakulär. Bis ich den Flur betrat, in dem meine Räumlichkeiten lagen, der scharf um eine Ecke bog.

Der erste Raum beherbergte ein Kino mit einer großen Leinwand und drei Sitzreihen von roten, mit Leder überzogenen Sesseln und vereinzelten Liegen. Der zweite Raum ließ auf ein Spielzimmer schließen. Kartenspiele reihten sich neben mehreren Billardqueues an den dunkelgrünen Wänden, die von gedimmten Lichtern angestrahlt und zur Schau gestellt wurden. Vor ihnen befanden sich zwei Billardtische mit einem Tischkicker und einem Roulette-Rad. Daneben stellte eine große Bar ihre verschiedenen alkoholischen Getränke zur Schau, die sich neben einem edlen, aus schwerem Holz bestehenden Tisch präsentierten.

Staunend betrachtete ich die Ausstattung des Zimmers und lächelte, als ich mir Zane nachdenklich und frustriert, auf einen Royal Flush hoffend, beim Pokern vorstellte.

Je länger ich mir die Szenerie ausdachte, desto wärmer wurden meine Wangen. Als ich mir vorstellte, wie er sich mit dem Daumen über die Unterlippe strich und seine spitzen Eckzähne offenbarte, verließ ich schwer atmend den Raum.

Ich hatte eine Mission, rief ich mir ins Gedächtnis und durfte mich nicht ablenken lassen. Meine Brüder vertrauten auf mich und hatten mich zu jedem erdenklichen Zeitpunkt unterstützt. Würden sie von meinen verräterischen Gedanken erfahren, würden sie mir das Fell über die Ohren ziehen.

Wölfe und Vampire gehörten nicht zusammen. Das Rudel lehrte jedem Jüngling, dass die Natur die Jäger nicht dazu erschaffen hatte, um miteinander zu harmonieren. Nach jedem abschweifenden Gedanken erinnerte ich mich daran, dass ich nur in diesem Apartment akzeptiert wurde, um meine Unschuld zu beweisen.

Zane hatte mein Leben nur gerettet, weil es seine Aufgabe war, mich zu beschützen. Würde ich unter seinem Schutz sterben, nachdem er sein Wort gegeben hatte, musste er ernste Konsequenzen vom Vampirrat und vom Rudel fürchten.

Ich stieß eine weitere Tür auf, die nicht weit von meinen Räumen entfernt lag, und stand in einem Paradies aus dunklen Rottönen, schwarzen Stoffbahnen und vereinzelten goldenen Akzenten.

Mit offenem Mund trat ich in das Schlafzimmer und drehte mich staunend um die eigene Achse. Ein großes Bett stand vor einem roten Vorhang, der das Tageslicht der Fensterfront nur schwach durchschimmern ließ, und wirkte mit den goldenen Akzenten so majestätisch wie das Bett eines Königs. Rechts und links des Kopfteils erhoben sich stolze Kerzenständer auf vergoldeten Nachttischen, die ebenso von blutroten Rosen geschmückt wurden. Ein riesiger Kronleuchter hing in der Mitte des Raumes, der von einer hohen Decke mit kunstvollen Verzierungen gestützt wurde, und Schatten in zwei von hauchdünnen Vorhängen abgetrennte Räumlichkeiten führte.

Ich näherte mich dem Bücherhaufen des zedernholzfarbenen Schreibtisches und betrachtete die aufgeschlagenen, dicken Bände und losen, willkürlich verstreuten Zettel.

Mir sprang der Titel eines kleinen, mit Leder eingebundenen Buches ins Auge. *Ordo boni et mali* war ein Buch, welches jeder Jungwolf im ersten Lebensabschnitt lesen musste, um die Ordnung von Gut und Böse in der Welt zu verstehen. Das Buch lehrte den Jungwölfen, die Schwierigkeit der Einordnung von Dingen, die jedes Individuum anders einschätzte, was nicht bedeutete, dass es sich als falsch erwies. So konnte Zane in meinen Augen ein Schurke sein, aber bei seinen Leuten ein Held.

Ich schob das Buch beiseite und zog die Augenbrauen hoch. Ein Stadtplan, der alle fünf Bezirke von Danosc zeigte, wurde von roten Markierungen durchzogen. Das war merkwürdig.

Ein rundes Zeichen außerhalb der Karte, ungefähr an der Stelle, wo die Wolfsvilla zwischen den hohen Bäumen des Waldes versank, markierte ein roter Kreis mit einem Ausrufezeichen einen Punkt. Ein großes Viereck umgab das *Line Quarter*, wo Amsfoort, laut des Vampirrates, aufgefunden wurde und ich aufgewacht war. Es gab zwei weitere markierte Orte, die ich nicht kannte.

»Gefunden, wonach du gesucht hast?« Zanes Stimme erklang im Türrahmen und ließ mich gefrieren.

»Ich wollte nicht …« Ich räusperte mich mit hochrotem Kopf und zeigte auf die Karte. »Was ist das?«

Zane ging mit sicheren Schritten auf mich zu, blieb dicht hinter mir stehen und schaute über meine Schulter auf den Stadtplan hinab. »Habe ich dich beim Schnüffeln gestört? Ich wusste, dass Wölfe neugierig sind, aber dass sie in die Privatsphäre anderer Leute eindringen, ist mir eine neue Erkenntnis.«

Seine Wärme schmiegte sich an meinen Körper und betörte mich mit seinem Duft. Ich drehte mich um und sah ihm aus voller Überzeugung ins Gesicht. »Ich habe dich gesucht.«

»Lügnerin«, murmelte er dicht an mein Ohr und lachte, als ich erschauderte. Er entfernte sich keinen Millimeter. »Deine Wölfin sollte sich vor deinen Lügen hüten, bevor sie eine längere Nase bekommt, als ihr lieb ist.«

Als hätte meine Wölfin seinen Ruf gehört, knurrte sie in mir. Zanes Lächeln und das Funkeln in seinen Augen ließen sich nicht verbergen. Er schien das hier, was immer es auch war, sehr zu genießen. »Ah, da ist sie ja.«

Mein Blick fiel auf den barocken, mit Gold verzierten Spiegel hinter ihm. Die Wildheit tigerte durch mein Gesicht, während silberne Funken das Blau meiner Augen wie Edelsteine zum Glühen brachten. Ehrfürchtig betrachtete ich das Bild im Spiegel. War dies das Abbild, wenn meine Wölfin in mir die Pfoten streckte?

Ich riss mich von dem Spiegelbild los und musterte den Vampir in seinem schwarzen Jackett und der ebenso dunklen Anzughose. »Es ist nahezu auffällig, wie du vom Thema ablenkst.« Ich zeigte auf die Karte. »Was ist das?«

Stille breitete sich wie Eis zwischen uns aus. Was verheimlichte er mir?

Zane fuhr sich mit einer Hand durchs Haar und stützte sich neben mir auf die Tischplatte. »Der Stadtplan enthält alle wichtigen Orte, an denen sich in der Nacht des Mordes auffällige Dinge ereigneten.«

Ich zog eine Braue hoch und verschränkte die Arme vor der Brust. Er konnte gerne etwas Redefreudiger werden. »Und die wären?«

Sein Finger schwebte über dem *Line Quarter*. »Hier ereigneten sich zwei Dinge. Zum einen der Mord an Amsfoort und zum anderen ein sich vor den Kameras präsentierendes, nacktes Mädchen.« Ich rollte die Augen, ließ seinen Kommentar an mir abprallen und sah seinen Finger über der Stelle, die außerhalb der Stadt lag, schweben. »Bis an den südlichen Rand der Stadt konnten die Kameras das nackte Mädchen verfolgen, bevor sie im Wald verschwand.« Zane warf mir einen Seitenblick zu und schickte seinen Finger an einen mir unbekannten Ort in die Metropole. »Der Gerichtshof war ein Ort, den Amsfoort in der Nacht seines Mordes besucht hatte. Nachdem er an diesen Ort« Er zeigte auf eine Stelle nahe des *Thurgon Rill* im Osten von Danosc. »gegangen war, um den Dämon zu vernichten, der ihn für eine Wölfin oder ein anderes Geschöpf so geschwächt hatte, dass er ein leichtes Ziel abgab.«

Ich nickte langsam und tippte mit dem Finger auf die Stelle, die den Gerichtshof markierte. »Warum ist der Ort so wichtig, dass du ihn eingezeichnet hast?«

Wenn etwas im Gerichtshof oder im Vampirrat geschehen war, was Unzufriedenheit heraufbeschwor, konnte Amsfoort sich unbeliebt gemacht haben. Vielleicht hatte sich eine Gruppe von Vampiren oder auch nur ein einzelner, mächtigerer Vampir gegen ihn erhoben, um ein nicht gerechtfertigtes Vergehen heimzuzahlen.

»Bevor er sich auf die Suche nach dem Dämon gemacht hatte, fand eine Ratsversammlung statt. Wir hatten die Pläne der kommenden Monate entworfen und uns über etwaige Veränderungen in den Herrschaftsgebieten ausgetauscht.« Ich öffnete den Mund und wollte etwas fragen, aber Zane seufzte. »Bevor du fragst, es ging um die Haushaltsplanung, die jedes Jahr im September stattfindet.«

Forschenden Blickes neigte er den Kopf zur Seite und musterte mein Gesicht. Die Offenheit, mit der er mir begegnete, war unheimlich. Etwas konnte nicht stimmen.

Ich nickte zur Karte. »Und was ist mit dem Ort nahe des *Thurgon Rill*?«

»Das ist der Ort, an dem Amsfoort den Dämon getötet hatte.«

Was ist, wenn er gar nicht den Dämon besiegt hatte? Vielleicht hatte der Dämon den Angriff des Fürsten überlebt, und stattdessen ihn überrumpelt und angegriffen.

Aufregung packte mich, als ich Zane meine Gedanken erzählte. Er hörte ruhig zu und nickte gelegentlich, ehe er sein Mobiltelefon aus der Hosentasche zog und es auf den Tisch legte. Das Video aus der Nacht des Mordes zeigte, wie sich eine dürre Gestalt mit langen Gliedern aus dem Schatten einer Laterne stürzte und den Vampir in wenigen Minuten außer Gefecht setzte.

Es war gut möglich, dass die Gestalt ein Dämon war. Allerdings war eine Annahme kein Beweis.

»Es wäre möglich«, bestätigte Zane und steckte sein Handy zurück in die Tasche. »Aber das muss nichts heißen.«

»Ihr solltet beide Orte besuchen.« Nyx nickte voller Entschlossenheit und zeigte auf den Stadtplan, der ausgebreitet in der Mitte des Wohnzimmertisches lag. Sie saß neben Draven in einem großen

Sessel. Ihre Zutraulichkeit schmerzte, da meine Brüder und ich oft genauso aneinandergedrängt in der begehrtesten Sofaecke saßen und uns gegenseitig die Ellenbogen in die Rippen rammten.

Ich holte tief Luft, alles nur für sie – für ein *uns*, das es hoffentlich bald wieder geben sollte. Alles hing davon ab, meine Unschuld in weniger als zwei Wochen zu beweisen. Wenn ich das geschafft hatte, konnte ich vor den Alpha treten und um eine erneute Aufnahme im Rudel bitten. Der Gedanke, dass er mich abweisen könnte … Ich wusste nicht, was ich machen würde. Vermutlich ins Wasser gehen.

»Genau«, stimmte Draven ihr zu und presste ihr die Luft aus den Lungen, als er sich vorlehnte und seinen Arm in ihren Bauch drückte. »Die Orte, an dem der Dämon Amsfoort angegriffen hatte und wo Alva aufgewacht war, liegen in unmittelbarer Nähe. Selbst wenn ihr keine nützlichen Informationen findet, erinnert sich Alva vielleicht daran, wie sie es in die Stadt geschafft hatte, wenn sie die Gegend sieht und die Gasse, in der die Rettungskräfte sie gefunden hatten.«

Ich rutschte unruhig auf der Couch herum und erntete einen missfallenden Blick von Zane, der im Gegenteil zu mir, ruhig und an das weiche Leder gelehnt, nickte. »Das ist keine schlechte Idee«, gab er zu.

Bei Zane hieß das noch lange nicht, dass es gut war. Aber das war der Plan, den ich vorgeschlagen hatte, nachdem Zane bestimmt hatte, sich mit Nyx und Draven im Wohnzimmer zu beraten. Anscheinend legte der Vampirfürst eine höhere Meinung auf die Personen, die ich bei unserer ersten Begegnung als Bedienstete eingeschätzt hatte. Doch nun wirkten sie viel mehr wie Freunde oder sogar wie eine Familie.

Ein vorsichtiges Lächeln spielte sich auf meinen Lippen. Vielleicht hatten unsere Familien mehr Gemeinsamkeiten, als mir bewusst war. Laut den Wölfen hätte die Natur den Wolf und den Vampir getrennt, da sie miteinander nicht harmonierten und ein Beisammensein auf Schmerz hinauslief. Doch lehrte nicht das *Ordo boni et mali,* dass Dinge von Individuum zu Individuum anders eingeschätzt wurden? Wie blickten Vampire auf die Wölfe?

Kapitel 15

Eine leichte Brise streichelte mein Haar und küsste meine von der Mittagshitze glühende Wangen. Das leichte Sommerkleid, das ich im Kleiderschrank gefunden hatte, klebte an meinem Rücken und rief in mir den Wunsch hervor, ein kaltes Eis zu verschlingen.

Wehmütig sah ich zu der Eisdiele hinüber, die auf der anderen Straßenseite lag und von Familien überrannt wurde. Wenn ich einen Weg zu meinen Brüdern finden sollte und dem Rudel in die Augen sehen konnte, würde ich mit meiner eigenen Familie zu dieser Eisdiele zurückkommen und mich lachend an diesen Moment erinnern.

Entschlossenen Schrittes holte ich zu Zane auf und blickte ihn von der Seite her an. »Ich schlage vor, wir teilen uns auf.«

Zane blieb stehen und zog müßig eine Augenbraue hoch. »Ich höre.«

»Wir befinden uns in der Straße, in der Amsfoort den Dämon angegriffen hatte. Soweit ich mich nicht irre, wurde der Fürst irgendwo in unmittelbarer Nähe gefunden«, erklärte ich. »Wir sollten uns aufteilen und unabhängig voneinander die Umgebung untersuchen, wenn wir keine Zeit verschwenden wollen.«

Er runzelte die Stirn und musterte die Umgebung. Doch bis auf die kreischenden Kinder vor der Eisdiele und den mäßigen Straßenverkehr gab es keine Gefahren. »Einverstanden, Wölfin.«

Ich nickte und wandte mich zum Gehen, als sich Zanes warme Hand auf meine Schulter legte und mich zurückhielt. »Du untersuchst den Mordplatz«, bestimmte er streng. Ich sah ihn mit hochgezogenen Augenbrauen, über die Schulter hinweg, an. »In der Umgebung sind Leute von mir postiert worden, die dir sofort zu Hilfe eilen werden, wenn du nach meinem Namen schreist.«

Mein Hals wurde heiß. Hatte er absichtlich solche Worte gewählt? Unwillkürlich fragte ich mich, wie es klingen mochte, wenn ich voller Verzweiflung nach ihm rief.

Als wenn der Vampir meine Gedanken erraten hätte, grinste er teuflisch. Er beugte sich zu meinem Ohr herab, während seine Lippen sich spalteten, aber ich kam ihm zuvor.

»Vorsicht, Vampir. Es hat den Anschein, als würdest du dich um mich sorgen«, flüsterte ich unter schweren Lidern.

Zanes leises Lachen kitzelte in meinem Bauch. »Es ist meine Aufgabe, mich um deine Sicherheit zu sorgen.«

»Allerdings erwiest du dich seither als äußerst schlecht«, hauchte ich, was Zane ein leises Grollen entlockte, auch sein Griff um meine Schulter wurde fester. Ich lachte in mich hinein. »Gedenkst du, dein Scheitern wiedergutzumachen, Vampir?«

»Du kannst froh sein, wenn du dich nicht in den nächsten Tagen unter dem Tod winden musst, Alva«, flüsterte er und hauchte einen federleichten Kuss auf meine Schulter. Ein Hauch von Feindseligkeit drang in seine Stimme und erinnerte mich daran, wer wir waren und dass wir das hier, was immer es auch war, nicht geschehen lassen durften.

Mit einer schnellen Bewegung wand ich mich aus seiner Berührung und sah ihm mit grimmiger Miene entgegen. Er sah mich unter hochgezogenen Brauen an und ließ seine Hand langsam sinken. Pan – Gott der Wildnis und der Natur – hatte uns nicht füreinander geschaffen und sogar der mächtige Vampirfürst musste sich seinem Willen beugen.

Ich war eine Wölfin, ein bestätigendes Summen drang in mein Herz, und er war ein Vampir. Selbst wenn zwischen uns mehr als

Leidenschaft entstehen sollte, nur die Luna mit ihren auf der Welt auserkorenen Lieblingen, die unter uns wandeln würden, sollten die Götter noch leben, kannte die Antwort, würde das Rudel meine Wahl nie akzeptieren. Spätestens zu dem Zeitpunkt, in dem ich Zane als Leidenschaft oder Liebe bezeichnen sollte, würden sie mich verstoßen.

Wenn ich es ins Rudel zurückschaffen wollte, durfte zwischen Zane und mir nie mehr als Freundschaft entstehen, wobei die Freundschaft zwischen Vampiren und Wölfen ebenso wenig gemocht wurde – auf beiden Seiten.

Nachdem mir Zane seinen Stadtplan mit den markierten Orten in ganz Danosc übergeben hatte, fand ich in wenigen Minuten die Stelle, an der Amsfoort's Leiche gefunden wurde.

Die Laterne, an der er von einer in Schatten gehüllten, dürren Gestalt angegriffen wurde, ragte hoch über meinem Kopf auf. Laut Zanes Worten hatte der Schatten die Kehle der Leiche durchgebissen und ihn vom offenen Gehweg hinter eines der Gebüsche gezogen.

Ich runzelte die Stirn und umrundete die Reihe von dichten, stacheligem Grün. Ein merkwürdiger Geruch hing in der Luft, der meine Nase zum Kribbeln brachte.

Wir Wölfe versteckten nie unsere Beute, weil wir nie den Gedanken hegten, die Vampire oder jemanden aus der Elite anzugreifen. Die Blutsauger sagten uns vieles nach, aber dumm waren wir nicht. Die Chance, einen Angriff auf einen Vampirfürsten zu überleben, glich Null und selbst wenn wir einen Mordanschlag eines Fürsten in Erwägung zögen, würden wir als geschlossenes Rudel angreifen. Doch das würden die Vampire, obgleich sie intelligente Wesen waren, niemals glauben.

Ich seufzte und kniete mich zu dem Dornenbusch, der Nahe der Laterne wuchs, die der Mörder als Versteck genutzt hatte, um in den Schatten zu wandeln.

Meine Wölfin stupste, noch vorsichtig von unserem letzten Kampf, an unsere Barriere. Unter ihrem Drängen beschwor ich Krallen, die meine Fingernägel ersetzten und im Licht der Mittagssonne wie geschärfte Messer funkelten. Auch wenn ich meine tierische Gestalt noch nicht annehmen konnte, da es mir an Übung mit dem Jungrudel fehlte, konnte ich die Fähigkeit, meine Krallen herbeizurufen, hervorragend beherrschen.

Wieder stieg mir der beißende Geruch in die Nase, weshalb ich den Rock meines Kleides raffte und mit den Krallen in der Erde wühlte. Der Geruch war an diesem Busch am intensivsten und wurde mit jedem Umlegen der Erde brennender.

Die Saat der Tellus – Göttin der Erde und Erschafferin der Vampire – fiel von meinem Schoß und klebte an meinen Knien, als ich aufstand und ein kleines, braunes Büschel Haare mit mir zog.

Ich schnupperte daran und verzog den Mund. Das war es, was so grässlich stank.

»Wen haben wir denn da?«

Mein Herz blieb für eine ganze Sekunde stehen, bevor es einen Marathonlauf antrat und ich eilig das Büschel Haare in die Tasche meines Kleides stopfte. Meine Krallen verschwanden und wurden von kurzen, menschlichen Fingernägeln ersetzt.

Ich drehte mich mit einem gequälten Lächeln zu dem Vampirfürsten und bot ihm höflich die Hand an. »Fürst Anwir, welche Freude Euch zu sehen«, grüßte ich ihn und ließ mir die aufwallende Unsicherheit nicht anmerken.

Wo war Zane? Was machte Anwir hier?

»Die Freude ist ganz meinerseits, Wölfin.« Er ergriff meine

Hand, doch statt sie zu schütteln, hauchte er einen Kuss auf meinen Handrücken. Er zögerte nicht eine Sekunde. »Sagt mir, was verleitet Euch dazu, einen solch schönen Tag an einem so grässlichen Ort wie diesen zu verbringen?« Er hob eine Braue und sah sich um. »Und dazu noch ohne Euren neuen Freund?«

Ich knirschte mit den Zähnen. Zane war nicht mein Freund, wir würden nie Freunde werden. Wir kamen nur gut genug miteinander aus, um zusammenzuarbeiten, und teilten zufällig dasselbe Interesse, auch wenn mir seine Motive ein noch nicht gelöstes Rätsel waren.

Ich hob das Kinn. »Zane spricht gerade mit den Anwohnern der Umgebung«, log ich. Es wäre Torheit, würde ich Anwir verraten, dass Zane sich einige Hausblocks entfernt befand. »Wir befinden uns inmitten der Ermittlungen.«

Der Vampirfürst nickte und richtete sich die giftgrünen Aufschläge seines Anzuges, unter dem bodenlangen Umhang, mit dem aufgestellten Kragen. Mit dem samtigen Pelerine wirkte er wie ein Vampir aus vergangenen Jahrhunderten. »Dann kommen Eure Ermittlungen voran?«

Ich nickte und auf einmal fühlte sich das Büschel Haare in meiner Tasche wie schweres Blei an. »Warum seid Ihr hier?«

Anwir lächelte und das erste Mal fühlte es sich echt und warm an. Mein Herz zog sich bei dem Gedanken, ich könnte zu schnell über den Vampir geurteilt haben, zusammen.

Zane schien bei unserer ersten Begegnung ein arrogantes Arschloch zu sein, allerdings sah die Wirklichkeit ganz anders aus. Je mehr ich ihn kennenlernte, musste ich mir eingestehen, dass er netter und in Bezug auf seine Familie herzlicher war, als ich mir im Gerichtshof vorstellen konnte. Vielleicht irrte ich mich auch in Anwir.

»Der Rat hat sich entschlossen, diesen Ort abzusperren«,

erklärte er mir und nickte zu der Laterne. »Heute Nachmittag soll um die Stelle, wo Amsfoort sein Leben gelassen hatte, die Erde platt gewälzt und ein Denkmal errichtet werden.«

Mir wich alle Farbe aus dem Gesicht. »Das geht nicht!«, platzte es aus mir heraus. »Die Ermittlungen sind noch nicht abgeschlossen und vielleicht muss ich noch mal an diesen Ort kommen!«

Das durfte nicht wahr sein! Wenn Anwir den Ort zubauen ließ, gingen weitere, noch nicht aufgespürte Beweismittel verloren. Vielleicht lagen in den Dornenbüschen weitere Hinweise, die meine Unschuld beweisen und mein Leben retten konnten.

»Es tut mir leid, Alva.« Er hob seine Hand und beschwor ein rotes Absperrband, welches die Umgebung um die Laterne um zehn Meter einschloss. Ich blinzelte und hoffte, die Absperrung würde verschwinden. »Der Rat hat es beschlossen.«

Ich ballte wütend die Fäuste und atmete tief durch. »Wer hat den Vorschlag eingereicht?«

Er sah mit gekräuselter Nase auf mich hinab. »Ich.«

Der Topf kochte über und Krallen schossen aus meinen Fingern. »Wie könnt Ihr es wagen? Ihr wisst, wie sich das auf meine Zukunft auswirken kann!«

Anwir drehte mir die Schulter zu. »Wie ich sehe, seid Ihr immer noch eine Gefahr.« Seine Gestalt verblasste, aber bevor er vollständig verschwand, sagte er mit glühenden Augen: »Jeder Vampirfürst verdient ein Denkmal, nur weil Ihr zu kurzsichtig seid, um dessen Bedeutung zu verstehen, muss ich mich nicht vor Euch rechtfertigen.«

Ich stürmte wütend zu der Stelle zurück, an der Zane und ich uns getrennt hatten.

Wenn Anwir glaubte, er konnte ein Denkmal auf den Ort

setzen, der nicht nur bedeutend war, sondern auch den Ort des Mordes offenbarte, musste Zane davon gewusst haben. Danosc war seine Stadt und nichts geschah in dem Territorium eines Vampirfürsten ohne sein Wissen. Warum hatte er mir von Anwirs Plan oder der Ratsentscheidung nichts erzählt? Er wusste, dass es einen entscheidenden Einschnitt in meine Ermittlungen machte. Was, wenn es mehr Beweismittel gab? Was, wenn ich aus anderen Gründen an den Ort des Mordes zurückkehren musste?

Ich mochte mir gar nicht vorstellen, wie ich mich fühlen würde, wenn das letzte Puzzleteil unter den Dornenbüschen lag, die ich nicht erreichen konnte. Enttäuscht? Definitiv. Wütend? Rasend würde es eher beschreiben. Traurig? Nein, am Boden zerstört. Noch heute Nachmittag würde der Mordplatz platt gewälzt und von einem dicken Betonklotz versiegelt werden. Nicht einmal meine Krallen würden durch den massiven Stein dringen können.

Etwas Glänzendes blitzte in meinem Augenwinkel auf. Verwundert blieb ich stehen und sah mich nach Zane um, doch er war noch nicht hier. Ich warf einen Blick zu der Eisdiele auf der anderen Seite der Straße und entschloss, dass es das Glitzern der Eismaschine gewesen sein musste.

Ein erneutes Blitzen in meinem Augenwinkel. Neugierig reckte ich die Nase in alle Richtungen, während ich mich langsam im Kreis drehte. Was war das?

Da war es! Das Lichterspiel kam aus einer Seitenstraße, die wenige Meter im Schatten eines Häuserblocks unterging. Ich zögerte nicht, als ich sie betrat – Wölfe fürchteten sich nicht vor Gefahren, sie gingen ihnen mutig entgegen. Selbst die Silva Inferna, die von Luna gesegnete, hatte ihren Tod mit Würde genommen, sich den Leuten gestellt, die sie wegen ihrer Macht in einen Hinterhalt gelockt hatten, und ihre Gaben aufgegeben.

Meine Wölfin summte, was mein Blut in Wallung brachte und

meine Armhärchen sich aufstellen ließ. Schatten tanzten über mein Gesicht, je weiter ich in die Sackgasse eindrang, die von hohen Mauern und über meinen Kopf gespannten Wäscheleinen eingegrenzt wurde. In der Luft lag eine haarsträubende Spannung.

Darauf bedacht, kein Geräusch zu machen, glitt ich um eine weitere Hausecke und blieb wie angewurzelt stehen. Eine in Dunkelheit gehüllte Gestalt kniete am Ende der Straße. Leises Gemurmel machte die Luft dicker, bis mir das Atmen zu schwer wurde und ich Luft holte. Mir wurde bewusst, etwas stimmte nicht, dieses Verhalten war unüblich.

Ich drehte mich um und entschloss, nicht mit den Unheimlichkeiten in Verbindung zu stehen, als ich innehielt. Sollte ich umdrehen und auf Zane warten? Mein Herz zog sich zusammen, weshalb ich zu dem Fremden zurückblickte. Aber was würde ich mir vorwerfen, wenn dieser Schatten in der Dunkelheit einen entscheidenden Hinweis offenbarte?

Flugs suchte ich mir ein Versteck hinter einem Müllcontainer, der nahe der Szenerie abgestellt wurde. Ich kniff die Augen zusammen und erkannte unter einem langen Umhang eine breite Brust und ein markantes Kinn. Ein Mann, schlussfolgerte ich.

Er sah auf und in meine Richtung, als das leise Knirschen meiner Schuhe über den Asphalt hallte. Ich biss die Zähne zusammen und hielt die Luft an. Hatte er mich entdeckt?

Aus meinem Versteck beobachtete ich, wie der Fremde den Kopf schüttelte und die Hände gen Himmel hob. Seine Finger spreizten sich. Ich legte den Kopf schief und kniff die Augen zusammen, dass mir die Haare ins Gesicht fielen. Was hatte er vor?

Meine Filmsucht aus Kinderzeiten mischte sich ein und wollte mir einreden, er führe eine Beschwörung durch, aber der Gedanke war absurd. Doch war er das wirklich? Amsfoort hatte einen Dämon bekämpft und, sofern die Aussagen der Vampire der Wahrheit entsprachen, besiegt.

Die Luft flimmerte und mein Atem stockte, als ein scharfer Windzug durch die Gasse rauschte und mein Haar zerzauste. Ich biss mir auf die Zunge und versuchte mein Haar zu bändigen, was mit jeder Böe immer höher flog und meinen Aufenthalt verriet. Der Wind ließ nach. Luft kräuselte sich zwischen den ausgestreckten Händen des Mannes. Seine Handflächen flimmerten in weißem Licht, so ähnlich wie bei Zane, als er die Türen ins *Rabbit* geöffnet hatte.

Ich befeuchtete meine Lippen und kroch dichter an das Geschehen. Mit verbesserter Sicht erkannte ich, die sich bewegenden, die Luft formenden Hände des Mannes. Sein Gebilde zersprang, setzte sich neu zusammen und verwandelte sich in eine Willkür aus einzelnen Teilen hart gewordener Luft.

Nach einer Zeit entstand eine Kreatur mit langen Gliedmaßen und einem zierlichen, verdrehten Körper. Zufrieden nickte der Beschwörer und ließ langsam die Hände sinken. Unter der Kapuze erahnte ich ein dünnes Lächeln. Ich hielt die Luft an, als sich eine Gestalt zwischen den weißen Linien krümmte.

Gebannt hockte ich hinter dem Metall und sah zu, wie die Kreatur sich aus dem Licht erhob. Gliedmaßen knackten bei jeder noch so kleinen Bewegung, was mich zum Rückzug verleitete.

Die Beschwörung – es war tatsächlich eine Beschwörung – erschien mir selbst für eine Wölfin wie mich zu unheimlich.

Lautlos zog ich mich zurück, als ich mich hinter die, am Straßenrand parkenden, Autos duckte. Die hohen Wände umrahmten mich wie Gitterstäbe eines Gefängnisses, was beunruhigender war, als ich zugeben wollte. Ich wischte mir die schwitzigen Hände an dem vom Graben dreckigen Kleid ab.

Ein ohrenbetäubendes Krachen, gefolgt von einem schrillen

Schrei, zerriss die Luft. Adrenalin rauschte in meinen Adern, als ich die Krallen ausfuhr und herumwirbelte.

Mein Blick schoss durch die Gegend und begegnete einem rabenschwarzen Augenpaar. Ich riss die Augen auf und wollte schreien, aber der Laut blieb mir in der Kehle stecken.

Die beschworene Kreatur, es mochte ein Dämon sein, folgte jeder meiner zurückweichenden Bewegungen. Mein Gehirn setzte aus und ich rannte zurück in die Sackgasse. Die Luft rasselte durch meine Lungen, die mit jedem meiner Schritte immer enger wurde.

Wo war Zane?

Ein Windzug strich über meine Wange und erinnerte mich an die Erkenntnis aus dem *Rabbit*, ich durfte mich nicht auf Zanes Schutz verlassen, ich musste mich selbst verteidigen können.

Eine Krallenhand schoss auf mich zu. Ich warf mich zur Seite und entkam gerade rechtzeitig den scharfen Widerhaken der Krallen. Nur einige Sekunden später duckte ich mich unter einem weiteren Schlag hinweg. Mit einer raschen Bewegung drehte ich mich mit dem Rücken zu den schützenden Hauswänden.

Wir standen uns mit ausgefahrenen Krallen gegenüber und warteten auf den Angriff des anderen. Als sein Blick auf meine Krallen glitt, knurrte es.

Zu gerne hätte ich mich in meine Wölfin verwandelt und es in die Flucht geschlagen. Aber ich durfte mich nicht, auch wenn ich aus meinem Rudel verstoßen wurde, in der Stadt verwandeln. Es würde nur noch weitere Probleme bringen und letztlich, trotz aller Bemühungen, mein Todesurteil unterschreiben.

Muskeln spannten sich unter ledriger Haut an, machten sich zu einem Angriff bereit. Nun werden sich die Unterrichtsstunden meiner Brüder auszahlen, schoss es mir durch den Kopf.

Ihre Stimmen klangen in meinem Kopf und ließen mich wachsam werden. Meine Wölfin war bereit, wartete auf einen Angriff.

Die Kreatur sprang auf mich zu. Ich wich nach rechts aus und duckte mich. Mit einer schnellen Bewegung zog ich die Krallen über seine Rippen – wie es meine Brüder gezeigt hatten. Schmerz flammte in meiner Schulter auf, als eine brutale Schärfe mein Oberteil zerriss. Atemlos keuchend musste ich feststellen, dass die verdrehte Gestalt schneller war, als ich angenommen hatte.

Ich presste die Lider zusammen, um den Schmerz zu unterdrücken und wich zurück. Die Finger auf die feuchte Stelle gepresst, wich ich zurück, bis ich mit dem Rücken an eine Hauswand prallte. Ein Fluch brach über meine Lippen. Der Gestank erfüllte die Luft und spornte das fauchende Geschöpf aus der Dunkelheit an.

»Okay«, flüsterte ich leise. »Du musst dich zusammenreißen. Reiß dich zusammen, Alva, und sei kein kleines Baby.«

Aber ich konnte nicht. Meine Nerven lagen blank und ich musste mir eingestehen, dass meine Erfahrungen im Kampf nicht ausreichten, um das Wesen einzuschätzen. Es war viel zu schnell und mit meinen Menschenbeinen war ich ungeheuer langsam.

Einen tiefen Atemzug nehmend, spannten sich meine Muskeln an. Blindlings und mit wildem Geschrei hielt ich direkt auf das Unwesen zu. Mit etwas Kraft meiner tierischen Seite riss ich die Arme hoch und ignorierte das Brennen meiner Schulter. Manchmal war unvorbereitet besser als vorbereitet.

Mein Frontalangriff wirkte. Die Kreatur wich zurück, stolperte über die eigenen Beine und überschlug sich rücklings. Meine Krallen blitzten wie scharfe Messer durch die Schatten und versprachen ihren Opfern süße Träume.

Ich rannte an der Kreatur vorbei, mein Haar flog mir hinterher, das Kleid schlug um meine Beine. Erleichterung durchdrang meine Seele und wärmte mich wie ein schützender Mantel. Allerdings wehrte das kurze Hochgefühl nicht lange.

Mit ungeheuerlichen Sprüngen setzte das Schattenwesen mir nach. Seine Schwärze waberte um mich und verpestete die Luft.

Schneller! Du musst schneller werden!

Seine Präsenz ragte hinter mir wie eine dunkle Wolke auf, das Grollen wurde mit jedem vorbeifliegenden Meter lauter. Aber ich hatte einigen Vorsprung gewonnen und meine Wölfin beflügelte mich, spendete Kraft und ließ meine Beine stärker werden. Geschickt zapfte sie ihre Energie an, rief die Krallen zurück und lenkte sie in meine Seele. Es blieb keine Zeit, sich zu bedanken, denn die rettende Hauptstraße kam immer näher.

Ich setzte gerade meinen Fuß ins Licht und warf einen letzten Blick in die Schatten, als ich mit voller Wucht in jemanden reinrannte.

»Uff!«, entkam es mir. Kopfschmerzen wie Nadelstiche durchzuckten meine Schläfen, ließen mich die Augen zusammenkneifen und benommen zurücktaumeln. Beinahe wäre ich gefallen, wenn mich nicht jemand rechtzeitig festgehalten und an sich gezogen hätte. Ich stöhnte schmerzhaft auf und rieb mir den pochenden Kopf.

Peinlich berührt sah ich auf, blinzelte in die weißen Sonnenstrahlen und wollte gerade zu einer Entschuldigung ansetzen, als ich Zane erkannte. »Du!«, fauchte ich.

»Ich?« Er zog die Augenbrauen hoch, aber hielt mich weiterhin fest. »Was ist mit mir?«, fragte er unschuldig.

»Du bist immer da, wo du nicht sein solltest, und nie da, wenn ich dich wirklich brauche!«

Er lächelte süffisant. »Tatsächlich?«

»Ja!« Meine Krallen fuhren mit einem messerscharfen Geräusch aus und ich zuckte vor Schreck zurück. Das war keine Absicht gewesen.

Zane betrachtete sie neugierig. Er wirkte keineswegs beunruhigt, viel mehr fasziniert von der Schärfe auf seiner Brust, die seine Kehle leicht kratzte. Hätten meine Hände nur einen Zentimeter höher gelegen, würde Blut sein faltenfreies Hemd tränken.

Ich blinzelte überrascht in seine strahlenden, goldenen Augen. Er fürchtete sich genauso wenig vor mir wie ich mich vor ihm. Mit der Erkenntnis stieß ich ihn von mir und nahm rasch einigen Sicherheitsabstand ein. Er hatte … Wir waren … Ich …

Ich kniff die Augen zusammen, nahm einen tiefen Atemzug und befreite meine Lunge von Staub.

Fingernägel ersetzten nur wenige Atemzüge später die Schärfe an meinen Händen. Zanes Blick ruhte weiterhin auf ihnen. »Sie sind sehr hübsch. Seit wann kannst du sie beschwören?«

Ich bewegte meine taub gewordenen Finger. »Seit zwei oder drei Tagen. Ich glaube, es geschah das erste Mal an dem Tag, an dem wir das *Rabbit* besucht hatten«, antwortete ich. Mein Blick verdüsterte sich, als mir seine Worte in den Sinn kamen. »Deine Schmeicheleien kannst du dir sparen, Zane.«

Er hob abwehrend die Hände. »Ich wollte nur nett sein.«

»Ich wusste nicht, dass du nett sein kannst.« Ich verdrängte die Tatsache, dass er meine Ermittlungen mehr unterstützte, als ich am Anfang erwartet hatte.

»Deine Blicke und die Art, wie du dir auf die Lippe beißt, wenn ich dich zum Erröten bringe, erzählen andere Geschichten.« Sein überlegener Blick und die Art, wie er mit mir sprach – versprechend und verführerisch – brachten die Luft zwischen uns zum Knistern.

Wenn Zanes Beobachtungen nicht über mir schwebten wie ein Todesstoß, hätte ich mir gerne auf die Lippe gebissen und den Kopf abgewandt. Doch nun sah ich ihn, trotz der Hitze in meinem Gesicht und anderen, sündigeren Orten, entgegen. Ich straffte die Schultern und hob das Kinn. »Ich weiß nicht, wovon du redest, Vampir.«

Ich nutze das Wort, um mir ins Gedächtnis zu rufen, wie falsch diese Konversation war. Wenn meine Brüder oder das Rudel von den Spannungen zwischen Zane und mir erfuhren, wäre ich entweder Klatschthema für die nächsten Monate oder endgültig eine Verstoßene des Rudels.

»Soll ich es dir beschreiben?« Sein Blick wanderte träumerisch durch die Luft. »Du hast …«

Ich zog den Ärmel meines Kleides hinab und zuckte zusammen, als ich sah, wie Blut langsam meine Schulter hinuntertropfte.

Zanes Augen weiteten sich vor Entsetzen. Er stürzte vor und griff nach meinem Oberarm. Elektrizität schoss durch mich hindurch, bis ich unter seiner Berührung schauderte.

»Wer hat dir das angetan?« Der Schreck wurde von einer tödlichen Ruhe abgelöst.

Ich zog den Ärmel rasch wieder hoch und sah mich nach den Menschen um. Wir standen am helllichten Tag mitten auf der Straße. »Es ist weitaus weniger schlimm, als du denkst«, erklärte ich ihm. »Es tut gar nicht mehr weh.«

Fehlgeschlagen.

Zane drängte sich an mich und zog den von Blut gefärbten Ärmel hinab. Er zog mich unter das Dach eines geschlossenen Ladens und stellte sich vor mir auf, bis ich nur noch ihn wahrnahm.

»Darf ich?« Er sah mich fragend an.

»Ganz sicher nicht.«

»Sei nicht so stolz.« Damit legte er die Hand um den Schmerz und an das Zentrum der sich ausbreitenden Taubheit meiner Hände. Je länger seine Haut auf meiner lag, musste ich ein Seufzen unterdrücken. Er fühlte sich gut an – sicher und vorsichtig, warm und fürsorglich. Neugierig reckte ich die Nase und erspähte drei tiefe Kratzer der Klauenhand. »Der Schmerz hört gleich auf«, versprach er mir.

Seine Hand leuchtete im warmen Sonnenlicht auf. Die Taubheit verschwand augenblicklich und ließ ein prickelndes Gefühl zurück. Ich betrachtete ihn nachdenklich von der Seite. Wir standen so dicht aneinander, dass er meinen Atem spüren musste, aber die Nähe zu einer Wölfin schien ihm nichts auszumachen. Sein markantes Kinn, die gerade Nase und die makellose Stirn wirkten beinahe zu perfekt, um natürlich zu sein. Ich lenkte meinen Blick auf seine Lippen, doch als er zu mir sah, lenkte ich meine Aufmerksamkeit auf die Straße. Meine Wangen brannten.

»Was machst du da?«, presste ich nach wenigen Sekunden heraus. Das Prickeln wurde zu einem Ziehen, welches von Sekunde zu Sekunde immer unangenehmer wurde.

»Meine Mutter war eine Halbvampirin. Sie stammte aus dem Fernen Osten und kam aus einer Familie mit wässrigem Blut«, antwortete er mit verschleierten Augen. Körperlich war er hier, aber geistig war er ganz woanders.

Ich wollte meine Hand auf seinen Arm legen, ihm sagen, dass alles gut war, jedoch hielt ich mich zurück. Er war ein Vampir, und er trug die alleinige Schuld an dem blasser werdenden Bild seiner Familie. Ich sollte kein Mitleid für ihn empfinden.

Das Ziehen an meiner Schulter verlagerte sich in meinen Magen und ließ meine Krallen hervorschnellen. Zane beunruhigte es nicht im Geringsten. »Wässriges Blut?«, fragte ich vorsichtig.

Er nickte, verstärkte seinen Griff und konzentrierte sich auf mein Gesicht. »Meine Mutter entstammte einer Linie von Vampiren, die des Heilens mächtig waren, da sie sich vor Jahrhunderten mit Waldlandhexen gekreuzt hatten. Deswegen, weil es eine ungewöhnliche Gabe für mein Volk ist, werden sie nicht als Vampire betrachtet und gelten als ausgestorben. Niemand möchte seinen Kindern eine ungewisse Zukunft schenken. Und bevor du fragst, ja, ich bin ein Vampir. Der Kern in mir, der Heilung möglich macht, ist kaum der Rede wert. Betrachte ihn wie eine Walnuss neben einer Sonne.«

Meine Augen wurden groß. Es gab Vampire, die Verletzungen heilen konnten? Jedoch besaßen die nordischen Rudel ebenfalls Wölfinnen, die mit bestimmten Kräutern und Worten wahre Magie erzeugten. Ihr nächtlicher Singsang beschwor die Aurora Boreales, die früher über meinem Zuhause geschwebt hatten. Ob ihr Stammbaum in den Waldlandhexen mündete?

»Kannst du *alles* heilen?«, fragte ich und beäugte die sich schließende Haut meiner Schulter. »Was ist mit den Augen aus Feuer? Hast du die auch von deiner Mutter?«

Zane schüttelte langsam den Kopf, der Druck um die Wunde ließ nach. »Nein, ich kann nicht alles heilen und selbst wenn mein innerer Kern größer wäre, bleiben bestimmte Verletzungen unberührt. Die Natur braucht ihre Ordnung.« Er seufzte leise. »Das Wasser in meinem Blut reicht gerade so aus, um eine große Verletzung wie einen Beinbruch oder einen Messerstich zu heilen.« Er lächelte leicht. »Die Augen aus Feuer besitze ich seit meiner Geburt, allerdings bin ich der Einzige in der Familie.«

»Kannst du Dinge herbeizaubern?« Ich erinnerte mich an Anwir, der die Absperrung erscheinen ließ, oder Nyx, die meine Kleiderauswahl für den Besuch im *Rabbit* herbei geschnippt hatte.

An Zanes Mundwinkeln zupfte ein Lächeln. »Jeder Vampir entwickelt etwas, das surreal ist. Im Laufe des Lebens bestimmt das Schicksal über jeden von uns und mit dieser Zeit hatte ich das Verschwinden und Herbeirufen von Dingen entwickelt. Der

Enkel von Amsfoort, zum Beispiel, hat noch keine Veranlagungen für irgendetwas. Er ist zu jung, sein Schicksal zu unvorhersehbar. Ich bin mir sicher, bei ihm wird es noch einige Jahre dauern.«

Ich nickte und atmete erleichtert auf, als der Schmerz in meiner Schulter abklang. Zanes Hand verschwand und zurück blieb eine blasse Narbe. Vorsichtig betastete ich die noch leicht gerötete Haut. Es tat nicht weh und ich musste unwillkürlich lächeln. Mit einer raschen Bewegung bedeckte ich die Stelle und sorgte dafür, dass kein Sonnenlicht die noch empfindliche Haut reizen konnte.

Meine Aufmerksamkeit richtete sich auf Zane, der abwartend vor mir stand und die versteckte Linie unter meinem Ärmel mit finsterer Miene betrachtete. »Kannst du noch mehr als das hier?«, fragte ich und zeigte auf meine Schulter.

Ein leises Lachen entkam seiner Kehle. Es kam so unvorbereitet, dass ich zusammenzuckte. Der Klang erschütterte mich und brachte etwas in mir ins Wanken. Etwas, das sicher stehen sollte.

»Das wirst du herausfinden müssen.«

Eine Herausforderung.

Wenn ich die letzten Wochen nicht genug geprüft worden wäre, hätte ich ihm gerne erzählt, wie sehr ich Herausforderungen liebte. Doch das hatte sich in den letzten Wochen drastisch verändert.

»Wie?« Ich reckte das Kinn und verschränkte die Arme. »Mhm?«

Seine Augen flogen über mich, musterten jeden Zentimeter von mir und schienen bis in meine Seele zu blicken. Er nahm alles, jeden geschundenen, düsteren Teil in sich auf. »Das Leben wäre zu einfach, wenn ich es dir verraten würde. Oder nicht, kleine Wölfin?«

Ich schnaubte verächtlich und verschränkte die Arme unter der Brust. »Wenn du meinst, alter Vampir.«

Die aufgelockerte Stimmung fand schnell sein Ende, als sich sein Blick verdunkelte und zu der Sackgasse glitt. Ich schluckte und spähte in die Schatten der Hauswände.

»Wer war das? Ich schwöre dir, ich zermalme ihn zu Staub.« Seine Stimme glich einem Donnergrollen und verursachte eine Gänsehaut auf meinen bloßen Armen.

»Ich weiß es nicht«, gestand ich und schluckte den aufkommenden Kloß hinunter. Er zog die Brauen hoch und nach einem ergebenen Seufzer erzählte ich von dem Mann, der Beschwörung und der Kreatur, die aus bloßer Luft geformt worden war. Sein Blick verdunkelte sich mit jedem Satz und ich spürte seine Unruhe.

Wir traten zusammen in die Gasse, wobei sich Zane stets vor mir hielt. Er wollte einen Angriff abwehren, aber die Kreatur war mit ihrem Meister fort.

»Es war hier gewesen.« Ich zeigte auf die Stelle, wo die Kreide den Boden geziert hatte. Sie wurde so verschmiert, dass man glauben konnte, es handelte sich um eine vom Regen verunstaltete Zeichnung eines Kindes.

Zane runzelte die Stirn. »Hier?«, fragte er und deutete auf die Fläche, wo etwas von den Kreideresten zu erkennen war.

Ich nickte und sah mich nach der Kreatur um. Wo war sie?

Zane runzelte nachdenklich die Stirn, hockte sich neben die Markierungen und fuhr mit dem Finger durch die weiße Verfärbung. Er roch daran und sah zu mir auf. »Das ist keine Kreide«, erklärte er und schnupperte erneut. »Das muss Jod mit kristallinem Staub sein.«

Ich blinzelte überrascht und kniete mich neben ihn. »Dann hat er einen Dämon beschworen?«, fragte ich schaudernd. Mir wurde erst jetzt die Gefahr bewusst, in der ich mich befunden hatte.

Zane stand auf und putzte sich die eingestaubte Kleidung ab.

»Es ist die einzige, vernünftige Erklärung.« Er verzog den Mund und holte sein Mobiltelefon aus der Hosentasche. »Ich werde Draven schreiben. Er soll die Läden, die Zauber und andere fragwürdige Dinge verkaufen, aufspüren.«

Ich erhob mich und klopfte mir den Staub von dem Kleid. »Glaubst du wirklich, dass diese Zauberläden etwas Nützliches verkaufen?« Vor einigen Jahren hatten Jesse und ich aus Spaß einen solchen Laden besucht und einen sprechenden Goldfisch gekauft. Allerdings schwamm nach einem Tag der Goldfisch, mit Bauch nach oben, an der Wasseroberfläche seines Aquariums.

Er zuckte die Schultern und ließ seine Daumen über die Tastenfläche fliegen. »Wenn man die richtigen Kontakte hat, verkaufen die Scharlatane nicht nur Nützliches, sondern auch Gefährliches.«

Mir wurde mulmig. War das wirklich eine gute Idee?

Kapitel 16

Mit jedem Wort über die Geschehnisse am Ort des Mordes, wo alles seinen Anfang nahm, wurde Zanes Miene, im Angesicht der strahlenden Sonne, dunkler. Ich erzählte ihm von Anwir und dem Ratsbeschluss, ein Denkmal an dieser Stelle zu errichten. Und davon, dass dies womöglich weitere, übersehene Beweismittel hätte offenbaren können. Doch von dem merkwürdig riechendem Haar erzählte ich ihm nichts. Nicht, weil ich ihm nicht traute, sondern weil ich das Gefühl hatte, hinter jeder Hausecke lauerten lauschende Ohren.

»Warum hast du mir nichts von der Ratsversammlung erzählt?«, fragte ich vorsichtig, nachdem ich meine Erzählung beendet hatte. Wir bogen in die nächste Straße, die uns zum Gerichtshof der Vampire und an den Ort, an dem ich nach dem Blutritual aufgewacht war, führen sollte.

Zanes Untersuchungen nahe dem Bezirk *Riverside* und *Line Quarter*, wo Amsfoort einen Dämon bekämpft haben sollte, der ihn für einen weiteren Angriff geschwächt hatte, blieben laut dem Vampirfürsten ereignislos.

Zu meiner Zufriedenheit war diesmal ich es, die die Ermittlungen vorantrieb. Das Gefühl der kindlichen Hilflosigkeit, die auf jemand anderes angewiesen war, verflog und wurde von eiserner Entschlossenheit ersetzt. Ich sah das Ziel vor Augen und würde in weniger als zwei Wochen bei meiner Familie und dem Rudel zurück sein und den Platz einnehmen, den ich in der Nacht des Blutrituals verdient hatte.

Zanes Kiefer mahlte. »Ich wusste von keiner Ratsversammlung«, presste er mühsam hervor.

Ich verschluckte mich an dem Eis, das mir Zane an der Eisdiele gegenüber von unserem Treffpunkt gekauft hatte. Seine Aufmerksamkeit, meine sehnsüchtigen Blicke richtig zu deuten, war bemerkenswert und irgendwie *nett.*

»Aber das ist deine Stadt.« Ich leckte mir die in der heißen Sonne geschmolzene Eiscreme von den Fingern. »Du müsstest vor allen anderen eingeladen worden sein.«

Dass Zane von der Ratsversammlung in seiner Stadt nichts wusste, war ein Zeichen für die Uneinigkeit unter den Vampirfürsten, überlegte ich und sah den Vampir mit der grimmigen Miene neben mir an. Wie sehr ärgerte es ihn? Würde er das Vergehen, dass Dinge in seinem Reich ohne sein Wissen beschlossen worden sind, tolerieren oder würde noch heute ein weiterer Mord geschehen?

Vampire gierten nach Macht, erinnerte ich mich. Zane wird etwas Schreckliches tun müssen, wenn er sein Ansehen erhalten will.

»Deswegen werden wir gleich dem Gerichtshof einen Besuch abstatten und einige Köpfe zum Rollen bringen, kleine Wölfin.« Zanes Mundwinkel zuckten nach oben und verleiteten mein Herz dazu, einen Satz zu machen. Sein lodernder Blick fiel auf meine, von Schokoladeneis verschmierten, Finger. Er griff nach ihnen und steckte sie sich nacheinander in den Mund. Vor Schreck fiel mir die Eistüte aus der Hand.

Ich gab einen erstickten Laut von mir, als ich seine spitzen Eckzähne über meine Haut schrammen spürte, und er an meinen Fingern zu saugen begann. Obwohl Leute an uns vorbeizogen und uns missbilligende Blicke zuwarfen, hörte Zane erst auf, als all meine Finger sauber waren.

Mit glühenden Wangen und ungewöhnlicher Spannung meines Körpers trocknete ich die warme Feuchte und schloss zu dem Vampir auf, der sich ohne zurückzublicken in Bewegung gesetzt hatte.

Meine Gedanken rasten und stellten sich immer wieder dieselbe Frage: Was hatte der Vampir mit einer vom Rudel verstoßenen Wölfin wie mir im Sinn?

Die Gasse, in der ich von Rettungskräften gefunden worden war und in der ich laut Zanes Worten während der Gerichtsverhandlung zu einer Internetsensation wurde, baute sich drohend vor mir auf. Bilder des frühen Morgens, als ich die goldene, knisternde Rettungsdecke um mich schlang, die Menschenmenge hinter den abwehrenden Armen zweier Polizisten und das Blitzgewitter der Kameras, flogen wie in einem Fiebertraum an mir vorbei.

Ich hatte den Morgen so gut es ging verdrängt und mich allein auf den Alpha konzentriert, der über meinen Rang im Rudel urteilen sollte. Meine Fellfarbe stellte, neben dem Opfer jener Nacht, ein bedeutendes Kriterium dar, damit mein Rang meiner Stärke und meiner Fähigkeiten entsprach. Doch ich kannte weder die Fellfarbe meiner Wölfin, meine Fähigkeit mich zu verwandeln hing allein an viel Übung mit erfahrenen Wölfen, die mich anleiten konnten, ab, noch wusste ich, welches Wesen in der Nacht meines Blutrituals mein Opfer war. Laut den Worten meines Alphas wurde in jener Nacht ein Eber gerissen, aber nur Untersuchungen des toten Tiers würden bestätigen können, ob ich diejenige war, die das Wildschwein gerissen hatte.

»Erinnerst du dich?«, fragte Zane und legte den Kopf in den Nacken, damit er die winzigen Balkone mit Pflanzen und vereinzelten Wäscheständern betrachten konnte.

Ich knetete meine Hände und starrte auf die Stelle neben den bunten Mülltonnen, wo der Asphalt einen dunkleren Fleck zierte. Genau an dieser Stelle hatte ich blutverschmiert und nackt gelegen, in dem Glauben, in weniger als einem halben Tag, ausgelassene Feiern und lange Nächte voller Gelage zu erleben.

Doch anstelle von Partys und Lachen, die meinen achtzehnten Geburtstag und meiner Taten aus jener Nacht ehren sollten, erhielt ich nichts als Drohungen, wie den Kuss des Todes auf meinen beiden Wangen. Ich presste die Lippen aufeinander und zog in der Sackgasse meine Kreise, in der Hoffnung, durch einen anderen Blickwinkel eine verschleierte Erinnerung zu aktivieren.

»Ich erinnere mich nicht«, sagte ich und versuchte, den Würgegriff um mein Herz zu lockern. Die Enttäuschung, nie das zu erleben, worauf sich jeder Jungwolf sein Leben lang vorbereitete und freute, wurde mir von einem Brief verwehrt.

Ich ballte die Hände zu Fäusten. Der Mörder von Amsfoort sollte seine Tage zählen, die Jagd hatte begonnen und ich würde vor keinem Hindernis zurückschrecken.

Zane nickte verständnisvoll. »Das tut mir leid.« Er wurde still und ließ seinen Blick über den Boden schweifen. »Ich bin mir sicher, dass du dich mit der Zeit erinnern wirst.«

Ich schüttelte den Kopf und bedeutete ihm mit einem Kopfnicken, die Sackgasse zu verlassen. Er folgte mir und hörte aufmerksam zu, als ich ihm erzählte: »Ich bin mir nicht sicher, ob ich mich jemals an diese Nacht erinnern werde. Mein Bruder Jesse erinnert sich, nach vier Jahren, immer noch nicht an sein Blutritual, obwohl er manchmal im Körper seines Wolfes verschwommene Bilder sieht, die von Tag zu Tag blasser werden, bis sie gänzlich verschwinden. Manchmal glaube ich, dass es sogar besser ist, wenn wir Wölfe uns nicht erinnern, da der Prozess des Rituals oft mit Schmerz und sehr viel Blut verbunden ist.«

Zane nickte langsam, als wir auf die Straße traten und den Weg zum Gerichtshof der Vampire einschlugen. »Dann wirkt es wie ein Trauma?«

Er wirkte ernsthaft interessiert, was mich stutzig machte. Waren Vampire keine egoistischen, engstirnigen Wesen, die sich allein auf sich und die Mehrung von Macht konzentrierten?

»Es würde mich nicht wundern, wenn es so ist, denn der Gedächtnisverlust ist keine Seltenheit.«

Solange ich mich nicht an die Nacht des Blutrituals erinnern konnte, war der Nebel um meine Erinnerungen Fluch und Segen zugleich. Einerseits war die Unwissenheit erleichternd, da ich mich kaum an die Schmerzen der Verwandlung oder das alles zerfressende Hungergefühl erinnern konnte. Andererseits war die Unwissenheit erdrückend, denn das Gefühl der Verwirrung, die sich mit Machtlosigkeit paarte, wurde mit jedem Tag der Ahnungslosigkeit beängstigender.

Zane und ich ließen die Häuserblocks hinter uns und drangen ins Zentrum der Metropole vor, bis sich der hohe Wolkenkratzer des Gerichtshofes stolz und mächtig in den Himmel erhob.

Umso dichter wir den Wächtern in schwarzen Smokings und dicken Sonnenbrillen kamen, die wie bei meinem letzten Besuch die vergoldete Drehtür bewachten, sackte mein Magen immer weiter ab. Die Erinnerungen an Neros Verabschiedung und den kalten, steinernen Raum mit dem eisernen Stuhl krochen über meine Haut. Der Besuch im Gerichtshof der Vampire war nur wenige Tage her und doch kam es mir vor, als würden Jahre dazwischen liegen. Es war beängstigend.

Zanes warme Hand legte sich auf meinen Rücken und führte

mich sanft, aber sicher an den zurückweichenden Wächtern vorbei. Demütig senkten sie die Häupter, wie es auch die Vampire in der Lobby taten. Staunend beobachtete ich, wie sie ohne aufzublicken von uns weichten und sich so unauffällig wie möglich verhielten.

Die Macht des Vampirfürsten knisterte um ihn, der seinem Gefolge nicht einen Blick schenkte. Er führte mich zu den Aufzugtüren und sorgte dafür, dass wir bis ins oberste Stockwerk fuhren.

Kaum glitten die Türen leise auf, blieb mir die Luft im Hals stecken. Reine Glasfronten umgaben die gesamte oberste Etage des Wolkenkratzers, der so hoch war, dass man glaubte, über den Wolken zu leben. Die Strahlen der Sonne versanken allmählich hinter dem Horizont und wurden von dem sanften Licht der Luna, mit dem sie ihre weltlichen Augensterne auszeichnete, und ihren zahlreichen Kindern abgelöst.

»Zane, wie schön, dich zu sehen!« Ich erkannte Anwirs Stimme noch bevor er mit weit geöffneten Armen auf uns zukam und Zane freundschaftlich die Hand anbot.

Er wollte sich gerade mir zuwenden, als Zane knurrte: »Was in Orkus Namen fällt dir ein, eine Ratssitzung ohne mich abzuhalten und Dinge zu veranlassen, die ich nie im Leben genehmigt hätte!« Er holte aus und schlug Anwir mit einem Schlag ins Gesicht.

Ich schnappte nach Luft und zog mich in den Hintergrund zurück. Das war nicht mein Kampf. Selbst wenn ich mich einmischen wollte, was ausgesprochen dumm wäre, würde ich Zanes Unfrieden auf mich ziehen und die gemeinsame Zusammenarbeit würde hinfällig werden. Zane musste sich ohne mich behaupten – wie im Rudel.

Anwir wich zurück und fasste sich zischend an die blutende Nase. »Der Rat hat sich mit deutlicher Mehrheit für Amsfoort's

Denkmal ausgesprochen. Du kannst dich nicht dagegen wehren, Zane.«

Sie taxierten einander und schließlich war Zane es, der zuerst das Blickduell abbrach und über die Schulter zu mir sah. Er lächelte grimmig und ließ seine Augen aufflammen.

Beide Vampire spannten sich an, als Zanes Stimme wie Rauch über unseren Köpfen hing und süße Träume versprach. »Ich annulliere die Entscheidung und fordere eine Neuabstimmung.«

»Das ist nicht möglich, der Rat entschied zu sechsundsiebzig Prozent für ein Denkmal zu Amsfoort's Ehren«, sagte Anwir und hob das Kinn. Um ihn waberten Schatten, die sich wie Schlangen auf uns stürzen würden, wenn sein Meister den Befehl gab. Ich hielt die Luft an und rief meine Wölfin an der Oberfläche, denn etwas Hochexplosives lag in der Luft. »Nur deine Abwesenheit und Amsfoort's Enkel mit einigen anderen Vampiren entschieden sich gegen die Bebauung.«

Amsfoort's Enkel? Der junge Vampir mit dem weißen Shirt und der Lederjacke, der während meiner Gerichtsverhandlung für ein geschenktes Lächeln getadelt wurde? Warum sollte er sich gegen das Denkmal seines Großvaters ausgesprochen haben, wenn er der, mit der meisten Trauer und der heißesten Wut war?

Die Verwirrung schien mir ins Gesicht zu stehen, denn Anwir lächelte dünnlippig und nickte zu mir. »Das Gespräch mit Euch war sehr erfrischend, was haltet Ihr davon, wenn ich Euch zu einer Tasse Blut und Knochen einlade?«

Zane bebte und seine Macht pulsierte unter seiner Haut, aber ich ignorierte ihn. Ich musste mich allein vor Anwir behaupten. Ob er wirklich wie Zane eine andere, nettere Seite besaß, blieb mir ein Rätsel. »Danke, aber nein danke. Ihr wisst, dass Zane und ich viel zu tun haben.«

»Natürlich, Liebes.« Er neigte sein Haupt. »Aus diesem Grund ließen wir dich nicht zu der Ratsversammlung rufen, Zane.« Seine roten Augen fokussierten sich wieder auf meinen Fürsten. »Wir hielten es für angebracht, da deine Aufgabe, Alva zu beschützen, deine oberste Priorität sein sollte.«

Zanes Rücken hob und senkte sich unter einem schweren Atemzug. »Dennoch ist Danosc meine Stadt und alles, was in meiner Stadt geschieht, ob Ratssitzungen oder Beschlüsse, müssen von mir abgesegnet werden.«

»Außer, der Rat hat sich mit deutlicher Mehrheit durchgesetzt.« Anwir hob das Kinn und seine Schlangen hoben die Köpfe. Ich hielt die Luft an und beobachtete Zanes Reglosigkeit. »Es tut mir leid, aber du kannst dich nicht dagegen wehren.«

Zane schoss in einem Schleier aus Rauch und Feuer auf ihn zu.

Von Anwir ging eine Druckwelle aus, die mich gegen die Wand drückte und mir die Luft abschnürte.

Mit einem Schnipsen von Zane verschwand der Druck und alles um mich herum. Ich befand mich im freien Fall – von Raum und Zeit völlig unberührt. Harter Boden materialisierte sich unter meinen Füßen und als ich wieder blinzelte, befand ich mich in der Lobby des Wolkenkratzers.

Köpfe hoben und drehten sich in meine Richtung, sobald ich schnappend Luft holte. Ich rieb mir die Gänsehaut von den nackten Armen und setzte mich ungeachtet des Starrens, der in der Lobby verteilten Vampire, in Bewegung. Im Tunnelblick gefangen steuerte ich auf ein leeres Sofa zu, bevor meine wackligen Beine ihren Dienst aufgaben.

Kaum ließ ich mich auf die weichen Polster sinken und den Blick über den teuren Dekor und die schönen Papyruspflanzen gleiten, prasselten die Gedanken wie Hagel auf mich ein.

Was im Namen der Luna war passiert? Was passierte jetzt gerade?

Zane hatte sich rasend vor Wut auf Anwir gestürzt und mich mit einem einzigen Fingerschnipsen verschwinden lassen. Erneut überfiel mich die Gänsehaut, die mir Schweißausbrüche bescheren wollte, wenn ich nicht tief Luft geholt hätte, um mir in Erinnerung zu rufen, dass Zane nichts Unüberlegtes tat. Sein Angriff beruhte auf Strategie und Abwägungen, die er während des Gesprächs zwischen Anwir und mir abgewägt haben musste.

Die Aufregung legte sich und wurde von Sorge ersetzt. Was, wenn Zane den Kampf verlor? Ich sprang auf und wollte zum Aufzug stürmen, damit ich ihm Unterstützung leisten konnte, bis ich mich unter den heißen Blicken wieder setzte und mein Kleid glattstrich. Der Gedanke, Zane bei einem Kampf gegen einen Vampirfürsten helfen zu wollen, war naiv und dumm.

Selbst wenn Vampirfürsten weniger mächtig waren, sodass sie leichte Beute für Wölfe wären, würde Zane allein kämpfen können. Seine Geschichte erinnerte an blutige Taten, die seine Stärke verdeutlichten, obgleich jene Taten weitaus weniger ruhmreich in den Geschichtsbüchern der Wölfe verzeichnet standen. Außerdem würde er es mir nie verzeihen, wenn ich ihm bei einem Kampf, den er allein austragen musste, helfen wollte. Jedes, auf dem Kontinent wandelnde Wesen würde mein Eingreifen als Schwäche Zanes verstehen und ihn entweder infrage stellen oder ihn zu einem Kräftemessen herausfordern.

Das wollte ich nicht, weshalb ich im Angesicht meiner zuckenden Finger auf den Vampirfürsten wartete.

Mit jeder verstreichenden Minute rutschte ich unruhiger auf den Polstern herum und zog unweigerlich die Blicke der Vampire auf mich. Sie rochen den ungewohnten Duft von den Laubwäldern Danoscs und wussten sofort, wer ich war.

Wieder einmal wurde mir bewusst, dass wir Wölfe nicht zu den Vampiren gehören konnten. Die gespalteten Gesellschaften, die harten Vorurteile und die blutige Vergangenheit ließen eine Vereinigung beider Arten nicht zu.

Trotz meiner Rudellosigkeit und der Ungewissheit meiner Stärke, die mir nur meine Fellfarbe und mein Opfer aus jener verhängnisvollen Nacht offenbart hätte, hob ich stolz den Kopf und ließ die eisigen, misstrauischen Blicke an meiner Haut abprallen. Ich war keine dreckige, verlauste Wölfin, wie die Vampire laut der Lehrbücher des Rudels über uns sagten.

Nach einer halben Ewigkeit trat Zane vor mir aus dem Schatten einer Papyruspflanze und schenkte mir ein schiefes Lächeln.

Mir rutschte das Herz in die Hose, als ich den Blick über ihn schweifen ließ und nicht eine deplatzierte Falte in seinem makellosen, dunkelblauen Anzug fand.

»Dir geht es gut«, stellte ich überrascht und etwas atemlos fest.

Seine Mundwinkel hoben sich ein Stück, was mein Herz automatisch leichter machte. »Vorsicht, Alva. Man könnte denken, du würdest dich für mich interessieren.« Ich lächelte bei seiner Wortwahl.

»Du hast mich verschwinden lassen und bist aus dem Schatten aufgetaucht«, erinnerte ich mich.

Ich sah ihn aufmerksam an, als er die leichte Faltung in seiner Armbeuge glättete. »Das ist eine Fähigkeit, die nur wenige Vampire im Laufe ihres Lebens entwickeln.« Ich sah ihn fragend an und er erklärte: »Das *Queren*, so wird es heute genannt, erfordert Konzentration und einen starken Willen, den nur wenige besitzen. Außerdem müssen Vampire sehr viel Zeit in Übungen investieren, wozu die meisten keine Geduld haben.«

Ein Bild, wie Zane in jungen Jahren im Schneidersitz auf dem Boden saß und mit verkniffenem Gesicht trainierte, die Luft zum Flimmern zu bringen, tauchte vor meinem inneren Auge auf. Ein Grinsen stahl sich auf meine Lippen. Wie er wohl als Kind war?

Zane beugte sich zu mir hinab, seine Lippen berührten meine Ohrmuschel. »Gut festhalten, kleine Wölfin.« Er nahm meine Hand und zog mich an sich.

Die Luft kräuselte sich und begann zu flimmern, während die Welt in dem Bruchteil einer Sekunde verschwamm.

Ich klammerte mich an die körperlose Wärme und den Geruch von Tannen und frischer Erde. Gedanken und Gefühle waren mir ein Fremdwort, während ich mich verzweifelt an meinen Namen zu erinnern versuchte. Nur langsam durchbrach ich die dicke Nebelwand in meinem Kopf.

Etwas wollte uns auseinanderreißen, als wäre es nicht einverstanden, dass ich mich erinnerte. Zanes Wärme streckte sich nach mir, hielt mich fest und verscheuchte somit die überirdische Gestalt.

Leises Lachen drang an mein Ohr und ließ mich verwirrt umsehen. Wir befanden uns im Wohnzimmer von Zanes Apartment, vor dessen Fensterfront der Mond sein neues Gesicht präsentierte.

Sobald mir bewusst wurde, dass ich mich an Zanes stählernen Körper festgeklammert hatte, löste ich mich mit geröteten Wangen von ihm. Unter seinen forschenden Blicken drehte ich den Kopf in alle Richtungen, nur um ihn nicht in die feurigen Augen sehen zu müssen. Oh, wenn das, was immer zwischen uns existierte, die nächsten anderthalb Wochen so weiterging … Es wäre mein Untergang.

Kapitel 17

Der gestrige Tag brachte Licht und Schatten zum Vorschein, denn ich hatte Nyx alles von dem Vorfall mit Anwir erzählt, wobei sie sich als aufmerksame Zuhörerin entpuppte. Ihr stetiges Nicken und die klugen Fragen drangen mich in ein Redefieber, dem ich kaum entkommen konnte. Doch als ich endete und die Stille meines Zimmers sich auf uns hinabgesenkt hatte, stellte sie eine Frage, die ich nicht erwartet hatte.

»Was denkt deine Wölfin?«

Alle guten Geister hatten mich verlassen, während ich sie perplex angesehen hatte. »Nichts«, hatte ich ihr geantwortet.

Meine derzeitig noch farblose Wölfin war die wilde Seite in mir und verkörperte kein eigenständiges Wesen mit eigenen Gedanken und Gefühlen. Sie war die Verstärkung meiner wahren Gefühle und konnte mein rational denkendes Gehirn so beeinflussen, dass es mir vorkam, als wenn zwei Seelen in einem Körper lebten.

Nach weiteren Stunden heißer Diskussionen, die von einem Klopfen an der Tür unterbrochen wurden, einigten wir uns darauf, Anwir als Mörder in Erwägung zu ziehen, obwohl es zeitgleich nicht möglich wäre. Laut Nyx, sie hatte angeblich sämtliche Überwachungskameras der Stadt durchgesehen, befand sich Anwir zu dem Zeitpunkt des Mordes im Gerichtshof der Vampire.

Zu meiner Frustration musste ich Anwir auf der Liste der möglichen Täter einklammern. In der Zwischenzeit hatte ich Zane das

Büschel Haare, das ich ihm nach dem Frühstück gezeigt hatte, gegeben, damit er es in eines seiner Labore brachte. Es sollte auf DNA geprüft werden, um es einer Person zuzuordnen.

Der restliche Tag verlief ereignislos, denn ich hatte mit Draven sämtliche Läden der Zauberei aus dem Internet angeschrieben und ihren Bestand nach Beschwörungen geprüft. Tatsächlich besaßen die Geschäfte einen öffentlichen Onlineshop, den man auf erhältliche Waren prüfen konnte.

Glücklicherweise konnte man nur bei zwei Anbietern in Danosc kristallinen Staub kaufen, der in der Beschwörung des Dämons, der mich angegriffen hatte, genutzt wurde.

Zane und ich wollten beide Zauberläden heute aufsuchen und nach den Namen der letzten Käufer fragen. Wenn uns das Schicksal hold war, erhielten wir nicht nur die Daten von dem Beschwörer meines Dämons, was für Zane wichtig zu sein schien, sondern auch Informationen über die Person, die für Amsfoort's Kreatur verantwortlich war.

Die Sonnenstrahlen küssten meine Wangen, als ich in das totenstille Wohnzimmer trat und zur Kücheninsel schlenderte. Mein Magen knurrte und wieder einmal wurde mir schmerzlich bewusst, dass niemand in der Küche auf mich wartete, um mir verbrannte Pancakes bei lautem Lachen und dröhnender Musik zu servieren. Jesse saß nicht mit gezücktem Besteck am Tisch und zählte insgeheim jeden einzelnen Pfannkuchen, damit er sich genau ausrechnen konnte, wie viele er heimlich essen konnte, ohne Aufsehen zu erregen. Nero konnte ihn für sein kindisches Verhalten nicht aufziehen und ihm vorhalten, er solle sich gesünder ernähren, weil keiner meiner Brüder bei mir war.

Ich drängte das scharfe Brennen in meiner Brust zurück und stellte eine Pfanne auf den Herd. Trübsal blasen hatte noch nie jemandem geholfen, erinnerte ich mich. Vielmehr sollte ich mich auf meine Aufgabe, den Mörder vor Ablaufen der Frist zu finden, und mich auf das heutige Ziel, Namen zu fordern, konzentrieren.

Nach einigem Suchen fand ich Eier und schlug sie mir an der Pfanne auf. Mein Körper brauchte die Proteine und Fette. Ein einfacher Toast mit Butter gesellte sich auf den Teller.

Inzwischen drehte ich die Hitze der Platte runter und wartete sehnsüchtig auf mein Frühstück. Fett spritzte mir zischend auf die Arme. Ich sprang erschrocken zurück und prallte gegen etwas Hartes. Mit weit aufgerissenen Augen wirbelte ich herum.

»Du!«, zischte ich und verengte die Augen. »Habe ich dir jemals gesagt, dass du zu den ungelegensten Zeiten, an den unpassendsten Orten bist?«

Zanes Lächeln wurde mit jeder verstreichenden Sekunde ansteckender. Er lehnte sich an die Kücheninsel und stützte die Arme hinter ihm ab. »Der glorreiche Mut der Wölfe wird von spritzendem Fett herausgefordert.« Er lachte und ließ meine Frage unkommentiert.

Ich verzog den Mund. »Du urteilst zu voreilig.«

»Wieso sollte ich, du bist förmlich in die Luft gegangen?« Er trug kein Oberteil, was mir erst jetzt auffiel.

Ich konnte mich nicht zurückhalten, mein Blick flog über seinen Körper und erspähte kräftige Arme und stählerne Bauchmuskeln, die unter einer breiten Brust ruhten. Anerkennung flackerte in mir auf, er musste mindestens genauso hart trainieren wie die männlichen Wölfe, um mit ihnen mithalten zu können. Sein Lächeln weitete sich in ein Grinsen, als er meine neugierigen Blicke bemerkte.

In der brennenden Hitze gefangen, drehte ich mich zu meinen brutzelnden Eiern und belud meinen Teller. Zane nahm mir die Pfanne ab, achtete darauf, dass ich den heißen Teilen nicht zu nahe kam, und ließ kaltes Wasser in sie laufen.

»Vampire und Wölfe sind nicht füreinander geschaffen. Sie sollten nicht einmal im gleichen Haus leben«, erinnerte ich ihn.

Zane sah über seine Schulter, stellte die Pfanne auf eine kalte Herdplatte, und musterte mich von Kopf bis Fuß. »Wer sagt das?«

»Das ist eine Tatsache«, antwortete ich und balancierte mein Essen zu dem, aus Kirschbaumholz geschnitzten, Esstisch. Im Augenwinkel beobachtete ich, wie er den Kühlschrank öffnete und sich nach den obersten Ablagen streckte. Seine Rückenmuskulatur spannte sich an und zog sich in die Länge. Mein Mund wurde trocken.

Ich setzte mich eilig an den Tisch, mit dem Rücken zu ihm. Der Teller fühlte sich glitschig an und rutschte mir beinahe aus der Hand.

»Bist du dir sicher?« Der Stuhl neben mir wurde geräuschvoll zurückgezogen.

Ich starrte stur in den Raum und machte mich über mein Essen her. Zane war ein Vampir – ein Feind von uns Wölfen. Trotzdem verhielt er sich nicht wie mein Gegner und unterstützte mich mehr, als ich es mir am Anfang vorgestellt hatte.

»Es gibt keine Regel, kein Gesetz und keine Vorhersagung, die besagt, dass Wölfe und Vampire nicht zusammen in Frieden leben können«, meinte er und spähte auf meinen leerer werdenden Teller. Sein Magen knurrte geräuschvoll und veranlasste ihn dazu, an seinem Getränk zu nippen. Er verzog den Mund und schraubte den Deckel zu.

Ich biss in das Brot und sah nur flüchtig zu ihm hinüber. Er rollte den Thermobehälter zwischen seinen Händen und beobachtete mich. »Und was ist mit Nyx? Ihren Eltern? *Das* bestätigt eindeutig, dass wir nicht zusammengehören. Die Vorschriften, die uns Wölfen verbieten, unsere tierische Gestalt in den Städten anzunehmen, gibt es nicht grundlos. Ebenso wenig ist es euch Vampiren verboten, in den Wäldern zu jagen und länger als einen Tag im Territorium eines Rudels zu verweilen.«

Er seufzte und schob den Thermobehälter beiseite. »Die Regeln zwischen unseren Arten wurden geschaffen, um die Wölfe vor den Vampiren zu schützen und die Vampire vor den Wölfen. Es herrschten Zeiten, in denen wir uns aufs Grausamste bekämpft hatten, was die Vernichtung vieler Blutlinien zur Folge hatte. Doch all die Schmerzen wurden von den großen Anführern alter Zeiten heraufbeschworen. Sie säten Zwietracht in unseren Herzen und ließen Städte brennen.« Er schauderte. »Vor ihrer Zeit kamen wir gut miteinander aus.«

»Was soll das heißen?«, fragte ich atemlos und legte die Stirn in Falten. »Dass der große Krieg kein unausweichliches Ereignis war?«

Unter seinem Nicken zogen blutige Schlachtfelder und hungrige Wölfe mit noch durstigeren Vampiren in seinen Augen auf.

»Irgendwann werde ich vielleicht die Zeit finden, dir mehr von den Vampiren zu erzählen.« Er schraubte den Thermobehälter auf und schnupperte daran. Der Geruch von Blut stieg in meine Nase und erinnerte mich an die Nacht des Blutrituals.

Bilder von einer Jagd, dem an mir vorbeifliegenden Wald mit dem Gestank von frischem Blut flogen an mir vorbei. Meine Gestalt war kleiner und viel stärker, aber tödlich und so schnell wie der Blitz. Ich holte Luft und schüttelte die Erinnerung mit dem merkwürdigen Prickeln meiner Haut ab.

»Was ist das für ein Blut?«, fragte ich und reckte die Nase. Es musste einen Grund haben, wenn ein Teil meiner Erinnerungen bei dem Geruch von Blut zu mir zurückfand.

»Angeblich ist es das Blut eines Ebers.« Er rümpfte die Nase. »Aber ich würde Draven bei seinen Worten nicht vertrauen.«

Ich zog die Augenbrauen hoch und schob den Teller weg. Der

Hunger war mir vergangen. »Wieso solltest du ihm nicht vertrauen?«

»Seine bevorzugte Nahrungsquelle ist das Blut eines Menschen.« Er bemerkte meinen entsetzten Blick und erklärte schnell: »Natürlich kauft er das Blut in den dementsprechenden Läden, die ihre Ware aus den Leichenschauhäusern bekommen. Allerdings bevorzuge ich tierisches Blut. Ich kann mich mit dem Gedanken nicht anfreunden, etwas von einem Wesen zu nehmen, das uns so ähnlich ist.«

Ich stützte den Kopf auf die Hände und beobachtete gebannt, wie er den Behälter an die Lippen setzte und ihn mit großen Schlucken lehrte. Insgeheim bewunderte ich ihn für seine Ehrlichkeit, da ich wusste, sofern das Rudel eine zuverlässige Quelle war, wie ungern Vampire über ihre Nahrung redeten. Es war ein sehr persönliches Thema, weshalb ich Zanes Offenheit zu schätzen wusste und das dringende Bedürfnis verspürte, ebenfalls etwas Persönliches mit ihm zu teilen.

Doch die Sprachlosigkeit überkam mich, als er den Behälter absetzte und Blut auf seinen Lippen schimmerte. Ich wollte die Finger ausstrecken und es wegwischen, ihm meinen Mut beweisen, wie in dem Moment, als er meine Finger in den Mund genommen hatte. Bei dem Gedanken wurde mir wohlig warm.

Zane wischte sich das Blut weg, bevor ich ihm zuvorkommen konnte und vertrieb die Wärme.

Verflucht, Alva! Seit wann erschüttert dich ein Vampir?

Kapitel 18

Zane querte uns direkt vor die Tür des ersten Ladens.

Es ging so schnell, dass ich mich fragen musste, warum wir die Art der Bewegung nicht vorher genutzt hatten. Eine Stimme flüsterte mir ins Ohr, dass es ihm unangenehm war. Eine andere Stimme beteuerte mir, dass er gerne den längeren Weg wählte, um mich mit seinen teuren, neuen Autos zu beeindrucken. Beides war lächerlich, denn Zane kannte weder das Wort unangenehm, noch wollte er mich beeindrucken.

Der Vampir schenkte mir einen kurzen Blick, bevor er das Reverse seiner Anzugjacke gerade zog und sich in Bewegung setzte. Er hielt mir die Ladentür auf, dessen grüne Farbe verblasst war, und ließ mich an ihm vorbei treten. Ich spürte Zanes Präsenz direkt hinter mir.

Das Innere des Geschäfts wurde in dunkle Möbel aus altem Holz und Kerzenlicht gehüllt. Schwere Gardinen bedeckten die wenigen Fenster, sodass der kleine, von Kisten und Antiquitäten geprägte Verkaufsraum umso unheimlicher wirkte. Kein Sonnenlicht drang auf meine Haut, was sich merkwürdiger anfühlte, wenn die Sonne jeden Tag die Straßen zum Brennen brachte.

Zane schlüpfte elegant an mir vorbei und trat zum unbesetzten Tresen am Ende des Raumes. Er betätigte eine Glocke, deren Klingeln die Stille zerfraß.

Mir wurde mulmig zumute, als ich den Blick über ausgestopfte, zur Schau gestellte Tiere gleiten ließ, und wollte gerade vorschlagen zu gehen, als ein kleiner Mann erschien. Er lächelte grimmig und postierte sich hinter dem Tresen.

Zane wartete nicht auf eine Aufforderung, sein Anliegen vorzutragen, sondern sprach den Menschen unverblümt an. »Seid Ihr der Ladenbesitzer?«

Der Mann, mit dem wilden, feuerroten Haar, nickte stumm.

Ich trat neugierig näher und musterte seine vernarbten Hände vor dem rundlichen Bauch mit dem ausgewaschenem Kittel. Frische Kratzer verunstalteten sein faltiges Gesicht, nur die Knubbelnase war verschont geblieben.

»Gut, ich brauche die Namen derer, die in den letzten zwei Wochen kristallinen Staub gekauft oder nach Dämonenbeschwörungen gefragt haben«, forderte Zane. Wenn er glaubte, der Mensch würde ihm ohne Gegenleistungen oder Widersetzen die Daten seiner Kunden geben, musste der Vampir noch viel lernen.

Der Mann richtete seinen Blick auf mich und zuckte kaum merklich zusammen. Zane drehte sich zur Hälfte zu mir und sah mich fragend an, aber ich hob nur eine Schulter.

Was war das? Die Frage schienen wir uns gleichzeitig zu stellen.

Anscheinend war ich es, die noch viel zu lernen hatte.

Mit zitternden Händen zog der Ladenbesitzer einen Zettel unter dem Tresen hervor und schrieb zwei Namen auf ein weißes Papier. Als ich die Finger nach dem Blatt ausstreckte, hielt der Mensch merklich die Luft an und atmete erleichtert aus, sobald ich mich in den Hintergrund zurückzog.

Zane bedankte sich und kurz darauf fanden wir uns wieder auf der von Sonnenlicht überfluteten, viel zu heißen Straße.

»Das war …«, fing ich an.

»Kurios?«, fragte Zane und nahm mir den Zettel aus den Händen.

Ich nickte. »Ja, ich dachte, er würde sich wehren.«

Zane nickte gedankenverloren und fuhr sich mit dem Daumen über die Unterlippe. »Er muss deine Energie gespürt haben.« Er sah mich eindringlich an, dass mir warm in der Brust wurde. »Wenn er einmal einen Wolf beschworen hat, wird er das Gefühl des fremden Energiestroms gespürt und sich nun daran erinnert haben. Menschen sind sehr sensible Wesen, die jede kleinste Veränderung sofort wahrnehmen«, erklärte er mir geduldig.

Die am Gerichtshof vorbeiziehenden Menschen machten automatisch um die Wächter einen großen Bogen, erinnerte ich mich und schauderte bei dem Gedanken an die ausdruckslosen Mienen und die starre Körperhaltung. Selbst wenn ich mit Zane auf den Straßen unterwegs war, wechselten die Menschen rechtzeitig den Fußweg oder umrundeten uns mit so viel Abstand, dass Beobachter glauben könnten, wir trügen eine gefährliche Krankheit in uns.

»Der Weg zum nächsten Geschäft ist nicht weit«, teilte mir Zane mit und bot mir seine Hand an.

Ich legte meine Finger um seine und machte mich auf das Flimmern der Luft bereit, dass das Queren der Landschaft ankündigte. Allerdings, zu meiner Überraschung, zog er an meiner Hand und setzte sich in Bewegung.

Meine Ohren brannten bei dem Gedanken, dass Zane und ich zu unserem nächsten Ziel spazierten – *Händchen haltend.*

Wölfe und Vampire gehörten nicht zusammen. Wir hassten uns, wir bekämpften uns, wir wollten uns vernichten.

Die Natur hatte uns zu Feinden gemacht und die Vergangenheit letztlich dazu verbannt, nie Frieden zwischen den Arten zu finden. Die Götter ließen niemals zu, dass sich bei uns mehr als leidenschaftlicher Hass entwickelte. Nicht einmal der göttliche Segen, den sie zu ihren Lebzeiten verteilt hatten, indem sie sich Lieblinge aussuchten und sie mit ihren Gaben auszeichneten, würde uns zusammenbringen können.

Außerdem war Zane ein Vampirfürst, ich eine verstoßene Wölfin. Wir passten nicht zusammen.

Das Rudel würde mich nie aufnehmen, wenn sie mich in diesem Augenblick sehen würden, es würde mich gänzlich von sich stoßen und somit mir meinen sehnlichsten Wunsch, meine tierische Seite zu beherrschen, verwehren. Ich wäre nicht nur mein gesamtes Leben allein und auf mich gestellt, ohne auf Hilfe von meinen Brüdern oder anderen Wölfen zu hoffen, ich wäre auch eine wandelnde Zielscheibe für die Vampire. Als Rudellose brauchten sie keine Konsequenzen, für sämtliche Vergehen zu fürchten, da sie niemand zur Rechenschaft ziehen wird. Ich wäre bedeutungslos. Mein Magen drehte sich, ich mochte mir gar nicht vorstellen, was mir ein rachsüchtiger Vampir antun könnte, wenn bereits die zwei Vampire im *Rabbit* meine Grenzen eingerissen hatten.

Trotz aller Gedanken, trotz aller Ängste und Zweifel erwischte ich mich dabei, wie sich meine Muskeln entspannten.

Zane und ich schlenderten an einigen bunten Ladenzeilen vorbei, wechselten einige Male die Straßenseite und fanden uns bald im Bezirk des *Old Market* wieder.

Dieser im Westen gelegene Teil der Stadt war der Älteste und Schönste. Er erinnerte an die Zeit, als noch wir Wölfe über die Stadt regiert hatten, bevor wir sie nach dem Abkommen an die Vampire abgeben mussten, um den Frieden zu wahren.

Die ehemaligen Salzspeicher aus dickem Backstein erhoben sich mit ihren zahlreichen Fenstern und spitzen Dächern in den blauen Himmel. Früher hatte das weiße Gold die Stadt durch aktiven Handel und den direkten Zugriff auf den *Thurgon Rill* reich und berühmt gemacht. Im Gegensatz zu vielen anderen Städten hatte Danosc den Überblick über seine Finanzen beibehalten und profitierte noch heute über die zentrale Lage auf dem Kontinent, um weiterhin zu wachsen und den Wohlstand der Bevölkerung zu mehren.

Nachdem Zane und ich den letzten Laden auf unserer Liste erreicht hatten, stand die Sonne hoch am Himmel.

Kaum betraten wir das Innere des Zauberladens, mit der weißen Fassade, war ich umso verblüffter, als uns eine Frau mit einem strahlenden Lächeln und zwei Gläsern Wasser in Empfang nahm.

»Willkommen, wie kann ich Ihnen behilflich sein?«, fragte sie höflich und hielt uns die Gläser auf einem vergoldeten Tablett hin.

Zane lehnte dankend die Erfrischung ab und ignorierte den enttäuschten Blick der jungen Frau in ihrem Bleistiftrock und der rosa Bluse. Um sie nicht weiter zu kränken, nahm ich ihr das andere Glas entgegen und bekam das herzlichste Lächeln geschenkt.

»Kommt ruhig herein, wir haben diese Woche ganz wunderbare, neue Dinge in unserem Sortiment, die es sich auszuprobieren lohnt.« Sie winkte uns zu und zeigte auf eine Wand voller bunter Fläschchen, die ordentlich und nach Farben sortiert in einer Glasvitrine funkelten.

Der gesamte Verkaufsraum strahlte vor reinem Weiß und geschliffenem Glas, das von Sonnenstrahlen getränkt wurde. Es wäre ein schöner Laden, wenn ich nicht wüsste, wie gefährlich die Verkaufsartikel sein konnten.

»Vielleicht wollen Sie den grimmigen Freund dazu bringen, Sie zu lieben?«, fragte sie mich und deutete zu den pinkfarbenen Flaschen und dann auf Zane. »Oder Sie wollen ihm Warzen wachsen lassen, wenn Sie sauer auf ihn sind?« Ihre Hand wanderte zu den giftgrünen Farben.

Ich musste mir ein Lachen verkneifen. Wie Zane wohl reagieren würde, wenn er am nächsten Morgen mit grässlichen Warzen im Gesicht aufwachen würde? Begeistert wäre er auf keinen Fall, eher rasend vor Wut und zerstörerisch? Definitiv.

»Nein, danke.« Ich ließ meinen Blick zu Zane schweifen. Er streckte die Hand nach einem offenen Buch aus und drehte das Buch auf den Bauch, um den Klappentext zu lesen. »Mir gefällt er, so wie er ist«, murmelte ich leise.

Ich glaubte, ihn in der Bewegung innehalten zu sehen, als er auch schon das Buch wieder an der Stelle aufschlug, wo er es zugeschlagen hatte und sich an die Verkäuferin wendete. »Verkaufen Sie Beschwörungen?«, fragte er und warf mir einen warnenden Blick zu, als ich das Wasserglas an die Lippen setzte.

Langsam ließ ich die Hand sinken und stellte das Getränk an einem nahen Regal ab.

Die Frau nickte und führte uns zu einer Abteilung, die von weißen Bücherregalen geschützt wurde. Sie fuhr einen alten Buchrücken entlang und fragte: »Welche Art der Beschwörung wollen Sie bedienen? Wir besitzen Beschwörungen von verstorbenen Familienmitgliedern bis zu Geistern aus Orkus' Reich.«

Ich stemmte die Hände in die Hüften. »Wir wollen uns nach Dämonenbeschwörungen erkunden. Dazu bräuchten wir kristallinen Staub. Haben Sie so etwas für uns?«

Die Frau drehte sich zum Bücherregal, griff nach einem abgewetzten Einband und schlug es auf. »Natürlich«, murmelte sie und ließ das Buch fallen. In dem Moment, als es den Boden berührte, zischte sie ein Wort.

Silberne Netze schossen auf mich zu und brannten sich in mein Fleisch. Schwere Kugeln brachten mich zum Fallen, einen Moment später kroch mir der Geruch von Verbranntem in die Nase.

»Zane!«, rief ich eine Warnung. Ein weiteres Netz schoss aus dem Buch und hielt direkt auf ihn zu.

Er drehte sich gerade rechtzeitig um, sah das fliegende Netz mit den schweren Kugeln auf ihn zu zischen und hob die Hand. Mit einer wischenden Bewegung löste es sich in seine Einzelteile auf. Ich holte erleichtert Luft, was nicht die Angst mindern konnte, die sich in mein Herz schlich.

Das Netz hielt mich am Boden und machte mich vollends bewegungsunfähig. Ich konnte meine Krallen nicht beschwören, um mich aus den brennenden Netzen zu befreien, die sich in meine Haut fraßen und einen stechenden Schmerz auslösten. Das Gefühl der Stärke verschwamm mit der Scharfsinnigkeit und zog sich vollends aus meinem Griff.

Panik überkam mich in Wellen und ließ mich wie ein Fisch an Land zappeln, sobald mir bewusst wurde, dass die tierische Seite in mir, die ich seit Kindesalter wie eine leichte Feder auf meiner Haut spürte, nur noch eine Erinnerung meines menschlichen, schwachen Gehirns war.

Meine Wölfin war verschwunden, zurück blieb ein gebrechlicher Mensch.

Kapitel 19

Meine Wölfin war fort.

Die Leere in mir fraß sich bis tief in meine Seele und hinterließ ein klaffendes Loch. Was passierte mit mir?

Ich schlug panisch um mich, versuchte das silberne Netz ab zuschmeißen und meine Füße zu befreien. Meine Atmung beschleunigte sich, als Tränen in meine Augen schossen. Fühlte sich so der Tod an? War das Gerechtigkeit?

Ich griff nach dem hellen Netz und riss daran, ignorierte den Geruch von verbranntem Fleisch an meinen Händen und zog mit all meiner Kraft. Ich musste hier raus, hier raus, hier raus!

Meine Kehle schmerzte und ein Schleier bedeckte mein Sichtfeld, als ich jemanden zu Boden gehen sah und die Vibration des kraftlosen Aufschlags an meiner Wange spürte.

»Zane!«, schrie ich aus Leibeskräften.

Er musste aufstehen, er durfte nicht liegen bleiben. Er musste aufstehen, kämpfen und mich beschützen, wie er es mir versprochen hatte. Die falsche Schlange einer Frau durfte nicht gewinnen!

Voll eiserner Entschlossenheit packte ich das Netz fester und wand die Füße aus einer Masche. Doch der Schmerz wurde mit jedem vergeblichen Wehren intensiver, bis mir nichts anderes übrigblieb, als meinen schwächlichen, menschlichen Körper zu schonen. Mit meiner Wölfin hätte ich es vielleicht geschafft.

Die Traurigkeit kehrte in das Loch in meinem Herzen zurück, wurde aber sofort vertrieben, als das Gefühl der zarten Feder auf meiner Haut zurückkehrte, und das Netz verschwand.

Ich sprang auf, hörte nichts anderes als zorniges Geheul und fuhr die Krallen aus. Zu meiner Verwunderung stand Zane mit verschränkten Armen und hochgerollten Hemdärmeln vor der gefesselten Verkäuferin und schenkte mir ein schiefes Lächeln.

Sein besorgter Blick glitt über mich. »Geht es dir gut?«

Zanes Anzugjacke lag über den Beinen der Verkäuferin ausgebreitet und verdeckte sämtliche Blöße, die ihr eine unglückliche Bewegung in ihrem schwarzen Rock beschert hätte. Ich sah zwischen der Jacke und dem wütenden Gesicht der jungen Frau hin und her. Sie war ihm nicht dankbar, was ich an ihrer Stelle vermutlich auch nicht wäre. Ich ließ meine Krallen aneinander klicken und war überrascht, dass sie keine Angst oder Überraschung vor meinen Krallen zeigte. Ich verengte die Augen und sah zu Zane.

Er wusste so sehr wie ich, dass der Mensch sich der Existenz von Wölfen und Vampiren bewusst war. Ihr einziger Fehler war zu glauben, Zane sei die harmlosere Gefahr.

»Willst du jetzt reden?« Zanes Stimme bebte vor Zorn.

Die Frau ignorierte ihn.

Er seufzte und fuhr sich durchs rabenschwarze Haar.

Mit bedächtigen Schritten schlich ich dichter um die Frau herum. Ich bemerkte ihre aufrechte Körperhaltung und die arrogante Art, wie sie den Unterkiefer vorschob und gegen die Regale mit den Tränken stierte. Die Furcht floh vor ihr.

»Wieso hast du das getan?« Ich blieb vor ihr stehen, was ihren Blick auf meine Krallen zog. Je genauer sie die tödliche Schärfe musterte, desto unruhiger wurde ich.

Sie verzog den Mund zu einer Grimasse. »Ich wollte einen Wolf und gegen einen Vampir hätte ich auch keine Einwände gehabt.«

Macht pulsierte in einem goldenen Tanz über Zanes Handrücken. Sein Zorn verbarg sich hinter einer ruhigen Fassade. »Woher wusstest du, dass wir keine Menschen sind?«

Ich richtete mich auf. Das war eine interessante Frage.

Die Frau lachte höhnisch und schnalzte mit der Zunge. »Man hat mir euren Besuch angekündigt.« Zane und ich warfen uns einen Blick zu. Die Frage stand ihm ins Gesicht geschrieben und wurde noch im selben Moment von der Frau beantwortet. »Wir stehen miteinander in Verbindung und wenn es Auffälligkeiten gibt, werden diese unverzüglich gemeldet. Ansonsten müssten Geschäfte wie diese schon längst schließen.«

Der Ladenbesitzer des ersten Ladens hatte mich, so vermutete Zane, als Wölfin identifiziert. Der Wandel von einem ruhigen zu einem vor Furcht zitternden Mann, vollzog sich erst, als ich einen Schritt auf ihn zugegangen war und in seine unmittelbare Nähe drang. Ich seufzte frustriert. Mir hätte vorher einfallen können, dass der Mann meine Identität an weitere Läden verraten könnte, um sie zu warnen.

»Dann ist es nur gut, dass Sie wissen, zu welchen Dingen wir fähig sind, wenn Sie unsere Fragen verweigern.« Zane schob die Hände in die Hosentaschen und beugte sich vor. Er und die Frau befanden sich auf Augenhöhe. »Wie hießen die Interessenten, die in der letzten Woche nach kristallinem Staub oder Dämonenbeschwörungen gefragt haben?«

»Ich habe viele Kunden.« Sie scheute nicht vor seinem Blick zurück. Vermutlich wusste sie nicht, wer wirklich vor ihr stand. »Ich erinnere mich nicht.«

Sein Lächeln war messerscharf. »Aus irgendeinem Grund glaube ich Ihnen nicht. Soll ich Ihnen den Grund verraten?«

Sie schüttelte den Kopf und sah aus lodernden Augen zu mir. Ich erwiderte ihren starren Blick.

»Vampire schmecken Lügen und deine sind so bitter wie Enzianwurzeln.« Damit schoss seine Hand vor. Er packte die Frau am Hals und zwang sie in seine Augen zu sehen.

Ich wollte die Grausamkeit beenden und mich auf Zane stürzen, aber er wusste, was er tat und welche Mittel erforderlich waren, um Antworten zu bekommen. Für Beweise meiner Unschuld wollte ich jede Grenze einreißen und alles niederbrennen, damit ich mein Leben vor dem ewigen Biss retten konnte und eine Chance erhielt, zum Rudel und meiner Familie zurückzukehren.

Mit verschränkten Armen beobachtete ich, wie Zane sein Feuer an die Oberfläche rief und Schatten über seine Unterarme tanzten. »Fordere dein Schicksal heraus, Mensch.« In seinen Worten klang rohe Gewalt. »Und wähle deine Worte mit Bedacht.«

Ich trat einen Schritt dichter und lenkte die weit aufgerissenen Augen der Frau auf mich. Ihr schien erst jetzt bewusst zu werden, dass Zane kein gewöhnlicher Vampir war. »Wenn du uns die Namen gibst, werden wir dein Leben verschonen.« Die Frau presste die zittrigen Lippen aufeinander. »Und selbst wenn Zane dich umbringt, werden wir jeden Stein in diesem Laden umdrehen und es sowieso herausfinden.«

Eine Träne rollte über ihre Porzellanwange. Sie sah so aus, als würde sie begreifen, dass die Gleichung sich mit ihrem Ableben nicht änderte – wir bekamen früher oder später unsere Antworten.

Knisternde Macht erfüllte den Raum und brachte die Luft zum Vibrieren, als Zane das Feuer in seine Augen rief, wie er es im *Rabbit* getan hatte. Die Frau wandte sich unter ihm und sah mich Hilfe suchend an, doch meine Miene blieb eisern, auch wenn mein Herz sich gegen diese Grausamkeit aufbäumte.

Sie hatte durch das Netz meine Wölfin von mir getrennt und mir in wenigen Minuten größere Schmerzen bereitet als irgendjemand zuvor. Ich hob das Kinn und rührte mich nicht von der Stelle. Die Sturheit der Frau verwehrte uns Informationen, die für weitere Ermittlungen entscheidend sein konnten.

Ihre Taten konnten mir den endgültigen Tod bescheren, wurde mir schlagartig bewusst. Kälte breitete sich in mir aus. Wenn sie mir ein solches Schicksal herbeiführte, sollte sie ebenfalls darunter leiden.

»Okay!«, rief sie und atmete erleichtert auf, als Zane sich schlagartig von ihr entfernte. »Ich gebe euch die Namen.«

Mit einem Wink von Zane fielen die dicken Seile von ihr ab. Seine bernsteinfarbenen Augen glommen von den letzten Funken heißen Feuers, als er mich schmunzelnd ansah und zum Tresen nickte. Er wirkte irgendwie *stolz*.

Ich folgte der Frau, die einen dicken Ordner aus einem Regal nahm und mir mit verschwitzten, zittrigen Händen einen Namen auf einen Zettel schrieb. Rasch warf ich einen Blick über die Schulter und sah Zane mit seinem Sakko über die Schulter geworfen auf mich warten.

Nachdem die Verkäuferin den Zettel in meine Hand fallen gelassen hatte, verschwand sie nach einem Fingerschnippen von Zane.

Ich steckte den Zettel in die tiefe Tasche meiner Hose und drehte mich verwirrt zu dem Vampir um. »Warum hast du das gemacht? Wo hast du sie hingebracht?«

Seine Mundwinkel zuckten nach oben. »Eine reine Sicherheitsvorkehrung«, erklärte er mir. Wir betraten die Straße, die im warmen Licht der Nachmittagssonne glänzte. »Wenn die Ermittlungen abgeschlossen sind, lasse ich sie wieder aus dem Hotelzimmer.«

»Darfst du das?«

Zane hob eine Augenbraue. »Das ist mein Reich, Alva.« Er sah zu mir hinab, als wir die Straße entlangschlenderten. »Ich kann sie in jedes Hotel stecken, ohne um Erlaubnis bitten zu müssen.«

Ich nickte und zog die Zettel mit den Namen aus meiner Hosentasche. Zane las die wenigen Namen über meine Schulter.

»Rowan Amsfoort«, lasen wir gleichzeitig.

Ich packte blind Zane an Arm und brachte uns zum Stehen. »Das könnte bedeuten, dass …« In meinem Kopf kreisten tausende Gedanken wie in einem Karussell. Ich fand kein Anfang und kein Ende. »… Lusini Amsfoort's Enkel der Mörder ist.«

Zanes Ernsthaftigkeit spiegelte die Bestätigung meiner Gedanken wider, was mich umso mehr beunruhigte. Ich ballte die Fäuste und zerknüllte das Papier in meinen Händen. Während meiner Gerichtsverhandlung hatte der junge Vampir mich freundlich angelächelt, wissend, dass ich für seine Schandtat verantwortlich gemacht wurde. Wie es aussah, hatte ich mich in seinem Lächeln getäuscht.

»Lusini Amsfoort war mit seinen Ansichten nie beliebt gewesen«, erinnerte sich Zane und legte die Füße auf den Couchtisch. Nyx, Draven und ich saßen, die Pizza essend, die wir auf dem Rückweg zum Apartment gekauft hatten, neben ihm. »Aber ich hätte nie gedacht, dass sein eigener Enkel Pläne gegen ihn schmiedete.«

Ich nickte bestätigend und nahm mir ein neues Pizzastück. Wir hatten uns auf dem Rückweg darauf geeinigt, dass Rowan Amsfoort unser neuer Hauptverdächtiger war. Natürlich hatte ich Zane von meinem Verdacht auf Anwir erzählt, aber er hatte nur den Kopf geschüttelt und gemeint, dass der alte Vampir in seinem Leben genug Gelegenheiten gehabt hätte, Amsfoort ohne Schwierigkeiten und ohne Folgen zu töten. Außerdem wäre es nicht sein Stil, die Leiche zu verstecken, da er seine Opfer gerne an öffentlichen Orten pfählte.

»Er schien immer so nett und schüchtern«, meinte Draven und

klaute die Peperoni von Nyx Pizza. Sie schlug ihm mit einem erstickten Laut, den ich noch nie in meinem Leben gehört hatte, die Finger weg. Jedoch war sie zu langsam und zielte nur Luft.

»Vielleicht ist er das auch.« Nyx ließ sich gegen die Polster fallen und streichelte ihren vom Essen gewölbten Bauch. »Ich bin so voll«, stöhnte sie.

Draven und ich lachten aus Leibeskräften, und sogar Zane ließ sich zu einem leichten Schmunzeln herab.

»Wie wäre es mit Nachtisch?«, schlug er vor.

Nyx schoss hoch. »Für Nachtisch habe ich immer Platz.«

Ich grinste und trocknete meine fettigen Finger an einer Serviette. »Ich habe überlegt, es wäre sinnvoll, wenn ich Rowan zur Rede stelle. Es ist einfacher, seine Reaktion zu deuten, wenn er vollkommen unvorbereitet ist, als weiter im Dunkeln zu tappen und auf Antworten zu hoffen.«

Zane nickte langsam und auch Draven und Nyx schienen von meinem Vorschlag nicht abgeneigt zu sein. »Sein Amtsantritt war erst vor Kurzem«, bemerkte er und stieß den leeren Karton von sich. »Er muss der Tradition der Fürsten folgen und bald Einladungen für ein gemeinsames Abendessen verschicken, damit wir ihn besser kennenlernen können.«

Ein gemeinsames Abendessen wäre die perfekte Lösung für das Gespräch mit Rowan. Ich hätte nicht nur die Gelegenheit, die restlichen Mitglieder der Elite zu beobachten, sondern auch eine ausgezeichnete Gelegenheit, um in Rowan Amsfoort's Anwesen herumzuschnüffeln. Gewiss befanden sich Hinweise in seinem Haus, wenn er der Mörder war.

Nyx stand auf und klopfte sich die Krümel von der Hose. »Jeder der Fürsten weiß, dass Zane zum Schutz verpflichtet ist, weshalb niemand Fragen stellen wird, wenn beide erscheinen.«

Ich wischte die Krümel auf meinem Schoß in den Pizzakarton

zu meinen Füßen und hörte Zane aufmerksam zu, als er sagte, »Nyx, schreibe einen Brief im Namen von Everdawn – meinem Reich – an Rowan und mache ihm bewusst, dass ich das Abendessen innerhalb der nächsten drei Tage erwarte.«

Nyx salutierte und verschwand augenblicklich in einen der Flure, um den Anweisungen Taten folgen zu lassen.

Auch Draven erhob sich und verabschiedete sich mit den Worten, dass er noch etwas Dringendes zu erledigen hatte und später noch mal Zane aufsuchen würde. Zurück blieben Zane und ich.

Ich räusperte mich und stand ebenfalls auf. »Wir sehen uns morgen.«

Damit wollte ich gehen, aber Zanes Worte hielten mich auf, als er sagte: »Du warst heute sehr mutig.«

Ich hielt inne und drehte mich mit wild klopfendem Herzen zu ihm um. Ein Lächeln stahl sich auf meine Lippen. »Du solltest dich daran erinnern, dass wir Wölfe immer mutig sind.«

Er schüttelte den Kopf und stand auf. »Aber kein Wolf hätte das Herz abgeschaltet und den Verstand trumpfen lassen.« Er blieb dicht vor mir stehen und legte die Fingerspitzen an meine Wange. Ich schauderte unter seiner Berührung und schloss die Augen, sobald sein warmer Atem über meine Lippen streichelte. Trotz aller Warnungen lehnte ich mich in die Berührung. »Außer du.«

Ich erinnerte mich an das innere Drängen, mich auf Zane zu stürzen und die Frau zu beschützen, als er die Finger um ihren Hals geschlossen hatte. Seine Macht hatte den Raum eingenommen und pulsierte so stark, dass ich den Geschmack von Feuer und Rauch auf meiner Zunge geschmeckt hatte. Jedoch hatte ich nicht einen Finger gerührt, da ich wusste, dass es meinem Ziel nicht dienlich sein würde, wenn ich mich einmischte. Letztlich hatte sie mir nichts als Qualen beschert, als sie das silberne Netz auf mich losgelassen hatte. Bei dem Gedanken der inneren Leere und den Verlust meiner Wölfin wurde mir abwechselnd heiß und kalt. Ich hatte gedacht, ich würde sie nie wieder sehen.

Schaudernd sah ich Zane in die Augen und erkannte nicht einen tödlichen Funken Feuer in ihnen, wie es das Rudel den Jungwölfen lehrte. Zane war für die Leute, die er liebte und schützte, nicht gefährlich.

Die Erkenntnis setzte sich wie ein Stein in mir fest. Nichts, was das Rudel über Vampire zu glauben schien, entsprach der Wahrheit. Sie besaßen ein Herz, ihre Berührungen fühlten sich warm auf der Haut an und nicht eiskalt wie die Hand eines Toten. Vampire konnten wie Wölfe nett und herzlich, aber genauso tödlich und unberechenbar sein. Jedoch hing ihr Umgang von den Leuten ab, die sie umgaben und wertschätzten.

Eigentlich waren Vampire wie wir Wölfe.

Ich löste mich zaghaft von ihm und drückte freundschaftlich seine Arme. Seine Unterstützung bedeutete mir mehr, als er erahnen konnte, und mehr, als ich jemals zeigen konnte. »Danke.« Damit ließ ich ihn im Wohnzimmer zurück und ignorierte die Schmetterlinge in meinem Bauch.

Kapitel 20

»Das Abendessen ist morgen!«, platzte es beim gemeinsamen Abendessen heraus.

Nyx nickte mitfühlend. »Seit ich den Brief verschickt habe, sind zwei Tage vergangen.« Sie räusperte sich und nippte an ihrem Wasserglas. »Es war zu erwarten.«

Draven schaufelte sich die Kartoffeln in den Mund. »Keine Sorge, Alva.« Er kaute und schluckte den Bissen herunter. »Bis dahin bringt dir jemand bei, wie man anständig isst.«

Ich zog die Brauen hoch. »Das sagst gerade du?«

Er zuckte die Achseln und deutete mit seiner Gabel auf Zane. »Er ist der, der an solchen Zusammenkünften teilnehmen muss. Nicht ich.« Er tupfte sich die Mundwinkel ab und trank einen Schluck Blut aus der Thermosflasche vor ihm.

Vampire konnten feste Nahrung zu sich nehmen und taten dies auch gerne, obwohl sie auf die regelmäßige Zufuhr von Blut angewiesen waren. Zum Glück nahmen Zane und Draven Rücksicht und tranken ihr Blut aus luftdichten Behältern, dessen Inhalt von einem grauen Edelstahl versteckt wurde.

Vor ein paar Tagen hatte ich Nyx gefragt, ob sie kein Blut trinken müsse, da sie nur eine halbe Vampirin war und wir Wölfe auf Blut nicht angewiesen waren. Sie hatte mir zugestimmt und erzählt, dass sie Blut einmal getrunken hatte, aber die Dickflüssigkeit nicht mochte.

Zane nickte Nyx zu und erhob sich. »Wir sehen uns morgen.«

»Wo willst du noch so spät hin?«, fragte ich und sah aus der

Fensterfront. Die Luna stand hoch am Himmel und läutete mit ihren weißen Strahlen die Nacht ein. Ob die Haut ihrer auserkorenen Augensterne ebenfalls so wunderschön schimmerte? Mein Herz wurde wehmütig bei dem Gedanken, ihre Strahlen auf der Haut zu tragen. Ich erinnerte mich an den einzigen Gesegneten der Luna, den sie jemals auserkoren hatte. Die Silva Inferna, eine wunderschöne, weiße Wölfin sollte laut den Legenden wie der Mond geschimmert haben, wenn sie ihre tierische Gestalt annahm. Ich wünschte, ich hätte sie einmal gesehen. Doch sie starb in den langen Kriegen gegen die Vampire in einem Hinterhalt, den ihre eigenen Leute zu verantworten hatten, denn sie hatten sich von ihrer unbegreiflichen Macht bedroht gefühlt. Letztlich verleitete die schreckliche Tat die Luna dazu, niemals wieder einen Liebling mit ihren Gaben auszustatten.

Zane verschloss mit geschickten Fingern die Anzugjacke und trat zum Aufzug. »Ich muss noch eine Kleinigkeit erledigen.«

Ich nickte und wollte gerade fragen, wann er zurück ins Apartment kommt, als Draven sein Wort erhob, »Taylor hat die Ergebnisse zu dem Haarbüschel.«

Wie bitte? Ich ballte die Fäuste unter dem Tisch. Wollte Zane etwa ohne mich losziehen?

»Ich komme mit.« Bevor jemand Einwände erhob, sprang ich auf und eilte zum Vampir.

Zu meiner Frustration schüttelte er den Kopf und trat einen Schritt zurück. »Der Tartaros ist gefährlich und Wölfe werden nur ungern gesehen«, erklärte er mit sanfter Stimme und streckte seine Hand nach mir aus. Ich wich zurück, weshalb sich Zanes Miene verhärtete. »Ich würde dich nur in Gefahr bringen, wenn ich dich mitnehmen würde.«

Ich schüttelte den Kopf und wollte gerade etwas erwidern, als Nyx mir zuvorkam. »Alva, der Tartaros ist wirklich gefährlich.«

Die Anspannung in ihrer Stimme war nicht zu überhören. »Glaub mir, wenn ich dir sage, dass keiner von uns länger als nötig an diesem Ort bleiben will.«

Tartaros war die Bezeichnung für einen Teil der Unterwelt, die bei den Menschen als Hölle bezeichnet wurde. Orkus, der Gott der Unterwelt, bestrafte und folterte in diesem Teil seines Reiches die Toten und galt als grausamster Gott. Ein unangenehmes Schaudern überkam mich wie Nieselregen an kalten Tagen. Zane besaß nicht die Fähigkeit in das Reich der Finsternis zu dringen, weshalb es einen Ort geben musste, der so schrecklich wie das Reich des Orkus war. Nicht umsonst würde es den Namen Tartaros tragen.

Ich nickte und erhielt den schwachen, tückischen Funken in meiner Brust. »Okay.« Ich zog den Kopf ein und beschritt den Weg zu meinen Räumen. »Gute Nacht«, wünschte ich über meine Schulter. Zanes Blick bohrte sich in meinen Rücken.

Unsere Blicke begegneten sich, als ich in meinem Zimmer verschwand und die Tür mit einem leisen Klicken hinter mir schloss. Ich sperrte die von Misstrauen verpestete Luft aus und stürzte ins Ankleidezimmer. Wenn die Vampire wirklich glaubten, ich würde so schnell aufgeben, hatten sie mich noch nicht kennengelernt. Denn egal, wie gefährlich der Tartaros war, ich besaß Krallen, mit denen ich mich verteidigen konnte.

Ich hatte das Rabbit überlebt, die Götter standen auf meiner Seite, ich würde auch den Tartaros überleben – oder nicht?

Danosc. Eine Stadt aus vielen bunten Leuten und abertausenden Geschäften. Sie alle bildeten den Kern, standen für eine Stadt der Individualität und Freiheit. Doch, wenn man wusste, wer ihr wahrer Besitzer war, breitete sich eine Gänsehaut über den gesamten Körper aus. Wie war es möglich, dass jemand eine Stadt wie diese als *sein Eigentum* betiteln konnte?

Deshalb musste mein Plan gut durchdacht sein. Ich schätze, Zane hatte überall seine Leute. Die Frage war nur, wussten sie, wer ich war? Ahnten sie, dass ich das Apartment ohne vampirische Begleitung verlassen hatte? Gerade heute Nacht?

Es war kurz vor Mitternacht gewesen, als ich mich endlich aus dem Haus stehlen konnte, nachdem Draven und Nyx sich in ihren Räumen zur Ruhe begeben hatten.

Trotz aller Umstände hatte ich mich gut auf den Tartaros vorbereitet. Nach einer ausführlichen Dusche mit der Benutzung von sämtlichen Lotionen und Duftstoffen verschwand der Geruch meiner Wölfin und wurde von dem blumigen Duft einer Sommerwiese ersetzt. Ich rümpfte die Nase und tastete nach dem scharfen Küchenmesser in meinem Gürtel. Die Angst, meine Wölfin durch magische Fesseln zu verlieren, wurde nach dem Besuch im Zauberladen immer größer, weshalb ich seitdem immer eine scharfe Waffe bei mir trug.

Ich ging in den Massen der Metropole unter, als ich mir einen Weg durch sie bahnte. Keiner achtete auf mich, keiner drehte sich nach mir um und keiner sprach mich an.

Die Metropole glich einem Karussell aus Lichtern, die in Form von Leuchttafeln, blinkenden Werbeschildern und riesigen Bildschirmen unterging. Das grelle, blinkende Licht bereitete mir stechende Kopfschmerzen, bis meine Augen brannten. Meine Sicht verschwamm und lag unter einem dichten Tränenschleier.

Autos hupten und brausten über die breiten Straßen, die sich zwischen den Rennbahnen entlang schlängelten. Eine Frau rammte mir ihren Ellenbogen in die Seite. Ich sog scharf die Luft ein, als mich ein heftiger Schmerz durchfuhr und auf meine

Lungen drückte. Ich sah sie an, doch sie ging unbeirrt weiter, bemerkte mich nicht. Sie war viel zu abgelenkt und ließ sich von den bunten Lichtern blenden.

Ich vergaß die Frau schnell und ging wie eine unter Tausenden in der Masse unter. An einer roten Ampel kam ich zum Stehen, hörte das harte Rollgeräusch der Autos auf Asphalt dröhnen und roch den Gestank von Abgasen.

Ich rieb mir nervös über die nackten Arme und zog mein Oberteil zurecht. Ich musste mich beeilen, bevor der Geruch der Menschen den Duft von sattem Moos und stolzen Kiefern verdrängte.

Die Straße verbarg sich hinter Mauern aus Rücken und nur die Geräusche von harten, rollenden Reifen bestätigten die Existenz einer stark befahrenen Straße. Doch genau dort wehte der Geruch von Zane, der mich in den Weg zum Tartaros leiten sollte.

Ich sah nervös auf meine Armbanduhr. Die Zeit verging wie im Flug und ich befürchtete, die Massen verlangsamten mich dermaßen, dass ich Zanes Spur verlor. Fest stand, dass ich mich beeilen musste, denn ich wollte unbedingt mit ihm die Ergebnisse von der Analyse des Haarbüschels, das ich am Ort des Mordes gefunden hatte, erfahren.

Die Menschen setzten sich wie Soldatenreihen einer Armee in Bewegung, als ein schwaches Grün die Dunkelheit durchdrang. Ich atmete erleichtert aus, sobald wir uns in Bewegung setzten und ich mit ihnen über den verblassten Zebrastreifen marschierte.

Leise Musik und Trommelwirbel drang in meine Ohren und wurden mit jedem herannahenden Schritt auf den dunkelgrauen Platten immer lauter. Nach wenigen Metern setzte ein tiefer Gesang ein, der meine Armhärchen zu Berge stehen ließ. Am Rande meines Sichtfeldes erkannte ich eine kleine Gruppe von

Straßenmusikern. Sie tanzten und sangen zu jedem wilden Trommelstoß, sprangen in die Luft und rissen die Zuschauer in einen magischen Bann von Applaus und Jubelrufen. Ihre weiten Leinenhosen wehten bei jedem ihrer Luftsprünge und blähten sich in den schwachen Windzügen, die vom *Thurgon Rill* wehten, auf. Auf ihren nackten Oberkörpern umschlangen sich grüne, gelbe und orange Linien, die zu ihrem Armen führten und ihre Finger umspielten.

Trotz des Zeitdrucks, der mir wie eine Klinge im Nacken saß, stahl sich ein Lächeln auf meine Lippen, während die Musik jeden meiner Schritte beflügelte. Heute war ich nicht gekommen, um mich zu amüsieren, erinnerte ich mich. Ich hatte eine Aufgabe: Zanes Spur verfolgen und in den Tartaros gelangen. Wenn er glaubte, mich bei meinen eigenen Ermittlungen zurücklassen zu können, nur weil es zu gefährlich wurde und ihn seine Aufgabe anstrengte, hatte er sich gewaltig geirrt. Ich würde ihn finden und ihm klarmachen, dass ich mit seiner Entscheidung nicht einverstanden war. Danach würden wir *gemeinsam* die Ergebnisse der Analyse des, am Tatort gefundenen, Haarbüschels in Empfang nehmen.

Mir flog ein schwacher Duft von Kiefern und Moos entgegen, der bestätigte, dass ich der richtigen Fährte folgte. Sobald ich den Wolkenkratzer verlassen hatte, schlug mir augenblicklich sein Geruch entgegen. Seitdem folgte ich ihm und spürte, wie sein Odeur immer intensiver wurde.

Am Rande der Rennbahn glitzerte ein goldiger Funke. Ich hielt die Luft an und drängte mich aus der Menge, damit ich mich in den Schatten eines Casinos verbergen konnte. Da war er!

Zane kniete am Anfang einer Gasse und presste seine flache Hand auf den Boden. Seine Augen flogen in meine Richtung und ließen mir das Blut in den Adern gefrieren. Ich hielt die Luft an und presste mich an die abgedunkelte Hauswand. Hatte er mich gesehen?

Mit wild schlagendem Herzen spähte ich über das Blinklicht der Werbetafeln und erkannte, wie Zanes Hand aufleuchtete. Es war dasselbe Leuchten wie in jener Nacht vor dem *Rabbit* – hell und goldig schimmernd.

Ich sah mich eilig um. Passanten zogen an uns vorbei, gingen ihrer Wege und sahen neugierig in die bunten Schaufenster. Manche kauften sich ein Eis und schlenderten am Rande des Gedränges, beobachteten das Treiben. Menschen überrannten sich beinahe und drängten aneinander vorbei, nahmen dabei kaum Rücksicht. Ein komisches Gefühl nistete sich in meiner Magengrube ein und ließ meine Aufmerksamkeit zu Zane wandern. Was hatte er vor?

Das Licht um seine Hand wanderte in dünnen Strängen sein Handgelenk hinauf, bis es unter sein Hemd drang. Schweiß bildete sich auf meinen Handflächen, als ich ihn atemlos beobachtete. Ich fühlte mich wie eine Straftäterin, die in wenigen Minuten auf frischer Tat ertappt werden würde.

Licht pulsierte um ihn und wurde schlagartig heller. Ich kniff die Augen zusammen und öffnete sie erst, nachdem die Helligkeit so schnell verschwunden war, wie sie gekommen war.

Zane wirkte, wie vom Erdboden verschluckt.

Luft floh aus meinen Lungen, bis ich das Gefühl hatte, nicht mehr atmen zu können. Ich stürzte aus meinem Versteck und ging dort auf die Knie, wo ich Zane zuletzt gesehen hatte. Meine Hände flogen über den warmen Boden. Nichts. Ein heftiges Beben durchfuhr meinen Körper und brachte die Welt ins Wanken.

Die Luft hatte nicht geflimmert, rief ich mir in Erinnerung.

Zane konnte nicht die Landschaft gequert haben, er hatte stattdessen etwas anderes getan, um in den Tartaros zu gelangen.

Ich presste die Lippen aufeinander, als mich die Verzweiflung überkam. Hatte er gewusst, dass ich hier war?

Jedoch stand eins fest: Ich hatte keine Chance Zane zu folgen, denn er war verschwunden und mit ihm der berauschende Duft von Kiefern und Moos.

Kapitel 21

Menschen strömten ungeachtet an mir vorbei. Sie warfen nicht einen Blick in meine Richtung, denn in Danosc war Andersartigkeit normal. Hier war ich eine unter Millionen. Dazu gab es Tausende von verrückten Wesen, die durch Danoscs Straßen streiften. Dass ich wie eine Besessene den Boden absuchte, den Kopf in alle Richtungen warf, war so gewöhnlich wie Fensterputzen.

In meinem Augenwinkel registrierte ich die Ampel und die selbst bei Nacht stark befahrene Straße, so wie die grell leuchtenden Geschäfte um mich herum. Ich kniff die Augen zusammen und stierte die Rennbahn hinab, die mich immer weiter zum Stadtkern führen würde, wenn ich ihr folgte. Kein goldiges Glitzern, keine rabenschwarzen Haare, keine im Mondlicht aufblitzenden Zähne. Nichts.

Zane war verschwunden. Einfach so.

Er musste etwas im Boden aktiviert haben, so wie er die Tür zum Reich von Rowena geöffnet hatte. Jedoch hatte kein leises Murmeln die Luft zum Vibrieren gebracht, denn seine sündhaften Lippen hatten sich keinen Millimeter bewegt. Die Stirn runzelnd, sah ich mich um. Wie war er verschwunden?

Ein penetrantes Brennen, das mich innehalten ließ, wanderte meinem Rückgrat hinab. Ich ignorierte es, obwohl ich wusste, dass mich jemand beobachtete. Trotz des unangenehmen Prickelns in meinem Nacken, kniete ich mich wieder zu der Stelle, die Zane mit der Handfläche berührt hatte.

Ich stützte mich mit den Händen an den Platten ab, führte das

Ohr zum Boden und lauschte mit angehaltenem Atem. Füße stampften in unregelmäßigen Abständen auf die Rennbahn ein, quietschende Autoreifen und das Raunen der vorbeiziehenden Menschen drangen zu mir durch, sie vermischten sich mit dem Gestank von Abgasen und Schweiß. Ich schnaubte frustriert und rappelte mich auf. Es war unmöglich, auf Aktivitäten unterhalb der Erdoberfläche zu lauschen.

Zögernd ging ich in die Hocke und setzte mich auf meine Fersen, betastete mit den Händen die Fläche. Ich atmete tief aus und schloss die Augen. Meine Finger folgten jeder einzelnen Rille, spürten die kleinsten Erhebungen und auch schwachen Senkungen. Doch es gab nichts, was Aufschluss bot. Zanes Verschwinden wirkte wie ein unlösbares Rätsel, eine Sackgasse, die der Vampir aufgestellt hatte, um mich dort zu behalten, wo ich war: In Danosc und nicht im Tartaros.

Ich zog eine grimmige Miene und stand auf, damit ich mir den Staub von der Hose klopfen konnte. Ich steckte die Hände in die Hosentaschen und kickte frustriert einige Steine weg. Sie waren aus den hohen Blumenkübeln gefallen, die bis nach *Westwood* reichten. Sie säumten die Rennbahn rechts und links des Weges und erhellten mit ihren Lichterketten, wenn die Straßenlaternen ab Mitternacht in den Energiesparmodus wechselten, die Metropole in einem warmen Schein. Wegen der sanften Lichter hatte ich mich gerne an das Fenster unseres alten Zuhauses im Stadtzentrum gesetzt und auf die Straßen zu meinen Füßen geblickt. Es hatte meinen Geist beruhigt, mich an die Wärme der Lagerfeuer in den Bergen erinnert, wenn mein Vater mit Nero und mir unseren jährlichen Ausflug in die Wildnis gemacht hatte. Wir hatten das Fährten-Lesen lernen sollen und wie man einen Elch oder einen Bären in seinem menschlichen Körper in die Flucht schlagen konnte. Doch das war alles Vergangenheit und lag weit zurück.

Ich massierte mir die Schläfen. Kopfschmerzen wie Blitze überzogen meinen Geist und fraßen sich durch meine Schutzbarrieren. Nur langsam blinzelte ich sie weg und spähte zwischen den nächtlichen Trubel. Ich erstarrte und blickte geradewegs in die Augen einer Frau.

Mein Körper spannte sich an, wartete auf eine Bewegung. Doch sie rührte sich nicht um einen Millimeter und starrte mich von der anderen Straßenseite unentwegt an. Sie ballte langsam die Hände zu Fäusten und setzte ein breites Grinsen auf. Meine Nasenflügel blähten sich, versuchten sie zu riechen, sie zu erkennen. Ich knurrte leise und ballte die Fäuste hinter meinem Rücken. Es war schier unmöglich, sie zu wittern, die Gerüche der Passanten vermischten sich mit ihrem, sie trübten den Duft der Frau.

Ich verengte die Augen, spähte durch die Körper zu ihr hindurch, erblickte ihre großen, türkisfarbenen Ohrringe und die funkelnde Kette aus Dutzenden von Perlen. Sie reichte ihr bis zu den Hüften und schlug bei jedem ihrer Schritte, die sie auf mich zu ging, an ihr weites Hemd. Ich legte den Kopf schief und betrachtete ihre kräftigen Schritte, den abschätzigen Blick und die blutroten Lippen.

Mit jedem Schritt verdoppelte sich mein Herzschlag, bis meine Hände feucht wurden. Kälte überfiel meine Glieder, während sich mein Magen umdrehte. Irgendetwas war schrecklich falsch.

Die Frau lächelte breiter, wobei sich dünne Lippen zu einem schändlichen Grinsen verzogen. Ihre Haut wurde gänzlich von dem bunten Stoff verschluckt, sodass nur ihr Gesicht und ihre Handflächen den Mondstrahlen ausgesetzt waren. Doch selbst sie waren unnatürlich blass.

Kaum fünf Meter trennten uns, als sich der Wind drehte. Sofort schlug mir ein erdiger Geruch um die Nase und mir wurde klar, wer ihre Schöpferin war. Tellus – die Göttin der Erde. Ihr Geruch haftete an ihr wie Kaugummi unter der Schuhsohle. Ich riss die Augen auf und wich zurück.

Die Vampirin zeigte mir ihre spitzen Eckzähne, die zum Saugen von Blut und dem Durchdringen von Haut bestimmt waren. Lunas Licht tanzte auf ihnen, wie sie auf der Silva Inferna getanzt haben musste, und schien mich zu verspotten.

Ich hielt die Luft an und wich mit jedem Schritt zurück, den sie auf mich zukam. Mein Herz schlug mir bis zum Hals, während ich meinen Krallen befahl, sich zu zeigen. Doch es geschah nichts. Ich krampfte die Finger zu Krallen und tastete nach dem Messer in meinem Gürtel.

Mein Körper spannte sich an, als die Vampirin vor mir stehen blieb und mich abschätzig von Kopf bis Fuß musterte. »Ich weiß, was du bist«, warnte ich sie und umgriff das versteckte Messer.

Obsidian funkelte in ihren schwarzen Augen und verschlang alles Licht der Umgebung – und mich. Sie neigte den Kopf und belächelte das Messer an meinem Gürtel, als sei es eine Spielzeugwaffe. »Ich weiß auch, wer *du* bist.« Ihre Lippen spitzen sich. »Alva Darkhorn, die Wölfin mit dem Herz aus eiskaltem Feuer.«

Ich sah sie verblüfft an. »Wie bitte?«

»Die Wölfin mit dem Herz aus eiskaltem Feuer. Alva Darkhorn«, wiederholte sie, als wüsste ich, was sie meinte.

Ich blinzelte verwirrt und lockerte die Finger um den Griff des Messers. Sie war keine Gefahr. Wenn sie mich angreifen wollte, hätte sie es bereits getan. Es hatte einen anderen Grund, warum sie die Straße überquert hatte.

»Herzen bestehen aus Feuer.« Sie sah mich mit einem merkwürdigen Blick an, sodass ich am liebsten einen Schritt zurückgetreten wäre. Ich wusste, dass das keine gute Idee war. »Doch dein Feuer ist kalt, eiskalt.«

»Warum?« Ich hatte nicht das Gefühl, ohne Mitleid und Güte zu leben. Meine tierische Seite ließ mich stärker fühlen, als jedes andere Lebewesen auf dieser Welt. Wölfe waren sehr sensibel. Wenn sie liebten, dann liebten sie inständig und aus vollem Herzen. Wenn sie hassten, trieften ihre Seelen vor Rachsucht und Blutdurst.

»Nur kaltes Feuer vermag die Mächtigen dieser Welt zu töten.« Sie legte die flache Hand auf die Brust. Ihre bunten Perlen rutschten über ihre Brust. »Mein Herz ist heiß wie ein Höllenfeuer. Ich kann nicht… « Sie wedelte mit der Hand und wollte mir mit der einfachen Geste zu verstehen geben, was sie meinte. Ich legte die Stirn kraus. »Du schon«, flüsterte sie, als würden wir ein streng gehütetes Geheimnis teilen.

Die Vampirin hob abwartend die Brauen und ich nickte langsam. »Ah, stimmt«, sagte ich und lächelte. »Du hast recht.« Ich biss mir auf die Lippe. »Ich hatte es ganz vergessen.«

Sie riss ungläubig die Augen auf und lachte. Ihre Augen wanderten wie automatisch zu der Stelle neben mir, wo Zane zuvor verschwunden war. Ihre Stirn legte sich in Falten. »Du suchst nach *ihm*?«, fragte sie leise.

Mein Herz machte einen Satz und ich befeuchtete hektisch meine Lippen. »Ja«, antwortete ich und zeigte auf die Stelle, wo Zanes große Hand den Boden berührt hatte. »Weißt du, wo er ist? Kannst du mich dorthin bringen?« Ich ging davon aus, dass die Vampirin wusste, von wem ich sprach. Vielleicht hatte sie ebenfalls gesehen, wie Zane verschwunden war und konnte mich auf die Weise zu ihm bringen.

Sie kaute auf ihrer Unterlippe, die schon blutig schimmerte. Ich rümpfte die Nase und betrachtete die tiefen Löcher in ihrer Lippe. »Sein Ziel?«

»Der Tartaros.«

Ihr Kopf schnellte hoch, ihre Atmung beschleunigte sich. »Sicher?« Unter krampfhaftem Schlucken wischte sie sich eilig die Hände an der Hose ab. »Bist du dir ganz sicher, dass du ihm folgen willst, Wölfin? Der Tartaros ist kein schöner Ort. Sie werden dich riechen, sie werden dich alle riechen und sie werden dich töten.« Ein Hauch von Angst klang in ihrer Stimme, der sich mit Unglauben mischte. Ich roch den kalten, brennenden Schweiß auf ihrer glänzenden Haut, der aus ihren Poren sickerte.

Ich wartete auf ein zartes Streichen an meinem Geist, einen Funken von Wärme in meiner Seele – ein Zeichen oder eine Antwort. Doch meine Wölfin war eine stille Präsenz, die meine Entscheidungen nach der eisigen Auseinandersetzung im *Rabbit* akzeptierte. »Bring mich zu ihm.«

Kommentarlos griff sie nach meinem Handgelenk, zog mich eng an sich und warf mir einen kurzen Seitenblick zu. Ein dünnes Lächeln stahl sich auf ihre Lippen. »Halt dich gut fest und schließe die Augen.« Ich zog die Brauen hoch, weshalb sie genervt aufatmete und sich mit der Hand durchs fuchsrote Haar fuhr. »Vertraust du mir?«, fragte sie leise und sah mich unter gesenkten Lider an.

Ich lachte hohl. »Niemals.«

»Gut.« Ihr Griff verstärkte sich und ich spürte, dass sich die Luft veränderte. Sie zog sich zusammen und drückte auf meine Lungen. »Und jetzt schließe die Augen.«

Mein Bauch kribbelte vor Aufregung und nur widerwillig schloss ich die Augen. Meine Atmung verlangsamte sich und für den Bruchteil einer Sekunde glaubte ich, den Boden unter den Füßen zu verlieren. Der leichte Wind legte sich und wurde von einer rastlosen Stille ersetzt.

Es vergingen wenige Sekunden, in denen die Temperatur um einige Grad sank und die Luft zirkulierte. Mit einem erstickten

Schrei schlug ich hart auf dem Boden auf und rollte mich stöhnend auf den Rücken. Nach Luft schnappend, riss ich die Augen auf. Zwei verschiedenfarbige Schuhe stellten sich vor mir auf und ließen mich wie benommen aufsehen. Ich blinzelte einige Male, bis ich mir sicher war, dass ich keinen Schmerz verspürte und stand auf.

»War gar nicht schlimm, oder?« Die Vampirin lächelte schwach. Es war mehr gekünstelt als echt, denn in Wahrheit schwand ihre Aufmerksamkeit dahin, während sich ihr Blick allmählich trübte.

»Es war okay.« Ich sah auf und runzelte die Stirn, als ich einer kunstvoll bemalten Decke entgegenblickte.

Ich legte den Kopf schief, betrachtete die ineinander verschlungenen Bilder, die ein Wirrwarr aus vergoldeten Ästen und roten Blättern bildeten. Sie bestanden aus gemeißeltem Stein und verliefen in unregelmäßigen Mustern zur Mitte des Raumes, wo sie in einem goldenen Kronleuchter endeten. Mir wurde mulmig zumute, als ich den opulenten Kronleuchter mit den hohen Kerzen bemerkte, der das Licht spendete, das normalerweise durch Fenster in einen Raum drang. Ich atmete tief ein und aus, versuchte meinen hämmernden Puls zu beruhigen, und warf einen kurzen Blick zu den roten Samtsofas und niedrigen Tischen, die mit ihrem dunklen Holz die Sitzecken schmückten. Der edel ausgestattete Raum wirkte schön, aber schrecklich alt.

Ich fühlte mich um Jahrhunderte in der Geschichte zurückgeworfen und mit meinen engen Hosen und dem einfachen Oberteil schrecklich fehl am Platz. Wir mussten im alten Teil des Tartaros gelandet sein, überlegte ich und unterdrückte ein Schaudern. Wir befanden uns dort, wo die alten Vampire leben mussten, und damit in unmittelbarer Gefahr.

Meine Wölfin tigerte in mir auf und ab. Sie tadelte mich für meine Leichtsinnigkeit zu glauben, ich könnte mich mit meinen jämmerlichen Krallen gegen einen ganzen Haufen von Vampiren durchsetzen, die schon lange keine Wölfin mehr gesehen hatten. Ich schluckte und wirbelte zu der fremden Vampirin, die mich an diesen schrecklichen Ort gebracht hatte, herum. Ihr Körper verblasste im sanften Licht des Kerzenscheins.

»Wo ist Zane?«, fragte ich, bevor sie gänzlich verschwinden konnte. Die Panik in meiner Stimme brachte meine Gedanken zum Erliegen. Ich war dem Tod geweiht, wenn ich ihn nicht schnell genug fand.

»Im Tartaros.« Sie sah sich um und wich einen Schritt zurück. »Du sagtest, er sei hier. Deshalb habe ich dich an den einzigen Ort gebracht, den ich für kurze Zeit betreten darf.«

»Wieso?« Ich sah zu den Flügeltüren, die jeweils den Raum an einem und am anderen Ende schmückten. »Du sagtest, du bringst mich zu ihm. Ich meinte nicht, dass du mich in seine Nähe bringen solltest.«

»Habe ich das? Ich kann mich nicht an diese Worte erinnern.«

»Was soll das heißen?« Ich wollte nach ihrem Arm greifen, doch ich umgriff nur Luft. Ihr Gesicht schwebte vor mir und war das letzte Körperteil in diesem Raum. Mir schlug das Herz zum Hals. »Du lässt mich doch nicht allein zurück?«, kreischte ich und sprang vor. »Was, wenn mich ein Vampir findet?«

Sie schenkte mir ein warmes Lächeln. »Du bist eine Wölfin, Alva Darkhorn.« Ein leises Kichern entkam ihr. »Du bist viel stärker, als du denkst.«

Ich war nicht stark, im Moment blieb ich ein schwächlicher Mensch. Meine Wölfin war stark, jedoch konnte ich sie nicht beschwören, nur ihre Krallen beherrschen. In einem Kampf gegen einen Haufen von Vampiren, brauchte ich ihre volle Stärke, denn ohne meine tierische Seite, ohne eine Gestalt aus Fell und Pfoten, war ich nichts.

Ich ballte die Hände zu Fäusten, wollte in die Luft schlagen, wo sich ihr Körper befunden hatte. »Ich kann mich aber nicht verwandeln!«, platzte es aus mir heraus. Ich sog scharf die Luft ein und schlug mir die Hand vor den Mund. Ich sah mich eilig um, doch ich war allein. Niemand hatte mich gehört. Mit hochrotem Kopf drehte ich mich zu ihr herum. »Wie soll ich …«

Ich stockte und fluchte. Luna und ihr von der Zeit vergessener Augenstern mögen sich für mich schämen, aber die Vampirin war ebenso plötzlich wie Zane verschwunden.

Leise Schritte hallten auf dem Holzpaket wider – näherten sich geschwind. Ich hielt die Luft an und scannte den Raum auf ein Versteck. Vergebens.

Ein leises Knarzen zerriss die Luft, dann wurde die Tür aufgestoßen und ein Haufen von Vampiren stürmte in den Raum. Mein Körper gefror zu Eis und mein Herz rutschte in meine Hose.

Kapitel 22

Krallen bohrten sich in den bordeauxroten Stoff, zerstörten die untere Seite der Chaiselongue. Meine Atmung wurde mit jedem Schritt der vier Vampire immer flacher. Sie stockten in ihrer Bewegung, ließen ihre Blicke durch den Raum schweifen. Ich kniff die Augen zusammen, betete zur Luna und der Silva Inferna, dass mein blumiger Duft die Wölfin in mir überdeckte. Meine Muskeln spannten sich an, als ihr leises Gemurmel die Luft zerriss.

Das Holz bohrte sich in meinen Rücken, fraß sich durch den dünnen Stoff meines Shirts. Derweil waren die Vampire in den Raum vorgedrungen, ehe sie sich langsam abwendeten und die Türen auf der anderen Seite des Raumes ansteuerten. Sie sahen nicht zurück, blieben nicht stehen. Ich atmete erleichtert aus, lockerte meine Krallen. Sie schnellten beim ersten Anzeichen von Vampiren, ohne meine Anweisung, hervor, ehe ich in mein Versteck geflüchtet war. Zuerst drangen zwei Herren in den Raum, danach zwei Damen. Ihre Mienen waren ernst, offenbarten keinen Gedanken. Bei ihrem Anblick musste ich den Mund verziehen.

Diese Vampire bildeten ein Abbild jener Untoten, die an den großen Leinwänden spielten. Ihre opulenten Kleider schleiften schwer hinter den Vampirinnen her, dass sich der Staub um die vielen Röcke sammelte. Ich kniff die Augen zusammen, als ein scharfes Aufblitzen ihrer funkelnden Edelsteine meine Netzhaut zerriss. Die Enge meines Versteckes schnürte mich ein und verhinderte das Atmen. Ich biss die Zähne zusammen, bis mir der Kiefer schmerzte und drehte den Kopf gerade so weit, dass ich die grünen Smaragde an ihren blassen Hälsen erkennen konnte. Ihre Größe eines kleinen Apfels ließ mich leise keuchen.

Ein Vampir wirbelte herum. Ich presste eilends die Lippen aufeinander und spannte die Muskeln an. Das Herz schlug mir bis zum Hals, als er die Umgebung mit Blicken absuchte.

Seine Augen huschten über die Chaiselongue, blieben einen Moment lang an ihr hängen, bevor er allmählich den Kopf schüttelte. Mit einem letzten prüfenden Blick setzte er sich in Bewegung und folgte stumm seinen Begleitern.

Ich stieß leise die Luft aus und wollte mir am liebsten selbst eine Backpfeife verpassen. Doch die Enge verbot jegliche Bewegungen. Allmählich richtete sich meine Aufmerksamkeit zurück auf die Vampire. Nur wenige Schritte trennten sie von dem Ausgang. Meine schwitzigen Hände glitten über den Boden, als mir beinahe das Herz in der Brust stehen blieb.

Der andere Vampir drückte die schwere Messingklinke mit einem leisen Knarren des Metalls hinunter. Er stieß die hohe Tür auf, sodass leises Gemurmel die Luft in Schwingungen versetzte. Ich hielt die Luft wieder an, als die anderen ihm durch die Tür folgten. Sie schloss sich langsam hinter ihnen und fiel mit einem lauten Krachen zurück.

Mir entwich die Luft aus den Lungen wie aus einem überfüllten Luftballon, der kurz vor dem Platzen stand. Ich wälzte mich auf die Seite, zwang mich unter der Chaiselongue hervor und kam nur mühsam auf die Füße, bevor ich mir die dicken Flusen von Hose und Oberteil klopfte. Naserümpfend befreite ich mein Haar von den Staubflocken und unterdrückte mit Mühen ein Niesen.

Der Parkettboden knarzte unter meinen Schuhen, es ließ mich bei jedem meiner Schritte aufs Neue innehalten und die Ohren spitzen. Ich entkam nur knapp der Entdeckung von Vampiren und nur die Luna wusste, ob ich wieder ein solches Glück hatte.

Allmählich näherte ich mich dem Ausgang, der mich von diesem Zimmer fortbrachte. Mir war bewusst, dass ich den vier Vampiren folgte, was mir umso mehr Gänsehaut bescherte, je mehr ich darüber nachdachte. Würde ich den Vampiren direkt in die Arme laufen? Bestimmt. Würde ich Zane finden? Vielleicht.

Es wäre sinnvoller den Vampiren in das rege Gemurmel zu folgen, als ziellos durch die Gegend zu irren und auf einen Zufall zu hoffen. Ich holte tief Luft und brachte meine Hände dazu, nicht mehr wie Espenlaub zu zittern.

Zane war der Herrscher dieses Reiches und wenn sich eine Menge versammelte, ausgerechnet an dem Tag, an dem er in den Tartaros reisen wollte, würden sie sich wegen ihm versammeln.

Er war ein Vampirfürst, wenn er unter den Vampiren wandelte, würde er mich, wie er es versprochen hatte, beschützen, und sein Gefolge wird es akzeptieren müssen. Meine Aufregung legte sich allmählich bei dem Gedanken, dass ich nur Zane finden musste, um vor seinen Untertanen in Sicherheit zu sein.

Allerdings änderte es nichts an dem Plan, Zane schnell zu finden und ihm bewusst zu machen, dass er mich nicht zurücklassen konnte. Erst danach würden wir die Ergebnisse des Laborberichtes erfahren und dann konnten wir unsere nächsten Schritte planen, bevor ich Rowan Amsfoort bei dem späten Abendessen mit den Vampirfürsten zur Rede stellte.

Der Griff fühlte sich eiskalt an und brannte auf meiner Haut, als würde er nicht wollen, dass eine Wölfin einen Ort wie diesen betrat. Mehr war ich nun mir meiner Herkunft bewusst, weshalb ich mich wie ein Parasit fühlte. Unter dem Knarren der riesigen Türen spähte ich heimlich durch den winzigen Spalt, den ich geöffnet hatte. Dahinter befand sich ein großer, heller Saal mit hohen Decken und weißen, marmornen Platten mit verschnörkelter Bildhauerei in Form von kunstvollen Verzierungen.

Mir blieb vor Staunen der Mund offenstehen, als ich die umständlichen Verzierungen in Form von grünen Blättern und prallen Früchten wie Trauben oder Granatäpfeln sah, die zu einer hohen Kuppel führten. Unter ihr breitete sich eine weiße Steinfläche aus, die gleich hinter der Tür begann und den ganzen Raum ausschmückte. Es war hell und schweres Gemurmel lag in der Luft, mischte sich mit leisem Gelächter und klirrenden Gläsern. Ich schob die Tür weiter auf. Vampirgruppen standen überall im Saal verteilt. Ihre altmodischen, edlen Kleider ließen mich in meiner schlichten Hose albern aussehen.

Flink schlüpfte ich in den Saal, wagte es nicht, mich allzu auffällig zu bewegen und hielt mich am Rande des Geschehens. Hohe Säulen, die den Saal in einem Kreis umrundeten, boten mir seitlichen Schutz. Zwischen ihnen bildeten sich hohe Statuen aus weißem Stein, die weit über das Geschehen hinwegsahen. Es bildeten sich auf jeder Seite des Saals sechs Figuren, die aus Männern und Frauen in gottgleichen Haltungen bestanden.

Ich stutze, als die Säulen unterbrochen wurden. An ihrer Stelle befand sich ein steinerner Thron. Er erhob sich hoch und massiv über die Köpfe aller Anwesenden und auf die Ebene der Statuen. Eine breite Treppe führte zu ihm hinauf, nahm die gesamte Seite des Raums ein, bevor die Säulen sich auf der anderen Seite fortsetzten. Doch im Gegensatz zu ihnen war der steinerne Thron aus schwarzem Stein. Goldene und silberne Linien durchzogen ihn und wurden beinahe vollständig von der Schwärze verschlungen. Untiere saßen auf ihren Pfoten, verkörperten die Armlehnen und wiederum andere schlangenartige Wesen erhoben sich über die Rücklehne, rissen die Mäuler auf und jagten mir eine unangenehme Gänsehaut über den Körper.

Ich war wie erstarrt und wagte kaum zu atmen, als ich die tödlichen Wesen betrachtete.

Tumult erregte meine Aufmerksamkeit und ließ mich weiter in die Schatten nahe der unheimlichen Schönheit zurückdrängen. Mein blumiger Geruch roch noch immer, trotz meines Marathons durch die Stadt, intensiv, jedoch wollte ich nichts riskieren.

Ich erkannte die Quelle der Unruhe in einem Streit zwischen zwei Vampiren, die wie wild mit ihren Gläsern fuchtelten und immer lauter wurden. Die rote Flüssigkeit in dem kristallinen Glas schwappte gefährlich, bis sie das reine Weiß des Bodens befleckte und die Frustration der Vampire steigerte.

Ein ungeduldiges Ziehen in meiner Magengrube und das darauffolgende Stupsen meiner Wölfin in Richtung der Tür ließen mich mulmig werden. Ich setzte mich langsam in Bewegung, blieb wachsam und steuerte auf den mir einzig bekannten Ausgang zu. Etwas würde gleich geschehen, ich spürte es. Eine Schwere hing in der Luft, die das Aufziehen einer düsteren Gewitterwolke ankündigte.

Die Türen flogen geräuschvoll auf. Ich sprang erschrocken zurück, unterdrückte ein Quieken und presste mich an die Wand. Die Türflügel knallten laut scheppernd gegen die Wände und brachten den Stein zum Vibrieren. Es knackte und Risse durchzogen die Steinplatten, hinterließen eine beständige Spur, die sich in allen Richtungen ausbreitete. Mein Trommelfell protestierte. Ich biss die Zähne zusammen und kniff meine Augen zu. Meine Hände krampften und ehe ich mich versah, bohrten sich scharfe Krallen in meine Handflächen.

Alle Augen richteten sich auf die vergoldeten Türen. Stille breitete sich im Saal aus, hing schwer in der Luft und ließ das Atmen laut erscheinen. Die Türen hingen schief in ihren Scharnieren. Ein letztes Quietschen hallte durch den Saal wie ein unendliches Echo eines bösen Lachens.

Ich schluckte schwer und blieb wie angewurzelt stehen. Tief durchatmend, drängte ich die Feuchte in meinen Augen zurück, die von einem zu schnell schlagenden Herzen und den Schmerzen in meinen Handflächen rührte. Langsam erholte ich mich von dem Schock und brachte meine Wölfin dazu, die Krallen verschwinden zu lassen, bevor wir entdeckt wurden.

Ein Vampir betrat den Raum und sorgte mit seiner bloßen Präsenz für eine Teilung der Massen. Es passierte wie von Geisterhand, keiner wagte sich, ihm in den Weg zu stellen. Um ihn brodelte Schwärze wie stockfinstere Nacht. Seine Macht breitete sich rasant im Saal aus, füllte jeden Winkel mit einer tödlichen Spannung und brachte Füße zum Stolpern. Sie fegte über meinen Kopf hinweg, prallte hinter mir an der Wand ab und es sorgte für eine Vibration an meinem Rücken. Mir fiel das Atmen schwer und ich griff nach der Wand, um mich abzustützen und nach Halt zu suchen. Die Kälte der Marmorplatten kühlte meine überreizten Sinne und ließ mich tief Luft holen.

Ich ordnete meine Gedanken und versuchte das Zittern meiner Knie zu unterdrücken. Es stellte sich als vergebliche Aufgabe heraus, denn auch meine Atmung wurde mit jedem Luftholen schneller, bis ich glaubte, einen Marathon gelaufen zu sein.

Ein einziger Gedanke dröhnte unentwegt in meinem Kopf und bereitete mir schreckliche Kopfschmerzen: Was passierte hier?

Ein dunkles Wabern von Macht huschte an mir vorbei und zum Thron hinauf. Der Vampir folgte dem Funken, der so schwarz sein musste, wie seine Seele. Er stieg langsam die Treppen hinauf und wählte jeden seiner großen, kraftvollen Schritte mit Bedacht. Es machte ihm nichts aus, Zeit in Anspruch zu nehmen, als er die Vampire unter ihm warten ließ. Mittlerweile waren sie auf die Knie gesunken und hielten die Köpfe gesenkt.

War Zane der Vampir in der rabenschwarzen Tunika und der goldenen Krone mit den spitzen Zacken auf dem Thron?

Dies war sein Reich, aber der Zane, der mit grimmiger Miene auf dem Thron saß und sein Volk um lange Minuten auf den Knien warten ließ, war nicht der Vampir, den ich in der letzten Woche kennengelernt hatte. Sie konnten nicht dieselbe Person sein.

Ich schüttelte den Kopf und drückte mich in die Schatten. Nein, ich weigerte mich zu glauben, dass das vor Arroganz brodelnde Geschöpf der Nacht und Zane, der vorsichtig meine Wangen berührt und mir Versprechen über die Haut geflüstert hatte, derselbe waren. Dieser Kontrast war selbst für einen Vampirfürsten wie ihn unmöglich. Gänsehaut überfiel mich, als eine leise Stimme das Gegenteil flüsterte und mich zeitgleich zur Vernunft rief.

Die Aufmerksamkeit der lebendig gewordenen Dunkelheit richtete sich auf die Vampire zu seinen Füßen. Ein grausames Lächeln brachte meine Hände zum Schwitzen. »Erhebt euch.« Seine Stimme rollte wie ein Donnerschlag durch den Raum und brachte die Wände ins Wanken. Sogar die gottgleichen Statuen duckten sich unter ihm und zogen demütig die Köpfe ein.

Die Vampire erhoben sich und hielten die Köpfe gesenkt.

Was war das hier? Eine Zurschaustellung von Macht?

Für einen Herrscher war es nicht unüblich, seine Stärke zu präsentieren, wenn er nach langer Zeit in sein Territorium zurückkehrte. Das Volk sollte wissen, wer sie beherrschte, damit sie Fehlverhalten fürchteten und sich nicht gegen ihn erhoben, da es tödliche Konsequenzen nach sich zog. Doch würde Zane das wirklich tun? Nicht nur seine Macht zur Schau stellen, um sein

Volk an ihn zu erinnern, sondern auch seine Herrschaft auf einem Gerüst aus Angst und Schrecken aufbauen?

Ich kannte die Antwort, noch bevor ich mir Gedanken machen musste, als erneut die doppelflügligen Türen aufschwangen und Draven wie eine Unwetterfront den Saal betrat.

Sein dunkles, schulterlanges Haar stieß mit jedem kraftvollen Schritt gegen die edle, dunkelblaue Tunika. Seine haselnussbraunen Augen funkelten wie die Klingen an seinem Körper, die wie tödliche Drohungen ein süßes Ende versprachen. Ich runzelte die Stirn, drängte mich an den Rand der Schatten. Was machte er hier? Hatte er sich nicht vor wenigen Stunden zur Ruhe auf sein Zimmer begeben?

Die Vampire wichen vor ihm zurück, bildeten einen Gang zum Thron hinauf und lieferten ihn den Blicken ihres Anführers aus. Jeder seiner Schritte bebte vor Zielsicherheit, während seine Augen durch den Raum schweiften und jeden Vampir, den er ansah, zum Ausweichen bewegte. Unsere Augen kreuzten sich und ich zog scharf die Luft ein.

Meine Hand wanderte zu meinem Herzen, versuchte das wilde Trommeln zu beruhigen. Erkennen durchzuckte seine Augen und brachte mich zum Zurückweichen. Ein leises Keuchen entkam mir. Er verzog die Miene und richtete seinen Blick auf die zahlreichen Treppen vor ihm.

Die Vampire bemerkten mich nicht, ihre Blicke hingen an dem Thron und dem Mann, der seinen gelangweilten Blick über die Menge schweifen ließ. Ohne die Erregung der Vampire zu wecken, wich ich, in den Schatten gehüllt, zum Ausgang zurück.

Ich durfte nicht hier sein. Bleiklumpen polterten in meinen Magen, bis ich das Gefühl hatte, mich auf die Marmorplatten erbrechen zu müssen.

Die Vampire hatten sich wieder ihren Gesprächspartnern zugewandt und genossen die nach Blut stinkende Flüssigkeit in ihren Gläsern. Der Gestank breitete sich auf meiner Zunge aus und ließ mich leise würgen. Was tat ich eigentlich hier?

Ich wich zurück und wurde mir einmal mehr bewusst, dass der Gedanke, ich würde Zane für sein Verhalten rügen, lächerlich wirkte, wenn ich mich gegen seine Anweisungen im Tartaros befand. Sobald Draven ihm von meinem Aufenthaltsort erzählte, würde er mich umbringen. Mein Herz rutschte mir in die Hose.

Zanes Augen schossen in meine Richtung und bohrten sich ohne Vorwarnung in meine Seele. Ich stolperte über meine Füße und fing mich mit einer Hand an einer nahen Säule ab, bevor ich mich vor aller Augen blamierte und die Aufmerksamkeit der Vampire auf mich zog. So etwas hätte mir gerade noch gefehlt.

Ich sog scharf die Luft ein und verschluckte mich beinahe an meiner eigenen Spucke. Seine bernsteinfarbenen Augen folgten jeder meiner hektischen Bewegungen und seine finstere Miene versprach finstere Drohungen. Er war alles andere als begeistert, mich, ohne sein Einverständnis, im Tartaros zu sehen.

Hitze schlug über mir zusammen, brachte meine Wangen zum Glühen und meine Hände zum Schwitzen. Ich wich zurück, hatte die Tür erreicht, drehte mich um und rannte, ohne zurückzublicken, los. Wenn Zane mich fand… Ich schluckte und wollte mir gar nicht vorstellen, was dann passierte. Fest stand, ich würde mich alles andere als gut fühlen.

Die andere Seite des Durchgangszimmers, die mir als Ankunftsort diente, flog auf mich zu. Ohne zu zögern, riss ich die doppelflügligen Türen auf. Ein kalter Schwall Luft kam mir entgegen, als ich einem langen Flur gegenüberstand. Ich wischte mir die Hände an der Hose ab und lief atemlos den steinernen Gang entlang.

Meine Nerven zerrten aneinander und meine Atmung wurde

immer schneller, bis meine Lungen nach einigen Wegbiegungen wie ein Höllenfeuer brannten. Ich schnappte nach Luft, gönnte mir eine Pause und stützte die Hände auf die Knie. Drei tiefe Atemzüge nehmend, brachte ich meinen Geist zur Ruhe und setzte mich wieder in Bewegung.

Ich sah nicht zurück, wählte den linken Gang und riss eine Tür nach der anderen auf. Kein Vampir kreuzte meinen Weg und ich dankte der Luna und der im Krieg gestorbenen Silva Inferna für ihre Gnade. Sie mussten sich alle im Saal befinden.

Nach zwei weiteren Türen riss ich die nächste auf und stürzte mich nichts ahnend hinein. Mit einem lauten Krachen fiel die Tür ins Schloss zurück.

Vielleicht war es Zanes Pflicht, sein Volk zu besuchen, sobald er in den Tartaros zurückkehrte. Allerdings schien dies nicht sehr oft zu sein, denn Nyx hatte erzählt, dass weder Zane noch Draven oder sie gerne an diesem Ort verweilten. Jedoch konnte ich ihn verstehen, wenn er es für richtig erachtete, seinem Volk Angst einzujagen, indem er sich als den kaltherzigen, brutalen Herrscher präsentierte, den ich soeben erlebt hatte. Doch war es nicht sinnvoller, mit einfühlsamer Hand und Vertrauen ein Volk zu führen? Die Gefahr, ihren Unmut auf sich zu ziehen, die eine Revolution nach sich zog, wäre deutlich geringer.

Doch was geschah nun? Ich war wie ein Feigling vor meinen Problemen weggelaufen, statt mich ihnen zu stellen, wie es Silva Inferna getan hätte. Würde Zane mir folgen, oder würde er seinen Frust an seinem Volk auslassen und ihnen wehtun? Mein Herz zog sich zusammen, wenn ich daran dachte, dass jemand wegen meiner Vergehen litt. Wie konnte nur Amsfoort's Mörder mit der Last seiner Taten leben?

Die Furcht, Zanes Unterstützung zu verlieren, brannte sich einen Weg durch meine Haut und überlagerte jegliche Gefühle. Es schmerzte so sehr, dass der Gedanke, Zanes warme, herzliche Seite für mich verloren zu haben, einem Todesstoß glich. Ich wollte ihn nicht verlieren. Er war mir in letzter Zeit ein größerer Freund gewesen, als irgendjemand sonst in meinem Leben. Wie konnte ich ihn verlieren, wenn ich ihn insgeheim mehr wertschätzte, als dass es mir selbst bewusst war?

Meine Atmung rasselte in meiner Brust und ließ mich kaum denken, sehen und fühlen. Es gab nur mich und die Luft in meinen Lungen. Mein Puls beruhigte sich nur langsam. Die Handgelenke drehend, sah ich mich prüfend um. Ich stand am Anfang eines riesigen Bankettsaals. Mir blieb der Mund offenstehen, als ich die lange Tafel mit dem silbernen Besteck und den schön gefalteten Servietten betrachtete.

Nach einigem Staunen über einen Schokoladenbrunnen und einem weiteren, stillgelegten Brunnen, dessen glatte Oberfläche rote Flecken aufwies, öffnete ich die Tür am anderen Ende des lang gezogenen Raumes. Ich atmete tief durch und bereitete mich auf einen weiteren Sprint vor. Ich brauchte frische Luft.

Niemand wandelte auf den Fluren, die ich rennend und keuchend hinter mir ließ. Meine Beine brannten, jedoch ignorierte ich die Schmerzen und sah nicht zurück. Irgendwann musste ich ein Fenster oder einen Ausgang finden.

Die nächste Wegbiegung tat sich auf. Ohne groß nachzudenken, wählte ich den linken Weg, rauschte an der Statue eines Mannes mit Dreizack vorbei und schenkte ihr keine Beachtung.

Das leise Knirschen schwerer Schuhe ließ mich zusammenzucken. Jemand sprang aus dem Schatten der Statue und riss mich zurück, sodass ich gegen meinen Angreifer knallte. Ich schrie auf, aber mein Schrei wurde von einer eisernen Hand erstickt.

Mein Ruf wurde lauter, doch es kam nur ein dumpfer Laut heraus. Verzweiflung übermannte mich wie eiskalte Flut und schwemmte meine Gedanken fort. Machtlosigkeit überkam mich und schwappte über mich hinweg, bevor sie über mir zusammenbrach. Ich taumelte mit meinem Angreifer zurück und versuchte ihn abzuschütteln. Ein fester Griff um meinen Bauch behinderte meinen Bewegungsradius. Ich trat nach hinten aus, riss an seinen Armen. Vergeblich.

Ein tiefes Grollen vibrierte in meinem Körper, es ließ jede Faser meines Körpers brennen. Er drückte mich mit dem Kopf gegen die Wand und hielt mich mit seinem Körper gefangen. Ein leises Lachen strich über meine Ohrmuschel.

Ich zappelte wie ein Fisch an Land. Sekunden später schob er ein Bein zwischen meine Schenkel und machte es mir unmöglich, mich zu bewegen. Ich holte zischend Luft und starrte dem Meeresgott entgegen, der wie beschämt in die andere Richtung sah.

»Wehr dich!«, brüllte mein Gehirn. »Lauf los! Renn weg!«

Meine Wölfin stachelte meinen Mut an, als ich meinen Arm aus dem eisernen Griff zwang und zuschlug. Mein Angreifer fauchte und lockerte seinen Griff. Ich zwang meinen anderen Arm hervor und riss mit beiden Händen seinen Kopf nach vorn. Er schlug mit einem Krachen gegen die Wand, sodass die Statue auf dem Podest ins Wanken geriet. Jedoch festigte sich der Griff des Vampirs wieder und zwang meine Arme an die Seite.

Erst als er etwas in mein Ohr flüsterte, nahm vor meinem geistigen Auge eine wunderschöne Wölfin ihre Gestalt an. Wie Cole mich bei unserem Training angewiesen hatte, sah ich einen üppigen Wald und weiches Moos mit hohen Kiefern vor mir. Ein Fluss mit eiskaltem Wasser rauschte an mir vorbei. Neben ihm stand meine Wölfin und sah mir in ihrer farblosen Gestalt aus weisen Augen entgegen.

Blut rauschte wie eine Antwort durch meine Ohren, es übertünchte das Geräusch feuchten Atems. Meine Zähne schmerzten, weshalb ich meine Augen zusammenkniff. Mir entkam ein ersticktes Keuchen, bevor der Schmerz langsam verebbte. Vorsichtig fuhr ich mit der Zunge über meine Zahnreihen und zuckte kaum merklich zusammen, als ich Blut schmeckte. Meine Zähne waren ungeheuer spitz.

Meine Sinne erwachten und gerieten in Alarmbereitschaft. Ich stieß meinen Kopf zurück und traf, laut dem Keuchen meines Angreifers, einen schmerzhaften Punkt. Sein Griff lockerte sich jedoch nicht eine Sekunde.

Blind rammte ich ihm meine Zähne in seinen Arm. Sein rauer Schrei mischte sich mit einem schmerzhaften Zischen. Ich verstärkte meinen Biss und schmeckte den metallischen Geschmack von Blut. Er presste sich härter gegen mich, als würde er mich um keinen Preis gehen lassen. Die Finger seiner anderen Hand bohrten sich in meinen Bauch.

Ich sammelte meine Kräfte und beschwor ein letztes Mal meine Wölfin.

Zusammen mit ihr schaffte ich es, ihn so hart gegen das Schienbein zu treten, dass er zurücktaumelte.

Er riss mich mit sich, aber ich drehte mich in seinem nachlassenden Griff und schlug ihm gegen die Brust. Er stolperte zurück, dabei ließ er mich los. In letzter Sekunde fing er sich an der nahen Wand ab. Er schüttelte benommen den Kopf, sah auf und …

»Du bist so ein Arschloch!«, fuhr ich ihn an.

Zanes grausames Lachen drang bis in meine Glieder.

Ich kniff die Augen zusammen und näherte mich mit bedächtigen Schritten. Als ich vor ihm stehen blieb, bohrte ich meinen Finger in seine harte Brust und funkelte ihn wütend an. »Du bist so ein mieses, kleines …« Ich formte die Finger zu Klauen, als wenn ich ihm den Kopf abreißen wollen würde. Sein schallendes Lachen ging mir durch Mark und Bein.

»Ich weiß, aber wenigstens sehe ich gut aus.« Er grinste von einem Ohr zum anderen und verschränkte die Arme vor der Brust. Sein prüfender Blick flog über mich.

Ich zog die Brauen hoch und tat es ihm nach.

Zane schnaubte verächtlich und kam unter gesenkten Lidern auf mich zu. Seine im Zeitalter zurückgebliebene Kleidung machten seine Bewegungen nicht weniger bedeutungslos. Er war der Vampirfürst, ich nur eine verstoßene Wölfin.

Ich schluckte den Kloß in meiner Kehle hinunter und reckte das Kinn. Immerhin war ich eine Wölfin.

Er blieb dicht vor mir stehen. Wenn ich einen tiefen Atemzug nehmen würde, berührten wir einander. Ich starrte zu ihm auf und erinnerte mich an den Grund, aus dem ich hergekommen war.

Zanes Finger legte sich unter mein Kinn und drückten es zu sich hinauf. Heißer Atem begegnete in flachen Atemzügen meinen Lippen. »Warum bist du hier?«

Ich lächelte über die getäuschte Trägheit in seinem Gesicht. Sein Daumen fuhr nur wenige Millimeter über meinen Lippen ihre Form nach. Gänsehaut überfiel mich, es machte das Atmen schwer.

»Wenn du glaubst, dass du mich so um den Finger wickeln kannst, damit ich die Wahrheit sage, hast du dich geirrt, Vampir«, stieß ich atemlos hervor. Ich durchschaute seine Taktik, auch wenn ich seiner Nähe erlegen war. »Aber ich sage dir gerne die Wahrheit, denn nur deswegen bin ich hier.«

Zane hob eine Augenbraue. »Ist das so?«

»Ich will nicht, dass du die Ermittlungen ohne mich fortführst und mich zurücklässt.«

»Ich lasse dich nicht zurück«, erklärte er und legte seinen Daumen achtsam auf meine Unterlippe. Ihr Verweilen löste ein warmes Prickeln in meinem Körper aus. »Ich will nur nicht, dass dir meine Untertanen etwas antun. Sie mögen keine Wölfe und manchmal sind sie so impulsiv wie du. Wenn sie bemerkt hätten, dass du unter ihnen warst …« Er unterbrach sich, sah auf seinen Daumen und auf meine darunterliegenden Lippen.

Sie prickelten wie Brausepulver und trieben mich näher an ihn. »Was wäre dann passiert?«

Sein Adamsapfel hüpfte, seine Konzentration ruhte auf meinem Mund. Gerne hätte ich mich weiter zu ihm gelehnt und ihn berührt. Jedoch musste ich stark bleiben. »Ich hätte nicht gewollt, dass sie dich beißen«, murmelte er leise.

Mir blieb die Luft weg. »Wieso?«

Er sah zu mir auf und ein Strudel aus Bernstein setzte mir entgegen. Es zog mich immer weiter in das Loch hinab, in das ich vor etwa einer Woche gefallen war.

»Wieso dürfen sie mich nicht beißen?«, fragte ich erneut und betrachtete die geschwungenen Linien seiner Lippen. Wir waren uns so unfassbar nahe, dass seine Hitze auf meinen Körper überschwappte. »War dein Biss nach dem Besuch im *Rabbit* wirklich der einzige Weg gewesen, um mich von dem Gift der Vampire zu befreien?«

Zane blinzelte, er hielt die Luft an. Ein Ruck durchfuhr ihn, der ihn schlagartig von mir trieb. Er schüttelte benommen den Kopf und rieb sich mit den Händen über das Gesicht.

Die Zurückweisung brannte wie Galle in mir und trieb mir die Schamesröte ins Gesicht. Ich wandte ihm den Rücken zu und rügte mich für den Gedanken, Zane hätte mich in jener Nacht nur gebissen, weil er es wollte.

Ich war eine verstoßene Wölfin – eine Schande für meine

Familie und das Rudel. Selbst wenn ich es schaffte, meine Unschuld zu beweisen und meinen Platz im Rudel zurückzugewinnen, würde die Erinnerung an meinen Verstoß mit der Qual des Verlusts niemals meine Familie verlassen. Es würde wie eine Narbe sein, der wir jeden Tag aufs Neue ins Gesicht blicken mussten, um damit bis an unser Lebensende auszukommen – ungeachtet der Schmerzen.

Kapitel 23

Voller Ehrfurcht betrat ich den Raum, der sich hinter dickem Eisen zweier großer Tore verbarg. Ich hatte das Gefühl, einen Blick in die Zukunft zu werfen. Riesige Bildschirme bedeckten die Wände, an denen allerhand aufwendige Konstruktionen hingen. Die Kronleuchter des alten Teils des Tartaros wurden von schwebenden Lichtkugeln im neuen Teil ersetzt. Sie sahen aus wie kleine Monde, die im gemächlichen Tempo durch den Raum wanderten. Leere Schreibtische mit metallischen, kleinen Gerätschaften wie Mikroskope und Messbehälter zierten den Raum.

Langsam trat ich ein und löste mich von Zane, damit ich die elektronischen, schwach leuchtenden Tafeln betrachten konnte. Eine, verbildlichte unser Sonnensystem, eine andere die gesamte Welt mit all ihren Kontinenten und wiederum eine andere zeigte Danosc in all seinen Aufläufen. Jedoch wurde auf keiner der Tafeln der Standort des Tartaros verraten. Schade, ich hätte gerne gesehen, in welchem Stadtteil wir uns befanden oder ob wir überhaupt in der Stadt waren. Die Möglichkeit bestand, dass wir uns irgendwo anders auf der Welt befanden.

»Was ist das?«, fragte ich und schritt auf die Mitte des Raumes zu. Ein viereckiges Feld nahm vor meinen Füßen den Boden ein, es wirkte dunkler als der Rest des Raumes. Ich tippte vorsichtig mit der Schuhspitze auf die leichte Vertiefung, blieb am Rand stehen und legte den Kopf schief. Es federte. Merkwürdig. Außerdem wurde es aus engmaschigem Gitter gebildet, weshalb es eine Funktion aufweisen musste.

»Das ist unser Sonnensystem«, antwortete Zane und trat neben mich. Zusammen sahen wir auf die Fläche hinab.

Ich schielte zu ihm. »Wo?«

Er nickte zur Fläche und schob die Hände in die Hosentaschen. Seine altmodische Kleidung hatte er mit einem Fingerschnipsen in einen schwarzen, neuen Anzug umgetauscht. Auch die goldene, scharf gezackte Krone verschwand in jenem Augenblick von seinem stolzen Haupt. »Tritt in das Viereck.«

Schulterzuckend, denn was sollte mir in Zanes Anwesenheit passieren, wenn er für meine Sicherheit verantwortlich war, befolgte ich seine Anweisung. In der Mitte der dunklen Fläche stehend, drehte ich mich zu ihm um und hob theatralisch die Hände. »Wo ist es? Oder ist das eine Fallgrube, damit du mich für immer loswirst?«, fragte ich scherzhaft.

Zane rollte mit den Augen und fuhr sich durchs mitternachtsschwarze Haar. »Warte ab.«

Mit verzogener Miene wartete ich und kurz darauf verdunkelten sich die schwebenden Lichtkugeln. Ich hielt die Luft an, als ich das leise Surren eines hochfahrenden Computers wahrnahm. Nach einigen Sekunden verebbte es. Danach tauchte wortwörtlich das Sonnensystem auf.

Ich quiekte erschrocken, als ich mich in der Mitte unseres Planeten wiederfand. Sie waren fast so groß wie ein Ball, allerdings bei Weitem nicht so schnell. Sie bewegten sich unendlich langsam, kreisten um die Sonne und folgten ihr durch das Weltall. Ich kannte jeden einzelnen der sechs Planeten, die allesamt nach den alten Gottheiten benannt wurden. Selbst der Letzte von ihnen, der am äußersten Rand in seiner Umlaufbahn wanderte, war mir kein Mysterium. Langsam drehend, betrachtete ich die fernen Sterne und glaubte, einen vom Himmel sausen zu sehen. Wenn er in die Atmosphäre eindrang, würde er Teile seines Seins verlieren, und das mit funkelndem Staub überziehen, das ihm am nächsten kam. Ich staunte, denn es schien eine derzeitige Aufnahme unseres Sonnensystems zu sein.

»Das ist …« Ich ging zu unserem Planeten, der der Sonne am nächsten stand, betrachtete seinen kleinen Mond, der für Ebbe und Flut verantwortlich war. Nach einer Weile fand ich die richtigen Worte und befeuchtete meine Lippen. »… unglaublich.«

Stille senkte sich über den Raum, sie veranlasste mich, einen Blick zu Zane zu werfen. Er stand am Rande des Vierecks, einen Fuß auf dem Feld stehend, und starrte mich aus undefinierbaren Augen an. Welten zogen in ihnen vorbei, die wie Diamanten in seinen Pupillen glitzerten.

Er blinzelte. »Unglaublich ist nur eins von vielen Attributen. Aber deine Worte treffen es ziemlich gut.« Seine kehlige Stimme ließ mich nervös in die Wange beißen. In seinen Augen tanzten unsere Sterne, aber in ihrem Mittelpunkt stand etwas ganz anderes – jemand ganz anderes.

Ich.

Hitze schoss mir in die Wangen, ließ mich den Planeten zuwenden und tief durchatmen. Ich wischte mir die feuchten Hände an der Hose ab und zählte bis zehn. *Eins, zwei, drei...*

Nach einer gefühlten Ewigkeit überwand ich mich. Ich wendete mich ihm zu. Erleichterung durchströmte mich wie eine kühle Welle und kühlte die Wärme in meinen Wangen ab, als er mich mit ruhigem Ausdruck erwartete.

Ich wusste nicht, warum es mich immer wieder berührte, wenn er mehr als freundschaftliche Gefühle in mir auslöste. Es musste daran liegen, dass er ein Vampir und ich eine Wölfin war, die beide der Neugierde auf die andere Art unterlegen waren. Dass wir zwei Wochen aneinanderklebten, verstärkte auch noch die Neugierde aufeinander.

Alles hatte sich seit dem Richterspruch der sieben Vampirfürsten verändert. Ich wurde verstoßen, hatte die verloren, die ich am meisten liebte, und wurde an Zane weitergegeben. Er hatte meine Vorstellungen eines Vampirs in den Wind geworfen, weshalb mir nichts anderes übrigblieb, als die zerbrochenen Teile in mir neu zusammenzusetzen – in seinem Beisein. Dabei war Zane einer der aktiven Einflüsse, die das Zusammensetzen der Scherben in ihre alte, ganze Form erschwerten und gleichzeitig für Veränderungen sorgten.

Ich räusperte mich verlegen. »Wir sollten die Ergebnisse des Laborberichts in Empfang nehmen«, schlug ich vor und betrachtete, wie die Lichtkugeln aufleuchteten, als die Planeten zu Boden sanken, sobald ich das Gitter verließ.

»Definitiv.« Zane führte mich zu einer Tür, öffnete sie und ließ mir den Vortritt. Ich warf einen letzten Blick in Richtung des abgesenkten Gitters. »Wir können gerne wiederkommen.«

»Wirklich?«, fragte ich hoffnungsvoll. Ich gab es ungern zu, aber mir gefiel dieser Ort.

»Natürlich. Wenn wir Zeit haben, finden wir einen Weg, uns hineinzuschmuggeln.«

»Hineinzuschmuggeln?« Meine Augenbrauen wanderten zum Haaransatz. Wir betraten einen Flur. Indem ich die Ohren spitzte, nahm ich hinter den milchigen Glastüren, die rechts und links des Weges angebracht waren, dumpfe Geräusche wahr. »Was soll das heißen? Ich dachte, du hättest an jedem Ort in deinem Reich uneingeschränkten Zutritt.«

Zane lachte leise und schüttelte den Kopf. »In meinem Reich darf ich jeden Ort betreten. Das heißt aber nicht, dass ich wünsche, mich mit Leuten abzugeben, die mich nicht sehen wollen.« Ich warf ihm einen fragenden Blick zu. »Vor einigen Jahren besuchte ich das Forschungsteam des Tartaros. Es wäre möglich, dass ich versehentlich einige ihrer teuren Messgeräte zerstört habe.«

»Versehentlich?«

»Was denkst du denn?« Er grinste und schwelgte in Erinnerungen. »Ich betrete keinen Ort mit dem Ziel, etwas zu zerstören, Alva. Eigentlich wollte ich mich nur an einen Schreibstuhl setzen und über eine Sache recherchieren, als ich versehentlich einen Rollwagen angestoßen hatte. Dieser setzte sich in Bewegung und fuhr direkt gegen den Tisch mit den Reagenzgläsern. Kurz darauf gerieten sie zu Bruch. Das Ärgerliche daran war, dass in ihnen eine ätzende Flüssigkeit getestet wurde, die die Geräte in einem Umkreis von zwei Metern zerfraß. Danach wurde ich rausgeschmissen.« Er lachte leise und steckte mich an, bis ich lauthals losprustete. Ich konnte mir gar nicht vorstellen, wie Zanes Blick ausgesehen haben musste, als er von dem Laborteam rausgeworfen wurde. Vermutlich musste sich sein Ego ganze Wochen erholen.

Vor einer der Glastüren hielt Zane inne, stieß sie ohne Vorwarnung auf und trat selbstsicher ein. Wir betraten ein Labor aus vielen langen Tischen, die parallel angeordnet waren und den gesamten Raum einnahmen. Wuchtige Gläser mit allerhand Gliedmaßen von menschlichen Körpern schwammen in einer milchig-grünen Flüssigkeit. Ich verzog den Mund, als ich die Überreste von Toten in den Glasgefäßen schwimmen sah. Ein muffiger Gestank nistete sich in meiner Nase ein. Wie konnte jemand unter diesen Umständen arbeiten?

Hinter einem der Tische tüftelte ein kleiner Mann in weißem Kittel und einer bespritzten Schutzbrille vor den Augen an einem Präparat. Er spähte durch ein Mikroskop und machte sich mit hektischen Griffen an das Zerlegen eines Fetzens von gelblicher, schmieriger Haut.

»Hallo«, begrüßte ich ihn und trat näher. Zane war direkt hinter mir.

Der Mann sah auf, blinzelte überrascht und riss sich dann die vollgespritzte Brille vom Kopf. »Ah! Schön, dass ihr da seid. Ich habe auf euch gewartet.« Er winkte uns näher.

»Was hast du herausgefunden, Taylor?«, fragte Zane. Er gab ihm freundschaftlich die Hand, die er ohne zu zögern ergriff und kräftig schüttelte. Sie mussten Freunde oder zumindest gute Bekannte sein.

Taylor führte uns unter einem Torbogen hindurch und in ein Büro. Haufenweise Papierstapel türmten sich in allen Ecken, genau wie auf seinem Schreibtisch. Manche besaßen dunkle Kaffeeflecken und wieder andere dienten als Untersetzer für Tellertürme. Der faulige Gestank von Essensresten kratzte in meiner Kehle und vermischte sich mit dem Geruch von Brombeertee und heißer Zitrone.

Taylor zog aus einer sorgfältig beiseitegelegten Mappe einen Zettelbogen heraus und rümpfte die Nase. Er ging sie rasch durch und hielt daraufhin Zane das Papier unter die Nase.

Er nahm es stirnrunzelnd entgegen. »Nichts Auffälliges«, bemerkte er und gab mir den Bericht.

Ich nahm Zane den Papierbogen aus der Hand. Zu meiner Frustration reichten meine Kenntnisse für eine Bewertung der Analyse nicht aus, weshalb ich stumm die Zahlen und die Anmerkungen las. »Was bedeutet die Null?« Ich hob den Blick und sah den Laboranten fragend an.

Taylor lächelte breit. »Das ist wirklich ungewöhnlich und etwas, worauf es sich zu achten lohnt.« Ich richtete mich auf. »Die DNA ließ sich niemandem zuordnen.«

»Das ist nicht möglich«, bemerkte Zane scharf. »Jedes, auf dem

Planeten wandelnde Wesen, ist in den Datenbanken registriert. Es gibt keine Ausnahmen.«

Zane hatte recht. Es gab keine Ausnahmen, denn sogar die wilden Tiere der Natur konnten anhand ihrer DNA erkannt werden. Für ihre Registrierung in den Datennetzwerken benötigten wir nicht jedes Individuum auf der Welt, da es nur den Ursprung des Tiers einer Art zu verfolgen galt. Schließlich besaß jede von den Göttern erschaffene Art, einen gemeinsamen Vorfahren. Nicht einmal die Gesegneten der Götter vermochten sich diesem zu entziehen. Auch ihre zugesprochenen Mächte konnten sie nicht vor dem allwissenden Internet retten.

»Mit einer einzigen Ausnahme.« Taylors Augen funkelten. »Du kennst sie, Zane. Du verdrängst es schon seit Jahren.«

Es gab nur eine einzige Person, die älter als das System war, in dem wir lebten. Mir wurde kalt, als ich an das sanfte Lächeln und die klugen, silbernen Augen dachte. Natürlich brodelte ihre Aura vor Macht, jedoch hatte ich sie wegen ihrer Hilfsbereitschaft verdrängt und somit die Gefahr, die von ihr ausging, unterschätzt. Doch in welcher Verbindung stand sie zu dem Mord? Hatte sie Rowan Amsfoort geholfen? Es musste einen Grund geben, warum sich ihre DNA an dem Tatort, der nicht ihr Einflussgebiet markierte, befand.

Zane schien derselbe Gedanke gekommen zu sein, denn er verabschiedete sich kurz und zog mich an sich. Die Luft flimmerte, sobald wir die Landschaft querten und direkt in der Unterwelt landeten.

Kapitel 24

Die Unterwelt von Danosc wirkte im Vergleich zur Oberwelt wie ein Erholungsort mit üppigen Pflanzen und großen, weiträumigen Grundstücken.

Ich hielt staunend die Luft an. In meinen Vorstellungen spiegelte sich die Unterwelt Danosc's in einem düsteren Reich aus Finsternis, da es unterhalb der Erde lag. Doch dieser Ort strahlte vor Licht und Reinheit.

Auf den weiten, sattgrünen Wiesen erhoben sich prächtige Herrenhäuser, die allesamt von plätschernden Springbrunnen geziert wurden. Rosa und weiße Azaleen wuchsen zwischen niedrigen, ordentlich geschnittenen Hecken, die an manchen Stellen von rosaroten Rhododendren eingekreist wurden. Linden säumten die Straßen und die breiten Fußwege rechts und links des Weges und bildeten eine prächtige Allee aus geraden Kopfsteinpflastern.

Zane und ich steuerten zielstrebig auf das riesige Haus am Ende der Prachtstraße zu. Es ragte auf einem kleinen Hügel weit über uns hinaus und wirkte mit den vereinzelten, spitzen Türmen wie ein kleines Schloss. Vor der Breitseite ergoss sich Wasser über niedrige Treppenstufen in ein breites Becken, dass von einer Statue des halb nackten Apollo – Gott des Lichts und der Künste - eingenommen wurde. Lorbeeren zierten sein Haupt, wie ein gespannter Pfeil und Bogen seine geschäftigen Hände.

Trotz aller Schönheit konnte ich ein Schaudern nicht unterdrücken. Die Macht von Rowena musste grenzenlos sein, wenn sie die Sonnenstrahlen und den blauen Himmel so nachahmen konnte, dass Lebensraum für Pflanzen geschaffen wurde.

War es eine gute Idee, eine Frau mit so viel Stärke dic Haustür einzutreten? Allein bei dem Gedanken stellten sich meine Nackenhaare auf. Nein, sie wäre alles andere als begeistert, uns unangekündigt und fordernd in ihrem Reich zu sehen.

Ich wollte gerade etwas sagen, als vor uns ein Mann in einem schwarzen Schutzanzug erschien. Ich blieb wie angewurzelt stehen.

»Mitkommen«, befahl er und legte eine Schusswaffe an seinem Gürtel frei. Mir rutschte das Herz in die Hose.

Ein Blick zu Zane verriet mir, dass er alles andere als beunruhigt war. Warum sollte er auch? In seiner Position musste er nicht um sein Leben fürchten.

Wir folgten dem Vampir, sein erdiger Geruch verriet ihn, zu dem herrschaftlichen Herrenhaus und ließen uns von ihm durch eine Sicherheitskontrolle leiten. Die Nymphe, die mich abtastete, zog naserümpfend das Küchenmesser aus seinem Versteck. Meine Wangen brannten vor Scham. Nicht nur, weil ich vergessen hatte, dass ich das Messer bei mir trug, sondern auch wegen der Kläglichkeit dieser Waffe. Zanes Blick brannte auf mir. Ich wollte mir gar nicht vorstellen, was er in diesem peinlichen Moment der Stille von mir dachte.

Die Nymphe warf mir einen missbilligenden Blick zu, als sie das Küchenmesser, aus der Schublade von Zanes Apartment, beiseitelegte. »Ihr könnt es nachher wieder mitnehmen.« Ihre zarte Stimme erinnerte mich an das ruhige Plätschern von Wasser.

Ich nickte stumm und trat zu dem auf mich wartenden Zane. Der fragende Gesichtsausdruck bedeutete mir, dass er mich nachher auf das Thema ansprechen würde. Mein Magen drehte sich bei dem Gedanken, ihm erklären zu müssen, warum ich gedacht hatte, mich mit einem Küchenmesser zu bewaffnen.

Der Vampir, der uns auf der Prachtstraße abgefangen hatte, führte uns eine lange Wendeltreppe hinauf, die zu einem der Türme mit den strahlend blauen Dächern führte. Ich war mir sicher, dass in diesem Herrenhaus Rowena residierte, jedoch glaubte ich nicht, die Freude auf ihrem Gesicht zu sehen, wenn wir ihr gegenüberstanden. Bei unserem letzten Besuch in der Unterwelt, hatte Zane zwei Vampire zu Asche verbrannt und etwas von ihr gefordert, dass sie nicht gerne hergegeben hatte.

Wir durchquerten lange Räume mit im Wind wogenden Vorhängen und reich ausgekleidetem Dekor auf Vasen, Fensterscheiben und Deckengemälden. Dieser Ort wirkte magisch. Ich fühlte mich, wie in einem kleinen Märchenschloss vor einer traumhaften Aussicht auf einen gepflegten Garten.

»Sieh mal einer an, wen haben wir denn da?« Rowena lag ausgestreckt auf einer Chaiselongue. Sobald wir sie sahen, setzte sie sich auf und strich die leichten Stoffbahnen ihres Himation – ein Kleidungsstück der Antike – über ihre Beine. »Zane Ashwood und Alva Darkhorn besuchen mich in meinem schönen Heim.«

Zane und ich blieben in einiger Entfernung stehen, als der Vampir, der uns hergeführt hatte, an uns vorbei trat und sich tief verbeugte. »Meine Lady, vergebt mir, Eure Ruhe zu stören. Jedoch drangen der Vampir und die Wölfin ohne unsere Kenntnis eines Besuches in Euer Reich ein.«

Rowena lächelte und schickte den Vampir mit wenigen Worten weg. »Keine Sorge, Pablo. Zane tut sowieso immer das, was er will.« Sie deutete ihm mit einer Kopfbewegung, leise seinen Rückzug anzutreten.

Doch Pablo schien von ihren Worten nicht beruhigt worden zu

sein, denn er warf Zane und mir einen warnenden Blick zu, bevor er auf leisen Sohlen verschwand.

»Entschuldigt seine Unhöflichkeit.« Rowena seufzte und stand auf. Ihr Himation fiel ihr locker von den Schultern. »Pablo ist mein fähigster Wächter und dementsprechend misstrauisch gegenüber Fremden.«

Ich räusperte mich und trat vor. Wir hatten keine Zeit, denn in Danosc herrschte die stille Nacht. In weniger als 24 Stunden fand das Abendessen mit den Vampirfürsten statt, weshalb ich erholt sein musste, um Amsfoort mit dem Mord an seinem Großvater zu konfrontieren und in seinem Anwesen nach Beweisen zu suchen.

Doch bevor ich das Wort ergreifen konnte, schob sich Zane vor mich. »Inwieweit bist du in den Mord an Amsfoort verstrickt?«

Die Grobheit seiner Worte ließ mich zusammenzucken. Jedoch hätte ich es erwarten müssen, denn er war kein Mann der schönen Worte, wenn es um wichtige Angelegenheiten ging. Er sah sein Ziel vor Augen, visierte es an und feuerte mit geladenen Geschossen.

Rowena zuckte mit keiner Wimper. Stattdessen goss sie Tee in eine Porzellantasse und balancierte auf einem winzigen Löffel ein Zuckerstück in das nach Kräutern riechende Gebräu. Dass sie uns kein Getränk anbot, wie es jeder aufmerksame Gastgeber getan hätte, entging mir nicht.

»Wir beschuldigen dich nicht des Mordes«, versuchte ich uns mit einer Lüge aus dem Schlamassel zu retten. »Wir wollen nur erfahren, warum dein Haar am Tatort vorzufinden war, obwohl das Gebiet um die Grenze zwischen *Line Quarter* und *Riverside* nicht unter deinem Einfluss steht.«

Die Herrscherin der Unterwelt schritt gemächlich durch einen durchsichtigen Vorhang und auf den Balkon. Zane und ich folgten ihr wie Motten, die vom Licht angezogen wurden.

Kaum küsste die warme Sonne meine Haut, wirbelte eine angenehme Brise mein Haar auf. Es war ein schönes Gefühl, mäßigere Temperaturen zu spüren. Trotz der Umstände, die uns an diesen Ort brachten, genoss ich die stillen Minuten auf dem Balkon.

»Wie kommt ihr darauf, dass es mein Haar ist?«, fragte die Herrin dieses Hauses leise. Sie lehnte sich an das Balkongeländer und starrte in ihre Teetasse.

Ich warf Zane einen warnenden Blick zu, weshalb er sich stumm in den Hintergrund verzog. Er war mir ein guter Freund geworden, wirkte manchmal wie ein Liebhaber, und blieb der größte Unterstützer meiner Mission. Allerdings blieben es meine Ermittlungen und nichts, weder unsere Beziehung noch etwas anderes, konnte etwas daran ändern.

Vorsichtig näherte ich mich Rowena und stellte mich neben sie an das Geländer. »Wir ließen die Haare untersuchen«, antwortete ich wahrheitsgemäß. »Es tut mir leid, aber die DNA ließ sich keinem Wesen zuordnen.«

Rowena verzog die Lippen zu einem geraden Strich. Sonnenlicht spiegelte sich auf ihren Wangen und auf einmal wirkte sie so … traurig. Blei senkte sich in meinen Magen, denn ich kannte den Ausdruck der tiefen Traurigkeit in ihren Augen. Ich hatte genauso ausgesehen, als ich erfuhr, dass ich meine Familie mit dem Rudel verloren hatte.

»Schäme dich nie dafür, ein Herz zu besitzen.« Sie legte ihre Hand auf meine und drückte sie bestärkend. »Ich habe meins vor langer Zeit verloren.«

Ich warf Zane einen unsicheren Blick über die Schulter. Was hielt er von der Situation?

Er nickte mir aufmunternd zu, weshalb ich mich wieder zu

Rowena drehte und zaghaft meine Hand auf ihre legte. Wenn sie die Berührung brauchte, würde ich sie nicht wegstoßen.

»Alva, ich lebe schon so lange«, klagte sie. Ich runzelte die Stirn, unsicher, ob ich ihr mein Mitgefühl zeigen sollte oder nicht. Sie war älter als jeder Vampirfürst, was bedeutete, sie musste über Jahrtausende leben. Es musste schmerzhaft sein, die Leute sterben zu sehen, die einem am meisten bedeuteten. So sehr, dass man es irgendwann vorzog, allein zu leben, um sein Herz zu schützen, sofern es nach all der Pein noch existierte.

»Ich verstehe.« Ich drückte ihren Handrücken, um sie zum Sprechen aufzumuntern. Vielleicht konnte ich uns beiden einen Gefallen tun, indem ich ihr mein Ohr schenkte und sie mir ihre Aussage, wie sie in den Mord mit Amsfoort verstrickt war.

Ihr Blick richtete sich in ihren Garten. Immergrüne Laubbäume wuchsen mit dicken Stämmen und stolzem Blätterdach in den wolkenlosen Himmel. Es war unbegreiflich, wie sie die Illusion der Sonne ohne Mühe aufrechterhielt.

»Nein, Alva.« Rowena schüttelte den Kopf und löste sich mit einem schwachen Lächeln von mir. »Du verstehst es nicht.«

Ich richtete mich auf. »Dann kläre mich auf.«

»Sieh dir mein Reich an.« Sie umklammerte ihre Teetasse mit beiden Händen, als sie mit ihrem Kinn in die Ferne ruckte. »Du siehst ein schönes Land voller Sonne und grüner Pflanzen, in der es kaum Schmerz und Leid gibt. Mein Volk ist glücklich und lebt im Wohlstand, ohne Sorgen, überall verstreut. Heute ist das mein größtes Glück.« Zane trat neben mich und legte seine Hand auf meine Schulter. Ich unterdrückte ein Lächeln, als ich Rowenas Worten lauschte. »Wieso sollte ich einen Vampir töten, dessen Aufstieg ich mit Leichtigkeit hätte verhindern können?«

Darauf wusste ich keine Antwort.

Ich trat unruhig auf der Stelle. Niemand konnte Rowena etwas anhaben, da nicht einmal die mächtigen Vampirfürsten sich dem Ausmaß ihrer Macht bewusst waren. Gewiss hätte sie mit Leichtigkeit Amsfoort vor seinem Amtsantritt umbringen lassen können, aber rechtfertigte das ihre Unschuld? Ihre DNA wurde am Tatort gefunden. Mir wurde mulmig zumute und ich sah Hilfe suchend zu Zane. Er wirkte das erste Mal genauso ratlos wie ich.

»Meine Ziele sind andere«, erklärte Rowena. »Ich strebe nicht danach, meine Macht weiter auszubauen. Mein Ziel ist es, mein Volk in Sicherheit zu wissen.« Sie hob den Blick zu Zane. »Du weißt, dass Lusini mein größter Befürworter und ein willkommener Freund meines Reiches war.«

Entweder Zane erinnerte sich an etwas, oder er überlegte, wie er sich auf Rowena stürzen konnte, ohne Pablos Aufmerksamkeit zu erregen. Soweit ich es beurteilen konnte, bestätigte sich mein erster Gedanke, denn der Blick, den Zane mir zuwarf, verdeutlichte, dass wir nachher reden würden.

Ich bestätigte ihm mein Einverständnis mit einem Kopfnicken und drängte die kitzelnde Neugierde in meinen kribbelnden Fingern zurück. Tief durchatmend fragte ich: »Wenn wir davon ausgehen, du bist unschuldig, wie, denkst du, ist deine DNA in die unmittelbare Nähe des Tatorts gelangt?«

Ihre Augen funkelten wie Sternenstaub, als sie mir einen prüfenden Blick zuwarf. »Vermutlich auf dieselbe Art und Weise, wie deine DNA am Mordopfer gelandet ist.«

Ich schnappte hörbar nach Luft. Die Wahrscheinlichkeit, dass der Mörder absichtlich verschiedene Spuren auslegte, die zu unterschiedlichen Leuten führten, wäre mir nie in den Sinn gekommen. Ich ballte die Hände zu Fäusten und drängte das wütende Knurren in meinem Kopf zurück. Jemand wollte uns etwas anhängen und auf diesem Wege von sich ablenken.

»Was denkst du, wer könnte uns etwas anhängen wollen?« Mein Körper bebte, als würde er etwas zerschlagen wollen.

Die Herrscherin der Unterwelt nippte mit gespreizten Fingern an ihrem Tee. »Hinter mir sind eine Menge unzufriedener Rebellen her, aber hinter dir …«, sinnierte sie und fuhr sich mit der Zunge über die Zähne. Sie schüttelte den Kopf und stellte das dünne Porzellan auf die Untertasse zurück. »Es tut mir leid, Alva. Auf diese Frage kenne ich keine Antwort.«

Die Nacht brach über uns zusammen, sobald wir in das sichere Apartment über den Wolken zurückkehrten. In wenigen Stunden würde die Sonne aufgehen und mit ihren sanften Strahlen den neuen Tag voller Ereignisse ankündigen.

Doch nun stand ich mit Zane in der Küche und durchforstete in seinem Beisein den Kühlschrank nach etwas Nahrhaften.

»Du wolltest mit mir reden«, erinnerte ich ihn.

»Wollte ich das?« Er klang erschöpft.

Ich zog Erdbeeren aus dem untersten Fach und drehte mich zu dem Vampir um. Er stand, mit vor der Brust verschränkten Armen an den Küchentresen gelehnt, nur einen Meter hinter mir. »Ja, deine Augen funkeln immer, wenn du etwas von mir willst.«

Seine Mundwinkel zuckten nach oben. »Und du denkst, deine Beobachtungsgabe ist zuverlässig genug, um mein Verlangen nach dir zu deuten?« Er stieß sich vom Tresen ab und klaute eine Erdbeere aus der Schale.

Bei seinen Worten stockte ich in meiner Bewegung. *Mein Verlangen nach dir?* Hatte ich mich verhört? Oder interpretierte ich seine Worte auf anderen, unangemesseneren Ebenen, die dem Vampir nicht in den Sinn kamen.

Doch wann tat Zane etwas Unüberlegtes? Die Antwort war eindeutig: Nie.

Meine Wangen wurden heiß. Ich stopfte mir schnell eine Erdbeere in den Mund, um Zeit zu schinden und mir meine nächsten Worte zu überlegen.

»Ich weiß nicht, sag du es mir.« Meine Antwort klang schrecklich rau. Meine Brüste wurden schwer, als ich heißen Atem über meine Schläfen schweben spürte. Ein leises Seufzen entkam mir.

Seine Nähe wirkte wie ein Aphrodisiakum, dem ich nicht entkommen konnte. Mit jeder Annäherung zog er mich dichter an sich, ohne auch nur den Verdacht zu schöpfen, wie sehr ich mich nach jedem Mal, nach ihm verzerrte. Oder kannte er die Auswirkungen seiner Nähe? Spürte er dasselbe Verlangen nach Nähe?

Zanes Hand tauchte in die Schale zwischen uns. Ich konnte mich von seinem hypnotisierenden Blick nicht abwenden und beobachten, was er tat. Jedoch spürte ich die pralle Frucht an meinen Lippen und nahm sie samt seiner Finger in den Mund.

Ein kehliges Stöhnen brach über seine Lippen, sobald ich an seinen Fingern saugte. Wenig später lagen seine nach Erdbeeren schmeckende Lippen auf meinen und nahmen sich das, wovon ich wollte, dass er es an sich riss.

Meine Lider flatterten, als ich die Schale fallen ließ, um mich in seinem Reverse festzukrallen. *Ja, bitte*. Das war es, was ich so dringend brauchte, wonach ich mich seit Tagen verzerrte.

Der Druck seines sündigen Körpers an meinem brachte mich um den Verstand und vertrieb jegliche Zweifel und Sorgen der letzten Tage. Mein Körper wurde zwischen einer Wand aus steinharten Muskeln und dem Küchentresen gefangen gehalten, was meine Körpermitte zum Pulsieren brachte.

Zane vertiefte den Kuss und schabte mit seinen Fangzähnen über meine Unterlippe, dass ein Funken von Schmerz meine Lust gänzlich zum Entfachen brachte. Ich drängte mich an ihn und fuhr mit den Händen abwartend seine Brust auf und ab.

Ich wollte ihn so sehr.

Ein Krachen ertönte und ließ uns auseinanderfahren. Mein Herz trommelte mir bis zum Hals, als ich Draven mit offenem Mund im Wohnzimmer stehen sah. Zu seinen Füßen breiteten sich Scherben und eine zerlaufende Wasserlache aus.

Hitze schoss in meine Wangen. »Gute …« Ich räusperte mich und verlieh meiner zitternden Stimme Kraft. Die hitzigen Flammen meines Körpers wurden von Eis übergossen. »Gute Nacht.«

Zanes Blick brannte auf mir wie heiße Kohlen, als ich Hals über Kopf in mein Zimmer floh. Noch während ich meinen Rückzug antrat, wusste ich, dass mein impulsives Verhalten ein schweres Nachspiel haben würde. Die Frage blieb nur, wie es sich zwischen all dem Chaos äußern würde.

Schwindel überkam mich, sobald ich die rettende Tür hinter mir schloss und kraftlos zu Boden sank. Ich vergrub den Kopf in meinen Händen. Was hatte ich nur getan?

Kapitel 25

Ich verbrachte den gesamten Tag in meinem Zimmer. Nachdem ich Zane geküsst hatte, ihn spüren lassen habe, wie wenig ich ihm abgeneigt war, und ihn zurückgewiesen hatte, als Draven uns erwischt hatte, konnte ich ihm nicht unter die Augen treten. Unmöglich konnte ich Zane je wiedersehen, ohne vor Scham im Erdboden zu versinken. Es machte es nicht besser, dass Nyx die dicke Luft spürte.

»Ist alles in Ordnung mit Zane und dir?«, fragte sie vorsichtig und rutschte unruhig in dem Sessel herum. Ich hatte darauf bestanden, die richtige Handhabung mit dem Vorlegebesteck in meinen Räumen zu lernen, was natürlich ihr Misstrauen auf mich zog. Sie wusste, dass etwas letzte Nacht geschehen sein musste.

»Wir verstehen uns gut«, gab ich zu. Deswegen hatten wir uns letzte Nacht beinahe aufgefressen, dachte ich still und wurde allein bei dem Gedanken rot. Sein Körper hatte sich perfekt in meine Rundungen geschmiegt und mich sein Verlangen spüren lassen, wie ich ihm meine eigene Lust offenbart hatte.

Nyx hob eine Braue und deckte den Tisch zwischen uns ein, wie ich es heute Abend zu erwarten hatte. Heute wollte ich das gemeinsame Abendessen mit den Vampirfürsten nutzen, um endlich den Hauptverdächtigen, Rowan Amsfoort, mit seiner Schuld zu konfrontieren. Selbst wenn er mich anlügen sollte, die Wahrscheinlichkeit war hoch, würde ich mich irgendwie von der Veranstaltung lösen und sein Haus erkunden. Irgendwo musste ich Informationen über die Verbindung zu seinem Großvater erfahren.

»Zane mag dich mehr, als ihm derzeit bewusst ist.« Nyx verteilte das Besteck neben den Tellern. »Früher oder später wird es euch beiden bewusst werden.«

Ich horchte auf und klemmte die Hände zwischen meine Beine. Natürlich musste Zane eine Art von Anziehung zu mir verspüren. Ansonsten hätte er gestern nicht den ersten Schritt gemacht und mir die Erdbeere zwischen die Lippen geschoben. Ich wandte verlegen den Blick auf meine geliehenen Hausschuhe.

»Wie meinst du das?« Obwohl ich das Thema beenden wollte, damit Nyx keinen Verdacht schöpfte und von dem Kuss erfuhr, wollte ich mehr von Nyx Gedanken erfahren. Wie dachte sie, als seine Freundin und Assistentin, über Zane und mich?

Ihr Lächeln wurde breiter. »Oh.« Erst jetzt wurde mir bewusst, dass sie einen Köder ausgelegt hatte. »Du findest ihn anziehend, aber existiert zwischen euch noch mehr?«

Hitze schoss in meine Wangen. Ich wollte sie gerade für ihre schamlose Frage rügen, als sie beschwichtigend die Hand hob, und mir Einhalt gebot. »Warte, du musst die Frage nicht beantworten. Es war falsch von mir, dir eine Antwort abringen zu wollen, da du selbst nicht weißt, was du in Wahrheit willst.«

Ich stutzte über ihre Aussage. Das Rudel und meine Familie standen an oberster Priorität, denn das war es, was ich mir am sehnlichsten wünschte. Oder nicht? Zane war ... Mein Herz wurde schwer. ...ein Vampir. Ich war eine Wölfin und gehörte zu meinem Rudel – zu meiner Familie. Selbst wenn ich ihn wollte, würde es wegen unserer unterschiedlichen Natur nicht funktionieren. Oder doch? Hatte Zane nicht gesagt, dass die Mächtigen aus alten Zeiten die nun verhassten Arten gespalten hatten, weil sie ihre Macht mehren wollten? Ich schüttelte den Kopf.

Ich sollte gar nicht darüber nachdenken. Selbst wenn Zane und ich mehr als Leidenschaft füreinander empfinden sollten, würde ich mich immer für mein Rudel entscheiden. Denn ich würde mich zwischen ihnen entscheiden müssen. Ich konnte nicht beides haben, das Rudel würde es nicht zulassen.

Seufzend betrachtete ich die neben dem Teller liegenden drei Gabeln, zwei Löffel und zwei Messer. Ich runzelte die Stirn. Wozu brauchte eine einzelne Person so viel Besteck? Genauso wenig benötigte ich drei unterschiedlich geformte Weingläser.

»Am besten, du orientierst dich an Zane, wenn du vergessen hast, mit welchem Besteck du welche Speise isst«, fing Nyx ihre Unterrichtstunde an. »Meistens gibt es drei Gänge, die du alle probieren musst.« Sie erklärte mir die Funktion der äußersten Gabel und arbeitete sich bis zum Tellerrand vor. Danach erzählte sie mir, wie wichtig es war, aus dem richtigen Weinglas zu trinken und wie ich das Messer zu halten hatte. Das führten wir bis zum späten Nachmittag aus, bis mein Kopf nur so brummte und ich meine Freundin mit einem schwachen Lächeln entließ.

Wenig später drehte ich mich vor dem riesigen Spiegel in meinem Ankleidezimmer. Für das Abendessen galt ein eleganter, vornehmer Dresscode, den ich so gut es ging, erfüllen wollte. Die Vampirfürsten sollten wissen, dass ich keine verlauste Wölfin aus dem Walde war, die sie nach Belieben einem Spielball hinterherlaufen lassen konnten. Nein, wenn sie mich nicht wegen meiner Art wertschätzen konnten, sollten sie sich wenigstens vor meiner Gegenwart in Acht nehmen.

Ich holte tief Luft und strich mit einer Hand über die geistige Barriere meiner Wölfin. Nachher würde ich sie brauchen.

Ein Klopfen an meiner Tür.

»Herein!« Ich beugte mich zum Spiegel, um den roten Lippenstift aufzutragen, den ich in meinem Frisiertisch gefunden hatte.

Zane trat in einem rabenschwarzen, königlichen Anzug in mein Schlafzimmer. Er blieb wie angewurzelt stehen, als sich unsere Blicke im Spiegel trafen.

Ich schluckte und richtete mich kerzengerade auf, sobald ich den Strom aus Elektrizität meine Wirbelsäule hinab schießen, spürte. Die Atmosphäre veränderte sich schlagartig. Sie züngelte vor aufgestauter Energie, heißem Verlangen und dem süßen Geschmack von Erdbeeren auf meiner Zunge.

Zanes Adamsapfel hüpfte. Er schien sich ebenfalls zu erinnern.

»Du siehst wunderschön aus.« Seine Augen flogen über das tiefschwarze Kleid. Es lag wie eine zweite Haut an meinem Körper und betonte jede meiner Rundungen, sodass nichts der Fantasie überlassen war.

Das Lächeln auf meinen Lippen ließ sich nicht verbergen, als ich langsam auf ihn zuging, und mit jedem Schritt den hohen Beinschlitz freilegte. Das Kleid war hochgeschlossen, besaß einen wunderschönen, schlichten Kragen und zeigte meinen nackten Rücken. Ich fühlte mich gefährlich und wie die fleischgewordene Sünde. Mächtig konnte das Hochgefühl nicht beschreiben, in dem ich schwelgte, seitdem ich das Kleid angezogen hatte.

»Ist das so?«, hauchte ich. In diesem Kleid wollte ich mutig sein. So mutig wie Silva Inferna in den Tod gegangen war, nachdem sich die Leute von ihrer Macht bedroht gefühlt hatten. Ich blieb dicht vor Zane stehen und strich sein Jackett über der Brust glatt. Er erbebte unter meiner Berührung, rührte sich jedoch nicht von der Stelle. »Du siehst auch gut aus.«

Zane holte tief Luft und sah auf mich hinab. »Wir sollten uns zu dem Abendessen aufmachen.« Seine Nasenflügel bebten. »Ansonsten kommen wir heute Nacht nicht mehr aus dem Zimmer.«

Mein Lachen klang wie ein Glockenspiel. Ich nahm es als

Herausforderung, um auf die Zehnspitzen zu gehen und ihm einen Kuss auf die Wange zu hauchen. »Einverstanden, Vampir.«

Damit zog mich Zane an seine Seite und querte mit mir die Landschaft, wie wir es schon ein paar Mal getan hatten.

Harter Boden materialisierte sich unter meinen hohen Absätzen, ehe Klänge von Musik an meine Ohren schwebten und meine Wölfin zum Summen brachte. Sie war hellwach und suchte durch meine Augen nach Hinweisen, mit denen wir Rowan Amsfoort's Schandtat beweisen konnten. Wenn sie etwas fand, würde sie an meinen Geist stupsen und mich führen.

»Willkommen.« Ein junger Vampir begrüßte uns, noch ehe ich mir meiner Umgebung bewusst werden konnte. »Zane Ashwood, Alva Darkhorn, es ist mir eine Freude, mit Euch einen gemeinsamen Abend zu verbringen.« Er legte sich die Hand aufs Herz. »Rowan Amsfoort, sehr angenehm.«

Rowan, der Vampir, der mich während meiner Gerichtsverhandlung angelächelt hatte, schüttelte freundschaftlich Zanes Hand. Ich war im Inbegriff, dasselbe zu tun, als er meine Finger von unten ergriff, und seine Lippen zu meiner Handfläche führte. Ein schneller Kuss, der meine Wangen zum Glühen brachte, und Zane neben mir verkrampfen ließ, brachte den jungen Vampirfürsten zum Strahlen. Kaum hatte er sich umgedreht, um uns von dem Eingangsbereich in sein Esszimmer zu führen, wischte ich mir eilig die Hand an dem Kleid ab. Zanes Augen funkelten amüsiert.

Er lehnte sich zu mir. »War sein Kuss nicht so gut wie meiner?«

Ich riss die Augen auf und warf dem Vampir einen bösen Blick zu, was ihm ein siegessicheres Lächeln auf die Lippen zauberte. Kopfschüttelnd stieß ich ihm den Ellenbogen in die Seite. Er war unverbesserlich.

Das Esszimmer barg eine hohe Decke mit zwei opulenten Lüstern, deren Kerzenlicht ein sanftes Schimmern ausstrahlte. Unter ihnen, perfekt in der Mitte des ausgedehnten Raumes befindend, fand sich ein imperialer Esstisch mit allerhand dekorativen, erhabenen Kerzen, zarten Blumen und glänzenden Gedeck wieder. Vor ihm wurden Stühle mit hohen Rückenlehnen arrangiert, die mich allein beim Hinsehen, wie eine Königin fühlen ließen, so prachtvoll ließen die Rubine die Polster erscheinen.

So wie es aussah, waren Zane und ich die letzten Gäste, denn es befanden sich neben Rowan fünf plaudernde Vampire im gesamten Esszimmer verteilt. Ihre Gespräche verstummten abrupt, sobald wir den Raum betraten. Augenblicklich spürte ich das unbedingte Verlangen, mich vor ihren brennenden Blicken zu verstecken, die sich seit langen Sekunden in meine Haut fraßen.

»Lasst uns zu Tisch begeben und das Speisen beginnen.« Rowan schenkte der angespannten Stille keine Beachtung. Mit einer einladenden Geste deutete er zum Tisch.

Wir fanden unsere Wege zu den uns zugedachten Plätzen und setzten uns im eisigen Schweigen. Zu meiner linken Seite befand sich Zane, der neben Rowan saß, und zu meiner rechten hielt ein fremder Vampir mit langem weißem Bart seinen Stuhl warm. Ich hatte das Gefühl, keiner der Fürsten wusste von meiner Anwesenheit bei dem Essen, bevor ich aufgetreten war.

Unruhig spähte ich zu Zane, der sich leise mit Amsfoort unterhielt, und ließ meinen Blick durch den Raum schweifen. Ich zuckte zusammen, als ich Anwirs auflodernde, rote Augen auf der anderen Seite des Tisches in meine Starren sah. Er schenkte mir ein messerscharfes Grinsen.

Bedienstete erschienen aus den Schatten der Wände. Erleichtert sackten meine Schultern hinab, als sich die Aufmerksamkeit der Vampire auf sie richtete. Die Angestellten von Rowan gossen einen Weißwein in eines der drei arrangierten Weingläser, die jeden Teller in der oberen, rechten Ecke zierten. Die erste Speise wurde kurz darauf serviert und bestand aus einem Salat mit Lachs und Kaviar, den ich skeptisch beäugte. Mir wurde bewusst, dass bei diesem Essen nicht der Geschmack an erster Stelle stand, sondern der Preis des Essens. Rowan wollte mit seinem Abendessen die Vampirfürsten beeindrucken und seine Macht, von der Ausstattung der Einrichtung bis zum teuren Wein, für sich gewinnen und somit seine Qualitäten aufzeigen.

Während des gesamten Essens orientierte ich mich an Zane, um zu jeder Speise das richtige Besteck zu nutzen. Nach jedem Bissen spürte ich die brennenden Augen der Vampirfürsten auf mir ruhen, die jede meiner Bewegungen verfolgten. Dabei unterhielten sie sich und stoßen klirrend die Gläser aneinander, bis erst der Wein und später Blut auf die Tischdecke schwappte.

Der Kontrast zwischen ihnen und mir stieg mir zu Kopf, bis sich die Welt drehte und Hitze mit dem Dampf des roten Fleisches meine Schläfen zum Pochen brachte. Ich gehörte nicht an diesen Ort, ich wollte nicht länger an diesem Tisch sitzen und wie ein Zirkustier von allen Seiten beäugt werden. Vermutlich drehten sich die leisen Gespräche der Vampire um mich und die Art, wie ich das Weinglas packte und es zu meinen Lippen führte.

Ich nippte an dem Rotwein, um den Schwindel zu dämpfen. Doch je mehr ich ihn bekämpfte, desto mehr drang er sich mir auf. »Entschuldigt mich«, murmelte ich leise und schob eilig den Stuhl über den Boden. Unter den Blicken dampfte meine Haut.

Ich ignorierte Zanes besorgten Blick und folgte Rowan's leiser Anweisung, sich vor dem Zugang zum Esszimmer nach links zu wenden und dem Flur zur vorletzten Tür zu folgen.

Im Badezimmer angekommen, drehte ich den Wasserhahn auf, um mir kühles Wasser ins Gesicht zu spritzen. Die Welt drehte sich unentwegt, sodass ich mich fragte, wie ich es bis zu den Toiletten geschafft hatte. Mit schweren Lidern lehnte ich mich an die kühle Wand. Wieso brachte es mich so durcheinander zu wissen, dass ich anders war? War es die Tatsache, niemals zu Zane und in sein Leben passen zu können? Mein Herz wurde schwer.

Wie kam ich auf den Gedanken, mein Leben mit einem Vampir verbringen zu wollen? Ich schüttelte den Kopf. Die letzte Nacht hatte Mauern einstürzen lassen, die sicher stehen sollten. Jedoch hatte Zane sie in wenigen Minuten in Asche verwandelt, ohne sich der Konsequenzen seiner Taten bewusst zu sein. Schlimmer noch, ich hatte es zugelassen.

Ich schob die quälenden Gedanken mit der bitteren Erkenntnis, die ich wie eine Pille schlucken musste, beiseite und konzentrierte mich auf das Wichtigste. Meine Aufgabe lautete, Rowan Amsfoort an dem Mord seines Großvaters zu überführen.

Barfuß und die Schuhe unter die Achseln geklemmt, raffte ich mein Kleid mit einer Hand und ließ mich von meiner Wölfin durch das stockfinstere Haus leiten. Obwohl meine Augen seit dem Blutritual geschärft waren, umrundete ich die hohen Krüge aus Porzellan und vergoldeten Möbeln nur mit Mühen. Es schien so, als würde selbst die Luna die Nähe zu den Vampirfürsten meiden.

In den letzten Stunden hatten die spitzen Ohren meiner Wölfin jedes Wort von Amsfoort gelauscht, weshalb es ein Leichtes war, dem beschriebenen Weg in sein Arbeitszimmer im oberen Stockwerk zu folgen. Leise schloss ich die schweren Eichentüren hinter mir und zog die Schuhe wieder an.

Eine kleine Lampe spendete Licht auf dem aufgeräumten Schreibtisch. Vorsichtig schlich ich zu dem Schreibtisch und zog einige Schubladen auf, durchforstete die Aktenmappen und tastete sämtliche Möbel nach Geheimfächern ab. Frustriert pustete ich eine lose Haarsträhne aus dem Gesicht und stemmte die

Hände in die Hüften. Ich hatte nur noch wenige Minuten, bis jemand nach mir suchen würde.

Ich scannte die Umgebung nach Auffälligkeiten. Wo würde ein machthungriger, junger Vampir seine Schandtaten verstecken?

Mein Blick blieb an dem riesigen Bücherregal hängen. Geschwind setzte ich mich in Bewegung und ließ meiner Wölfin die Wahl, das erste Buch aus dem Regal zu ziehen. Ich streckte die Finger aus und umgriff ein Büchlein mit einem dunkelgrünen Einband.

Die Türklinke quietschte und ich wirbelte herum. Das Buch versteckte ich hinter meinem Rücken, als ich mit wild klopfendem Herzen Anwir direkt in die funkelnden Augen sah.

»Sieh mal einer an.« Seine Mundwinkel hoben sich zu einem triumphierenden Grinsen. »Hast du dich verlaufen?«, fragte er, als wüsste er die Antwort auf seine Frage.

Ich war wie vor Angst erstarrt und konnte nur meinem rasenden Herzen lauschen. »Ja.« Irgendwie schaffte ich es, das Wort über meine eingefrorenen Lippen zu zwingen.

Der Vampirfürst grinste von einem Ohr zum anderen. »Natürlich.« Er neigte den Kopf und erhaschte einen Blick auf das kleine Buch in meinen Händen. »Und das ist vermutlich dein Tagebuch, indem du in schrecklicher Verzweiflung deinen letzten Willen verfassen wolltest, bevor du der Einsamkeit dieser vier Wände unterliegst, da dein Prinz nicht gekommen ist, um dich zu retten?«

Ich nickte mechanisch. »Genau.« Was hatte er vor? Er würde mich nie im Leben ziehen lassen.

Anwir klatschte einmal in die Hände. »Dann kannst du dich glücklich schätzen, dass der mutige Ritter das gnädige Fräulein rechtzeitig gefunden hat, damit sie zusammen zu dem Prinzen zurückkehren können.«

Mir entgleisten die Gesichtszüge. Ich wusste nicht, ob Anwir mich nur bloßstellen wollte, denn das tat er auf jeden Fall, oder ob er mir drohte. Vielleicht war es auch beides.

Angst kroch mir wie eine eisige Hand in den Nacken, als er die Hand ausstreckte und ich ihm stumm das Buch in die Hand legte. »Braves Mädchen.« Mir wurde schlecht.

Mit einem Fingerschnipsen seinerseits fand der grüne Einband zurück in seinen vorgesehenen Platz. Danach fuhr er mit der Hand hinter meinen bloßen Rücken und bedeutete mir, ohne mich zu berühren, neben ihm das Arbeitszimmer von Amsfoort zu verlassen.

Sobald ich einen Schritt in das Esszimmer trat, schob sich Anwir mit einem Zähne zeigenden Lächeln an mir vorbei und verkündete stolz: »Ich habe sie rechtzeitig gefunden.«

Mir wich alle Farbe aus dem Gesicht, denn mir entging nicht, dass Anwir bedeutend verschwieg, wo er mich gefunden und bei was er mich erwischt hatte. Ich wusste nur nicht, ob sein Schweigen für mich von Vorteil war, oder ob es schwere Konsequenzen nach sich zog. Fest stand, der Vampirfürst hatte neben der leeren Mordanschuldigung etwas gegen mich in der Hand – und das war nie gut.

Kapitel 26

Ich nahm meinen Platz ein und spürte sofort den besorgten Blick von Zane auf mir.

»Geht es dir gut?« Seine Stimme war ein leises Flüstern, als er sich über die Armlehne zu mir lehnte.

Ich nickte schwach und warf einen bedeutenden Blick in Anwirs Richtung. »Ich wurde … gestört.«

Zane musste erahnt haben, dass ich im Anwesen nach Hinweisen zu Lusini Amsfoort's Mord gesucht hatte, denn er nickte knapp und musterte mein Gesicht. Sein Blick blieb an meinen blutroten Lippen hängen. »Ich wollte dir nach …« Er verdrehte den Kopf zu Anwir. »… aber er war schneller gewesen.«

Ich presste die Lippen aufeinander und schielte zu dem Vampirfürsten, der mich in Rowan's Büro erwischt hatte. Er saß mir mit einem breiten Lächeln gegenüber, schwenkte den Kelch, der mit Blut gefüllt war und unterhielt sich angeregt mit seinem Sitznachbar. Als er meinen Blick bemerkte, schenkte er mir ein nervenaufreibendes Lächeln, dass seine Fangzähne aufblitzen ließ.

Schaudernd lehnte ich mich zu Zane. »Glaubst du, ich kann nachher mit Rowan sprechen?«, flüsterte ich.

Er schüttelte zaghaft den Kopf und legte seine Hand über meine. »Er war es nicht.«

Mir stockte der Atem. »Wie meinst du das?«

Das konnte nicht sein, natürlich hatte Rowan seinen Großvater umgebracht. Er hatte im Zauberladen kristallinen Staub gekauft, um damit einen Dämon zu beschwören. Doch konnte ich ihm das nachweisen? Sein Name war einer von vielen auf der Liste gewesen, die wir von den Zauberläden erhalten hatten.

»Ich meine, dass er den Tränen nahe gewesen war, als ich seinen Großvater in einem Nebensatz erwähnt hatte.«

Ich runzelte die Stirn und ließ meinen Blick zu meinem Hauptverdächtigen wandern. Unsere Augen begegneten sich. Das Lächeln auf seinen Lippen erstarb.

Ich beendete den Blickkontakt und versank stattdessen in sattem Bernstein. »Dennoch werde ich mit ihm reden.«

»Wollt Ihr Euch nicht verabschieden, Lady Alva? Oder ist meine Gesellschaft ein solch beglückendes Geschenk für Euch?« Rowan musterte mich unter seinem Sektglas hinweg. Es hatte Stunden gebraucht, bis sich auch der letzte Vampirfürst höflich verabschiedet hatte. In der Zwischenzeit wurde die Veranstaltung in eines der vielen, königlich ausgestatteten Aufenthaltsräume verlegt.

Ich schenkte dem Vampir ein berauschendes Lächeln und rückte unwillkürlich auf dem Sofa dichter an Zane. Er legte lässig einen Arm auf die gepolsterte Lehne hinter mir.

Rowan hob abwehrend die Hände und näherte sich vorsichtig. Natürlich war dies sein Haus und seine Dinnerparty, aber die Warnung, mir zu nahezukommen, war unmissverständlich. Zane hielt sich in diesem Raum auf und er würde mich vor jeglichen Angriffen schützen, genauso wie er die bissigen Kommentare nach meiner Rückkehr aus dem vermeintlichen Badezimmer abgewehrt hatte.

»Eure Gesellschaft ist nett«, sagte ich und beobachtete, wie er sich in einen Ledersessel fallen ließ. Er lockerte mit einer Hand seinen Kragen. »Aber ich bin nicht von ihr abhängig.«

Rowan zog eine Augenbraue hoch. »Keiner verlangt, dass Ihr genauso sehr an mir klebt wie an Zane.«

Hitze schoss in meine Wangen, als mir die Wärme an meiner Seite bewusst wurde. Ich verkrampfte mich und ignorierte die Tatsache, dass Zane und mich kein Zentimeter trennte.

Der junge Vampirfürst kannte keine Scham, was mir schlagartig bewusst wurde. Ich ballte die Fäuste in meinem Schoß. Er wollte mich verdrängen, da er ahnte, dass die letzten Minuten meines Besuches ungemütlich werden würden. »Wie habt Ihr es geschafft, die Spuren so gut auszulegen, dass diese zu Rowena und mir führen?«, fragte ich unverhohlen, wie Zane es bei Rowena getan hatte.

Rowan zuckte unwillkürlich zurück. »Wie meint Ihr das?« Die aufwallende Panik in seiner Stimme ließ sich nicht verbergen.

Zane stieß einen warnenden Laut aus, den nur ich vernehmen konnte, so leise verklang er in der Luft. Ich ignorierte ihn, sein Leben wurde nicht von Vampiren bedroht, meins schon. Wenn Rowan der Mörder war, würde er mir nicht entkommen, indem er hinter einer Maske aus Traurigkeit versank.

»Ihr habt euren Großvater getötet und die Beweise der grässlichen Schandtat auf zwei Unschuldige ausgelegt, damit Ihr die Macht des Herrschens an euch reißen könnt.« Ich bebte vor Wut, jedoch rief Zane mich nicht zur Ruhe, wie er es mir beim Abendessen angewiesen hatte. Die ganze aufgestaute Trauer, der ganze Zorn und die ganze Enttäuschung der letzten Woche flossen wie Gift in meine Worte und verpesteten den Raum. »Ihr habt in den Tagen vor dem Mord eures Großvaters kristallinen Staub gekauft, um ihn so weit mit der Beseitigung der Kreatur zu schwächen, dass selbst eine Wölfin wie ich ihn mit Leichtigkeit töten könnte. Ihr habt irgendwie Rowenas DNA an den Tatort geschafft, damit es so aussieht, als würde noch jemand anderes am Mord verantwortlich sein.«

Rowan wurde blass wie eine Leiche. »Ich habe nichts dergleichen getan.«

Ich hob das Kinn und sprang auf. Rowan tat es mir gleich, während Zane scheinbar gelassen die Szenerie beobachtete und mir Rückendeckung bot, sollte ich sie benötigen.

»Ihr könnt euch nicht wehren, das Motiv ist perfekt!«, rief ich aus und bohrte ihm meinen Zeigefinger in die Brust. Ich kam in Versuchung, meine Krallen zu beschwören und ihm für all meine Schmerzen, die auf seinem Gewissen lasteten, büßen zu lassen. »Ein junger Vampir, der im Schatten seines Großvaters aufgewachsen ist, und sein Verlangen nach Macht kaum noch kontrollieren konnte. Ich habe gesehen, wie Ihr diesen Abend genossen habt, ohne auch nur ein ehrendes Wort über euren Großvater zu verlieren!«

Rowan's Unterkiefer mahlte, als würde er die Gefahr abschätzen, die Zane darstellte, würde er sich augenblicklich auf mich stürzen und seine Fangzähne in meinem Hals versenken wollen.

Ich schnaubte und ließ mir die Zähne meiner Wölfin wachsen. »An deiner Stelle würde ich mir weniger Sorgen um ihn machen, Vampir. Ich kann genauso gut beißen!«

Ein amüsiertes Glucksen hinter meinem Rücken brachte die Atmosphäre in Schwingungen. Rowan warf Zane einen tödlichen Blick zu. »Also schön.« Er seufzte und rieb sich die Stelle zwischen den Augenbrauen. »Ich beweise euch, dass ich meine Hände in Unschuld bade.«

Er ging voran und führte uns durch sein Haus, bis in das Arbeitszimmer, in dem mich Anwir beim Schnüffeln erwischt hatte. Der junge Vampirfürst hielt direkt auf das Bücherregal zu, wo er den dunkelgrünen Einband, den ich bereits in der Hand gehalten hatte, aus dem obersten Regal zog.

Ich reckte neugierig die Nase, als er sich mit dem Rücken zu uns aufstellte und sich über den schweren Schreibtisch beugte. Die scharfen Augen meiner farblosen Wölfin erspähten einen Tropfen von Blut, der auf das Buch fiel, woraufhin es schnappend aufschlug.

Rowan warf mir einen Blick über die Schulter zu und bedeutete mir mit einem Kopfnicken, näherzutreten. Zögernd setzte ich mich in Bewegung und rief mir ins Gedächtnis, dass Zane direkt hinter mir war. Dazu strich meine Wölfin dicht an unserer Barriere entlang. Auch wenn Rowan seine Kooperation angekündigt hatte, traute ich ihm nicht über den Weg. Er war immerhin der Hauptverdächtige des Mordfalls und ohne ein Alibi.

»In diesem Buch befindet sich alles, was ich in der vergangenen Woche über den Mord an meinem Großvater herausgefunden habe.« Er schob es zu mir und blätterte die handgeschriebenen Notizen durch. »Ich will, dass Ihr es bekommt.«

Mein Herz sackte in die Hose. War das sein Ernst?

Einerseits wollte ich ihm glauben, er hätte Nachforschungen bezüglich des Mordfalls angestellt, andererseits konnte ich ihm nicht trauen, die Notizen gefälscht zu haben. Er blieb einer der Vampire, die meiner Gerichtsverhandlung beigewohnt, die nicht meine Partei ergriffen und die nicht das mir auferlegte Schicksal abgewendet hatten.

»Ich sehe Euer Misstrauen, Lady Alva.« Sein Lächeln wirkte beinahe traurig. »Aber versteht, dass ich stets meinen Großvater geliebt hatte.« Er tippte auf das Büchlein. »Deswegen, weil ich nicht glauben konnte, eine junge Wölfin sei für den Tod eines Vampirfürsten verantwortlich, habe ich mich auf die Suche nach der Wahrheit gemacht.«

Meine Wölfin zog sich in mein Herz zurück. Vielleicht … hatte ich mich in ihm geirrt. Zane hatte bereits beteuert, der junge Amsfoort habe nicht seine Hände bei dem Mord im Spiel gehabt.

»Was ist mit dem kristallinen Staub?«, verlangte ich zu wissen. »Euer Großvater hatte einen Dämon beseitigt und vor wenigen Tagen wurde ich in der Nähe des Tatorts von einem anderen Dämon angegriffen.«

Rowan's Augen weiteten sich und gerade, als ich glauben wollte, einen Schwindel aufgedeckt zu haben, bewies er mir das Gegenteil. »Oh.« Seine Wangen verwandelten sich in glühende Lavasteine. »Das war wohl ich gewesen.« Er hob abwehrend die Hände und erklärte schnell: »Ich wollte überprüfen, ob der Dämon, der meinen Großvater angegriffen hatte, noch lebte. Ich dachte, er sei vielleicht seinem Schicksal entkommen und könnte ihn wenige Straßen entfernt umgebracht haben. Jedoch erschien die Kreatur nicht in jener Nacht, was laut meines Wissensstandes bedeutet, dass er tatsächlich getötet worden war. Denn Dämonen erscheinen immer, wenn nach ihnen gerufen wird. Zu meinem Unglück hatte ich die Tore der Dunkelheit zu lange offen gehalten, weshalb sich eine der Kreaturen aus seinem Loch gezwängt hatte. Der gezogene Bannkreis war jedoch zu schwach, um den Dämon zu halten, weshalb er in die Stadt entkommen konnte. In der Situation war ich so ratlos wie noch nie, weshalb ich in mein Heim zurückkehren musste, um nach einer Möglichkeit zu suchen, den Dämon wieder einzusperren.«

Rowan warf einen beschämten Blick zu Zane, der ihn mit hochgezogenen Augenbrauen musterte. Er wirkte alles andere als begeistert, zu hören, wie ein junger Vampir, auch wenn er ein Fürst war, in dem Herz seines Reiches einen Dämon beschworen hatte und dann auch noch verschwunden war, weil er nicht wusste, wie er ihn in seine Hölle zurückschicken sollte.

»Aber ich fand eine Lösung und noch in derselben Nacht schickte ich ihn in sein Loch zurück, aus dem er entsprungen war«, schob Rowan eilig hinterher und drückte mir das Büchlein in die Hand. Er schien sich vor Zanes Reaktion zu fürchten und wollte uns nun so schnell wie möglich loswerden.

Ich nickte langsam. Anscheinend hatte ich zu meiner Enttäuschung meinen Hauptverdächtigen verloren.

Wenn die Luna mir hold war, würde sie mich zu einem ihrer Lieblinge ernennen und mir ihr silbernes Licht schenken, sollte sie jemals aus ihrem Schlaf erwachen. Ich hoffte, der junge Amsfoort hatte andere Richtungen des Mordfalls erforscht, die uns mehr Aufschluss über den Fall boten oder sich zu unseren Ermittlungen ergänzten. Allerdings musste ich mir eingestehen, dass ich unentwegt in Sackgassen gelaufen war.

Ich lag die ganze Nacht wach in meinem Bett. Das Notizbuch von Rowan Amsfoort lag hin und wieder auf meinem Bauch, als mich der Schlaf für wenige Minuten übermannte. Oft schreckte ich bei dem Gedanken hoch, Vampire stürzten in mein Zimmer und rissen mich aus meinem Bett. Sie lachten und sangen Lieder über meinen Tod, verhöhnten die Zeit, in der ich meine Ermittlungen gegen die Wand gefahren hatte und freuten sich über das Ablaufen meiner Zeit. Oft verkroch ich mich danach schweißgebadet und vor Angst zitternd unter meiner Bettdecke.

In weniger als zwei Stunden ging die Sonne hinter der prachtvollen Fensterfront meines Schlafgemaches auf. Was danach geschehen würde, sollte mit den anderen besprochen werden.

Rowan schien wirklich nicht die Verfassung zu besitzen, seinen Großvater umgebracht zu haben. Er hätte mir nie das Notizbuch überlassen, wenn er doch für den Mord verantwortlich gewesen wäre. Um seinen Taten Nachdruck zu verleihen, hatte er mir mit den Worten, er würde seine Hände in Unschuld baden, vor wenigen Stunden einen Blutschwur geleistet. Damit konnte ich ihn von der Liste potenzieller Mörder endgültig streichen, da ein Blutschwur nur abgelegt werden konnte, wenn der Schwörende die Wahrheit sprach.

Der Mörder war somit auf freiem Fuß und selbst Anwir konnte, trotz meines Missfallens, keine Tat nachgewiesen werden. Die Überwachungsvideos, die ihn während des Mordes im Gerichtshof bei seiner Arbeit verfolgten, waren wasserdicht.

Damit blieb Rowena die einzige Person, der nicht nachgewiesen werden konnte, nichts mit dem Mord zu tun zu haben. Unsere beider DNA hatte sich am Tatort finden lassen und nur die Götter und ihre von Gaben gesegneten Lieblinge wussten, ob sie wirklich in die Schandtat verstrickt oder auch nur ein weiteres Opfer war. Rowan's Notizen befassten sich nicht mit der Herrscherin der Unterwelt, weshalb ich genauso ratlos blieb wie zuvor.

Frustriert blätterte ich durch das Notizbuch, das zu meiner Enttäuschung wenig Aufschluss bot. Bei einer Skizze hielt ich inne und richtete mich unter den Decken auf. Was war das?

Mein Herz setzte einen Schlag lang aus, als ich die Mindmap betrachtete. In seinem Inneren befand sich der Name des Opfers und um ihn herum die Daten seiner Person, wie seiner Familie und Freunde. Wie es aussah, besaß er einen kleinen Kreis von Leuten, die ihm nahestanden. Allerdings wurde jeder einzelne Name, der einen Freund oder ein Familienmitglied markierte, durchgestrichen. Mein Herz wurde um einige Pfund leichter. Das war gut, somit musste ich mich nicht mit fremden Vampiren herumschlagen, die in einem fremden Reich lebten.

Ich verzog den Mund, als ich das Wort *Rudel* las. Es zweigte zu meinem Namen und zu den Vampirfürsten, die einen allgemeinen Begriff bildeten. Interessant.

Das Rudel war natürlich von wichtiger Bedeutung in dieser Gleichung, denn ich war ein Teil der Gemeinschaft gewesen und wurde nach dem Gerichtsurteil von dem sicheren Stamm getrennt. Danach wurde ich unter Zanes Schutz gestellt, der einer der Vampirfürsten war.

Eine einzige Frage markierte den äußersten Rand um meinen Namen: *Ist die DNA wirklich ihre?*

Keuchend schlug ich das Buch zu. Warum sollte es nicht meine DNA sein, die an der Leiche gefunden worden war? Zane hatte während meiner Gerichtsverhandlung beteuert, dass man die fremde DNA an der Leiche untersucht und durch die zahlreichen Datenbanken auf meinen Namen gestoßen war. Schließlich musste jedes Wesen, wenn es in der Gesellschaft leben wollte, in jungen Jahren eine Speichelprobe und Fingerabdrücke in das Registrierungszentrum einschicken, damit man einen Ausweis erhielt.

Jedoch erinnerte mich eine leise Stimme daran, dass mir jemand etwas anhängen wollte. Sogar Rowena hatte mich auf die Tatsache hingewiesen, einen Mangel an Feinden zu besitzen, was umso mehr bedeutete, dass sich dennoch in den Schatten der Wahrheit jemand befand, der es auf mich abgesehen hatte. Aber wer?

Ich erinnerte mich an Cole, der mich aus Leibeskräften zu hassen schien. Zu Recht, er hatte Dinge getan, die unverzeihlich waren. Ich biss mir auf die Lippe und dachte an die Nacht meines Blutrituals zurück, wo sich alles innerhalb weniger Stunden zum Schlechten gewendet hatte und … mir kam eine Idee.

Kapitel 27

»Am besten, du hältst dich im Hintergrund, Zane.« Meine Hände trieften vor Schweiß.

Die Wolfsvilla erhob sich stolz und bedrohlich zwischen den hohen Laubbäumen. Mit jedem knirschenden Schritt wurde mir schlecht. Ich durfte nicht hier sein, es war mir verboten, diesen heiligen Ort mit meiner Unwürdigkeit zu beschmutzen.

Zane brummte zustimmend und hob den Blick zu den maroden Türmen des einst stolzen Daches. Ich wollte gar nicht wissen, was er von dem Hauptquartier der Wölfe hielt.

Als ich im Morgengrauen mit wehenden Haaren in sein Schlafzimmer gestürmt kam, um ihm von meiner Idee zu erzählen, kam er gerade, mit nur einem Handtuch um die Hüften, aus seinem Badezimmer geschlendert. Sofort hatte mein Körper mit einem verruchten Brennen zwischen den Schenkeln reagiert, was Zane zu meinem Unglück bemerkt haben musste, so selbstzufrieden wie er gegrinst hatte. Letztlich schaffte ich es, ihn von meiner Idee zu überzeugen, dass Rudel um die DNA-Analyse des Ebers, den ich laut meinem Alpha in der Nacht meines Verhängnisses gerissen hatte, zu bitten. Tatsächlich fand er die Idee sogar sehr gut.

Deshalb glaubte ich jeden Moment ohnmächtig zu werden, sobald ich den eingerosteten Türklopfer mit zitternden Händen betätigte. Nur wenige Sekunden später wurde die Tür aufgerissen.

Mein Herz rutschte in die Hose, sobald ich die grünen Augen und den blonden Schopf erkannte. Cole.

Mir wurde eiskalt, als ich sein böses Grinsen erkannte. Trotz der aufwallenden Übelkeit schaffte ich es, meine Lippen zu einem Lächeln zu überzeugen und die Schultern zu straffen. Allein Zanes bestätigende Wärme in meinem Rücken brachte mich dazu, nicht augenblicklich den Boden unter den Füßen zu verlieren.

»Cole«, begrüßte ich ihn. »Ich muss mit dem Alpha reden.«

Seine glitzernden Augen glitten über mich. Zanes Hand legte sich um meinen Bauch und zog mich an sich – eine Warnung und ein Versprechen. Er war direkt hinter mir und würde mich keine Sekunde im Stich lassen. Bei dem Gedanken wurde mein Herz augenblicklich leichter. Ich war nicht allein und würde auch nicht allein diesen Ort verlassen, denn Zane würde im schlimmsten Fall dafür sorgen, dass ich meine Antworten bekam.

Cole verzog den Mund zu einer geraden Linie. »Ich sage ihm, dass ein Vampirfürst und eine Unwürdige sein Reich bedrohen. Danach wird er entscheiden, ob er euch empfangen will.« Damit donnerte er die Tür vor unserer Nase zu.

Ich holte tief Luft und sank gegen Zanes harte Brust. Der Besuch war schwieriger, als ich gedacht hätte.

»Wer glaubt er, wer er ist, dass er so mit dir reden kann?«, flüstert er in mein Ohr. »Ich würde ihm gerne die Zunge herausreißen.«

Trotz der Angst, die mein Herz zerquetschte wie ein Elefant, eine hilflose Ameise, musste ich lächeln. Es fühlte sich in dieser Situation schrecklich fehl am Platz an, aber ich konnte es nicht niederringen. »Er war …« Ich seufzte und das Lächeln verblasste. »… ein Freund.«

Zane schien zu spüren, dass ich ihm etwas Entscheidendes verschwieg, denn sein Brummen ließ meinen Rücken vibrieren. Jedoch nahm er es wortlos hin und bohrte nicht nach.

Wenig später öffnete sich wieder die Tür und der Alpha

erschien höchstpersönlich. Ich zog überrascht die Augenbrauen hoch, denn ich hatte nicht erwartet, ihn mit einem kleinen Lächeln im Türrahmen zu sehen.

»Cole sagte mir, du wünschst mich zu sprechen?« Die aufrichtige Freundlichkeit seiner Worte entging mir nicht, was mich umso mehr verwunderte, da ich eine Verstoßene war. Angemessener wäre es gewesen, er hätte mich bespuckt und die Tür vor meiner Nase zugeschlagen. Jedoch waren wir in Frieden auseinandergegangen, was ich in den letzten Tagen vergessen haben musste.

»Ja«, antwortete ich und hielt den Blick gesenkt, wie es sich für jemanden wie mich gehörte. »Ich fragte mich, ob es möglich wäre, die Ergebnisse der DNA-Analyse des Ebers zu erfahren, den ich laut Euren Worten in der Nacht meines Blutrituals gerissen haben sollte?«

Stille breitete sich aus und brachte das Blut in meinen Ohren zum Rauschen. Schließlich drückte er mit seinem Zeigefinger meinen Kopf herauf und erlaubte mir, ihm in die Augen zu sehen. »Wenn es deinen Ermittlungen hilft, will ich alles tun, was in meiner Macht steht, um dich zu unterstützen.« Sein Lächeln wurde trauriger und der Glanz seiner grauen Augen fahler. »Deine Familie vermisst dich. Nero ist seit Tagen nicht seinen Aufgaben nachgekommen.«

Ich hielt die Luft an. »Wird er bestraft werden?«

Der Alpha schüttelte gutmütig den Kopf. »Er ist mir ein guter Beta, mit bestem Gewissen. Er verdient es, um seine Schwester zu trauern, wie du Tage nach deiner Ankunft im Rudel um deine Eltern getrauert hattest.«

Mein Herz zerbrach in Scherben. Nachdem meine Eltern bei einem Autounfall ums Leben gekommen waren, hatte Nero die Rolle in meinem Leben eingenommen, die einem Elternteil am nächsten kam. Er hatte mir jeden Tag gezeigt, dass ich nicht allein war und mich getröstet, wenn ich vor Trauer zerplatzte. Nero war es gewesen, der meine Wunden verarztet, mit mir gespielt und sich trotz aller Verantwortung dazu bewegen lassen hatte, im Wald die Eichhörnchen zu jagen oder Klingelstreiche anzuzetteln. Wir hatten gelernt, dass wir einander brauchten, um zu überleben.

Ich ballte die zitternden Hände zu Fäusten, was der Alpha mit einem Stirnrunzeln quittierte. Von einer auf die andere Sekunde wurden wir einander entrissen. Die Zukunft blieb ungewiss und nur die Götter und ihre Augensterne, sofern sie jemals aus ihrem ewigen Schlaf erwachten und neue Lieblinge ernennen konnten, wussten, ob ich ihn jemals wieder in die Arme schließen konnte.

»Komm, Alva.« Der Alpha öffnete vorsichtig meine geballten Fäuste. »Wir wollen keine Zeit verlieren und die Familie Darkhorn länger leiden lassen.«

Der Weg zu den Laboren führte direkt durch den aktivsten, von den Wölfen täglich gepflegten Teil des Waldes. Je tiefer wir in das Gebiet vordrangen, desto mehr Wölfe drehten sich nach uns um und hielten in ihren Arbeiten inne. Hitze schoss in meine Wangen, sobald ein Paar auf mich zeigte und wild zu tuscheln begann.

Einige Wölfe zeigten sich in ihrer tierischen Gestalt und huschten geschwind durchs Unterholz, um heimliche Blicke auf den Vampirfürsten und die Verstoßene zu werfen. Mir entging nicht, wie mehrere dunkle Wölfe stets an unseren Fersen klebten.

Die Ranghohen schützten den Alpha mit allen erdenklichen Mitteln und würden keine Scheu zeigen, sich auf mich zu stürzen, sollte ich mich ihm mehr als einen Meter nähern. Es spielte keine Rolle, dass sie die Eltern der Jungwölfe waren, mit denen ich vor Jahren in der Grube gespielt hatte.

In ihren Augen stellte ich eine Bedrohung dar.

Genauso würde ich, ungeachtet von Zanes markanter Anwesenheit, in wenigen Sekunden eliminiert werden. Es brauchte nur einen gut ausgerichteten Prankenhieb oder einen Biss in den Nacken, um Thanatos auf tödlichen Schwingen nach Evamon zu rufen.

Nach einer halben Ewigkeit erreichten wir die verglasten Eingänge eines Labors, das von der Ferne aussah, wie ein großes Gewächshaus mit allerhand Computern und Apparaturen, die ich in meinem ganzen Leben noch nie gesehen hatte.

Die Schiebetüren öffneten sich automatisch, während wir in eine Schleuse geleitet wurden, damit kalte Luft und ein merkwürdiger, reinigender Geruch um uns wehte. Danach betraten wir das eigentliche Labor, wo drei Wölfinnen bereits auf uns warteten.

»Mona«, grüßte er sie.

Eine Wölfin trat vor und deutete eine Verbeugung an. »Alpha.« Die zwei anderen Laboranten wandten sich wieder ihren Aufgaben zu. »Womit kann ich Euch dienlich sein?«

Zane regte sich hinter mir, als wollte er etwas sagen, aber ich rammte ihm den Ellenbogen in die Seite. In diesem Gebiet lenkte jemand anderes das Ruder.

»Ich benötige die Informationen von dem Eber, den du neulich untersucht hattest«, wies er sie an. »Alva will wissen, ob es ihre DNA war, die an den Überresten des Tieres hafteten.«

Mona warf mir einen abfälligen Blick zu und ließ ihre Finger über die Tastatur eines Computers fliegen.

Es herrschte eine unangenehme Stille, in denen ich die Schläge meines wölfischen Herzens zählte, und mich daran erinnerte, dass ich nicht einmal während des Skandals mit Cole so angesehen wurde wie eben gerade. Die Distanz, mit der mir das Rudel begegnete, schmerzte auf eine Art und Weise, die mich zu der Frage verleitete, ob ich es jemals in das Rudel zurückschaffen würde.

Allein der Gedanke, niemals wieder das Gefühl von Zugehörigkeit zu verspüren, trieb mir Feuchtigkeit in die Augen. An die Folgen, die der endgültige Verstoß hervorrief, wollte ich gar nicht denken. Fest stand, ich würde kaum länger als eine Woche überleben, ohne von einem Vampir getötet oder gefangen genommen zu werden.

Zane legte seine Hand auf meine Schulter, als spürte er, dass ich einen Rettungsring brauchte, an dem ich mich festhalten konnte. Dankend legte ich meine Hand auf seine und hielt mich fest, um meinen wackeligen Beinen nicht nachzugeben.

»Der genetische Code deckt sich mit den Daten der Zentrale«, bestätigte die Wölfin, ohne einen Blick in unsere Richtung zu werfen. »Der Eber war das Blutopfer jener Nacht.«

Erleichtert entwich mir die Luft aus den Lungen wie aus einem Blasebalg. Das war hervorragend, denn das bedeutete, dass die Daten der Zentrale nicht gefälscht wurden. Somit musste der Mörder die Daten an der Leiche gefälscht oder die Laboranten, die den Toten untersucht hatten, bestochen haben, um eine Falschaussage zu treffen.

Voller Zuversicht, bald den Täter an der Kehle zu packen, verabschiedete ich mich demütig bei meinem Alpha und wurde von zwei seiner Wächter an den äußersten Rand des Waldes geführt. Mein Herz wurde schwer, den Wald hinter mir zu lassen, ohne meinen Brüdern einen Besuch abgestattet zu haben, um ihnen zu versichern, dass es mir gut ging und wir bald wieder zusammen sein würden. Aber vielleicht war es besser, den Kontakt mit meiner Familie zu meiden, um den Schmerz der Verabschiedung – nicht für immer, aber für weitere vier Tage – nicht an ein gebrochenes Herz heranzuführen.

Ich atmete tief durch und strich mir das im Wind wehende Haar hinter die Ohren. Die über die Jahre erhaltenen Stadtmauern glänzten im Mittagslicht wie Speerspitzen.

»Was geschah mit deiner Familie?«, fragte Zane leise und griff vorsichtig nach meiner Hand.

Die heilende Zuversicht, die meine über die Tage geschundene Seele wie ein Pflaster verbunden hatte, verflog und wurde von bitterer Säure ersetzt. Sie brannte sich einen Weg in mich hinein und schnürte mir die Kehle zu. »Tot.«

»Beide?« Seine Stimme vermischte sich mit dem Wind und klang ungeheuer sanft.

Ich nickte stumm.

Ein Kloß setzte sich in meinem Hals fest, drückte mich hinab und wollte mich zu Boden ringen. Meine Augen brannten, wie als hätte mir jemand Salzsäure in die Augen gegossen.

»Es geschah wenige Tage nach meinem siebten Geburtstag. Meine Eltern wollten mich zu meiner besten Freundin fahren, die auf einem der hohen Berge wohnte. Wir hatten uns an dem Tag verabredet, um unsere Einschulung zu feiern, aber wir hatten einen Unfall«, krächzte ich und konnte die Träne, die über meine Wange rann, nicht zurückhalten. Ich wischte sie eilig weg. »Ein Elch sprang aus dem Wald und vor unser Auto. Mein Vater hatte das Lenkrad herumgerissen. Der Wagen hatte die Leitplanke durchbrochen und hing über dem Abgrund. Meine Mutter hatte mich angeschrien, auszusteigen und wegzulaufen … aber ich konnte nicht. Ich konnte mich nicht bewegen, ich konnte gar nichts tun. Ich saß wie gelähmt im Auto. Dann hatte sie mit ihren Krallen meinen Gurt durchtrennt und mich aus dem Auto gestoßen, bevor …«

Ein Beben durchfuhr meinen Körper und ich schlug die Hände vors Gesicht, konnte das Bild nicht zurückdrängen, als das Auto über den Abgrund hing. Ich fühlte mich, als würde mein Herz mit einem Hammer in Tausende von Scherben zerschlagen werden, wie ich an jenem Tag vor elf Jahren zerschlagen wurde. Wie meine Brüder zerschlagen wurden, als sie die Nachricht erhielten, ihre Schwester läge auf der Intensivstation und wurde von einem Jäger am Straßenrand gefunden. Mitten im Nirgendwo – einem Wald zu ihrer rechten und einem endlosen Abgrund zu ihrer linken Seite.

»Hey.« Zanes Stimme flüsterte über mein Ohr. Ich spürte Finger wie warme Handschuhe um meine Hände und ließ zu, dass er sie behutsam auseinanderzog. »Sieh mich an.«

Ich tat wie mir befohlen, vollkommen hypnotisiert von seiner Stimme – von ihm. Ein zaghaftes Lächeln legte sich um seine Lippen. Ich sah mich zaghaft um und bemerkte erst jetzt, dass wir wenige Meter vor der Stadtmauer zum Stehen gekommen waren.

»Du kannst nicht ändern, was geschehen ist, Alva.« Er klang so traurig, wie ich mich fühlte, als wenn er sich selbst an etwas Schreckliches aus der Vergangenheit erinnerte. »Es ist egal, was die Vergangenheit für Grausamkeiten hervorgerufen hat, denn jeder Moment der Gegenwart bringt dich an das heilende Licht der Zukunft.« Er seufzte und ließ den Blick zu den Stadtmauern schweifen. »Ich rate dir eine Sache, lass nicht deine Vergangenheit deine Zukunft zerstören. Zeit heilt nicht deine Wunden, aber mit der Zeit wirst du lernen, mit ihnen zu leben.«

Ich holte tief Luft und blinzelte die Tränen davon. Meine Brust schmerzte, bis ich glaubte, ein Loch in meinem Herzen zu besitzen, sofern es noch nach all der Pein existierte.

Zane hatte recht, ich musste mit meinem Schmerz leben und akzeptieren, dass es Dinge gab, die ich nicht ändern konnte. Allerdings wünschte ich mir nun umso sehnlichster, die Zeit vorzudrehen und in der Zukunft zu leben, damit die Pein nur noch eine verblasste Narbe auf meinem Herzen bildete, die ich mit Würde tragen konnte.

Kapitel 28

In meiner Trauer hatte ich gar nicht bemerkt, wie Zane Draven kontaktiert hatte, damit er in der Zwischenzeit die Daten des genetischen Codes aus dem Leichenschauhaus, wo Lusini Amsfoort für seine Bestattung vorbereitet wurde, besorgte.

Kaum hatten wir einen Fuß in Zanes Apartment gesetzt, hatte uns Draven mit der Neuigkeit überrascht, dass meine DNA nicht mit dem genetischen Code, der auf der Leiche gefunden worden ist, übereinstimmte. Die Erleichterung hatte die Trübseligkeit wie eine Flutwelle überschwemmt, als ich mich mit Freudentränen in Draven's Arme geworfen hatte.

Jedoch fand die Überschwänglichkeit ein schnelles Ende, als Zane mich daran erinnerte, dass es nicht nur meine Aufgabe war, meine Unschuld zu beweisen, sondern auch den Mörder beim Namen nennen zu können.

Unglücklicherweise konnte Draven den fremden genetischen Code nicht durch die Datenbanken jagen, denn in diesem Moment stürzte die Internetverbindung ab. Ein Zeichen, dass der Mörder unsere Schritte verfolgte und genau wusste, dass wir ihm dicht auf den Fersen waren. Würden wir das Spiel der Könige spielen, hätte ich vor Freude *Schach* gerufen, nur um der Ernüchterung ins Auge zu sehen, dass der Gegner meine Dame gestohlen hatte.

Mit Nyx klugen Ideen und dem Brainstorming in der Gruppe kam der Gedanke, dass der Mörder die Aufnahmen gefälscht haben könnte, wenn er bereits die Laboranten um eine Falschaussage, die fremde DNA auf der Leiche gehöre zu mir, bestochen hatte. Deshalb befanden wir uns nun um Nyx Laptop versammelt auf dem Sofa wieder und prüften die Überwachungsvideos aus der Nacht des Mordes.

»Stopp«, befahl ich und sorgte dafür, dass Nyx das Video anhielt. »Spule das Video zurück und verlangsame die Aufnahme.«

Sie tat es, aber es zeigte nicht die gewünschte Wirkung. Das Video veranschaulichte, wie ich mich mitten in der Nacht in meiner menschlichen Gestalt, blutbesudelt und nackt in die Gasse schleppte, in der ich aufgewacht war. Ich hatte gehofft, eine Überschneidung der Umgebung festzustellen, die darauf hindeutete, dass die Videoaufnahmen gefälscht worden sind.

Selbst Nyx schüttelte den Kopf. »Das Video ist echt.«

Draven schnaufte frustriert und wies die Halbvampirin an, die Überwachungskameras in der Nähe der Stelle in Danosc abzuspielen, wo Amsfoort den Dämon getötet hatte. Doch auch diese Aufnahmen waren echt.

Ich runzelte die Stirn und trommelte mit den Fingern auf meinen Knien. Ich drehte den Kopf zu Zane, der sich schräg hinter mir über den Bildschirm meiner Freundin beugte. »Warum war Amsfoort an jenem Tag in deiner Stadt?«, fragte ich ihn und ärgerte mich, dass ich nicht schon früher die Frage gestellt hatte. »Du bist mächtig genug, um den entflohenen Dämon eigenhändig zu töten.«

»Der Rat rief eine Nacht zuvor zu einer Ratsversammlung«, antwortete er mir. Er streckte sich und legte blinzelnd den Kopf an das Polster der Couch. »Lusini war ein Verbündeter meines Reiches und über die Jahre der Zusammenarbeit an gemeinsamen Projekten ein Freund geworden. Er erhielt die Erlaubnis, eine Nacht länger zu bleiben.«

Beschämt wandte ich den Kopf ab. Warum hatte ich nicht

früher über Zanes Verbindung zu dem Mordopfer nachgedacht? Schließlich waren sie über Jahrzehnte hinweg unmittelbare Nachbarn, da Everdawn im Westen an Armillion angrenzte.

Sein Lächeln wurde traurig. »Wir hatten uns zu einem Drink in einem meiner Clubs verabredet, aber er tauchte nicht auf. Deshalb hatte ich ihn suchen lassen, bis einer meiner Männer ihn am Straßenrand versteckt gefunden hatte, wo nun dieser abscheuliche Betonklotz gebaut werden soll.«

Nyx schrie auf, dass meine Krallen aus meinen Fingern schossen. Das Herz schlug mir bis zum Hals. »Das ist es!«, kreischte sie.

Zane sah so verwirrt aus, wie ich mich fühlte. Ich wollte gerade fragen, was sie meinte, als Draven den Laptop von ihrem Schoß zog. »Ich verfolge die IP-Adresse des Videos zu seinem Endgerät zurück. Dann wissen wir, wer das Video gefälscht hat.«

Adrenalin rauschte durch meinen Körper. »Welches Video wurde gefälscht?«, fragte ich und hielt die Luft an. Meine Nerven waren aufs Äußerste gespannt.

Draven starrte gebannt auf den Bildschirm, während seine Finger über die Tastatur flogen, weshalb Nyx das Wort ergriff. »Die Aufnahme des Tatorts ist nicht echt. Wenn wir das Video um das Zweifache verlangsamen, können wir sehen, wie jemand das originale Video in der Nacht rausgeschnitten und durch ein neues Video ersetzt hat. Die Veränderung der Umgebung ist nur minimal, aber deutlich genug, um das zu bestätigen.«

Damit ich Nyx verstand, erklärte sie mir, wie die gesamte Umgebung für den Bruchteil einer Sekunde verwackelte und sich nach dem Ersetzen des Videos leicht verschob. Hätte sie das Video nicht verlangsamt, wie ich es am Anfang vorgeschlagen hatte, hätten wir die Veränderung bei originaler Geschwindigkeit nicht bemerkt. Ich sah meine Freundin staunend an und konnte die Freudentränen kaum zurückhalten. Ich wusste nicht, wie ich es verdient hatte, so talentierte Leute um mich zu haben, die mich bei meiner Aufgabe unterstützten.

Sie waren mehr, als ich mir vor fast zwei Wochen gewünscht hätte.

Minuten vergingen, indem Draven's Fingerspitzen auf die Tasten krachten und Zane wie zur Statue erstarrt wenige Meter hinter mir saß und die Luft anhielt. Er glich einem Stromkasten. Sein Blick traf mich und wurde augenblicklich weicher.

Meine Mundwinkel wanderten automatisch nach oben. Der grausame, egoistische Vampirfürst verschwand wenige Tage nach meiner Ankunft und ist seitdem nicht wieder aufgetaucht.

Schließlich meinte Draven: »Wenn alles stimmt, und ich gehe stark davon aus, dann befindet sich unser Täter …« Er verengte die Augen und presste beinahe die Nase an den Bildschirm. »… in einem Waldhaus.«

Im Wald? Ich rümpfte die Nase und musterte den Laptop. Warum ausgerechnet im Wald?

»Ein Haus im Wald?« Ich klang so begeistert, wie Zane aussah. Er war ein Vampirfürst, der die Städte und weiten Felder regierte. Der Wald von Danosc gehörte nicht zu seinem Einflussgebiet, auch wenn dieser in seinem Reich existierte. Die Tücken des Unterholzes und die Gefahren von Bächen im Wald von Danosc hatte er nicht kennengelernt.

Zane schob sich hinter mir von der Couch und nahm den Laptop mit sich. Er musste eine Landkarte aufgerufen haben, denn er meinte, »Das Haus liegt im tiefsten Wald. Ich schätze, es ist entweder eine Ruine oder ein Ferienhaus.«

Ich stellte mich neben ihn und betrachtete die rote Stecknadel inmitten von grünen, eingezeichneten Bäumen einer Karte. »Heute kaufen die Menschen keine weit von der Stadt abgelegenen Grundstücke mehr. Es muss schon alt und von der Natur eingenommen sein.« Bei dem Gedanken wieder in das Territorium meines ehemaligen Rudels einzudringen, wurde mir flau im Magen. Ich wusste nicht, was mir blühte, sollte ich als Verstoßene in dem Gebiet gefunden werden, aus dem ich verbannt wurde. Wenn ich es mir länger überlegte, wollte ich auch gar nicht darüber nachdenken. Nichts rüttelte an der Entscheidung, dass ich mich der Gefahr stellen würde.

Zanes Augen funkelten und lösten ein Prickeln in meiner Magengrube aus. »Du bist eine Wölfin, Alva. Du besitzt die Fähigkeit, uns sicher durch den Wald zu führen.«

Kapitel 29

Mir entkam ein schmerzhaftes Stöhnen, als ich aus meinem Kleiderschrank einen schweren Rucksack wuchtete. Warum ausgerechnet der Wald? Es kam mir vor, als würde die Luna mit der Silva Inferna gegen mich rebellieren. Gestern Morgen hatte ich mit Zane den Wald besucht und mich den misstrauischen Blicken des Rudels gestellt, um jetzt wieder mit meinen Ermittlungen dort an Land zu laufen?

Ich biss die Zähne zusammen. Irgendjemand, ob der Mörder oder die Götter mit ihren auf dem Planeten wandelnden Lieblingen, die sie mit ihren Gaben gesegnet hatten, wollten mir meinen Verstand rauben und mich auf die Folter spannen.

Draven hatte einen ganzen Tag gebraucht, um seine Informationen in der Ermittlungszentrale von Zane überprüfen zu lassen. Wir wollten keine Fehltritte riskieren und, sofern wir von meinem ehemaligen Rudel erwischt wurden, sinnlose Reibereien vermeiden. Doch selbst die Ermittlungszentrale bestätigte die IP-Adresse, die Draven aufgespürt hatte. An diesem Ort wurde die Videoaufnahme der Überwachungskamera gefälscht und wenn uns das Schicksal hold war, würde sich dort entweder der Mörder oder die originale Aufnahme aus jener Nacht verstecken – einen Ort, an den sich ein Vampirfürst und eine verstoßene Wölfin nie gewagt hätten.

Genau deshalb packte ich meinen Rucksack in weiser Voraussicht. Von Messern über ein Seil und einer Taschenlampe mit Ersatzbatterien – sicher ist sicher – bis hin zu einer Kleinigkeit zu

Essen war alles dabei. Ich legte den Kopf schief und zählte in Gedanken an meinen Fingern ab, ob ich alles für die aufziehende Nacht eingepackt hatte.

Zane war der Meinung, es sei vorteilhafter bei Nacht in den Wald einzudringen, denn zu dieser Zeit schliefen die Wölfe. Natürlich lag das Haus so tief im Wald versteckt, dass wir eigentlich keinem Mitglied des Rudels begegnen sollten, jedoch wollten wir auf der sicheren Seite sein. Ich konnte mir kaum ausmalen, was passieren würde, wenn mir Cole oder ein anderer Jüngling begegnete.

»So lange werden wir nicht weg sein.« Zane erschien im Türrahmen und lehnte sich gegen sie. Sein Blick flog prüfend über mich und blieb an den zahlreichen Messern in meiner Hand hängen. Ein Grinsen umspielte seine Züge. »Wir ziehen nicht in den Krieg, Alva. Wahrscheinlich wirst du kaum mehr als deine Augen und Ohren benötigen.«

Ich zog den Rucksack zu und bugsierte ihn in einen der tiefen Sessel. Meine mitternachtsblauen Vorhänge strichen in sanften Wogen über den marmornen Boden. »Ich will sichergehen, dass jegliche Gefahren gebändigt werden können. Du sagtest, ich solle euch durch den Wald führen«, erinnerte ich ihn und drehte mich mit in die Hüften gestemmten Händen zu ihm. »Dann werde ich an erster Stelle gehen müssen, was von der unangenehmen Folge begleitet wird, als erste in eine Falle zu treten oder gleich erschossen zu werden.«

»Du wirst nicht erschossen werden.« Seine Stimme und die Art wie er es sagte, ließ nichts anderes zu.

Ich klimperte mit den Messern und legte sie sorgsam neben meinen Rucksack. »Wer weiß.«

Er zog einen Mundwinkel nach oben und stieß sich vom Türrahmen ab. Mit langsamen, raubtierhaften Schritten kam er auf mich zu geschlendert. »Gefallen dir deine Räume?«

Ich runzelte die Stirn. Wie meinte er das? Seit wann interessierte ihn, wie ich die Dinge fand, die er besaß?

»Sag mir, Alva …« In seiner Stimme klang rauchiges Verlangen. Sein Blick lag unentwegt auf mir und machte mir das Atmen schwer. »Wie findest du dein Paradies? Es ist mitunter der schönste Raum, den ich besitze.«

Mein Mund wurde trocken. Ich hatte das Gefühl, ich müsste mich setzen, weil meine Beine sich jeden Moment in Wackelpudding verwandeln konnten. »Gut«, presste ich atemlos hervor.

Sein tiefes Lachen drang bis in meinen Körper und aktivierte etwas, dass meine Haut zum Glühen brachte. »Nur *gut*?«

»Mehr als gut«, gab ich unter flatternden Lidern zu.

Zane grinste träge, als er einen Schritt nähertrat. Sein Geruch schlug mir entgegen und ließ mich an dichte Tannen in verschneiten Landschaften denken. »Meinst du nicht, *fürstlich*?« Ich holte schnappend nach Luft. Das Verlangen, ihn berühren zu wollen, wurde mit jedem kurzen Atemzug drängender.

»Ja.« Ich befeuchtete meine Lippen, was seine Aufmerksamkeit auf sie zog. »An so etwas hatte ich gedacht.«

»Dann weißt du, was ich von dir denke.«

Meine Gedanken verflogen auf leichten Schwingen und kehrten nicht zu mir zurück. »Was willst du von mir?« Meine Worte glichen einem Lufthauch.

Zane blinzelte. »Ich … weiß es nicht.« Seine Hände öffneten und schlossen sich, als wenn er nach etwas greifen wollen würde.

Hitze schoss von meinem Kopf zwischen meine Schenkel. »Ich würde gerne …« Ich krallte mich in mein Oberteil, als die brennende Hitze zu einem flehentlichen Ziehen wurde. Ich blinzelte und brachte nur einen vernünftigen Gedanken zustande, der mich zur Tür zeigen ließ. »Du solltest gehen.«

Zane sah erst zur Tür und danach zu mir. »Jetzt?«

Ich nickte und biss mir auf die Unterlippe.

Er nickte knapp und schickte sich zum Gehen an. Doch er hielt inne und blieb dicht vor mir stehen. »Was wolltest du sagen?« Seine Lider senkten sich. Ein Abbild von träger Anmut.

»Ich wollte …«

Zanes Nasenflügel blähten sich und bestätigten, dass sich mein Verlangen im Raum ausgebreitet hatte. Er bebte, jedoch hielt er sich zurück. »Du wolltest was?«

Ich wusste nicht, ob er eine Bestätigung brauchte, oder ob er mich nur locken und aufziehen wollte. Doch es war mir egal. »Ich wollte dich berühren.«

»Und willst du das immer noch?« Er wurde ganz still.

Ich nickte und ließ beschämt den Kopf sinken.

Seine Finger berührten mein Kinn. Er drückte es sanft hoch, damit ich ihm in die Augen sehen konnte. »Wünschst du dir, dass ich dich beiße, Alva?«

Mein Mund wurde so trocken wie noch nie, aber vielleicht brauchten wir diese Ablenkung. »Würdest du mich beißen, wenn ich dich darum bäte?«

»Ja.« Seine Stimme war so heiser wie noch nie. Nicht einmal in der Nacht, in der wir uns geküsst hatten, klang er so verrucht. Wir schauten uns an, als uns bewusst wurde, was ich gefragt und er geantwortet hatte.

Willst du mich beißen?

Ja.

Mir fehlten die Worte, auch wenn ich mich kaum wiedererkannte. Zane schluckte erneut und sah zur Tür.

»Zane?«, flüsterte ich leise, als mir das Brennen zu Kopf stieg. Ich wollte ihn nur einmal berühren, wenigstens ein einziges Mal. Seine Blicke umhüllten mich wie ein wärmendes Feuer und ließ meine Brüste vor Verlangen schwer werden.

»Wir bleiben professionell?«

Ich nickte und meine Haut straffte sich, als sich ein sehnendes Pochen zwischen meinen Schenkeln ausbreitete.

»Alva?« Er wartete auf eine Antwort.

»Wir bleiben professionell«, versprach ich.

»Nicht mehr.« Zanes Augen verschleierten sich und seine Stimme zitterte – seine nachlassende Beherrschung war in jeder seiner Bewegung zu erkennen.

Mein Kopf wurde leer, als ich auf den Bereich unter seiner Gürtellinie schaute, auf das, was gegen seine Hose drückte. Alle Pläne und Hintergedanken, alle gut zurechtgelegten Strategien, die mir im Wald helfen sollten, verflogen in einem Wimpernschlag.

Ich sah ihm in die Augen und nahm alles von ihm wahr. »Ja«, bestätigte ich ihm ein letztes Mal.

Ohne zu zögern, stürzte er sich auf mich wie ein Tier, das halb verhungert aus seinem Käfig ausbrach. Mir blieb kaum Zeit, etwas zu sagen oder auch nur zu denken, als seine Lippen auf meine trafen und mich gänzlich verschlangen.

Es gab keinen Anfang und kein Ende, kein Unten und oben. Ich riss ihm Jacke und Hemd vom Körper. Er stieß ein so tiefes Grollen aus, dass es durch jede Faser meines Körpers vibrierte. Zane gab mich nur einen kurzen Moment frei, um sein Hemd auszuziehen und es in den Raum zu werfen. Mein Blick folgte dem Stofffetzen, ehe er mein Kinn wieder zu sich riss und mich aufs Bett schubste. Ich fiel geradewegs zurück und auf die Tagesdecke, bevor Zane sich zwischen meine Beine drängte.

Ich konnte das Stöhnen kaum unterdrücken, als er nach meinen Schenkeln griff und seine Hüften gegen meine drückte. Die Naht seiner Hose rieb sich an meiner Leggings. Ich krallte mich in seinen Rücken.

Seine Zunge tauchte in meinen Mund und nahm mich voll und

ganz in Besitz, während seine Hände meine Oberschenkel hinauf strichen. Er kam an dem Bund meiner Hose an, die die Stelle von ihm trennte, die am sehnlichsten nach ihm verlangte. Er ruckte daran und ich hob die Hüften, damit er sie mir samt Unterhose hinunterziehen konnte und ich untenrum komplett entblößt vor ihm lag. Zane unterbrach den Kuss nicht, als seine Hände erneut meine Schenkel hinauf strichen und er sich zwischen meine Beine kniete.

Er riss fauchend mein Oberteil entzwei und ich zitterte – nicht vor Angst, sondern vor Verlangen. Ich trug nichts an mir und er genoss es, mich ausführlich zu studieren, wissend, dass es das einzige Mal sein würde. Zumindest ging ich davon aus.

Seine Brust hob und senkte sich immer unregelmäßiger, während ich nur vor ihm lag und auf ihn wartete. Ich wartete darauf, dass er völlig die Kontrolle verlor, wie eben, als er sich auf mich gestürzt hatte. Aber er beugte sich nur langsam zu mir herab und küsste meinen Hals. Er schrammte mit den Fangzähnen über meine Halsschlagader, weshalb ich mich enger an ihn drängte. Ich zitterte umso mehr, als er leicht zubiss, und mir ein erstickter Laut entkam.

Er küsste und leckte mich weiter und zog bis zu dem Ansatz meiner Brüste eine Spur. So lange, bis sich seine Lippen um meine Brustwarze schlossen. Zane fackelte nicht lange und biss zu. Ich schrie auf und krallte mich in sein rabenschwarzes Haar, bis der Schreck der Berührung nachgelassen hatte, und aus einem Schrei ein Stöhnen wurde.

Sobald er sich meiner anderen Brust widmete, bäumte ich mich in freudiger Erwartung auf. Er biss leicht zu und als mich der süße Schmerz durchfuhr, leckte er ihn weg.

Ich stöhnte umso mehr und warf den Kopf zurück und reckte mich ihm entgegen. Mein Körper zitterte im stillen Flehen nach mehr. Ich griff nach ihm, dorthin, wo er lag.

Aber Zane entzog sich mir. Er richtete sich auf und betrachtete mich.

»Bist du dir sicher?«, fragte er mit heiserer Stimme, die dafür sorgte, dass ich erneut erschauderte. Er beobachtete, wie ich mich an ihn drängte. Ehrfürchtig legte er die Hände an meine Hüften. »Bist du dir sicher?«, wiederholte er mit zittriger Stimme seine Frage. Seine Selbstbeherrschung war so gut wie am Ende. »Wenn nicht … Ich weiß nicht, ob ich mich zurückhalten könnte, wenn wir jetzt weitermachen und du mich abweist.«

Zane wartete weiter und er meinte es wirklich ernst. Er wollte mir zeigen, dass es okay war, wenn ich aufhören wollte. Würde ich nein sagen, würde er gehen, und das ganz ohne nach dem Grund zu fragen. Wir kannten uns nicht lange, aber lange genug, damit ich wissen konnte, wie sehr er meine Entscheidungen respektierte. Er würde gehen und er würde nicht noch einmal nach einer Einladung fragen. Mein Herz machte einen Satz. Vertraute ich ihm so weit, um das hier geschehen zu lassen? Andererseits, seit wann ging es um Vertrauen? Aber ich hatte schon einmal seine Lippen auf meinen gespürt und mich dem Verlangen hingegeben. Warum also nein sagen? Es wäre gelogen, wenn ich behaupten würde, ich hätte nicht von so einem Moment mit ihm geträumt.

»Ja«, brachte ich mit erstickter Stimme hervor.

Zane schenkte mir ein wildes Lächeln und entblößte seine Fangzähne. Seine Hände umklammerten meine Schenkel fester und drückten sie weiter auseinander. Sein stolzes Haupt senkte sich tiefer nach unten, bis ich nur noch den Ansatz seines Schopfes erkennen konnte.

Er wartete nicht und verschwendete keine Zeit mit zärtlichen Berührungen, wie ich sie von Cole gekannt hatte. Schnell machte er sich mehr Platz und fuhr mit seiner Zunge direkt durch meine Nässe.

Alles um mich herum löste sich auf, bis nur noch ein Gefühl existierte. Er zwischen meinen Beinen und seine Zunge, die mich verwöhnte. Ich drückte mich ihm mit aller Kraft entgegen.

Erneut leckte er mich, saugte an der empfindlichsten Stelle, knabberte kurz daran und zog sich wieder zurück.

Ich drückte den Rücken durch und rollte die Zehen ein, unfähig, mein Stöhnen zu unterdrücken.

Zanes Zunge war langsam und reizend und brachte mich immer und immer wieder, mit jeder erneuten Bewegung um den Verstand. Er drückte eine Hand auf meinen Bauch, die mich stillhielt, während er das erste Mal – überhaupt jemand das erste Mal – mit der Zunge in mich eindrang. Ich fühlte nichts außer ihn, außer seiner Berührung und konnte nicht anders, als ihn zu genießen.

»Du schmeckst wie frischer Honig auf meiner Zunge«, murmelte Zane, während er immer wieder in mich eindrang und abwechselnd zu meiner empfindlichsten Stelle zurückkehrte.

Ich keuchte und er saugte umso mehr, bis mein Keuchen in einen Schrei brandete. Zu viel, das war zu viel … zu viel Gefühl. Ich schaffte es nicht, es wurde zu intensiv. Ich entzog ihm mein Becken, er hielt mich jedoch fest und führte mich bis über den Gipfel. Ich fiel mit einem lauten Schrei und erschlaffte reglos unter seiner Berührung.

Er lachte und ließ seine Zunge vorwärts schnellen. »Warst du schon oft so feucht für mich, kleine Wölfin?«

Die Genugtuung der Wahrheit war bitter, aber ich gab sie ihm nicht. Ja, ich war es gewesen. Sogar zwei oder dreimal, aber das bedeutete nichts. Doch mir fiel keine Lüge ein, jedenfalls nicht solange seine Zunge über meine Klit leckte und immer wieder in mich eindrang.

Zane lachte leise, als wüsste er die Antwort bereits. Ich sah unter halb geschlossenen Lidern zu ihm hinab und als er zu mir aufsah, das Haar zerzaust, die Augen von einem Lustschleier umgeben, schob er einen Finger in mich.

Ich keuchte, aber Zane machte genau da weiter, wo er aufgehört hatte. Mehr – mehr, ich brauchte *mehr*. Meine Hüften hoben sich automatisch und trieben mich so fest gegen ihn, dass er einen zweiten Finger dazu nahm.

»So ein gieriges Geschöpf«, murmelte er und trieb seine Finger tiefer in mich.

In diesem Moment gab es nichts, was mich zurückhielt. Die Welt kippte, während mein ganzer Körper zitterte und ich vollends losließ. Da war nur Zane zwischen meinen Beinen, seine Finger, die er hinein- und hinausgleiten ließ, während er alles schmeckte, alles roch.

Ich rieb mich an ihm, immer schneller und schneller, als ich die Spitze des Gipfels erkannte.

»Alva.« Zane stöhnte und seine Eckzähne schrammten über meine empfindlichste Stelle.

Mein Name auf seinen Lippen und der Klang seiner Stimme brachten mich um den Verstand und die Wucht des Höhepunkts bäumte sich in mir auf. Zanes letzte Selbstbeherrschung floss dahin, als ihn die Gier überkam und seine Finger immer heftiger in mich hineinpumpten. Er hörte nicht auf, bis ich auf dem Bett zusammenbrach und keuchend nach Luft schnappte.

Langsam glitten seine Finger aus mir heraus. Kühle Luft erfasste mich dort, wo er sich zurückzog.

Zane keuchte und er betrachtete die klebrige Flüssigkeit auf seinen beiden Fingern. Er sah mir tief in die Augen, musterte meine heißen Wangen und leckte seine Finger ab, ohne den Blickkontakt zu unterbrechen. Allein bei seinem dunklen Gesichtsausdruck wurde mir wieder heiß.

Ich konnte mich überhaupt nicht bewegen. Noch nie hatte jemand das getan, was Zane getan hatte. Nicht einmal Cole hatte mich auf den Gipfel der Lust treiben können. Wir hatten aufgehört, als er fertig war.

Ich heftete den Blick auf Zanes perfekte, sich vor Atem hebenden Muskeln. Ich brauchte mehr, wollte ihn noch einmal spüren. Ich griff nach ihm, wollte alles von ihm erleben.

Doch Zane zog sich zurück, stand auf, und ging wortlos zur Tür. Im Türrahmen blieb er stehen und drehte sich so weit zu mir, dass ich seine Augen glitzern sah. »In einer Stunde wollen wir los.« Damit schloss er die Tür und nahm mein Herz mit sich.

Als ich mich eilig anzog, rief ich mir immer wieder in Erinnerung, dass ich mir die Situation selbst zuzuschreiben hatte, in der ich mich nun befand.

Mein verräterisches, kleines Herz begann in dem Moment zu schmerzen, indem er das Zimmer verlassen und mich nur eines Blickes gewürdigt hatte. Doch Zane hatte gleich am Anfang gesagt, dass er keine romantischen Gefühle für mich hegte und der Sex, der zu meiner Enttäuschung nicht entstanden war, keine tiefere Bedeutung hatte, als seine eigene Lust zu befriedigen.

Mit dem Unterschied, dass sein Verlangen nicht befriedigt worden war. Er hatte mich zweimal zum Orgasmus gebracht und dabei sein eigenes Verlangen unterdrückt, um mir Freude und Ablenkung zu schenken. Ich hielt in der Bewegung inne und holte tief Luft. Genau, etwas anderes als Ablenkung vor dem großen Ereignis war die Zweisamkeit nicht gewesen. Die Intimität, die wir geteilt hatten, sollte uns entspannen.

Nur, dass Zane vor Verlangen gebebt hatte, als er mein Zimmer verließ. Warum hatte er das getan? Jeder andere wäre geblieben.

Aber Zane war nicht wie jeder andere, rief ich mir in Erinnerung. Ich erkannte es in dem Moment, in dem ich den Blickkontakt, beim Eintreten in den Gerichtsraum, bei meiner Anhörung, zu ihm gemieden hatte. Er führte sein eigenes Leben, ungeachtet der Meinung der Gesellschaft, und hatte sich ein Imperium aus Macht aufgebaut.

Es wirkte wie ein Witz zu hören, er hatte eine Wölfin befriedigt und war danach gegangen. Es klang so falsch, denn für Intimität brauchte es zwei Personen. Beide sollten glücklich aus dieser Zusammenkunft hervorgehen. Doch was, wenn Zane glücklich war?

Ich unterdrückte das Schaudern. Es ging nicht um Zane, sondern um mich. War ich glücklich?

Mein Herz wurde schwer. Nein.

Ich wollte, dass Zane geblieben wäre. Ich wollte, dass er sich neben mich gelegt hätte. Wenigstens für ein paar Minuten.

Mir wurde kalt. Er war einfach aufgestanden, nachdem er mir den Himmel auf die Erde geholt hatte, und meinte, ich solle in einer Stunde zum Aufbruch bereit sein. Ich blinzelte die Feuchte aus meinen Augen. Auch wenn Zane keinen Vorteil aus der Intimität gezogen hatte, fühlte ich mich schrecklich benutzt und beschmutzt.

Ich nahm einen zittrigen Atemzug und verdrängte mein lächerlich, schmerzendes Herz. Ich hatte eine Aufgabe, auf die ich mich vorbereiten sollte. Bald würde ich Zane sowieso nicht wieder sehen. Denn es wurde Zeit, den Mörder an der Kehle zu packen.

Kapitel 30

Die Stille des Waldes war so erdrückend wie die Stimmung. Nachdem Zane mich verlassen hatte, wurde mir klar, dass ich mich nicht in die Intimität hineinsteigern sollte, da es bedeutungslos war. Wir hatten uns darauf geeinigt, professionell zu bleiben und die Lust an erste Stelle zu setzen.

Eine Stunde später war ich mit den Vampiren in einen Geländewagen gestiegen. Nyx und Draven hatten sofort gespürt, dass etwas geschehen war und warfen sich hinter meinem Rücken zahllose Blicke zu. Keiner redete, keiner hatte etwas gesagt. Eine Totenstille hing über dem Wald, wenn Nyx nicht ins Unterholz trat und bei jedem Knacken von Holz fluchte.

Wir folgten seit einigen Stunden einem zugewucherten Weg und mussten das Auto am Seitenstreifen zurücklassen. Der Rucksack wog schwer auf meinem Rücken, zog mich mit jedem meiner Schritte hinab. Ich kam mir vor wie ein trotteliger Tourist in meinem eigenen Zuhause. Doch den anderen erging es nicht anders. Ich hörte Zanes leisen Atem direkt hinter mir, spürte die Spannung zwischen unseren Körpern. Die unbeschwerten Minuten, die er mir geschenkt hatte, waren nicht gänzlich ohne Nebenwirkungen an mir vorbeigegangen. Ich errötete sofort, als ich ihn im Flur gesehen hatte, spürte sofort das leise Prickeln zwischen meinen Schenkeln und den Nachhall der Wärme seiner Hände auf meiner Haut.

Nicht umsonst sollte ich mir Druck machen, ich hatte nur noch zwei Tage, um dem Vampirrat den Namen des Mörders zu nennen. Allein der Gedanke, dass ich auf eine der schmerzhaftesten Weisen sterben könnte, wenn ich versagte, versetzte mich in blanke Panik.

Ich verankerte meine Hände an den Gurtstrippen. Die anderen sollten mein Zittern nicht sehen. »Vorsicht«, mahnte ich die drei Vampire hinter mir und stieg über einen umgefallenen Baum. Draven murmelte etwas Unverständliches. Ein Blick über die Schulter versicherte mir, dass es alle ohne Schaden über den Baum geschafft hatten.

Die Dunkelheit des Waldes waberte um uns wie der Schatten des Todes. Der Weg wurde zunehmend unübersichtlicher und die Bäume dichter. Sie streckten ihre Äste wie Arme nach mir aus, um mich in das Herz des Waldes zu reißen und nie wieder freizulassen. Schaudernd duckte ich mich unter einen an den Wurzeln ausgerissenen Baum, der in den Armen seiner Umstehenden lag, und hoffte, er würde in dem Moment nicht mein Leben beenden.

»Der Weg teilt sich vor uns«, bemerkte ich und blieb stehen. Die Vampire schlossen zu mir auf. »Seht ihr?« Ich streckte den Arm aus und deutete auf die vier verschlungenen Pfade. Sie verschwanden in einem Meer aus lebendigen Schatten.

»Wir sollten uns aufteilen«, schlug Zane vor. Ich zuckte zusammen, als seine Stimme direkt neben meinem Ohr ertönte. Ich hatte gar nicht bemerkt, dass er so dicht hinter mich getreten war. Sein Blick legte sich auf mich. »Du hast Taschenlampen eingepackt, Alva«, erinnerte er mich.

Ich nickte und öffnete den Rucksack, um die Taschenlampen herauszuholen. »Hier.« Ich gab jedem von ihnen eine und zusätzlich eine Packung Ersatzbatterien. »Es lohnt sich immer, vorbereitet zu sein.« Ich warf Zane einen scharfen Blick zu.

Er hob abwehrend die Hände, sein Blick zuckte nervös durch die raschelnden Bäume. »Ich will nichts gesagt haben.«

»Ist auch besser so.« Ich entlockte ihm ein genervtes Augenrollen. Es milderte die Sorge in seinem Gesicht, die ihn seit unserem Aufbruch auf Schritt und Tritt verfolgte. Ich hatte nicht gewagt zu fragen, was los war, und er hatte nichts gesagt.

»Sehr gut.« Drei helle Leuchtstrahlen durchschnitten die Schwärze um uns herum. Die Baumkronen waren so dicht, dass ich kaum den Mond erkannte. »Es sind vier Wege. Ich schlage vor, wir teilen uns auf und treffen uns in spätestens zwanzig Minuten wieder hier. Falls ihr auf das Haus oder etwas anderes trefft, gehen wir zusammen den Weg. Keiner geht mir in diesem Wald verloren.«

Zane nickte und auch die anderen waren einverstanden. »Und falls jemand auf ein Haus trifft, überprüft derjenige, ob es das Haus mit dem Server ist.«

»Und wie mache ich das?« Nyx Stimme zitterte vor Angst. Ihr Blick zuckte in jede Richtung.

»Du siehst nach, ob jemand Zuhause ist und wenn nicht, dann versicherst du dich, dass da etwas ist, das nach einem elektronischen Gerät aussieht«, erklärte Draven. Er beleuchtete die vier Wege und zog die Brauen hoch. Keiner der verschlungenen Pfade wirkte einladend. Ganz im Gegenteil. Dichtes Gebüsch und Dornen durchzogen die Wege und ließen die schiefen Pflaster, selbst unter dem Licht der Taschenlampen, schwer erkennen.

»Gut.« Zane nickte mir aufmunternd zu. »Du schaffst das, du musst nur an dich glauben und kein Hindernis wird zu hoch sein.«

»Das musst du Nyx sagen.« Ich nickte in ihre Richtung. Sie zitterte wie Espenlaub. Dafür, dass sie eine halbe Wölfin war, fürchtete sie sich doch vor dem Wald und dessen Dunkelheit. Es musste daran liegen, dass sie bei den Vampiren aufgewachsen war und kaum die geraden Straßen hinter sich gelassen hatte.

Zane grinste und versuchte, die Ängste auf jedem Gesicht zu

verwischen. »Das galt für alle. Drave nimmt den rechten Weg, Zane den daneben, Nyx den ganz linken und ich den anderen.«

Ich nahm einen tiefen Atemzug, hoffte keinem Wolf zu begegnen und beschritt meinen mir zugewiesenen Pfad in die Dunkelheit. Nur langsam klärte sich die Schwärze vor meinen Augen und verwandelte sich in ein Abbild einer triumphierenden Natur, die sich zurückgeholt hatte, was rechtmäßig ihr gehörte.

Nach wenigen Minuten waren die hellen Lichtstrahlen der Taschenlampen verschwunden. Vollkommene Dunkelheit umgab mich wie ein Schleier die Braut. Doch es war kein angenehmes Gefühl und keine Freude durchfuhr mich, als ich ein Gestrüpp nach dem anderen umrundete. Dornen strichen um meine Beine und verhakten sich in meiner Hose. Ich knirschte mit den Zähnen und ballte die Hände zu Fäusten.

Die undurchdringliche Schwärze der dichten Laubbäume verbargen alle möglichen Gefahren, die man nicht sah und die einem ungehindert anfallen konnten. Meine Hände wurden glitschig feucht und meine Atmung flacher. Was machte ich eigentlich hier? Warum war ich allein? Ich wollte nicht allein sein. Ich wollte das alles nicht. Mein Herz raste und wurde bei jedem meiner leisen Schritte auf knirschendem Laub immer schneller. Meine Armhärchen stellten sich auf, noch während ich den vertrauten Duft von Laub und Erde einatmete. Doch mit einem Mal wirkte er so fremd, dass ich den Kopf in den Nacken legte und gen Himmel sah. Die Luna versteckte sich vor mir. Selbst sie hatte mich verlassen, wie der Rest, der mir lieb und teuer war. Alle waren weg und nun war ich ganz allein.

Ein Mädchen irrte allein durch einen dunklen Wald. Sie fürchtete sich vor dem großen Wolf und hatte ihren Bruder verloren. Doch dann kam ihr die Rettung. Ein Haus, mitten zwischen den hohen Tannen verborgen.

Ich blieb abrupt stehen, als sich die Backsteinmauern eines alten Gutshauses vor mir aufbauten. Mit angehaltenem Atem schlich ich näher und duckte mich in den langen Schatten einer Buche. Meine Finger klammerten sich an den warmen Stamm, denn sie spendete meinen eisigen Händen wohltuende Wärme.

Kein Licht drang durch die schief stehenden Fenster des Gebäudes. Das Haus zierte eine Terrasse aus schrägen Holzbalken, die einst weiß und nun von Grün überwuchert wurden. Ranken zogen sich die Steinmauern hinauf, drangen durch die Fenster, durchbrachen das Strohdach und erhoben sich über dem verfallenen Schornstein zu einer Krone aus Efeu.

Mein Herz setzte einen Schlag aus. Geister in langen, weißen Roben tanzten auf der Veranda. Ich wollte schreien und weglaufen, doch als ich blinzelte, flogen sie hinauf in die Bäume und waren auf und davon. Ich stieß zitternd die Luft aus. Was war das für ein Ort, der Halluzinationen hervorrief? Wurde ich verrückt?

Mein Herz rutschte mir in die Hose, als sich der Schaukelstuhl vor der Haustür mit einem leisen Quietschen in Bewegung setzte. Er wippte wie von Geisterhand vor und zurück. Ich wartete nur darauf, dass ein weißes, unheimliches Gesicht an der Fensterscheibe auftauchte und mir direkt in die Augen starrte. Ich wartete nur darauf, dass mir jemand auf die Schulter tippte, an den Knöcheln packte und für eine Opfergabe in das Haus zerrte. Ich wartete nur darauf, dass ein Clown mit einem roten Luftballon zwischen den hohen Bäumen auftauchte und mich fragte, ob wir spielen wollen.

Ich verspürte den Drang, davonzulaufen und mich zu verkriechen, jedoch krallte ich mich immer noch in den Baumstamm. Eiskalte Finger schienen über meinen Rücken zu streichen und ließen mich schaudern. Die Bäume säuselten wie Geister im Wind und brachten die Luft in Schwingungen. Was war das?

Ich holte tief Luft und drängte die aufwallende Panik zurück.

Du bist eine Wölfin und Wölfinnen sind mutig! Die Silva Inferna war mutig mit ihrem Licht in den Tod gegangen! Doch du bist im Moment alles andere als mutig! Du solltest dir an ihr ein Beispiel nehmen!

Ich wagte mich aus meinem Versteck und huschte ohne jegliches Geräusch von Schatten zu Schatten, bevor ich eilend die Treppe zur Haustür hinaufrannte und die Tür öffnete. Sie war nicht abgeschlossen. Ich durfte nicht nachdenken und in den Wald zurücksehen, denn ich befürchtete, einem leuchtenden Augenpaar zu begegnen. Ein Monstrum oder ein Wolf, beides wäre ein Graus.

Schritt für Schritt wagte ich mich in die Dunkelheit, traute mich nicht, den Lichtschalter zu betätigen und verließ mich allein auf meine Sinne. Meine Wölfin war wach und in höchster Alarmbereitschaft.

Ich tastete mich an einem Wohnzimmer vorbei und betrat ein Arbeitszimmer. Hohe Deckengemälde hingen in verblichenen Farben an den Wänden, kleine Statuen zierten eine lange Kommode mit allerhand Werkzeugen. Mein Blick schweifte zu einem massiven Schreibtisch. Ein durchgesessener Stuhl stand vor ihm, die Tischplatte zierte eine dicke Staubschicht. Ein leises Surren durchfuhr die Luft. Ich hielt abrupt inne, wagte nicht zu atmen und spitze die Ohren.

Da war etwas.

Meine Wölfin randalierte in mir, brachte die Grenze zwischen unserem Bewusstsein ins Wanken. Sie war so nah wie noch nie zuvor.

Wieder ein leises Surren, wie das Arbeiten eines Computers. Ich zog die Stirn kraus, lauschte und folgte dem Geräusch. Es kam aus der Kommode. Meine Finger fanden einen Griff, zogen die Schublade auf. Ein Laptop lag unter vergilbtem Papier versteckt in einer Mulde. Mein Herz machte einen Satz, als ich das Gerät aus der Schublade zog. Ich überlegte, es mitzunehmen und den anderen zu zeigen, setzte mich aber vorerst an den Schreibtisch und startete das Display.

Ich brauchte kein Passwort, öffnete die Dateien und stieß auf einen Ordner namens *Dämmerung*. Ich runzelte die Stirn und öffnete ihn mit einem Doppelklick. Eine ganze Bandbreite von Videos erschien vor mir, dass ich unwillkürlich das Erste auswählte und es startete.

Vor mir tat sich ein Bild einer schmalen Straße auf. Sie musste sich im *Line Quarter* oder im *Riverside* befinden, denn das Mondlicht fiel in einem Winkel auf die Häuser, die für *Westwood* und den *Old Market* unüblich waren.

Es passierte eine Zeit lang nichts, bis ich das Video vorspulte und ein Mann ins Bild gelaufen kam. Amsfoort.

Ich ließ das Video im normalen Tempo weiterlaufen, betrachtete den Mann mit der langen Nase und der hohen Stirn. Er trug kaum Haare auf dem Kopf, nur einen Hut, der die Kahlheit verdecken sollte. Mit einem Mal blieb er stehen, sah sich um, bevor er zurückwich und sein Mobiltelefon aus der Tasche zog. Er sah ganz gewöhnlich aus, als er etwas auf den Bildschirm tippte. Hektisch flog sein Blick in alle Richtungen, bis er beschwichtigend die Hände hob, als wolle er einen alten Freund begrüßen. Dann stürzte etwas – nein, jemand – auf ihn nieder und riss ihn zu Boden. Der Mann zitterte, schlug um sich und schrie, als sich das Geschöpf über ihn beugte und Blut den Asphalt verunstaltete. Mein Herz raste in meiner Brust, als ich das Video anhielt und mich näher an den Bildschirm beugte. Die Gestalt lag über ihm, hielt ihn fest und trieb die Zähne in seinen Hals.

Ich riss die Augen auf, als mich die Erkenntnis wie ein Blitzschlag traf. Ein eiskalter Schauer lief meinen Rücken hinab. Ich wusste, dass ich unschuldig war, hatte es ganz klar vor Augen.

Das war der Beweis.

Tränen verschleierten mein Sichtfeld. Ich hatte es geschafft. Vor Freude schlug ich die Hände über dem Kopf zusammen und lachte so schallend wie schon lange nicht mehr. Ich würde meine Unschuld vor dem Vampirrat beweisen können und eine Chance erhalten, wieder einen Platz im Rudel zu bekommen. Nach zwei Wochen der schmerzhaften Ungewissheit, je meine Familie wiederzusehen, könnte ich meine Brüder endlich in die Arme schließen und ihnen sagen, wie sehr ich sie liebte.

Ich quiekte aufgeregt und schaltete den Laptop eilig aus. Es würde sich alles mit der Zeit fügen.

Da der Eber als mein Blutopfer bestätigt wurde, müsste ich nur noch mit dem Jungrudel meine Verwandlung trainieren, damit ich unter den Alpha treten konnte. Danach würde er meinen Rang und meine Lebensaufgabe an der Größe meines Opfers und der Dunkelheit meiner Fellfarbe bemessen. Ich würde endlich ein vollwertiges Mitglied des Rudels werden und mich zum ersten Mal in meinem Leben wirklich vollkommen fühlen. Denn ich würde endlich Teil der großen Familie sein.

Der Deckel des Laptops krachte, als ich ihn euphorisch zuklappte und unter den Arm schob. Ich musste hier weg. Schnell.

Voller Zuversicht erhob ich mich und sah mich eilig um. Kein Ton erklang, keine Bewegung durchzuckte mein Auge. Ich atmete erleichtert aus, das Schicksal war mir hold.

Schmerz durchzuckte meinen Schädel so heftig, dass ich keuchte. Ich wirbelte herum, stolperte über meine eigenen Füße und suchte nach Halt an der Tischkante. Meine Finger streiften nur flüchtig das Kirschholz, bekamen es kaum zu fassen, ehe mich die Wucht des Schmerzes ums Gleichgewicht brachte. Ich stürzte zu

Boden, umklammerte den Laptop so stark, als würde mein Leben davon abhängen. Ein leiser Aufschrei entkam mir, als ich hart gegen etwas prallte und die Augen zusammenkniff.

Nein, nein, nein, nein! Das durfte nicht sein! Blind vor Panik sprang ich auf und suchte nach meinem unsichtbaren Angreifer. Das Herz schlug mir bis zum Hals, als ich mich mit ausgefahrenen Krallen um die eigene Achse drehte.

Ein Schatten huschte blitzschnell durch das Spiegelbild eines Fensters. Mir gefror das Blut in den Adern.

Der Mörder war hier und er hatte es auf mich abgesehen.

Etwas trat mich so hart am Hinterkopf, dass mir der Schrei in der Kehle stecken blieb und mich in ein Land voller Schwärze brachte. Ich spürte kaum, wie jemand mit Gewalt mein Haar packte und etwas Weiches über meinen Kopf gestülpt wurde.

Die Welt versank in Träumen und Albträumen.

Kapitel 31

Als ich die Augen aufschlug, erwartete mich ein Lichtermeer aus Sternen. Das Gefühl, dass mein Kopf wie in Watte gepackt war, ließ mich träge blinzeln.

Was war passiert?

Hektisch schnappte ich nach Luft. Das Video…

Leises Rasseln wie von Ketten klang in der Luft. Ich wollte meine Hand heben, mir die verirrten Strähnen aus dem schweißnassen Gesicht streichen. Doch auf halbem Weg hielt mich etwas zurück. Eisenketten. Sie waren massiv und unter mir in einen groben Stein geschlagen, hielten meine Hände und auch meine Füße fest umschlungen. Sie bohrten sich kalt in meine Haut, bildeten einen Kontrast zur stickigen Luft.

»Sie ist wach«, drang es leise zu mir durch.

Meine Wölfin reagierte sofort und schlug an. Sie ließ meinen Körper beben, als er sich gegen die Fesseln aufbäumte. Ein gefährliches Knarzen zerriss die Luft, veranlasste meine Wölfin sich stärker gegen sie aufzulehnen und ließ meinem – unserem – Mund ein gefährliches Knurren entkommen. Sie tobte in mir, jagte die Barriere auf und ab. Ihr Fell war so seidig weich, ihre Schritte so stark. Ich konnte kaum etwas anderes wahrnehmen als sie, war wie eine Gefangene in meinem eigenen Körper und ihrer Wut hilflos ausgesetzt.

Im nächsten Moment drückten mich Hände nieder, doch ich nahm es kaum wahr. Ein stechender Schmerz durchfuhr meine Gelenke, als mit einem kräftigen Ruck die Ketten kürzer wurden.

Etwas Heißes brannte sich in mein Fleisch. Ich biss die Zähne zusammen und unterdrückte einen Aufschrei. Allmählich hob ich den Kopf von dem Gestein. Fest gekettet lag ich auf einer flachen Steinplatte, die mitten im tiefsten Wald von vier hohen Steinsäulen umgeben war. Mich fröstelte es, als ich sie genauer betrachtete. Sie wirkten so alt, so mächtig und massiv. Sie mussten die Überreste der Festung sein, die Danosc während der großen Kriege zwischen Wölfen und Vampiren gewesen war.

»Lasst die Ketten so.« Eine vertraute Stimme drang an mein Ohr. »Sie wird nicht freikommen.«

»Sie ist …«

»Ja, aber sie weiß es nicht«, knurrte die Stimme.

Ich drehte den Kopf gerade so weit, um zwei Silhouetten am Rande meines Blickfelds zu erkennen. Also waren es zwei Täter und nicht nur einer, dachte ich und schluckte die bittere Pille hinunter, die wie Säure in meinem Magen brannte. Hinter ihnen bot sich ein dunkler Waldstrich, der nur mit Hilfe der schwachen Mondstrahlen durch das dichte Blätterdach fiel.

Die Luna lachte mich aus, als sie auf die Lichtung und in mein Gesicht strahlte. Ich ballte die Hände zu Fäusten und konnte das Schluchzen nicht zurückhalten. Was hatte ich nur verbrochen, um ein solches Schicksal zu verdienen?

Als ich glaubte zu gewinnen, hatte ich alles verloren. Hatte ich in diesem Spiel überhaupt je die Chance gehabt, zu gewinnen?

Zane war nie da gewesen, wenn er mich beschützen sollte. Bei jedem Ereignis, in dem mein Leben bedroht wurde, war er auf wundersame Weise verschwunden und tauchte erst wieder auf, als die Gefahr vorüber war. In meiner Brust klaffte ein Loch, als mir Bewusst wurde, dass er nie ein Versprechen eingehalten hatte. Wie konnte ich nur hoffen, er würde diesmal zu mir kommen, um mein Leben zu retten?

Ich lag, wie zur Folter bereit, ausgestreckt und gefesselt auf einer Steinplatte und konnte nur hoffen, dass alles ein großes Missverständnis war, und die zwei Fremden mich freiließen. Doch das würde nicht geschehen. Wir waren in keinem Buch, in dem ein schönes Ende vorausgesetzt wurde, damit die Kinder nachts gut schliefen. Das hier war die bittere Realität.

Ich musste ihr ins Auge sehen und erkennen, dass ich sterben würde. Nicht durch den ewigen Biss, sondern durch Folter von zwei nach ihrer Schöpferin stinkenden Vampiren. Zu meiner Demütigung würde ich das Licht der Luna ins Auge sehen müssen, die mir ihren Schutz seit der Nacht des Blutrituals versagt hatte, indem sie all die Grausamkeiten zugelassen hatte.

Zitternd versuchte ich mich gegen die Fesseln zu wehren, versagte aber kläglich. So wie ich immer versagt hatte, wenn ich mir etwas Wichtiges vorgenommen hatte. Das Blutritual? Versagt. Die Lösung des Mordfalls? Versagt.

Säure stieg in meinem Magen hoch. Nicht nur würde ich als Versagerin sterben, denn Zane würde auch glauben, ich hätte wie ein Feigling das Weite gesucht, um meinem Schicksal zu entkommen. Er würde denken, ich wäre die verlauste Wölfin, für die ich von den Vampiren gehalten wurde.

Ich würde nicht nur meine Familie nicht mehr wieder sehen, sondern auch nie die Liebe des Rudels erfahren. Mir würde alles verwehrt werden. Ein Messer durchbohrte mein Herz. Ich würde mich nie richtig von meinen Brüdern verabschieden und ihnen sagen können, wie sehr ich sie liebte. In ihren Augen blieb ich die unwürdige Schwester, die von ihrem Rudel verstoßen wurde.

Ein Mann trat an die Steinplatte und sah auf mich hinab. Ich blinzelte die Dunkelheit vor meinen Augen davon und erkannte ein blasses Gesicht mit langer Nase. Sein Haar fiel in Wellen über den langen Umhang und ließ seine Augen in einem animalischen

Rot aufleuchten. Ich schüttelte den Kopf und presste die Augen zusammen. Nachdem ich sie wieder geöffnet hatte, klärte sich sein Bild und ich…

»Du!«, zischte ich, als ich ihn erkannte.

Anwir lächelte breit. Keine Freundlichkeit, nur reiner Abscheu spiegelte sich auf seinem Gesicht wider. »Ja, ich.«

»Ich habe noch Zeit!«, rief ich, dass auch der andere mich hören konnte. Anwir kicherte grausam. Meine Wölfin knurrte und ich wollte ihm ihre Zähne zeigen, aber sie ließ mich im Stich.

Anwir lächelte umso breiter, dass es zu einem falschen Grinsen heranwuchs. »Das Gift trennt dich von deiner Wölfin. Sie ist bei dir, allerdings kannst du nichts von deiner tierischen Seite beschwören.« Seine Mundwinkel zuckten ein Stück höher. »Es tut ihr weh, deswegen tobt sie in deinem Kopf.« Ein Schleier legte sich vor seine Augen, ließ ihn abwesend und teilnahmslos wirken. Wenig später durchfuhr ihn ein Ruck und er wich unter leisem Lachen zurück.

Ich wollte ihm nachsehen, aber in dem Moment, indem ich meinen Kopf drehte, schnellte eine weitere Kette aus dem Stein und drückte meinen Schädel auf den flachen Untergrund. Mir entkam ein erstickter Schrei, als das leise Klicken in mein Ohr drang und sich das Metall auf der anderen Seite der Platte verankerte. Unter Winden versuchte ich meinen Kopf zu drehen, wenigstens einen Millimeter zu bewegen, aber das Eisen presste sich gegen meine Stirn. Ein eiskalter Schmerz blieb zurück, dass ich frustriert ausatmete und mit den Augen in die Richtung des Vampirs schielte. Vergeblich.

Ich presste die Lippen aufeinander, während Zorn und Angst mein Herz gleichermaßen zerfraßen. Ich wusste es!

Seitdem der Vampirfürst an dem Tatort erschienen war, als ich nach Beweisen gesucht hatte, sträubte sich mein Innerstes zu glauben, Anwir habe gute Absichten. Allerdings wusste ich nur nicht, inwieweit er in den Mord von Amsfoort verstrickt war. Die Tatsache war offenkundig, der Vampirfürst hatte irgendwie seine Finger im Spiel gehabt.

Ich vermutete, dass er ebenfalls die Überwachungsvideos im Gerichtshof der Vampire sabotiert hatte. Denn die roten, glühenden Augen und die Fangzähne, die in Amsfoort's Hals einschlugen, als er wenig später starb, konnten auf Anwir hindeuten. Selbst wenn er es nicht gewesen war, der die Zähne in seinen Hals rammte, und tatsächlich im Gerichtsgebäude nach der Ratsversammlung gearbeitet hatte, konnte er einen anderen Vampir angeheuert haben, um Amsfoort umzubringen. Er hätte definitiv die Mittel, ohne Aufsehen, die Überwachungsvideos einzusehen und diese auszutauschen, in Rowenas Reich einzudringen und ihre DNA an den Tatort zu schaffen und die Laboranten zu bestechen, wenn nicht sogar zu erpressen, um eine Falschaussage zu erzwingen. Ich ballte die Fäuste. Er war der große Mann hinter dem Mord.

Doch je mehr ich mir dessen klar wurde, desto mehr zitterte ich. Wozu war der Vampir noch fähig? Ich hielt die Luft an, als mir eine andere Frage in den Sinn kam. Was hatte er mit mir vor?

»Wo gehst du hin?«, rief ich und hoffte, dass er mich nicht im Wald zurückließ. Obwohl ich Anwir nicht ausstehen konnte, wollte ich nicht allein zurückgelassen werden. Was, wenn das Rudel mich fand? Sie würden mir augenblicklich die Kehle durchbeißen.

Keine Antwort. Stattdessen traten mehrere Schuhpaare auf heruntergefallenes Geäst, dass das Knacken von altem Holz die Luft erfüllte. Mir blieb der Atem im Hals stecken. Der erdige Geruch verstärkte sich und brachte meine Nase zum Zwicken. Tellus Kinder waren hier – die Vampire. Wie viele es waren, konnte ich nicht sagen. Aber was war mit meinen Vampiren? Mein Herz begann zu rasen. Wie lange war ich bewusstlos gewesen? Minuten? Stunden? Tage? Die zwanzig Minuten mussten bereits vergangen sein. Ob Zane mich suchte? Und was ist mit Nyx und Draven? Sie mussten doch gemerkt haben, dass etwas nicht stimmte. Sie mussten mich suchen kommen und meine Entführung bemerkt haben.

Meine Finger zitterten und meine Kehle wurde staubtrocken. Ich versuchte den Kopf anzuheben und spähte über meine Schuhspitzen hinweg. Tatsächlich ließen mir die Ketten etwas Spielraum, weshalb ich bestimmt zehn oder zwanzig Vampire ausmachen konnte. Ich schluckte schwer. Allein hatte ich keine Chance gegen sie.

Die Vampire taten sich zu einer Gruppe zusammen, ehe leises Gemurmel die Luft zum Vibrieren brachte. Momente später nickten sie einstimmig und begannen mich zu umrunden. Irgendwann blieben sie stehen, sie behielten zu ihrem Nachbarn gleich große Abstände. Sechs Gestalten traten aus ihrem Kreis und hinterließen Lücken, die augenblicklich geschlossen wurden.

Sie standen kaum einen Meter von mir entfernt und spähten in bronzenen Masken auf mich hinab. Mich überfiel eine Gänsehaut, als ich die kleinen Hörner und den nicht vorhandenen Mund mit dem spitzen Kinn betrachtete. Ihre Gesichter waren gut verborgen und sahen aus wie die des Luzifers.

Meine Hände zitterten, bis die Ketten klirrten. Die sechs Vampire lachten leise. Das Echo ihrer Stimmen verhallte im Wald, wo es die Blätter der Flora zum Beben brachte.

»Lasst uns nicht länger warten, er wird nicht kommen. Er ist jung und dumm.« Anwirs Stimme drang aus einem der Masken hervor. Ich spähte in die Runde. Er war nicht der einzige Vampir, der einen langen Umhang trug. Sie kleideten sich in rabenschwarzem Stoff, der sie mit der Nacht verschmelzen ließ.

»Es wird nicht funktionieren, wenn wir …«

»Du hältst den Mund!«, zischte der Vorsitzende des Vampirrats. Seine Stimme triefte vor Spott. Der Mann, der soeben gesprochen hatte, regte sich nicht. »Lasst uns endlich das zu Ende bringen, was getan werden muss.«

»Wir sollten ihr die Zeit gewähren, die wir ihr versprochen hatten.« Ich kannte die Stimme. Sie war warm und hinterließ ein Kribbeln in meinem Bauch.

Ich suchte unter den Masken nach vertrauten Augen, bis ich in Bernstein versank und festkleben blieb. Zane? Was tat er hier? War er der Mörder? Hatte er Amsfoort umgebracht und mir die Schuld zugeschoben? Mit Anwir zusammen? Mein Herz setzte aus, als mich ein tiefer Stich mitten in die Brust traf. Ich dachte, wir wären wenigstens Freunde, wenn nicht sogar Liebhaber.

Er hatte mich geküsst, mir Schauer über den Körper gejagt und mir gesagt, wie wunderschön ich sei. Seine Hände hatten auf meinen Wangen gelegen, seine Arme hatten mich gehalten und seine Worte hatten mein Herz unzählige Male berührt. Zane war mein größter Befürworter geworden und hatte mich mit allen Mitteln unterstützt, auch wenn er die Gefahren nicht von mir abwenden konnte. In den letzten Wochen hatte ich ihn lieben gelernt und mich zu ihm hinziehen lassen, bis wir einander auf einer Ebene begegneten, die ich nie für möglich gehalten hatte.

Mir wurde kalt und die Erinnerung, wie er mich nach unserer Zweisamkeit zurückgelassen hatte, jagte in einem unangenehmen Schauer über meine Haut. Wie es aussah, hatte ich mich in ihm getäuscht. Er war der kaltherzige Vampirfürst, der nur seinem eigenen Ziel hinterherjagte – ungeachtet der Herzen, die er brach.

»Das sagst du nur, weil du deine Späßchen mit ihr hattest«,

lachte jemand. Zustimmendes Gemurmel erfüllte die Luft. Ich bebte vor Wut und versank zeitgleich in heißer Scham. Wir hatten keine *Späßchen*. Zane musste komisch geguckt haben, denn er fügte hinzu: »Komm schon, du brauchst es nicht zu leugnen. Jeder kann deinen Geruch an ihr riechen.«

Ich spürte Zanes Ärger, ohne ihn zu sehen. Noch bevor er etwas erwiderte, brachte das leise Surren seiner Macht mein Blut zum Kochen. Meine Wölfin wurde ganz ruhig, als sie seine vertraute Stimme wahrnahm. »Ich will klarstellen, dass ihr noch zwei Tage bleiben. Und, wenn wir unser Versprechen brechen, unser Wort als Rat und Fürsten kaum mehr wert ist, als Falschgeld.«

Ich wagte kein Wort über die Lippen zu bringen und spähte zu den Vampiren. Es waren sechs von ihnen vorgetreten und Anwir meinte, der jüngste von ihnen sei nicht gekommen … Ich riss die Augen auf. Das bedeutete, dass Rowan nicht gekommen war, und das, was auch immer die Vampire planten, scheitern konnte.

»Warum tut ihr das?« Meine Stimme sollte fest und bestimmt klingen, aber als ein Beben meinen Körper durchfuhr, war es mehr ein Krächzen. »Ihr seid für so viele Vampire verantwortlich, tragt angeblich Ehre auf den Schultern, aber könnt euer Wort nicht halten.« Mit jedem Wort brach meine Stimme ein wenig mehr. Ich hatte keine Ahnung, was die Vampirfürsten von mir wollten, um mich wie ein Opfer auf die Platte zu spannen. Mir entkam ein hohles Lachen und ich spürte ein goldenes Augenpaar auf meiner Haut brennen. War das alles nur gespielt gewesen? Hatte er alles geplant? In mein Herz stachen Tausende von winzigen Nadeln. Ich verzog das Gesicht und versuchte das Gefühl der Hoffnungslosigkeit zu verdrängen, welches sich leise anbahnte. »Wenn ihr wollt, dass ich sterbe, für etwas, das ich nicht getan habe, hättet ihr mich gleich am ersten Tag umbringen können. Warum jetzt?«, entgegnete ich. »Das macht doch alles keinen Sinn.«

»Für dich macht es keinen Sinn, Schätzchen«, gurrte Anwir. »Für uns hat alles seinen Plan und seine feste Zeitabfolge. Zane hatte dafür gesorgt.«

Mein Blick huschte Hilfe suchend zu dem goldenen Augenpaar neben meiner linken Kopfseite. »Was?« Meine Stimme versagte.

Er regte sich nicht.

Meine Lippen bebten, als ich ein schmerzvolles Ziehen in meiner Magengrube spürte. Ich fühlte mich, als würde ich in einem schwarzen Loch versinken und nie wieder herausfinden. Mein Herz wurde schwerer als Blei und sackte in meinen Magen hinab, es ließ mich tiefer fallen. Ich war den Vampiren vollends ausgeliefert und sie waren diejenigen, die entschieden, ob sie mir aus dem Loch halfen oder mich elendig zurückließen.

»Sag mir, dass das nicht wahr ist.« Anstelle einer festen Stimme kam nur ein leises Flüstern aus mir heraus. Der Schmerz des Betrugs stach wie Messer und trieb den Dolch tiefer in mein Herz. »Sag mir, dass das *echt* war.«

»Es war echt.« Zane wandte den Blick ab, sah über mich hinweg und in die Baumlinien. »Aber es war auch geplant.«

»Alles?«

Er nickte schwach. Mir entkam ein ersticktes Keuchen. Ich konnte keinen klaren Gedanken fassen und suchte eine Erklärung hinter der Teufelsmaske. Passierte das gerade wirklich? Oder war ich immer noch ohnmächtig?

Im Hintergrund traten die Vampire unruhig mit dem Füßen und Anwir seufzte schwer. »Natürlich war alles geplant. Von Anfang bis Ende, wobei das Ende schneller kam, als wir erwartet hatten«, meinte er und erlöste Zane von meinen Blicken.

»Ich verstehe nicht.«

»Natürlich verstehst du nicht, dummer Wolf«, tadelte Anwir meine Frage. Mit einem Lächeln trat er an mich heran. Er legte seine Hand an meine Wange. Ein eiserner Ring stach in meine Haut. »Du musst es auch nicht verstehen.« Er beugte sich zu mir hinab und zog die Maske vom Kopf. Sein Atem strich über meinen ungeschützten Hals.

Meine Brust hob und senkte sich hektisch. Ich presste die Lider zusammen in der Erwartung, er würde mich beißen und meinem Leben ein Ende bereiten. Doch ein leises Grollen durchfuhr die Luft. Anwir hielt in seiner Bewegung inne, die Hand noch immer an meiner Wange, und sah auf.

Er seufzte und zog sich mit erhobenen Händen zurück. Seine Augen funkelten vor Bosheit und ein trügerisches Lächeln umspielte seine harten Züge. »So wie es aussieht, will ein anderer dich genießen.«

Ich schluckte schwer, als Zane an mich herantrat und seinen Daumen über meine Halsschlagader fahren ließ. Genau über den verblassten zwei Punkten, die er mir beschert hatte, hielt er inne und fuhr kleine Kreise über die alten Einstichstellen. Erinnerungen von einem süßen Ziehen an meinem Hals und ein herrliches Brennen zwischen meinen Schenkeln durchzuckten meinen Körper. Aber ich wusste, diesmal würde er mir damit keinen Gefallen tun.

»Es war wirklich nicht alles gespielt«, meinte er und beugte sich zu mir hinab. Seine Maske verschwand wie von Geisterhand. Ich hielt die Luft an und kniff die Augen zusammen, wartete auf das schmerzhafte Eindringen seiner Zähne. Es blieb aus, seine Eckzähne schrammten lediglich über meine Haut.

Das Eisen meiner Handschellen brach unter der Kraft meiner Wölfin. Trotz des Giftes, das uns voneinander trennte, gelang es ihr, für einen Wimpernschlag an meiner Oberfläche zu kratzen. Es geschah so schnell, dass Zane nicht rechtzeitig zurückweichen konnte und ich, immer noch an Kopf und

Füßen gefesselt, Zanes Hals packte. Ich drückte mit wilder Entschlossenheit zu.

Schreie ertönten, Hände rissen an meinen Armen und wollten mich auf die Steinplatte zurückdrücken. Zanes Zähne fuhren mit einem Schmatzen in mein Fleisch und zogen sämtliche Flüssigkeit aus meinem Körper. Ich schrie, ließ ihn aber für keine Sekunde los.

Das Brüllen meiner Wölfin zerbrach die Barriere zwischen uns. Erst jetzt wurde mir bewusst, was Zane tat. Er saugte das Gift aus meinem Körper und ermöglichte es mir dadurch, meine wölfische Kraft zu nutzen. Er rettete mich nicht, jedoch gab er mir die Möglichkeit, mich selbst zu retten.

Ich hatte kaum Zeit nachzudenken, als ich ihn losließ und er nach Luft ringend von mir weg stolperte. Mit einem kräftigen Ruck an den Ketten brachen sie entzwei und verfielen zu Staub. Die Vampire begriffen so spät wie ich, was geschehen war und reagierten erst, als Zane sich nach einer kurzen Atempause, die kaum länger als eine Sekunde währte, auf Anwir stürzte.

Der Boden vibrierte unter meinem Körper. Ich rutschte eilig von der Platte und geriet ins Straucheln, registrierte kaum, dass die Bäume in Richtung Norden erzitterten. Plötzlich durchbrach ein Heulen die Luft. Dann brach eine Schar von Wölfen aus dem Unterholz und wälzte alles nieder, was sich ihr in den Weg stellte. Voran der Alpha.

Ich sprang von dem Steinplateau, geriet ins Taumeln und fing mich gerade rechtzeitig an der Platte ab. Nach ein paar wackeligen Schritten stürmte ich in seine Richtung. Feuerwerkskörper flogen in meinem Magen umher und am liebsten hätte ich gejubelt und die Arme in die Luft gerissen. Stattdessen nahm ich die Beine in die Hand und rannte auf die Wölfe zu, zog die Vampire hinter mir her und schickte sie geradewegs in die wartenden Arme meiner Rettung.

Sie knurrten und fletschten die Zähne. Das Rudel stürzte in

meine Richtung. Ihr dunkles Fell schimmerte im seichten Mondlicht. Ihre Krallen klickten im dichten Unterholz, als ein Teil von ihnen abbog, um Zane Unterstützung zu leisten.

Ich atmete erleichtert auf, spähte in seine Richtung und erkannte, dass er gegen Anwir und neun weitere Vampire kämpfte. Unter ihnen waren zwei Vampirfürsten. Doch Zane ging es gut. Er trug keine einzige Schramme davon und ließ seine Macht in dunklen Schwaben und brennenden Blicken niederregnen. Um ihn lagen drei kleine Aschehaufen, die von einer leichten Windbrise aufgewirbelt wurden.

Als die Wölfe ihn erreichten, sprangen sie auf die Vampire zu. Zane schrie und sein Schrei zerriss mir das Herz, als ihm einer der Wölfe in den Arm biss. Er wirbelte herum, packte den Wolf an der Kehle und hob ihn hoch. Seine Augen flammten auf, dass das Feuer die Luft in Brand setzte, und der Wolf in seinem Griff zu Asche zerfiel. Ein zweiter Wolf und ein dritter sprang ihn von hinten an. Sie rissen an seinem Umhang. Zane brüllte, sein Blick schoss zu ihnen herum. Die Wölfe erstarrten, was Zane die Zeit gab, sich von dem Umhang zu befreien.

Danach ging er auf die Wölfe los. Seine Augen flammten auf, aber die zwei schwarzen Wölfe sprangen beiseite. Sie hefteten sich an seine Fersen, als Zane einer Energiewelle eines Fürsten auswich. Er hob die Hand und beschwor eine Druckwelle. Sie waberte über ihm, ehe er die Hand senkte, und sie auf den Vampir zuschoss. Der Fürst querte die Landschaft und stand direkt hinter Zane. Er wollte ihm ein Messer in den Rücken stoßen. Doch Zane war zu beschäftigt, um ihn zu bemerken, denn er nahm zwei Wölfe ins Visier.

»Achtung!«, schrie ich. Sein Blick schoss zu mir, suchte nach einer Gefahr in meiner Nähe, aber ich fuchtelte wie wild mit den Händen. »Hinter dir!«

Gerade rechtzeitig wirbelte er herum. Er packte das Messer bei der Klinge. Blut spritzte, als seine Hand die Klinge stoppte und aufgerissen wurde. Ich spürte seinen Schmerz und fasste mir an die Brust, während ich weiter auf die Wölfe zu rannte.

»Nein!«, rief ich dem Alpha zu. »Ihr greift den Falschen an!« Es trennten uns kaum zwanzig Meter. Die Pfoten der Wölfe krachten auf das giftgrüne Moos.

Der Alpha antwortete nicht, denn er war in der Gestalt seines weißen Wolfes gefangen. Sein Heulen durchdrang mein Trommelfell. Ich verengte die Augen und suchte nach einem vertrauten Augenpaar in ihren Reihen. Nero sollte immer neben dem Alpha laufen. Selbst im Kampf. Es war seine Lebensaufgabe, den Alpha zu beschützen und eine Todsünde, wenn er es nicht tat.

Doch Nero war nicht da.

Ich schlug einen Haken und rannte in die andere Richtung. In den Wald. Ich musste in den Wald. Es war der einzige Ort, den ich auswendig kannte, und in dem ich meine Feinde abschütteln konnte. Hektisch warf ich einen Blick über meine Schulter.

Die Wölfe drehten ab und jagten mir wie die Besessenen hinterher. Sie taten sich mit den Vampiren zusammen. Wenn mich beide Gruppen gleichzeitig erreichten…

Durch die Bäume vor mir schien die Welt immer dunkler zu werden – als wäre dort das Ende der Welt. Ich legte meine Kraft in die Beine und schoss auf die erste Baumlinie zu. Hinter mir tobten die Wölfe und kamen rasant näher. Sie waren so dicht, dass ich glaubte, ihren heißen Atem in meinem Nacken zu spüren. Bald hatte ich die zweite Baumlinie erreicht und …

… ein wildes Knurren vor mir brachte die Blätter zum Erzittern. Ein schwarzer Wolf brach aus dem Unterholz. Ich warf mich zu Boden und drückte den Kopf in den Sand. Die rasiermesserscharfen Krallen strichen meine Wangen und rissen die weiche

Haut auf. Ich schnappte nach Luft, als der Schmerz meine Wölfin zum Schreien brachte.

Der schwarze Wolf krachte bebend auf den Waldboden und stürzte auf meine Verfolger zu. Geifer hing ihm in langen Fäden aus dem Maul. Es verfing sich in dem langen Fell seiner Brust, während Blutgier in seinen Augen tanzte wie der Tod höchstpersönlich.

Ich rappelte mich auf und beschwor meine Krallen. Meine Gegner rasten auf mich zu, während ich leicht in die Knie ging und ihnen meine wölfischen Waffen entgegen reckte. Ich würde wie die Silva Inferna mutig kämpfen und nicht wie ein Feigling weglaufen.

Der Boden erzitterte unter meinen Füßen. Ich beschwor meine tierischen Zähne und machte mich auf die ersten Wölfe bereit.

Das Rudel des Alphas erstarrte in seiner Bewegung, als das lose Geäst bebte. Kleine Steinchen flogen in die Luft. Das Donnern wurde lauter und lauter. Ich verlagerte mein Gewicht und ging in meinem Kopf sämtliche Kampfstrategien durch, die mir meine Brüder gezeigt hatten.

Eine Dampfwalze aus Wölfen brach durchs Dickicht. Ich schrie und sprang rechtzeitig beiseite, bevor mich ihre tödlichen Krallen erwischten. Doch sie flogen über mich hinweg und auf die Front zu, die sich vor mir ergeben hatte.

Graue und braune Wölfe stürzten sich in ihrer Masse auf die Vampire und schwarzen Wölfe. Selbst auf den Alpha.

Erst jetzt wurde mir bewusst, welcher Wolf das Rudel anführte. Mein Bruder Nero. Meine Augen wurden feucht. In meiner Abwesenheit musste etwas so Schreckliches im Rudel geschehen sein, dass er sich gegen den Alpha erhoben hatte. So wie es aussah, waren ihm einige der Wölfe gefolgt, denn sie alle erhoben sich gegen den Rudelführer von Danosc. Mein Herz füllte sich mit Wehmut. Das bedeutete, sie waren Verstoßene wie ich.

Triefende Mordsucht tanzte in dem Blick des Alphas, als seine Augen mich trafen. Er erkannte den Verrat. Nicht nur meinen, sondern auch die der rangniederen Wölfe seines Rudels. Sie alle hatten sich von ihm und von der Unterdrückung der Niederen abgewendet und sich stattdessen meinem Bruder angeschlossen.

Ein dunkelbrauner Wolf stürzte sich auf mich. Ich hob die Krallen, bereit für einen Kampf. Er sprang vor und biss zu, während ich ihm geschickt auswich. Ich war so schnell, dass ich in einen weiteren Wolf krachte. Dieser wirbelte herum, wurde aber von einem grauen Wolf an der Rute gepackt und durch die Luft geschleudert.

Der Alpha heulte in der Ferne auf. Nero stand ihm Auge um Auge gegenüber und bleckte die Zähne. Ich hatte keine Zeit sie zu beobachten, denn mein Gegner setzte zum Sprung an. Ich duckte mich unter ihm hinweg. Ein Fehler.

Ein schwarzer Wolf sprang mir in den Rücken, packte meinen Arm und war im Inbegriff, die Zähne in mein Fleisch zu jagen. Ich schnappte nach Luft und zog ihm meine Krallen über die Schnauze. Er ließ augenblicklich los und wich heulend zurück. Tiefe Spuren verunstalteten die empfindliche Haut unter dem Fell.

Der Alpha stieß ein lautes Heulen aus und rief den Rest seines Rudels zurück. Ich schnappte erleichtert nach Luft, als sich meine Angreifer mit wilden Knurren verzogen.

Braune und graue Wölfe drängten in ihrer Masse die verbliebenen ranghohen Tiere mit den Vampiren zurück auf die von Sternen erleuchtete Lichtung. Ich folgte ihnen mit gewissem Abstand und kniete mich in den Schatten eines umgefallenen Baumes. An der Auseinandersetzung mit den zwei erkannte ich, dass ich bei einem Kampf so gut wie nutzlos war.

Ich erspähte Zane auf der Lichtung für mich kämpfen. Zwei weitere Vampirfürsten hatten sich ihm mit wehenden Umhängen angeschlossen und brachten die Bäume zum Erzittern. Erleichterung durchspülte mich wie eine Welle, als ich sie sah. Natürlich erinnerte ich mich an den Betrug und die Bitterkeit seiner Worte.

Dennoch hatte er sich für mich vor allen anderen entschieden und das war es, was in Wirklichkeit zählte. Er hatte sich gegen die Seinen erhoben und riskierte sein Leben für mich.

Ich sah an mir hinab. Die Krallen stachen noch immer aus meinen Fingern. Doch in dieser Gestalt war ich bei einem Kampf auf offenem Feld so gut wie tot.

Ein Zischen durchdrang die Luft und erfüllte mich mit Grauen. Das Kampfgeschehen tobte, aber keiner der Kämpfenden erkannte die Gefahr. Keiner sah das Glimmen zwischen den hohen Säulen. Ich kniff die Augen zusammen und robbte durchs Gestrüpp auf das Licht zu.

Ein Riss zeichnete sich in der Landschaft. Ich hielt die Luft an und zog mich zurück in die Schatten der Bäume. Anwir. Er stand mit ausgestreckten Armen zwischen den Säulen und beschwor mit glühenden Augen den immer größer werdenden Riss. Sein Kopf lag in den Nacken gelegt, während er die Luft gierig einsog und allmählich die Augen öffnete. Seine roten Augen trafen mich. Mir blieb das Herz in der Brust stehen.

Ich robbte eilig zurück, tiefer in den Wald und in die Dunkelheit. Doch seine Augen folgten jeder meiner Bewegungen, sie ließen mich nicht eine Sekunde los. Er trat von dem Riss weg, wobei er mir ein falsches Lächeln schenkte. Kaum hatte er den Riss freigegeben, richtete sich mein Blick auf eine Bewegung zwischen dem Schimmer. Zwanzig oder mehr Vampire marschierten aus dem Strahlen. Mir blieb der Mund offen stehen, als sie die Landschaft querten und sich auf Zane und die Wölfe stürzten.

Zane hielt einen Moment inne, registrierte die nahende Gefahr und fluchte. Sein Blick suchte das Kampfgeschehen ab, als er erst Anwir und danach mich traf. Seine Worte standen ihm ins Gesicht geschrieben und ich rappelte mich auf, als ich seine Stimme in meinem Kopf hörte.

Lauf!

Ich rang mit den Händen und warf einen flüchtigen Blick zu den Wölfen meines Bruders. Nero musste als Beta des Rudels herausgefunden haben, dass der Alpha in Wahrheit auf Anwirs Seite kämpfte. Die Frage war nur, wie lange er sich auf die gegnerische Seite schlug?

Mein Blick huschte zu Anwir. Er stand nicht weit von mir entfernt und grinste siegessicher. In der Zwischenzeit hallte lautes Geheul durch den Wald, als die Wölfe von den Vampiren zusammengepfercht wurden. Schatten fegten über ihren Köpfen hinweg. Sie formten sich zu Energiebündeln, als Zane versuchte, sie vor den Angriffen der nahenden Vampire zu schützen.

Doch er verfehlte sein Ziel. Stattdessen krachten sie in den Wald, bis das Holz nur so ächzte und Bäume aus ihren Wurzeln gehoben wurden. Flammen jagten durch das Unterholz. Hitze schlug mir entgegen. Feuer sprang von Baum zu Baum und breitete sich in Sekundenschnelle aus. Die Flammen waren überall und versenkten meine Haarspitzen. Anwir lachte und sein Lachen gab mir die Kraft aufzustehen.

Er setzte sich in Bewegung und kam gemächlich näher. Meine Wölfin schrie, bettelte mich an, aufzustehen. Sie fürchtete sich, randalierte in meinem Kopf und kämpfte gegen das Gift an, was sie von mir fernhielt. Ohne zu zögern, drehte ich mich um und rannte in den Wald. Direkt in die züngelnden Flammen.

Kapitel 32

Meine Wölfin hatte das Kommando übernommen, sie lenkte und leitete mich durch den Wald. Ihre Augen waren meine Augen. Ich spürte jeden Windzug auf meiner klebrigen Haut und flog über das Geäst. Immer weiter. Immer schneller werdend. Die Flammen hatten wir weit hinter uns gelassen und waren so weit in den Wald vorgedrungen, bis mich völlige Finsternis umgab.

Schmerz durchzuckte meine Seite wie ein Messerstoß in die Rippen. Etwas traf mich so hart, dass die Wucht des Aufpralls meine Knochen knirschen ließ. Ich biss die Zähne zusammen, übersah den umgefallenen Baumstumpf und riss im letzten Moment die Beine hoch. Halb stolpernd, halb fallend, schlug ich der Länge nach in den Dreck. Die Luft wurde mir aus den Lungen gepresst. Ich röchelte und drehte mich auf die Seite. Ich hatte das Gefühl, jeder einzelne Knochen in meinem Körper war gebrochen.

Ein schwarzes Paar Schuhe stellte sich vor mir auf. Ich stützte mich am trockenen Geäst ab und schwang mich auf die Beine. Ich durfte nicht liegen bleiben, ich musste kämpfen. Für all die Wölfe, die vom Alpha verstoßen wurden – und für Zane.

Der Baum war mein Anker, als ich mich an ihm hinaufzog und schnaufend festhielt. Die Luft war stickig und von dichtem Rauch erfüllt, bis ich glaubte, selbst in Flammen zu stehen. Ein leises Knacken ließ mich herumwirbeln. Ich stierte in vollkommene Schwärze und riss die Augen auf, suchte nach einer Bewegung. Mein Herz raste, schlug mir bis zum Hals. Anwir versteckte sich, er spielte ein Spiel mit mir.

Anwir war mein Feind. Ich lachte in mich. Wie konnte ich nur glauben, er wäre auf eine verquere Art und Weise auch nur ansatzweise wie Zane?

»Du hast recht.« Seine Stimme war überall und nirgends. Langsam drehte ich mich im Kreis. Mein Anker blieb hinter mir. »Du hättest das Gericht gar nicht erst verlassen sollen. Selbst der Alpha war mit deinem sofortigen Ableben einverstanden gewesen.« Anwirs Stimme verwandelte sich in ein tiefes Grollen. »Aber dann kam *er* dazwischen und überzeugte die anderen.«

»Und jetzt kam er dir wieder dazwischen«, brachte ich hervor und spähte zwischen die Bäume. Irgendwo musste er sein.

»Ja.« Er lachte hohl. »Wer hätte das gedacht, dass Zane Ashwood so etwas wie ein Herz besitzt.« Seine Stimme triefte vor Spott.

Ein warmer Windzug strich über meinen Hals. Ich sah nach oben und hechtete beiseite, als sich ein Vampir aus den Baumkronen auf mich stürzte. Den Baum sah ich zu spät, der sich vor mir in Schatten gehüllt auftat. Mit lautem Krachen rannte ich gegen ihn. Ein heißer Schmerz durchzuckte meine Schulter. Zischend wirbelte ich herum und fixierte Anwir, der in Seelenruhe auf mich wartete.

»Dein Blut riecht gut.«

Ich erstarrte und spähte flüchtig zu meiner Schulter. Der Ärmel meines Oberteils hing zerfetzt meinen Arm hinab. Ein kleiner Zweig ragte übelkeitserregend aus meiner zerschrammten Haut. Ich streckte meine zittrigen Finger nach der Stelle aus und zischte, als der Schmerz mir zu Kopf stieg. Ich brauchte mehr Zeit.

Mein Blick flog prüfend über Anwir und auch er musterte mich ohne Scham. Meine Chancen standen schlecht und nur mit Krallen und Zähnen bewaffnet, stürzte ich mich nicht in einen

Kampf. Weglaufen war keine Option. Anwir konnte mit meinem Tempo mithalten und wenn nicht, querte er die Landschaft und überholte mich mitunter von einer Sekunde.

Ich stellte mich breitbeinig auf, witterte die Gefahr und vernahm ein leichtes Zittern im Boden. Ein gellender Schrei hallte von der Lichtung in die Tiefen des Waldes. Mir blieb das Herz in der Brust stehen. Ob es Zane und Neros Wölfen gut ging?

Anwir grinste breit. »Was ist los, Alva? Kämpfen wir oder bist du zu feige?«

Ich kniff die Augen zusammen. »Wir können und werden kämpfen, aber erst will ich Antworten.« Meine Krallen schnellten hervor. Meine Wölfin riss die Barrikaden nieder, tobte wie ein Hurrikan und strich beiläufig an meinem Geist entlang. »Nachdem du dein Wort gebrochen hast, bist du mir wenigstens diese Gefälligkeit schuldig.«

Anwir rollte die Augen. »Ich ziehe erst Blutvergießen und danach Fragenstellen vor.«

»Ich nicht und Amsfoort sicher auch nicht«, entgegnete ich scharf.

Der Vampir zischte und ließ seine Zähne geräuschvoll zuschnappen. »Du hast recht«, gurrte er und betrachtete seine Teufelsmaske. Sie hing an seiner Seite und zur Hälfte unter seinem Umhang verborgen. »Er war zu gütig und ein großer Freund von Rowena, deswegen hatte ihn keiner gemocht. Es war das kleinere Übel, ihn geopfert zu haben.«

»Opfern?« Meine Schultern verkrampften sich. »Das bedeutet, du hast ihn umgebracht und es mir angehängt.«

Er lachte gackernd und fuhr sich durchs dunkle Haar. »Du bist sehr schlau, Wölfin.« Er grinste und seine Augen funkelten vor Blutdurst. »Aber so schlau nun auch wieder nicht.«

Meine Wölfin war fast bereit. Ich brauchte nur noch ein paar Sekunden. »Was soll das denn heißen?«

»Das soll heißen, ja, ich habe ihn umbringen *lassen*. Es war irgendein Vampir, der mehr seine Belohnung im Sinn hatte, als die Gefahr richtig einzuschätzen, die von dem Auftrag ausging.« Seine Mundwinkel zuckten in die Höhe. »Jedoch war das alles Teil unseres Plans. Dein heiß geliebter Alpha verriet mir früh, wer du bist, und somit hatten wir genügend Zeit, alles vorzubereiten. Alles ohne, dass unerwünschte Fragen gestellt wurden. Es war ein perfekter Zufall, da dein Ritual bevorstand und niemand Amsfoort leiden konnte. Alles lief perfekt, bis Zane davon Wind bekommen hatte und mir in die Quere kam. Aber er wird noch einsehen, dass ich Gutes getan habe, indem ich dich von der Spielfläche beseitige.«

»Er hat dir Probleme gemacht.« Erstaunt sah ich ihm entgegen. Zane hatte sich früher für mich eingesetzt, als ich gedacht hatte. Viel früher. Noch bevor der Vollmond mein Ritual eingeläutet hatte, hatte er mich verteidigt. Obwohl er mich gar nicht gekannt hatte.

»Der hohe Rat hatte sich in zwei Fronten geteilt.« Anwirs Augen verengten sich zu Schlitzen. »Letztlich konnte ich sie überzeugen, aber wie es aussieht nicht alle.« Sein Blick durchbohrte mich, legte all meine dunkelsten Geheimnisse frei und sah tief in meine Seele. »*Er* war mir schon immer ein Dorn im Auge gewesen.« Er stürzte sich auf mich.

Ich riss die Barrikaden ein. Schmerz explodierte überall da, wo ich glaubte, nie Schmerzen spüren zu können. Die Welt zerriss wie ein Schleier. Alles veränderte sich, alles wurde größer. Ich wollte schreien, aber es kam kein Laut über meine Lippen. Ich war gefangen, aber auch wieder nicht.

Weiches Fell strich an mir vorbei, schlang sich um mein Herz und zwang es zur Ruhe. Ich presste die Lippen zusammen, schloss die Augen und spürte, dass Anwir ganz nah war. Doch ich konnte mich nicht rühren, konnte die Augen nicht öffnen.

Da war nur der Schmerz.

Mir entkam ein erstickter Schrei, doch er war tiefer und der Schrei verwandelte sich in ein lautes Heulen. Als ich die Augen wieder aufschlug, bewegten sich die Blätter in einem verwaschenen Grau. Mein Blick reichte viel weiter, ohne, dass ich den Kopf drehen musste und selbst die Augen des Vampirs waren gelb, statt eines unheimlichen rot. Mir blieb vor Erstaunen die Luft im Hals stecken.

Anwir fauchte wie ein wild gewordenes Tier und stürzte sich auf mich. Ich wich nach rechts aus. Anwir zischte und fuhr zu mir herum, beäugte mich wie eine Mahlzeit.

Ich knurrte, fletschte die Zähne. Er verschwendete keine Sekunde und hob seine Hand. Rote Schlieren züngelten seine Finger empor. Er senkte die Hand und mit einem Wort jagten sie auf mich zu. Ich duckte mich und wich zur Seite aus. Doch die roten Schatten änderten ihren Kurs, sie flogen geradewegs auf mich zu.

Ich drehte mich um und stellte mich den Schwaben. Als sie meine Brust berührten, sprang ich über sie hinweg und landete hinter ihnen. Mit spitzen Zähnen schnappte ich nach ihnen. Anwir knurrte, als sie verpufften und sich mit der Luft vermischten.

Er ließ wieder und wieder rote Schleier von Macht auf mich los. Mit der Zeit gewann ich an Sicherheit, gewöhnte mich an den neuen Körper und wurde immer schneller. Ich sah die Schwaben haarscharf an mir vorbeiziehen, schnappte nach ihnen und zerschlug das letzte rote Funkeln mit meinen Krallen.

Anwir bebte vor Zorn. »Ich hasse Wölfe«, knurrte er und verschwand augenblicklich.

Ich sah mich verwirrt um. Wo war er hin?

Ein lautes Rascheln ließ mich herumwirbeln. Der Vampir grinste mir ins Gesicht und ließ seine Faust auf mich niedersausen. Mit einem Knirschen, das durch den gesamten Wald hallte, traf Knochen auf Knochen. Ich heulte auf, meine Nase fühlte sich taub an. Beim Zurückweichen packte er meine Rute und zog. Meine Pfoten schlitterten über den Boden, ich stemmten mich gegen ihn.

Mit einer ruckartigen Bewegung warf ich den Kopf herum und rammte ihm die Zähne in den Arm. Er heulte auf, ließ von mir ab und rieb sich den Arm. Dickes Blut tropfte auf das Moos. Seinem nächsten Angriff wich ich aus und landete einen Biss in sein Bein. Aber er drängte mich weiter zurück in die Richtung, wo die anderen kämpften. Um mich mit den Wölfen meines Bruders hinzurichten, damit mein Leben endgültig Geschichte wurde.

Aber ich würde kämpfen. So lange, bis der Tod mich holte.

Anwir querte die Landschaft und tauchte hinter mir auf. Er versetzte mir einen Tritt gegen die Rippen. Vor Schmerzen zitternd, schwankte ich.

Seine Macht knisterte, lud sich auf und sauste in Form eines roten Pfeils auf mich hinab. Ich riss die Augen auf und sprang beiseite. Doch der Pfeil änderte die Richtung. Mit einem scharfen Sausen riss es mich von den Füßen und nagelte mich gegen einen Baumstumpf. Die Zeit verlangsamte sich, während sich alles drehte.

Anwir verschwamm vor meinen Augen und auch sein finsteres Lachen glich einem fernen Gackern. »Ich werde dich bis zum letzten Tropfen aussaugen.« Hinkend kam er näher. Im Kampf hatte ich seine Achillessehne getroffen, aber nicht durchgebissen.

Meine Wölfin knurrte und es war das zornigste Knurren, das ich je gehört hatte. Ich hatte keine Reserven mehr, schaffte es kaum mich zu erheben. Die Wucht des Aufpralls spukte in meinem Kopf umher. Mein Körper gab auf, aber der meiner Wölfin nicht. Ihr Geist und ihre Energie flossen in langsamen Schüben in meine Sehnen.

Anwir fauchte und fletschte die Zähne. »Ich werde es genießen und ich werde nicht teilen.« Er schoss auf mich zu, als er auch schon die Zähne in meinem Hals vergrub.

Ich schrie, aber kein Ton entkam mir. Heftige Kopfschmerzen stachen auf mich nieder, bis ich mich krümmte. Mein Hals brannte wie Feuer. Es wurde so unerträglich heiß, dass ich mit den Hinterläufen strampelte. Mein Blut kochte, geriet in Wallung, doch meine Wölfin war zu langsam. Ihre Energie reichte kaum aus. Meine Wölfin schrie. Ich hatte keine Kraft, konnte nichts für uns tun. Wir waren verloren und wir waren allein.

Ich war allein.

Niemand würde kommen, um mich zu retten. Zane kämpfte, die Wölfe meines Bruders kämpften, der Alpha hatte mich verlassen und meine zwei anderen Brüder mussten vor Scham aus Danosc geflohen sein. Sie würden nicht zurückkommen, wollten nichts mehr mit ihrer verstoßenen Schwester zu tun haben. Es gab niemanden mehr, der mich retten konnte.

Ein Mädchen war allein in einem großen Wald und fürchtete sich sehr. Der Wald war stockfinster und sie kam nicht hinaus. Sie hatte ihren Bruder verloren und die Kieselsteine nicht wiedergefunden, die sie in ein sicheres Zuhause führen sollten. Doch es gab eine vermeintliche Rettung. Der Mond über ihr leitete ihr den Weg durch die Finsternis und aus dem unheimlichen Wald hinaus.

Ich blinzelte zum Mond hinauf. Die Luna drang schwach durch das Blätterdach. Trotzdem war sie bei mir und wachte über ihre Kinder – über mich. Ihre Strahlen streckten sich nach meinem Gesicht aus, sie berührten es wie eine sanfte Liebkosung. Mein Blut floss so aus meinem Körper und in mein Fell, dass es in ihren weißen Strahlen glitzerte. Wunderschön. Ihre Schönheit drang in mein Herz und wärmte mich wie eine schützende Decke.

Sie lud mich auf wie eine Batterie, bis sie meine Seele erfüllte. Ich schluchzte glückselig. Anwir merkte von all dem nichts, er war von meinem warmen Blut berauscht und fast so abhängig von mir wie von einer Droge. Mein Blut kochte, verfärbte sich und ich glaubte einen silbernen Schimmer, um die Lippen des Vampirs zu erkennen. Ob ich halluzinierte?

Anwir stockte und wich mit blutbeschmierten Lippen zurück. Auf Knien fuhr er sich mit dem Zeigefinger über die Unterlippe. Er betrachtete einen stummen Moment lang seinen schillernden Finger, als er etwas Unverständliches murmelte und die Augen aufriss. Langsam sah er zu mir hinab. Sein Mund öffnete und schloss sich, danach stürzte er auf meine Kehle zu.

Mit letzter Kraft sprang ich auf meine wackligen Pfoten. Mir wurde schrecklich kalt. Schwindel überkam mich wie eine Krankheit. Ich taumelte auf ihn zu, fletschte die Zähne. Das Moos war so glitschig und triefte von meinem Blut, dass Anwir ausrutschte. Die Luna war bei mir und spendete ihr Licht meinem Körper. Sie ließ alles in einem Umkreis von fünf Metern leuchten.

Feuer brannte in meinen Augen, als ich den Moment der Schwäche nutzte und in sein Schienbein biss. Der rasende Zorn meiner Wölfin ließ mich *brennen, brennen, brennen*. Wie ein Feuer, lichterloh und kochend heiß, bis ich glaubte, meine eigenen Knochen schmelzen zu spüren.

Anwir stürzte, als meine Zähne seinen Muskel durchdrangen. Er fluchte, versuchte seine Macht zu beschwören. Sie waberte schwach um seine Finger und sein Blick schoss panisch zu mir. Er murmelte unentwegt fremde Wörter, bis die roten Schlieren wie ein Feuer um seine Finger tanzten. Sie leuchteten immer höher, aber erloschen nach einem Moment der Stille. Panisch schoss sein Blick in alle Richtungen, er blieb bei mir haften.

Ich sah die Luft um ihn flimmern, gleich würde er die Landschaft queren. Noch im selben Moment stürzte ich mich auf ihn. Anwir verschwamm vor meinen Augen, mit einem siegessicherem Grinsen auf den Lippen. Mit vereinter Kraft meiner zwei Seiten stürzte ich auf seine Kehle und schloss meine Zähne um sein Fleisch. Leises Knacken durchbrach die Stille des Waldes, als meine Zähne sich um seinen Hals schlossen. Kräftig zubeißend, gurgelte er unter mir, bis mir warmes Blut ins Gesicht spritzte.

Als er sich nicht mehr regte, ließ ich allmählich von ihm ab. Mein Herz schlug mir bis zum Hals.

Ich hatte einen Vampirfürsten getötet.

Kapitel 33

Ein goldiges Schimmern strich über mein Gesicht.

Warme Strahlen wärmten meine Knochen, meine Seele und befreiten mich aus einer rastlosen Reglosigkeit. Die Welt war wie in Honig getaucht, überzog die Dunkelheit und verdrängte die Schatten aus meinem Herzen. Ich wusste nicht, wie lange ich auf den Vampir hinab gestarrt, wie lange ich kaum gewagt hatte zu atmen.

Meine Tasthaare zuckten im warmen Sonnenschein.

Holz knackte. Ich fuhr herum, knurrte und fletschte die Zähne. Ich konnte nicht mehr. Meine Beine wackelten, während mein Körper mit jeder Sekunde immer schwerer wurde. Meine Wolfsaugen brannten, aber ich riss sie auf und spähte durch das Unterholz. Ein Schatten huschte flink in ein dichtes Gebüsch. Das Knurren meiner Wölfin wurde lauter, drohender.

Ein schwarzer Wolf trat aus dem Dickicht. Sonnenlicht küsste seine blutigen Pranken. In Schatten gehüllt blieb er stehen, reckte sein Haupt in die Höhe und starrte auf mich hinab. Meine Lefzen zuckten.

Weitere Wölfe durchstrichen den Wald, sie drängten sich aus ihren Verstecken. Sie versammelten sich um ihren Anführer. Ich war wie erstarrt. Ich kannte den Wolf nicht, der mich aus ruhigen Augen ansah. Eine tiefe Blutspur zerriss sein rechtes Auge. Blut tropfte in seine Pupille. Aber ihm war es egal, er setzte sich auf seine Hinterläufe und wartete. Seinem Beispiel folgten die anderen Wölfe, die sich um mich versammelt hatten. Mein Herz schlug mir bis zum Hals. Sie hatten mir in diesem Kampf zur Seite gestanden. Gegen den Alpha.

»Schwester.«

Mein Herz sackte in meinen Magen. Rave? Er war hier?

Ich drehte mich um und sah direkt in die grünen Augen meines Bruders. Ein Keuchen wollte mir entkommen, was in meiner Wolfsgestalt mehr ein hohes Quieken war. Neben ihm stand Jesse und verzog die Lippen zu einem schiefen Grinsen. Ich stürzte mich auf sie und warf mich in ihre Arme. Die Wucht riss uns beinahe zu Boden, weshalb meine Brüder auf die Knie sanken und ihre Finger in meinem dichten Fell vergruben. Ich wollte weinen, aber es war mehr ein Winseln.

»Ein Glück, es geht dir gut.« Rave's Stimme war heiser und auch Jesse schluchzte leise. »Als wir hörten, dass sie dich holen wollten, waren wir sofort aufgebrochen. Zwei Vampire hatten uns erzählt, was passiert ist.« Er drückte mich von sich, als er mich von Kopf bis Fuß betrachtete. »Geht es dir wirklich gut?«

Ich nickte, sofern es mir möglich war.

»Jesse und ich waren in der Stadt, doch Nero hatte die Wölfe gerufen.« Ich spürte die Blicke des kleinen Rudels aus Verstoßenen auf mir, allerdings ignorierte Rave sie.

Seine Ruhe gab mir das Gefühl, unbeobachtet zu sein. Allein mit meinen Brüdern. Endlich. Aber wo war Nero? Ich reckte die Nase, suchte mit meinen Augen in der Menge der Wölfe. War er etwa …

»Ihm geht es gut«, sagte Jesse und seufzte tragisch. »Er kommt gleich.«

Lange Schritte strichen beinahe flüchtig über den staubigen Waldboden und ließen mein Herz in die Höhe schlagen. Mein Bruder aus Fleisch und Blut trat hinter einem Baum hervor. Aus einer ernsten Miene wurde ein breites Lächeln. Mein Körper reagierte von allein und verwandelte sich in das Abbild eines Menschen.

Ich schlug die Hände vor den Mund und rannte auf ihn zu. Ich fiel ihm atemlos in die Arme. Ein Grunzen entkam ihm, während ein heftiges Zittern seinen Körper durchfuhr. Ich krallte mich in den dünnen Stoff seines Oberteils, als wollte ich ihn nie wieder loslassen. Heiße Tränen rannten mir die Wangen hinab, die dunkle Flecken auf seinem Shirt hinterließen. Ich konnte kaum einen Gedanken fassen. Da waren nur er und ich. Ein Meer aus Grün und Gold umgab uns. Wenn er nur wüsste, wie oft ich an ihn gedacht, wie oft ich mich nach ihm gesehnt hatte. Erst als er von mir getrennt war, wusste ich, wie viel er mir bedeutete. Er war ein Teil von mir wie ich von ihm. Seine Umarmung war so fest, seine Nase so tief in meinem Haar vergraben, dass ich spürte, wie er erbebte. Eine Familie gehörte zusammen.

»Sieh dich nur an.« Er drückte mich zaghaft von sich weg und nahm meine Hand. Meine Nacktheit war mir einerlei, als er meinen Arm ausstreckte und ein silbriges Schimmern meine Netzhaut durchbrach.

Mir blieb der Mund offenstehen. Ich fuhr zaghaft mit einem Finger über die glatte Haut. »Was ist das? Sternenstaub?«

Manchmal, wenn ein Stern vom Himmel fiel, wirkte die Anziehungskraft unseres Planeten so stark, dass der Stern Teile seines Seins verlor.

Funkelnder Staub löste sich von ihm und legte sich auf alles, was ihm am nächsten kam.

Nero schüttelte den Kopf. »Dein Fell?«

Einen tiefen Atemzug nehmend, beschwor ich meine Wölfin und spürte ein sanftes Streichen an meinem Geist. Als ich die Augen öffnete, zierte langes Fell meinen Arm. Ich riss die Augen auf und zog die Hand aus Neros Griff. Wie war das möglich?

Schluckend drehte ich meinen Arm und fuhr mit den Fingern durch das weiche Fell.

Ich unterdrückte ein nervöses Lachen. Neros Augen funkelten, sie ließen meinen Arm keine Sekunde aus den Augen. »Es ist silbrig.« Ich stockte. »Es ist silbrig-weiß. Wie ist das möglich? All unsere Vorfahren haben schwarzes Fell, ich sollte auch welches haben.«

Eine wohlklingende Stimme erklang hinter mir. Ich drehte mich um und erkannte, Zane aus den Schatten des Waldes treten. »Weil du das Licht der Luna empfangen hast.« Seine Augen flogen über meinen nackten Körper. Er hob die Hand und schenkte mir ein bezauberndes Lächeln. Kleidung erschien und legte sich wohltuend um meinen Körper. »Wie ich, seitdem ich ein kleiner Junge bin, Tellus Segen in mir trage.«

Mein Augenlid zuckte. »Das ist unmöglich. Die Götter sind tot.«

»Und doch stehst du vor mir«, bemerkte Zane mit sanftem Lächeln. »Und schimmerst wie der Mond und die Sterne. Die Gottheiten sind nicht tot, Alva. Sie schlafen nur und gelegentlich werden sie wach, suchen sich einen Liebling aus oder helfen ihren Kindern aus großen Nöten.«

Zane musste im Kampf gegen die Vampire einen ordentlichen Schlag auf den Hinterkopf erlitten haben. Die Götter waren lange tot, denn sie existierten lange vor unserer Zeit. Sie konnten mich oder Zane nicht ausgewählt und auch nirgends geholfen haben. Es sprach gegen alles Logische, gegen alle Geschichten und gegen die Natur.

»Ich wüsste nicht, wann sie mir geholfen haben sollten. Ich war immer ein glückliches Kind«, erinnerte ich mich und sah zu meinen Brüdern. Ich ließ das bisschen Fell verschwinden. Wärme breitete sich um mein Herz aus. »Oder nicht?«

Nero zuckte die Schultern. »Das hat nichts mit Emotionen zu tun.« Ich blinzelte verwirrt. Mit was dann?

Ich warf einen raschen Blick zu den Wölfen, aber sie hatten sich nicht geregt. Ihre Blicke lagen wachsam auf mir. Sie spitzten die Ohren und lauschten jedem Wort. Langsam bewegte ich meine Finger. Alle Augen richteten sich auf die kleine Bewegung. Mich überkam ein unangenehmes Frösteln.

Augenblicklich erlosch der silbrige Schimmer um meine Haut. Einen tiefen Atemzug nehmend, verknotete ich meine Finger ineinander und erklärte: »Wir sollten ein anderes Mal darüber sprechen.« Ich schielte zu den neugierigen Zuhörern. »Wenn wir allein sind.«

Zanes Augen folgten meinem Blick und hafteten sich auf die Wölfe. Er verengte die Augen zu kleinen Schlitzen und seufzte schwer. »Wenn du es wünschst.«

Ich schielte zu den Wölfen. Ob es ihnen leidtat, meinem Bruder in den Kampf gefolgt zu sein? Sie hatten kein Zuhause mehr und womöglich eine Familie, die sie nicht mehr besuchen durften. All die Wölfe waren genauso verstoßen wie ich.

»Warum habt ihr mir geholfen?«, fragte ich leise.

»Das ist dir nicht bewusst?« Zanes Stimme klang ehrlich verwundert. Ich schüttelte den Kopf. Ein sanftes Lächeln umspielte seine Lippen, von denen ich wusste, wie weich sie sich anfühlten. »Du bist mitunter das größte Wunder, dass auf der Welt wandelt.« Seine Augen funkelten wie die Sterne am Nachthimmel. »Deine Haut, dein Fell.«

Ich schüttelte ratlos den Kopf. Meine Haut schimmerte wie mein Fell. Jedoch war das noch lange kein Grund, seinem Rudel den Rücken zu kehren. Die Wölfe durften niemals zurück, durften nie wieder einem anderen Rudel beitreten. Sie bildeten ein Rudel aus Verstoßenen – Albtraum und Segen zugleich.

Zane sprach voller Ehrfurcht, während sein Blick mir warme Schauer das Rückgrat schickte. »Die Luna hat dich erwählt und dir ihr Licht geschenkt. Wie einst jener Wölfin vor hunderten von Jahren, die dem ersten Vampir im Kampf gegenübertrat. Die Frage ist, ob sie dir nur ihren Schimmer oder mehr verliehen hat.«

Mir drang die Stimme einer Vampirin mit bunten Ohrringen und einer langen Perlenkette an mein Ohr. *Die Wölfin mit dem Herz aus eiskaltem Feuer.* Feuer war warm, doch das Licht des Mondes war kalt. Langsam dämmerte mir, warum Anwir mich töten und der Alpha mich verraten hatte. Sie fürchteten sich vor dem, was einst eine weiße Wölfin auf einer Grassteppe im fernen Norden getan hatte. Allein ihr Wille hatte das Gras versenkt, den Vampir auf der Ebene geblendet und zu Mondstein verwandelt. Deshalb fürchteten sie sich vor mir, weil Luna mir ebenfalls ihren Schimmer geschenkt hatte, und sie befürchteten, dass ich das konnte, was die weiße Wölfin vermocht hatte, zu tun. Aber das war unmöglich. Ich fühlte mich normal, etwas müde, aber mehr nicht. Ich müsste doch spüren, wenn ich Licht beschwören oder Stein hervorrufen konnte. Oder nicht?

»Anwir ist dank meiner Schwester tot«, bemerkte Nero anerkennend und trat an die verblasste Leiche. Er spähte auf ihn hinab und verzog den Mund zu einer Grimasse. Blut durchtränkte das Moos, machte den Untergrund glitschig und erfüllte die Luft mit einem modrigen Gestank. »Der Alpha ist uns davongekommen und hat das halbe Rudel mitgenommen. Er wird keine Ruhe geben, bis du unter der Erde liegst.« Sein Blick richtete sich auf mich. Sorge tanzte um seine Züge und … Angst. »So wie ich ihn kenne, versucht er unsere Nachbarrudel gegen dich aufzuhetzen.«

»Wieso? Ich will ihm keine Bedrohung sein und das weiß er auch.«

»Es kommt nicht darauf an, ob du es willst. Er und alle anderen Alpha sehen dich als Gefahr für ihren Rang und Titel im Rudel. Du trägst das Licht der Luna in dir. All die Wölfe auf der Welt werden dir folgen wollen, weil du der Liebling der Mondgöttin bist. Erinnerst du dich nicht an die Geschichten? Daran, was die Alpha getan hatten?« Nero zog tadelnd die Brauen hoch und trat von der Leiche weg. Er schritt auf mich zu und an mir vorbei, gesellte sich zu Rave und Jesse.

»Doch«, entgegnete ich. »So etwas vergisst man nicht.«

Die weiße Wölfin war es gewesen, die versucht hatte, die Rudel zu einem großen Heer zusammenzuführen und gegen die Unterdrückung der Vampire zu führen. Sie war es gewesen, die die Vision der Luna erhalten und die Rettung der Wölfe vorhersagte. Doch die Alpha sahen in ihr eine Bedrohung, fürchteten sich vor ihr und trieben sie in einer Schlacht gegen einen Vampirfürsten in die Enge. Hinterrücks geriet sie in die Falle ihres eigenen Rudels und bis heute wurde ihre Leiche nie gefunden. Es hieß, die Wölfe hätten sie gefressen und manche sagten, die Vampire hatten ihren Körper in ihren Katakomben versteckt.

Meine Hände wurden feucht. Ich wollte nicht in den Katakomben der Vampire enden. Nicht tot und auch nicht lebendig. »Ich will doch nur, dass alles so ist wie vorher.«

Zanes Hand legte sich wärmend auf meine Schulter. Ich sah von der Seite zu ihm auf und bemerkte keine einzige Blessur auf seiner Haut. »Nichts wird mehr wie früher sein. Sie werden dich suchen und sie werden dich finden.« Sorge huschte durch seine Augen. »Nicht nur die Wölfe. Auch die Vampire. Sie werden nicht ruhen, bis du tot bist.«

»Das werden sie nicht schaffen.« Ich rang mir ein Lächeln ab. »Ich werde vorsichtig sein.«

»Nein«, sagte Nero voller Entschlossenheit und sah zu mir. »Du musst verschwinden.« Seine Augen trafen meine. »Zane hat recht, sie werden dich finden, wenn du in Danosc bleibst und wir werden dich nicht beschützen können. Ich weiß nicht, wie überzeugend der Alpha ist, es gab lange keine Wölfin wie dich, weshalb er wenig glaubwürdig erscheinen wird. Aber er wird dennoch ein Heer aus Wölfen zusammenziehen. Das Gleiche gilt für die Vampire. Ich könnte es nicht ertragen, wenn du stirbst, weil ich zu leichtsinnig war, dich in der Stadt zu lassen. Du musst von hier weg. Heute noch, am besten gleich.« Seine Muskeln spannten sich an. Die Wölfe sprangen auf und zogen enge Kreise um uns. Wachsame Augen schossen in alle Richtungen des Waldes, sie fanden keine Ruhe.

Ich rang schweren Herzens mit den Händen. »Wo sollen wir hin?«

Neros Blick lastete schwer auf mir. Schmerz zeichnete seine sonst so weichen Linien, die sein Gesicht müde wirken ließ. Schatten zeichneten seine Augen. »In den Norden.« Mein Herz machte einen Satz, es setzte vollständig aus.

»Nach Hause?«, hauchte ich.

Er nickte und sah zu Zane. Er stand wie ein Fels in der Brandung und ragte hoch neben mir auf. Seine Schultern zogen sich vor Autorität zurück, als mein Bruder ihn ansprach. »Bring sie in den Norden«, bestimmte Nero bittend. »In den Andralen leben entfernte Verwandte von uns. Sie leben in vollkommener Abgeschiedenheit von sämtlicher Zivilisation und pflegen keinen Kontakt mit dem Rudel. Der Wald ist so dicht, dass niemand ihn, ohne sein Ziel zu kennen, durchqueren kann. Dort werden sie sie nicht finden.«

Mein Herz sackte in meine Kniekehlen. Ich fühlte mich so elend wie schon lange nicht mehr. Mir wurde schwindelig. Zane musste mich am Arm packen, damit ich nicht das Gleichgewicht verlor. Eine Sorgenfalte zeichnete sich auf seiner Stirn.

Meine Knie wurden weicher als geschmolzene Butter. »Und ihr?« Meine Augen brannten. Meine Brüder wollten mich doch nicht wegschicken? Ohne sie? Wir hatten gerade erst wieder zueinandergefunden, hatten uns gerade erst in den Armen gehalten. Ich konnte sie nicht allein lassen. Nicht jetzt und nicht morgen. Nie wieder. Meine Lunge wurde mit jedem Atemzug immer enger, bis ich glaubte, keine Luft mehr zu bekommen. »Kommt ihr nicht mit?« Meine Stimme glich einem dünnen Zittern.

Nero schüttelte den Kopf. Rave und Jesse ließen die Schultern hängen. »Nein. Wir müssen in Danosc bleiben und die zurückgebliebenen Wölfe zusammenrufen. Wir sind zu langsam und man wird unsere Fährte aufnehmen, wenn wir über Land reisen. Sie werden unseren Geruch aufnehmen und unsere Spur verfolgen, bis sie dich haben und dich uns wegnehmen.« Er schüttelte sich, als wollte er den Schmerz abschütteln. Ach, wenn es doch nur so einfach wäre. Stattdessen stand ich kurz vor dem Ertrinken und fand die Wasseroberfläche nicht mehr. »Zane ist schnell, er kann zwischen den Orten wandeln und dich innerhalb von Minuten wegbringen und wieder zurück in Danosc sein. Bei ihm bist du in Sicherheit, Alva. Ich vertraue ihm, zumindest in dieser Sache, auch wenn er ein Vampir ist.« Zane warf meinem Bruder einen abfälligen Blick zu, aber er bemerkte es nicht und meinte: »Bei uns bist du nur in Gefahr.« Seine Stimme wurde immer dünner, bis sie versagte.

Ein Kloß bildete sich in meinem Hals, wurde so schwer, dass meine Kehle schmerzte und jedes Schlucken meine Augen zum Brennen brachte. Nero trat zurück. Ich wollte ihm folgen, nach seiner Hand greifen, sagen, dass alles gut wird, sagen, dass ich sie nicht allein zurückließ. Wer wusste, was passieren würde, wenn der Alpha oder die Vampire kamen und ich nicht bei ihnen war?

Sie konnten getötet und gefoltert werden, einfach nur, weil sie meine Brüder waren und mich liebten. Das konnte ich nicht zulassen, konnte es nicht mit meinem Gewissen vereinbaren.

Ich trat einen Schritt vor, streckte die Finger nach meinem Bruder aus. Zane hielt mich am Arm zurück. Sanft und vorsichtig, dennoch hielt er mich zurück.

Ich presste die Lippen aufeinander, als mir ein Schluchzen entkam. Mein Körper bebte. Ich wollte das nicht. Ich wollte das alles nicht, hatte das alles nie gewollt. Ich wollte nicht weg, nicht ohne meine Familie.

»Wir werden uns wiedersehen.« Neros Stimme war ein raues Krächzen. Seine Augen wurden glasig. »In der Zwischenzeit werde ich dein Rudel zusammenrufen und Kontakt zu den anderen Wölfen fernab von Danosc aufnehmen. Doch du darfst nicht hierbleiben.«

»Für wie lange?«

Nero antworte nicht. Ich musste heftig blinzeln und schniefte. Ich verstand.

»Alva.« Zanes Stimme drang leise an mein Ohr. Ich drehte mich zu ihm. Er streckte mir die Hand aus, während er wartete, dass ich sie ergriff und er uns von hier wegbrachte.

In den Norden. Weit weg von hier.

Ich nahm einen zittrigen Atemzug und sah ein letztes Mal zu meinen Brüdern. Mir entkam ein schwaches Lachen. Tränen füllten meine Augen. »Ich werde für euch die Aurora Boreales ansehen.«

Neros Augen funkelten, erinnerten mich an die sternenklaren Nächte im Norden. Rave und Jesse erging es nicht anders. Sehnsucht spiegelte sich in ihren Zügen.

Ich wendete mich an Zane, sah ihm in die bernsteinfarbenen Augen und rang mir ein schwaches Lächeln ab. Hinter ihm reihten sich in den Schatten der Bäume gehüllt zwei Vampirfürsten mit Draven und Nyx an ihrer Seite. Dahinter zahlreiche andere Vampire.

Sie alle standen hinter uns und würden kämpfen.

Für mich.

Für uns.

Für eine gerechtere Welt.

Zuversicht und eine eiserne Bestimmtheit wärmten mein Herz. Ich war nicht allein auf dieser Welt, ich war es nie gewesen. Tief durchatmend, ergriff ich Zanes Hand. Einen Wimpernschlag später verschwanden wir zwischen den Schatten der Welt.

In ein Zuhause, dass sich nicht mehr wie ein Zuhause anfühlte.

Ende von Band 1

Danksagung

Während ich diese Geschichte schrieb, ereigneten sich zwei wichtige Dinge in meinem Leben. Letzten Frühling entdeckte ich meine verloren gegangene Liebe zum Lesen wieder und schaffte es so aus dem düsteren Loch, in das ich während der Corona-Pandemie gefallen war, weshalb ich das Schreiben wieder aufnahm. Heute weiß ich nicht, ob ich mich ohne meine Lieblingsbücher je wieder an Alvas Geschichte gesetzt hätte. Deshalb will ich zuerst mich (auch, wenn es egoistisch klingt) bei mir selbst bedanken. Ich denke, viele Menschen tun das zu wenig.

Mein zweiter Dank gebührt meinen Freunden. Ihr seid wunderbar und ich hoffe, dass wir in Zukunft noch viele tolle Nächte voller Tratsch und Drinks, sowie ganz viele schöne Erinnerungen teilen werden!

Danach möchte ich meinen Dank für meine Testleserin Natalie aussprechen. Ohne dich und deine Tipps wäre die Geschichte nicht so entstanden, wie sie heute ist. Dazu gehören die grauenhaften ersten Versionen und die letzten Seiten des vollständigen Skripts, die du alle mit Gewissheit über dich ergehen lassen hast. Deshalb: Danke für deine Unterstützung. Ich hoffe, ich kann auch in Zukunft auf dich zählen.

Mein Dank gehört auch Alfe aus Berlin, der bei meiner ersten Inhaltsangabe für mein Exposé nachgeholfen hatte. Ohne deine Starthilfe hätte ich es wahrscheinlich nie in das Programm des Vajona Verlags geschafft. Deine Website für Autoren hat mir sehr geholfen und ich werde sie in Zukunft definitiv weiterempfehlen.

Außerdem möchte ich mich bei allen ratgebenden Menschen in den Autorenforen und auf Instagram bedanken, die mir bei zahlreichen Fragen immer mit ausführlichen Antworten zur Seite standen.

Nicht zu vergessen sind meine ehemaligen Deutschlehrerinnen, die mir bei meinem ersten Versuch, ein Manuskript zu entwerfen, mit ihren prüfenden Augen zur Seite standen. Also: Danke Frau Frank für Ihre Kommentare in meinem Exposé. Danke Frau Schlack für Ihr prüfendes Urteil in meiner ersten Version einer Leseprobe. Ich glaube, vieles wäre nicht so gekommen, wie es heute ist, wenn ich Ihnen damals nicht meine ungehaltene Meinung über Ihre Bodypercussion gesagt hätte. Dazu gebührt Ihnen mein Dank für die Zeit, in der Sie das stille Mädchen aus den Fesseln der Stummheit befreit hatten. Also: Danke, ohne Sie hätte ich den Weg zum Schreiben nie gefunden.

Ein überaus großer Dank gebührt natürlich dem VAJONA Verlag, der sich bereiterklärt hatte, mein Debüt zu veröffentlichen. Ich war vor Freude beinahe um fast 23 Uhr aus dem Bett gestürzt, als ich die Nachricht erhielt, dass Alvas Geschichte einen Weg ans Licht finden würde.

Doch der größte Dank gebührt all den Lesern und Leserinnen, die sich vor dem Bücherregal für diese Geschichte entschieden hatten. Ich fühle mich mehr als geehrt, dass ihr meine Geschichte ausgesucht habt.

Denn: Ein Regal ohne Bücher ist wie ein Leben ohne Liebe.

Folge uns auf:

Instagram: www.instagram.com/vajona_verlag
Facebook: www.facebook.com/vajona.verlag
TikTok: www.tiktok.com/vajona_verlag
Website: www.vajona.de
Shop: www.vajona-shop.de